# Le rejeton

# Denis Monette

# Le rejeton

ROMAN

**Les Éditions
LOGIQUES**

LOGIQUES est une maison d'édition agréée et reconnue par les organismes d'État responsables de la culture et des communications.

Nous remercions le Conseil des Arts du Canada, le ministère du Patrimoine canadien et la Société de développement des entreprises culturelles du Québec pour leur appui à notre programme de publication.

Gouvernement du Québec. Programme de crédit d'impôt pour l'édition de livres. Gestion SODEC.

Nous reconnaissons l'aide financière du gouvervement du Canada par l'entremise du Programme d'aide au développement de l'industrie de l'édition (PADIÉ) pour nos activités d'édition.

Toute ressemblance avec des personnes vivantes ou ayant existé, des lieux ou des événements actuels ou passés, est pure coïncidence.

Révision linguistique: Jacques Chaput, Cassandre Fournier
Mise en pages: Roger Des Roches – SÉRIFSANSÉRIF
Graphisme de la couverture: Gaston Dugas
Illustration de la couverture: Gaston Dugas
Photo de l'auteur: Georges Dutil

Distribution au Canada:
**Québec-Livres,** 2185, autoroute des Laurentides, Laval (Québec) H7S 1Z6
Téléphone: (450) 687-1210 • Télécopieur: (450) 687-1331

Distribution en France:
**Casteilla/Chiron,** 10, rue Léon-Foucault, 78184 Saint-Quentin-en-Yvelines
Téléphone: (33) 01 30 14 19 30 • Télécopieur: (33) 01 34 60 31 32

Distribution en Belgique:
**Diffusion Vander,** avenue des Volontaires, 321, B-1150 Bruxelles
Téléphone: (32-2) 761-1216 • Télécopieur: (32-2) 761-1213

Distribution en Suisse:
**Diffusion Transat s.a.,** route des Jeunes, 4 ter, C.P. 1210, 1211 Genève 26
Téléphone: (022) 342-7740 • Télécopieur: (022) 343-4646

Les Éditions LOGIQUES
7, chemin Bates, Outremont (Québec) H2V 1A6
Téléphone: (514) 270-0208 • Télécopieur: (514) 270-3515
Site Web: http://www.logique.com

**Le rejeton**

Dépôt légal: Troisième trimestre 2001
Bibliothèque nationale du Québec
Bibliothèque nationale du Canada

ISBN 2-89381-836-6
LX-1000

*À Sylvie et Christopher,*
*avec amour*

# Prologue

— Mémère! mémère! J'ai vu ton cadeau d'Noël!
— Ben, dis-moi-le pas! Un cadeau, c'est une surprise…
— C'est un manteau de fourrure!
— Dédé! Tête de cochon! J'viens juste de t'dire…
— En mouton de Perse!
— P'tit verrat! P'tit maudit! Tu l'fais exprès, hein? Pis là… Ah! plus vilain qu'toi… Ton père sera pas content quand y va apprendre que j'sais mon cadeau d'avance. Tu vas y goûter, toi!
— Tu vas quand même pas y dire, mémère? C'est assez pour que Betty l'retourne au magasin pis qu'a t'achète une boîte de chocolats à' place! D'autant plus qu'a l'a dit à p'pa qu'c'était trop cher, qu'a l'était pas d'accord… J'mens pas, mémère, j'étais à deux pieds d'eux autres, caché près du calorifère.
— N'empêche que t'es pas fin, Dédé. Là, va falloir que j'me montre surprise pis ça, moi, j'ai d'la misère à l'faire. Si t'avais fermé ta trappe, ça m'aurait fait verser des larmes de joie…
— T'as juste à faire semblant comme quand tu vas dans les salons mortuaires. On les connaît tes larmes de crocodile, mémère! Pis depuis l'temps que tu l'voulais l'maudit manteau,

tu vas l'avoir! Pis l'père a les moyens même si y'est près d'ses cennes!

— Dis pas ça, Dédé, ton père est généreux! On manque de rien…

— Peut-être, mais y'est pas lousse. J'ai pas encore eu mon bicycle CCM pis la p'tite tente en toile que j'lui ai demandée pour coucher dehors, l'été. Ça s'peut qu'ça soit un d'mes cadeaux, mais j'suis pas sûr. Avec Betty qui est aussi *cheap* que lui, j'm'attends pas à grand-chose…

— Parlant d'elle, t'as-tu dit qu'a voulait pas qu'ton père m'achète c'que tu m'as dévoilé, Dédé?

— Certain! J'l'ai entendue! A disait qu'c'était l'prix d'un voyage!

— P'tite garce… p'tite égoïste… Après tout c'que j'ai fait pour eux autres!

Emma Gaudrin marmonnait, jurait intérieurement. Elle avait déjà oublié la volontaire indiscrétion de son petit-fils. Elle lui avait même pardonné d'avoir gâché sa surprise pour se promettre de réduire peu à peu en pièces la deuxième femme de son fils, sa bru, l'Anglaise qu'elle avait fini par haïr autant que feu Pauline. Décembre 1962. Dédé venait d'avoir douze ans et cinq années s'étaient écoulées depuis que, frustré, il avait dit à sa grand-mère qu'elle n'était pas sa mère. Et neuf années presque jour pour jour, où on avait enterré avec les siens Pauline Pinchaud-Gaudrin, alors que son fils unique, André dit Dédé, celui que feu le beau-père avait qualifié de rejeton avant même qu'il soit né, venait d'avoir trois ans.

Que d'eau avait coulé sous les ponts depuis… Que d'eau, que de larmes et combien peu de joies pour Emma qui avait, naguère, ravi l'enfant à sa mère. Confinée dans son logis derrière le magasin, forcée d'élever Dédé qui se montrait de plus en plus exécrable, elle n'avait pour toute confidente que sa chère Gertrude, toujours maîtresse de poste, qui la visitait régulièrement et avec qui elle placotait contre sa bru. Peu après que Ti-Guy fut installé dans sa maison de pierres de la rue Principale avec sa sulfureuse Betty, elle avait dit à Gertrude, tout ouïe…

— Tu devrais la voir se carrer le soir dans son salon! Quand j'passe par là avec le p'tit, j'la vois dans ses robes de détente en satin qu'elle fait venir du catalogue d'Eaton. A joue à l'actrice, a l'a même des pantoufles en soie avec des pompons de fourrure. A s'prend pour Lana Turner, celle-là!

— Pour qui?

— Laisse faire, toi, les actrices, Gertrude… Si tu r'gardais pas juste les programmes de ta télévision pleine de neige aussi… Lana Turner, c'est l'une des plus belles femmes du cinéma pis la Betty, a s'prend pour elle! C'est pas qu'est laide, loin d'là! Ti-Guy a du goût! Mais *flasher* comme ça pendant que j'me morfonds avec le p'tit verrat d'son mari qu'a r'garde même pas… Pis ça, c'est sans parler des voyages! Si ça continue, a va s'rendre jusqu'en Russie, celle-là! Pis, c'qui m'dépasse, Gertrude, c'est qu'mon Ti-Guy va creux dans sa poche pour elle, pis qu'moi, j'ai d'la misère à y'arracher dix piastres pour aller habiller l'p'tit! Son p'tit! J'sais pas si j'vas tenir le coup ben longtemps, parce que juste à la voir crétée d'la tête aux pieds, elle, ça m'fait monter ma pression comme ça s'peut pas! Tu sais, j'aimais pas plus la grosse! C'est pas pour rien qu'la veuve l'appelait la truie! Mais quand j'y pense, la Betty vaut pas plus cher que la Pauline… A l'a pas l'même genre, mais est d'la même race si tu comprends c'que j'veux dire…

— Tu parles de truie, Emma?

— Pas nécessaire de prononcer l'nom encore une fois, mais t'as tout compris, ma vieille!

À ce moment, Dédé était entré en se tordant de rire en compagnie d'un petit voisin.

– Qu'est-ce que t'as? Qu'est-ce qu'y' a de si drôle, mon p'tit cœur?

Dédé était plié en deux, il riait à en pisser dans ses culottes.

– Ben, arrête, ça coule à terre! T'es-tu tombé dans les confusions, toi?

Le petit voisin leva la main comme pour sortir Dédé du pétrin.

– Ben oui, parle toi! Dis-moi pourquoi y rit comme un fou, c't'agrès-là!

Et l'enfant de lui débiter d'un trait tout en hésitant, quelque peu intimidé:

– Ben, ben… C'est parce qu'y a fait fumer un ouaouaron su'l'bord d'la crique. Un gros ouaouaron, Madame Gaudrin! Dédé lui a mis une cigarette allumée dans' yeule pis l'gros crapaud a pompé jusqu'à c'que l'ventre y'éclate!

Mémère faillit s'évanouir alors que Dédé se tordait par terre.

– Tu trouves ça drôle, mon p'tit maudit? Tu t'penses fin d'martyriser les pauvres bêtes? Attends que j'dise ça à ton père! Pis, où c'est qu't'as pris ça une cigarette, toi?

Dédé, cessant peu à peu de rire, nerveux à l'idée d'être rapporté à son père, lui avoua doucereusement:

– Ça vient d'un paquet qu'j'ai piqué au magasin, mémère, mais si tu l'dis à p'pa, j'risque de manger une volée. Tu voudrais quand même pas m'voir avec la lèvre enflée, hein?

– Ben sûr que non, mon p'tit cœur, mais donne-moi au moins le reste du paquet, j'vas m'en débarrasser pour toi.

– C'est que…. c'est que… balbutia Dédé en regardant son ami.

– C'est qu'on les a fumées, Madame Gaudrin! répondit vivement le copain.

– Toi, chez vous! Pis toi, Dédé, tu sors pas d'la soirée! Pire que ça, tu vas même te laver au complet avant d'souper!

– Pas si d'bonne heure, mémère, pas l'bain d'la semaine…

– Non, non, à la débarbouillette! Prends-la, mouille-la, savonne-la pis lave-toi! Pis oublie pas l'visage d'en haut pis celui d'en bas! C'est-tu assez clair ça, mon p'tit verrat?

Gertrude qui avait assisté à la scène se leva et, se dirigeant vers la porte, dit à son amie Emma:

– T'as toute une tâche, c'est presque d'la mauvaise graine, ce p'tit là…

– Pas tant qu'ça, pis ça, ça me r'garde, Gertrude! Pis, t'as besoin de t'fermer la boîte sur c'que t'as entendu, toi! Si t'en parles à Ti-Guy…

– Voyons! Pour qui qu'tu m'prends? J'suis d'ton bord, Emma, j'suis bouche cousue, tu devrais l'savoir…

– Ben, y'a des fois que l'fil se casse, Gertrude! J'te connais! Avec toi…

Insultée, l'amie très chère passa la porte sans la saluer et, mémère, restée seule, hochait la tête en pensant aux mauvais penchants de son «p'tit cœur».

Craignant d'être dénoncé à son père sans pour autant regretter d'avoir fait «exploser» le ouaouaron, Dédé s'était dirigé vers la salle de bain tout en ricanant encore de bon cœur. Faire fumer un gros crapaud, c'était beaucoup plus l'*fun* que de faire nager des fourmis dans des bouteilles de Pepsi.

Emma Gaudrin en avait vu de toutes les couleurs avec ce petit-fils qui s'enlignait sur le chemin des vauriens. Comme Betty et Ti-Guy ne s'en occupaient guère, la tâche entière de l'élever, de le rappeler à l'ordre, de le punir ou de le dorloter, retombait sur elle. Ti-Guy n'était intervenu qu'une fois ou deux pour le réprimander de ses sourcils froncés et, une seule fois, il l'avait secoué et enfermé dans sa chambre, parce que «fiston» s'était amusé à jouer un tour à Betty en enlevant de vingt boîtes de conserve les étiquettes qui les identifiaient. Si bien que la pauvre Betty ne savait plus si les boîtes contenaient des pois verts ou des betteraves et qu'elle ne pouvait plus les offrir à sa clientèle. Comme le tout avait échoué dans le garde-manger de mémère, Ti-Guy avait sévi. Non pas pour corriger son vilain petit monstre de son geste, mais parce que ce dernier lui avait fait perdre… des profits!

C'est vers l'âge de dix ans que Dédé avait été à son mieux dans l'art de faire damner sa grand-mère. Emma n'avait pas oublié le jour où le curé était venu se plaindre de son «p'tit cœur». Il avait surpris l'enfant en train de blesser des oiseaux avec son *sling shot* rempli de roches. Il leur brisait les ailes pour ensuite les offrir en pâture, encore vivants, aux chats du voisinage. Mémère en avait été bouleversée et Ti-Guy, averti par cette dernière, lui avait répliqué: «Si tu l'surveillais de plus près aussi, la mère! T'as juste ça à faire!»

Emma Gaudrin aurait tout donné pour remettre son «p'tit cœur» à son père. Elle avait tenté de le faire par des complaintes, par la ruse, par des prétextes de santé, mais Betty, plus sournoise qu'elle, avait dit à son mari: «C'est lui ou moi, *darling*!» Et comme Ti-Guy ne voulait pas perdre sur un coup de tête celle qu'il appelait «bébé», il somma sa mère de ne plus tenter de lui refiler Dédé, d'arrêter de s'en plaindre et de l'élever comme du monde. Emma, pleurant, lui disant qu'elle n'en avait plus la force, se fit répondre par son fils, brusquement: «Tant pis! T'avais juste à l'laisser à sa mère dans l'temps!»

Malgré tout, mémère Gaudrin adorait son petit-fils. Elle le cajolait, le couvait de sa tendresse et l'inondait de cadeaux. Tout ce que l'enfant désirait, il l'obtenait avec elle. Comme Ti-Guy, jadis, alors que son père, plus sévère, ne lui passait pas tous ses caprices. Mais Emma Gaudrin se rendait compte que Dédé n'était pas aussi facile à élever que son Ti-Guy l'avait été. Il avait «de sa mère dans l'corps» selon ses dires. Sans pour autant parler des failles de son fils, coureur de jupons invétéré, égoïste à outrance, dont le sang coulait également dans les veines de l'enfant. Drôle de petit bonhomme que ce Dédé qu'il fallait sans cesse reprendre. Mémère lui avait répété cent fois: «Dédé, tire sur la chaîne! A pisse comme une neuve!», que le petit n'avait jamais appris à uriner sans qu'on entende le jet dans l'eau et le surplus sur le siège baissé au moment de… la secouer! Pas plus qu'elle n'avait réussi à lui apprendre à ne pas dire tout haut ce qu'il pensait. Comme la fois où, attendant son tour chez le médecin et observant un homme âgé qui lisait, il avait dit à sa grand-mère de sa voix aiguë: «Mémère, pourquoi qu'y s'mouille le pouce avec sa langue avant d'tourner les pages, le p'tit vieux?» Emma Gaudrin avait failli rougir de honte. Mais le temps avait passé, Dédé avait grandi et, quoique turbulent, il réussissait assez bien en classe. Surtout en mathématiques et en rédaction. Selon l'institutrice, il avait beaucoup d'imagination, ce dont mémère ne doutait pas avec toutes les «menteries» qu'il lui contait quand il était pris au piège. En ce dernier été, cependant, celui de ses onze ans, Dédé n'était plus aussi ouvert et spontané que lorsqu'il était dans la salle d'attente du médecin. Il faisait ses coups sournoisement et jouissait presque toujours seul de ses méfaits. Hypocrite, il n'avouait plus rien à sa grand-mère ni à ses copains. De plus en plus solitaire, toujours aussi «mauvaise graine», il avait appris à garder pour lui ce qui risquait de lui valoir d'amers reproches.

Le village avait changé d'habitants avec le temps. La maison de Jovette Biron était maintenant celle de deux vieilles filles venues de Saint-Émile de Montcalm, et la baraque de bois à l'entrée du village qui avait appartenu à une dame âgée, décédée depuis, était passée aux mains du père Arthur, un vieil ivrogne gros comme un pou, qui avait quitté Sainte-Julienne pour s'installer à Saint-Calixte. Un vieux qui sentait toujours «la tonne» et qui avait fait la guerre de 14-18. Cuvant son vin, buvant sa bière chez lui, il n'était pas du genre à fréquenter l'hôtel. Toujours seul, il buvait dans sa piaule, parlait à peu de monde et tout ce qu'on savait de lui était qu'il avait été marié, que sa femme était morte et que son fils était parti de la maison à l'âge de seize ans pour ne plus jamais y revenir. Les yeux petits et gris, chauve, édenté, les doigts croches, il inquiétait, on le redoutait, on s'en méfiait. Tous… sauf Dédé qui, sans crainte, s'était laissé apprivoiser. À deux reprises, on l'avait vu sortir de chez le père Arthur, le yeux rouges, les cheveux ébouriffés, la chemise quasi sortie de sa culotte courte. Avisée, mémère s'alarma et questionna Dédé sans détour:

— Qu'est-ce que tu vas faire chez l'père Arthur, toi?

— Moi? Rien… Y m'raconte des histoires de guerre pis j'aime ça.

— À d'autres, Dédé, y'a mauvaise réputation, ce vieux-là! Pis où c'est qu'tu prends l'argent que Gertrude te voit dépenser au restaurant?

— Maudite commère, elle! C'est mon argent! Celui qu'tu m'donnes pis que j'ramasse! J'ai l'droit d'en faire c'que j'veux, non?

— Ben sûr… Si c'est l'cas, j't'en veux pas, mais j'aime pas t'voir rôder dans la cabane de c'vieux-là! Y pue, y sent la bière! Y t'écœure pas, Dédé? Toi, le p'tit dédaigneux à table…

– Ben non! Pis j'mange pas chez lui, mémère! Mais là, y m'a tout raconté d'la première grande guerre. Y m'a tout dit c'qui s'passait dans l'armée… J'y r'tournerai plus, c'était juste pour passer l'temps.

– Bon, j'aime mieux ça! Parce que quand tu r'viens d'là, j'peux pas dire que tu sens bon! On pourrait jurer qu'tu t'frôles sur ses guenilles!

– Ben non, c'est l'odeur de sa maison… Y fait pas l'ménage souvent…

Mais, deux jours plus tard, Dédé avait encore été aperçu alors qu'il sortait par la porte arrière de la cabane du père Arthur. Cette fois, c'était le copain des «ouaouarons» qui, délaissé, l'avait trahi à sa grand-mère. Emma, qui l'attendait de pied ferme, le vit entrer et monter d'un seul trait à sa chambre. Il avait les joues rouges, le souffle court, et elle pouvait entendre le cliquètement des «cennes» dans sa poche. Elle monta, tenta d'ouvrir et hurla:

– Ouvre, Dédé, ou j'défonce! Pis, c'te fois-là, tu viendras pas m'dire que ton argent vient de ta banque; j'ai vérifié, t'avais pas une cenne dedans à matin!

De l'autre côté de la porte, Dédé, coincé, lui répondit effrontément:

– T'as pas fini de m'*checker*, mémère? J'vas-tu t'avoir su'l'dos jusqu'à vingt ans? Aïe! j'm'en vas sur mes douze ans! Penses-tu que j'vas t'rendre des comptes encore ben longtemps?

– P'tit sacripant! P'tit verrat! Oui, tu vas m'en rendre parce que t'as pas encore le nombril sec! Si tu penses que parce que tu t'en vas sur tes douze ans… Attends un peu! T'étais encore chez l'vieux, hein? Attends que j'le dise à ton père!

Et, contrairement aux fois précédentes, Dédé lui avait lancé:

– Tu peux y dire c'que tu voudras, y t'croira pas! Pis c'est pas lui qu'ça va déranger que j'parle au père Arthur, ça fait un mois qui s'sacre de moi! Même quand j'le croise dans la rue, y m'parle pas! Y'a toujours les yeux sur une femme ou y r'garde à terre… Dis-y c'que tu voudras, mémère, ça m'dérange pas.

– Parce que t'as rien sur la conscience, j'suppose?

– Non j'ai rien sur la conscience pis rien à confesser si c'est ça qu'tu veux savoir… lui répondit son «p'tit cœur», tout en faisant pivoter de ses doigts les quatre «trente sous» cordés sur sa commode.

Par acquit de conscience, Emma prévint son fils de l'étrange relation de Dédé avec le père Arthur. Surpris et ennuyé, Ti-Guy la réprimanda:

– Tu vois du mal partout, la mère! C'est juste un vieil ivrogne, pas un vieux cochon comme tu l'penses. Y tient à peine debout! Dédé aime les histoires, tu l'connais? Y s'renseigne, pis comme y'a toujours été plus vieux qu'les enfants de son âge…

– Pis l'argent, Ti-Guy? L'argent qu'y'a dans les poches?

– Tu l'bourres sans arrêt, la mère! Tu t'rappelles même pas de tout c'que tu y donnes! À coups d'cinquante cennes, ça fait des piastres… Pis, pour le vieux, tu t'méprends parce que Betty m'a dit qu'y l'avait déjà r'gardée d'la tête aux pieds.

– Pis après? *Flashée* comme a l'est, a passe pas inaperçue, ta femme! Pis, comme on dit, un chien r'garde ben un évêque!

– Bon, ça va faire, la mère, j'ai d'l'ouvrage! Pis, arrête de guetter Dédé comme si y'avait encore six ans! Donne-lui du lousse un peu! Y s'en va sur ses douze ans pis j'gagerais ma main qu'la puberté…

– Ben, t'as rien à gager si j'en juge par c'que j'entends! Pis, j'parle pas rien qu'du vieux! Y'a tire la chaîne maintenant!

Le sujet resta clos et Dédé, avec précaution, put se permettre de retourner maintes fois chez le père Arthur pour entendre la suite du récit pourtant terminé... de la guerre de 14-18! Un long «récit» qui lui permit, à la fin de l'été, de s'acheter une montre-bracelet par l'entremise du catalogue d'Eaton. Au grand désespoir de mémère qui, commandant l'article pour lui, ne se souvenait pas de l'avoir «bourré»... d'autant d'argent!

Impuissante, ne pouvant compter sur l'appui de Ti-Guy, elle se tourna à contrecœur vers Gertrude afin de partager ses déboires. Elle lui fit part de toutes ses déceptions face à l'enfant qu'elle élevait, sans pour autant lui parler du drôle de rapport qu'il entretenait avec le vieux et... de la montre-bracelet! Puis, accablée, à bout de souffle, elle se plaignit de son angine, de son «poing» dans le dos, du mauvais état de ses reins, d'une supposée bursite, en tenant Dédé coupable de tous ses malaises physiques et, Ti-Guy, de la dépression nerveuse qu'elle sentait venir. L'ayant écoutée, consolée, Gertrude ne savait trop quoi lui dire. Elle tenta de lui faire comprendre, qu'avec le temps... Mais Emma lui avait répliqué en pleurnichant:

– Y va être pire, Gertrude, y va finir par me faire mourir...

Devant une telle prémonition, pour lui éviter pareil sort, Gertrude poussa l'audace jusqu'à lui conseiller de se trouver...

– Tu veux pas dire, un homme, Gertrude?

– Oui, Emma! Un compagnon! T'es encore belle femme pis y'a des veufs qui ne diraient pas non si t'étais plus souriante.

– Non et non, pas d'homme! J'en ai eu un, c'est assez, pas deux!

– C'est peut-être c'qui t'sortirait du trou, Emma! Comme c'est là, Ti-Guy pense rien qu'à lui, Betty te r'garde même pas, pis t'es pognée à élever le p'tit de peine et de misère. Penses-y! Avec un homme dans ta vie, Ti-Guy serait obligé de reprendre Dédé…

— Non, non, pas d'homme! Pour tout l'or du monde, pas d'homme!

— Pourquoi, Emma? Y'a encore des bons gars…

— Non, pas pour moi, merci!

— Mais pourquoi? insista Gertrude sur un ton mielleux.

— Parce que l'meilleur des hommes vaut pas sa m…. Ah! fais-moi pas parler mal, Gertrude!

# Chapitre 1

24 décembre 1962. Bien vêtus, mémère dans sa robe de taffetas rouge, son collier et ses boucles d'oreilles en cristal de roche, Dédé dans un complet neuf avec chemise blanche, cravate et boutons de manchettes, ils s'apprêtaient à se rendre à la messe de minuit du village, pour ensuite aller réveillonner chez Betty et Ti-Guy dans leur grosse maison de pierres. Ils se croisèrent tous à l'église, mais Ti-Guy préféra prendre le dernier banc avec sa femme, ce qui lui permit de sortir et d'aller griller une cigarette sur le parvis durant le sermon. Au vu et au su de tous, mais qui donc aurait osé reprocher au citoyen le plus riche de Saint-Calixte de se permettre une telle liberté? Pas même le curé parce que, chaque dimanche, c'était un billet bleu que le marchand prospère déposait dans l'assiette lors de la quête. Une générosité qui suscitait l'admiration, ça, Ti-Guy le savait, car, de nature, il n'était guère porté à sortir ses «piastres» quand il pouvait s'en tirer avec ses «cennes». Un défaut que Betty lui reprocha au début de leur mariage pour ensuite emboîter le pas, car les «cennes» sauvées lui permettaient des voyages et des toilettes dont elle n'avait guère envie de se priver. Des robes des grands salons en vogue à Montréal, bien entendu, chapeaux, sacs à

main, gants, foulards, bijoux, tous dénichés dans les défilés de mode auxquels elle assistait en compagnie de sa sœur, Fanny, qui se déplaçait de Thunder Bay pour de telles occasions. D'autant plus que Betty, plus à l'aise, lui remboursait chaque fois l'aller-retour de son voyage.

À la radio tout comme à la télévision, on entendait des chants et des cantiques de Noël. Richard Verreau, Nana Mouskouri, les orchestres symphoniques, Tino Rossi, Estelle Caron, des quatuors peu connus, Bing Crosby, Lawrence Welk et ses musiciens, tous y allaient de gais et pieux refrains. Betty avait préparé une grande table garnie de petits plats pendant que la tourtière et la dinde mijotaient encore dans le «fourneau». Outre sa mère et son fiston, Ti-Guy avait invité le «pourceau» maire et sa nouvelle épouse, la fille d'un fermier, ainsi que Gertrude qui, devenue veuve, avait emmené avec elle la plus vieille de ses filles, laide à faire peur, mais gentille. Le curé était aussi du réveillon ainsi que le nouveau docteur du village avec sa jeune épouse, une fort jolie rousse, que Ti-Guy, sans aucune gêne, déshabillait des yeux depuis son arrivée. Tout ce beau monde réuni pour leur en mettre… plein la vue! Betty était resplendissante dans sa robe moulée sertie de pierreries. On aurait dit une étoile de cinéma tellement elle scintillait avec tous ces bijoux vrais et faux qu'elle arborait. Lui, pour ne pas être en reste, s'était habillé de neuf des pieds jusqu'aux épaules. Complet bleu, chemise de soie blanche, boutons de manchettes en or rehaussés de poussière d'or, il était bien coiffé et affichait un beau sourire de ses dents blanches. À trente-deux ans, dans la force et la splendeur de l'homme, Guy Gaudrin avait tout pour séduire la plus coriace des femmes. Et c'est sans doute pourquoi, la femme du médecin, la rousse aux yeux verts et… pervers, se déhanchait pour se rendre à la table, sachant que l'hôte de la soirée l'observait. Dédé, seul enfant de cette «cour» quasi royale, s'ennuyait à mourir au milieu de tous ces faux jetons, Betty et Ti-Guy inclus. Il regardait souvent mémère qui, elle aussi, semblait se sentir de trop dans cette réunion où tous les yeux étaient rivés sur son fils. Et c'était à peine si Betty lui avait adressé la parole. Elle attendait, bien sûr, avec une réelle impatience, le moment où les cadeaux seraient offerts. Malgré la joie qui la tenaillait déjà, elle se demandait si Dédé ne lui avait pas menti. Mais non! Comment aurait-il pu inventer une histoire semblable! Il savait, certes, qu'elle rêvait d'un manteau de mouton de Perse, mais de là à ébaucher un scénario… Non! Dédé avait ses défauts, mais jamais il n'aurait fait une chose pareille. Pas à «sa mémère» qui couvait son «p'tit cœur» en ne lui refusant rien ou presque. Dans son for intérieur, Emma Gaudrin jubilait d'aise. Un manteau de mouton de Perse! Et un cadeau de son Ti-Guy à part ça! Elle se voyait déjà, se pavanant sur la rue Principale, à en mettre plein la vue à Gertrude et à quelques autres commères qui avaient encore leur vieux manteau de drap. Mais un rictus amer se pointa au coin de sa lèvre, lorsqu'elle songea à Betty qui avait protesté contre un tel achat. Betty! La maudite Anglaise qui avait pris la place entière auprès de son Ti-Guy! Betty qui l'influençait et qui obtenait tout de lui, en levant sa jupe pour ajuster une jarretelle de… dentelle. Cette intruse qui profitait largement des faiblesses charnelles de son mari plus que… sexuel! Betty qui, Emma l'espérait presque, serait peut-être trompée et «dompée» pour la jolie petite rouquine du médecin qui le reluquait. Une intrigue malsaine, malhonnête, un méfait que madame Gaudrin mère, quasiment… caressait.

Le réveillon allait bon train, les gens mangeaient, buvaient, mais raisonnablement. Seul Ti-Guy dépassait la mesure dans le vin rouge comme dans la crème de menthe. Pas ivre mais pas sobre, il s'amusait, chantait, dansait, sous les yeux aux sourcils froncés de sa tendre moitié. Parce que, Ti-Guy, quand venait le temps d'un *slow,* invitait la femme du médecin à danser pour la serrer contre lui. Dédé avait tout vu, tout remarqué. Prenant sa grand-mère à part, il lui avait dit:

— R'garde comment est jalouse, sa Betty! A sait plus où r'garder, a rougit!

— Tant pis pour elle! lança Emma. A s'prend pour une autre? Ben a va voir qu'y en a d'autres!

Le moment des présents arriva et, Ti-Guy, fier comme un paon, commença par offrir le cadeau de sa femme. Quelque peu pompette, surprise, elle déballa la toute petite boîte pour y découvrir une splendide bague en or sertie de diamants et de rubis. La glissant à son doigt, elle la montra à tous pour ensuite se jeter dans les bras de son mari. Puis, Ti-Guy, debout devant un rideau qui recouvrait la porte d'un placard le tira, et Dédé faillit tomber par terre. La bouche ouverte, il contempla la magnifique bicyclette CCM rouge avec une sonnette, un phare, les ailes chromées… Souriant à mémère, fou de joie, il s'en saisit et, regardant son père, il balbutia:

— Mer… merci, p'pa! J'pensais pas l'avoir! J'sais plus quoi dire…

Ti-Guy lui rendit son sourire sans même l'inviter à se jeter dans ses bras, sans même un baiser sur le front de son petit gars. Mémère en était chagrinée. Et, bien sûr, Betty n'avait pas pensé à le serrer sur son cœur. Ti-Guy reçut une chaîne en or de sa femme, les autres s'échangèrent des cadeaux et mémère, dans son coin, se demandait si on ne l'avait pas carrément oubliée. Dédé semblait vouloir lui dire d'être patiente, mais elle angoissait, elle en avait même des crampes dans les mollets. Le calme revint peu à peu et Ti-Guy, solennel, se leva pour dire à tous ceux qui partageaient sa table:

— Faudrait pas croire que j'ai oublié ma mère, je l'ai gardée pour le dessert.

Souriant, il se dirigea vers une autre pièce et revint avec une immense boîte emballée de papier rouge et ornée d'un énorme chou vert, qu'il déposa aux pieds de sa digne mère. Cette dernière, la lèvre tremblante, l'émotion à peine contenue, la larme à l'œil, déballait lentement ce qu'elle savait d'avance avoir à découvrir. Ouvrant la boîte et tassant le papier de soie blanc, elle aperçut le magnifique manteau de mouton de Perse noir avec collet et poignets en mouton gris. Feignant la surprise la plus absolue, elle le sortit de son emballage et l'enfila tout en disant à Ti-Guy:

— J'en r'viens pas! Si j'm'attendais à ça! T'aurais pas dû! C'est trop!

Elle pivotait sur elle-même pour que tous les invités l'admirent dans son manteau de prix. Elle regardait Gertrude qui, les yeux grands ouverts, l'enviait de tout son être. Poursuivant son défilé, elle permit même aux dames de glisser la main sur le mouton bouclé. Puis, regardant encore Ti-Guy sans un seul regard sur Betty qui avait choisi et emballé le superbe manteau, elle lui débita:

— Jamais, j'aurais pensé... Pour une surprise, c'en est toute une...

Quand, du coin du salon, de la bouche de son «p'tit cœur», elle entendit:

— Menteuse! Hypocrite comme ça s'peut pas! A l'savait son cadeau, j'y avais dit! Pis là, devant tout l'monde...

Un silence avait envahi la pièce et Dédé sentit un frisson lui parcourir l'échine. Mémère se mit à trembler puis à pleurer. Ti-Guy, debout, la consola en lui disant:

— T'as pas à t'sentir mal à l'aise, la mère, c'est ce p'tit maudit-là que tout l'monde regarde! Tu vois, Dédé? Ça t're-tombe su'l'nez! T'as voulu faire ton *smart,* t'as ouvert ta grande gueule, pis là, t'as voulu mettre mémère dans l'em-barras, ben c'est toi qu'ça va punir, mon p'tit verrat! R'garde-le bien ton bicycle, r'garde-le en masse parce que tu l'auras pas! Demain ou après-demain, j'le r'tourne au magasin. Ça va t'apprendre, ça va t'servir de leçon…

— Non, Ti-Guy, c'est pas si grave, fais pas ça… d'implo-rer Emma.

— Oui, j'vas l'faire, la mère! Y'a fait assez d'trouble comme ça, y mérite rien, le p'tit syncope! Pis ça, c'est sans parler de c'qu'y fait dans l'année… Quand j'y pense! Dévoiler ton ca-deau! Trahir son père pour ensuite humilier sa grand-mère! Visage à deux faces! Faudra l'confesser, Monsieur l'curé, vous allez en avoir pour deux heures!

Couvert d'invectives, vertement semoncé devant tout le monde, Dédé se leva, mit ses bottes et son manteau et se diri-gea vers la porte.

— Où c'est qu'tu t'en vas comme ça? Pars pas… Ton père voulait pas dire…

— Laisse-le partir, la mère, qu'il aille se ronger les ongles un peu, ça va lui apprendre qu'à force d'être méchant, on peut pas toujours s'en tirer les quatre pieds blancs!

Toisant son fils du regard, Ti-Guy ajouta d'un ton cinglant:

— Pis, pense plus au bicycle! C'est fini, tu l'as perdu!

Rouge de colère, ouvrant la porte, Dédé sortit en lui criant:

— Ben… Fourre-toi-le dans l'cul!

L'injure faite à son père, cette grossièreté de la part d'un enfant soi-disant bien élevé, avait laissé les invités très mal à l'aise. Surtout mémère qui se targuait des bonnes manières inculquées à son petit-fils. Ti-Guy s'excusa des gros mots de son fils à monsieur le curé, tout en se promettant de lui servir une ou deux taloches dès qu'il lui mettrait la main au collet. Mais, le lendemain de l'incident, mémère plaida si bien sa cause auprès de son fils, que ce dernier se mit à fléchir.

– Tu sais, Ti-Guy, y'a pas eu sa vraie mère, y'a manqué d'affection pis faut dire que tu t'en es pas occupé tellement depuis qu't'es marié à Betty. Pis elle, a l'a jamais digéré…

Ti-Guy, face au plaidoyer de sa mère, finit par se sentir coupable. Revenant sur sa décision, il se rendit au magasin et, apercevant Dédé qui tremblait de peur, lui dit:

– T'as rien à craindre, j'te frapperai pas, mais parle-moi plus jamais comme ça, t'as compris? Un père, ça s'respecte! Moi, si j'avais dit ça au mien… Écoute, Dédé, tu vas l'garder ton bicycle, j'le retournerai pas, mais à partir d'aujourd'hui, plus un mot de travers à ton père pis à Betty, compris?

– Heu… oui, p'pa… J'voulais pas, c'est sorti tout seul… J'étais pas content…

– Content ou pas, tu t'retiens à l'avenir! Si jamais tu r'commences… Pis, c'est grâce à mémère si j'passe l'éponge. Alors, t'as besoin d'être fin avec elle. Si j'entends encore des plaintes de sa part, j'te l'dis Dédé, ça va être l'école de réforme. Y'a toujours un boutte!

Dédé promit de faire attention, d'épargner mémère, d'être poli, mais dès que son père fut sorti, il se grattait l'oreille tout en affichant un sourire en coin. Et lorsque mémère vint lui dire:

– Ça s'est bien passé, mon p'tit cœur? Tu vois, quand t'es correct avec lui…

Elle n'eut pas le temps de terminer qu'il lui lança à la dérobée:

– Oui, oui, fais-en pas un drame! Pis là, j'sors, j'ai pas faim, j'ai queq' part à aller.

– Où ça?

– Aïe! Ça va pas r'commencer, mémère! T'es-tu sourde quand j'te parle?

Entre Noël et le Nouvel An, Ti-Guy en avait profité pour se rendre à Montréal où il devait, selon ses dires, étudier une occasion d'affaires de près. Betty protesta quelque peu, mais après le cadeau princier qu'elle avait reçu, elle préféra ne pas s'obstiner avec lui. Elle aurait certes aimé l'accompagner, mais Guy lui avait fait comprendre que sa présence risquait de le distraire de sa concentration sur les affaires. Sans lui dire, bien sûr, qu'une belle fille de vingt ans aux yeux noirs allait se charger de «le distraire», comme elle le faisait chaque fois qu'il se rendait seul dans la métropole. Une belle fille qui, à l'instar de quelques autres dans d'autres villes, villages ou patelins, attendait que le beau ténébreux divorce de sa femme pour lui glisser la bague au doigt. Mais il était vrai que Guy Gaudrin avait une occasion d'affaires à discuter. Deux même! Il avait déjà entamé des discussions lors d'un voyage précédent et personne ne se doutait, pas même Betty, que le marchand le plus en vue de Saint-Calixte avait besoin d'un renouveau dans sa vie de moins en moins trépidante sur la rue Principale. Guy parti, sa femme mit tout en œuvre pour que le jour de l'An soit inoubliable. Elle prépara d'avance un souper d'apparat pour son mari, sa belle-mère, le petit, et sa sœur Fanny qui viendrait de Thunder Bay avec son mari et ses enfants. Elle aurait certes souhaité que ses parents soient de la partie, mais madame Blair, alitée, ne pouvait effectuer un tel voyage.

Tout était prêt, rien n'avait été négligé, lorsque Ti-Guy rentra de Montréal le 31 décembre, beau, détendu, souriant, rassasié. «Content de t'revoir, bébé… J'ai trouvé l'temps long, j'avais envie de toi…» lui dit-il avant de l'embrasser, tout en serpentant son corps de sa main libre. Fanny, William et leurs deux filles, Ina et Selma, étaient arrivés dans la soirée, quelques heures après le retour de Guy. Accueillant, courtois, pas davantage, il était évident que Ti-Guy n'était pas fou de sa belle-famille. Il tolérait le beau-père, détestait sa belle-mère, et portait peu dans son cœur Fanny, qui avait trop d'influence sur Betty. Le beau-frère, William, était un «épais» selon lui et les deux nièces de treize et onze ans étaient stupides comme leur père et pas plus jolies que leur mère. Seule Betty était le point de mire de cette famille. Belle, intelligente, féminine à outrance, c'était à se demander si elle venait vraiment du même père que sa sœur aînée.

Les Blair avaient quitté la butte après que Ti-Guy l'eut achetée. Bon promoteur, Guy Gaudrin s'était associé avec le maire pour faire construire d'autres chalets qu'il louait à gros prix, l'été. Ce qui poussa le père de Betty à lui vendre le sien et à retourner à Thunder Bay. Avec autant de chalets sur la butte, la paix n'était guère présente. Les chalets étaient loués à des familles de Montréal en quête de plein air et d'un beau lac pour leurs enfants. Betty avait été vexée du départ de ses parents, mais comme elle était maintenant la femme la plus enviée de la région, elle ne fit aucun effort pour les retenir. Ti-Guy était toute sa vie et les voyages, sa plus grande passion. Lorsque la butte fut établie et que son rendement devint plus que profitable, Guy Gaudrin racheta presque de force la part du «pourceau», l'incitant à se contenter des taxes qu'il encaisserait désormais. Ce devant quoi le maire n'eut d'autre choix que de s'incliner, d'autant plus que Guy Gaudrin faisait presque vivre la municipalité avec les taxes perçues sur ses commerces, dont le garage, le magasin général et l'hôtel où les affaires allaient

bon train. Cet hôtel où naguère Jovette et Pauline allaient danser. Ce piètre établissement où Marcel Marande avait croisé la
«p'tite Pinchaud», comme il l'appelait, appartenait maintenant
au plus jeune de la tribu d'antan, Ti-Guy, qui n'avait jamais oublié
que c'était à «son» hôtel que Bob était venu lui annoncer que
Pauline attendait un enfant de lui. Cet hôtel que le nouveau «pro-
prio» fréquentait assidûment et pas seulement pour y percevoir
les recettes de la soirée. Lors des spectacles de fins de semaine,
c'était Ti-Guy qui négociait les contrats des artistes venus de
Montréal. C'était également lui qui choisissait l'effeuilleuse qui
ouvrait le spectacle et avec laquelle, bien souvent, il fermait «la
place» certains samedis soir. De plantureuses danseuses osées
qui ne se faisaient pas prier pour ouvrir la porte de leur chambre
au très bel hôtelier. D'autant plus que ce dernier, satisfait, doublait
parfois leur salaire tout en les assurant d'un autre engagement.

Premier de l'an 1963. Les gens du village se souhaitaient
la bonne année, de la santé, le paradis à la fin de leurs jours,
alors qu'à la radio et à la télévision, on commentait les événements marquants de l'année qui venait de s'écouler. Il était
question de politique, de faits graves, de méfaits d'ici et d'ailleurs, bref, plus de déboires que de joies, mais pour Betty, ce
qui l'avait le plus affligée avait été le décès de Marilyn Monroe.
Cette superbe déesse de l'écran qui, disait-on, s'était suicidée
à l'âge de trente-six ans. Si belle! Si riche! Si célèbre! Voilà
ce que Betty ne pouvait admettre. Avoir tout cela et tout laisser tomber pour l'au-delà… Quelle tristesse! Alors que les
enfants qui crevaient de faim dans les pays sous-développés
la laissaient indifférente. Que Marilyn! Quelle injustice que
sa fin tragique! Betty qui, avec un corps aussi sculpté que celui de la regrettée vedette, ne voulait en rien l'outrager. D'où
le fait de n'avoir pas désiré être mère. Non seulement pour ne

pas contrarier Ti-Guy, mais pour ne rien «déformer» de ce que la nature avait si bien fait.

Mémère et son «p'tit cœur» arrivèrent au milieu de l'après-midi, accueillis poliment par Betty, chaleureusement par Ti-Guy. Présentations faites, Dédé se sentit contrarié d'entendre Betty parler en anglais à ses invités, aucun d'eux ne sachant vraiment parler français. Ti-Guy se débrouillait un peu, mais pas assez pour suivre Fanny dont le débit était rapide. Dédé, assis à côté de mémère, avait dévisagé Ina et Selma, les deux nièces de Betty, et la plus vieille avait baissé les yeux. L'autre soutenait son regard avec un certain intérêt, mais Dédé la trouvait plutôt laide avec ses dents trop avancées et son nez plat. Il ne prêta donc aucune attention à la parenté de sa «belle-mère» et comme tout se déroulait en anglais, mémère en fut très contrariée. Elle mangea rapidement et, après s'être excusée, se retira de table avec Dédé.

— T'as même pas pris ton dessert, la mère!

— Oui, j'sais, mais avec le baragouinage, Ti-Guy… J'comprends rien! Ça pourrait être en chinois qu'ça serait pareil! Pis a me r'garde même pas, la sœur de Betty! Aussi fraîche qu'elle…

— Aïe! C'est pas fin c'que tu viens de dire là, la mère! Betty pis sa sœur sont loin d'être pareilles! Tu commences mal l'année…

— C'est parti tout seul, excuse-moi, j'parlais plutôt d'l'autre que de ta femme, mais avoir su, j'serais allée souper chez Gertrude. Au moins, là, j'aurais pas été à table juste comme une parure!

— Pas si fort la mère, Betty comprend l'français, elle, pis Fanny va finir par s'apercevoir que tu parles d'elle. Endure un peu, y vont partir dans la soirée, y restent pas à coucher, l'beau-frère veut voyager d'nuit… Dis rien pis reste, après on va faire jouer des disques de la Bolduc pis on va parler dans not' langue, la mère. Pis toi, Dédé, si tu trouves ça plate, en attendant, va dans l'boudoir, y'a des *comics* pis des bandes dessinées en masse.

La sœur de Betty, son mari et ses filles, partirent vers neuf heures du soir, à la noirceur, pour reprendre le chemin de l'Ontario. Juste avant, au salon, Selma, la plus petite des deux sœurs, avait chuchoté quelque chose dans l'oreille de la plus grande, en cachant sa bouche de sa main. Cette dernière leva la tête, regarda Dédé, et la plus jeune se mit à rire pendant que l'autre se retenait. Enragé, humilié sans savoir ce qu'il y avait de drôle, Dédé se promenait de long en large alors que les filles, un verre d'orangeade sur la table, se levaient à tour de rôle ou ensemble, pour tenter d'identifier les poissons de l'aquarium. Elles vidèrent leur verre, s'essuyèrent la bouche et enfilèrent leurs bottes et manteaux à capuchon avant de suivre leurs parents à l'extérieur. Sans dire bonsoir à mémère et à Dédé. Et, durant la mise en ordre de Betty qui ramassait les verres et les tasses, Dédé, seul dans son coin, riait en se tenant les côtes. Parce que, pendant que la petite Selma regardait les poissons avec sa sœur, il s'était approché de son verre pour y laisser tomber du bout des doigts… une crotte de nez!

Le lendemain, à la fin de l'avant-midi, Ti-Guy téléphona à sa mère pour lui dire:

— J'aimerais qu'tu viennes chez moi vers deux heures avec Dédé. J'ai une grande nouvelle à vous annoncer. Toute une surprise!

Intriguée, Emma avait insisté:

— Fais-moi pas languir, Ti-Guy! De quoi s'agit-il? Ça m'concerne?

– Si c'était pas l'cas, la mère, j'te demanderais pas d'venir avec le p'tit! Ben sûr que ça t'concerne! Ça nous concerne tous!

– Betty est-tu déjà au courant, elle? questionna Emma sur un ton méprisant.

– Non! Pas plus que toi! A va avoir la surprise en même temps!

– Eh, qu'j'haïs ça des surprises comme ça! Ma pression monte déjà…

– Voyons, la mère, c'est pas une mauvaise nouvelle… Prends sur toi!

– Bon, ça va, j'viendrai avec Dédé, on sera là vers deux heures.


Dédé se demandait bien ce que leur voulait son père en montant les marches du bungalow de pierres. Mémère, essoufflée, avait tenté de rattraper son petit-fils en lui disant: «Pas si vite, mes bas descendent!» et, un peu plus loin: «Fais-moi pas courir, j'ai l'sang épais, j'ai l'visage rouge!» Mais le «p'tit cœur» prenait un malin plaisir à voir sa grand-mère tenter de faire de grands pas avec ses pieds lourds et courts dans des bottes garnies de fourrure trop grandes pour elle et enveloppée dans son mouton de Perse pour que les paroissiens tombent à la renverse devant son évidente «richesse»! Introduite par Betty qui, le lendemain de la veille, n'avait pas eu le temps de se «pomponner», mémère accepta une tasse de thé alors que son fils, café à la main, l'air prospère, prenait place dans le gros divan à bras pour mieux maîtriser la situation. Se tournant vers Betty, d'un air réprobateur, il lui dit:

– T'aurais pu offrir quelque chose à Dédé… Tu veux d'la liqueur, le p'tit?

– Ouais… un coke si t'en as, ou n'importe quoi d'autre.

Betty s'exécuta, revint prendre place dans l'autre fauteuil de velours et attendit, tout comme mémère, que Ti-Guy dévoile son grand secret. Le maître des lieux se leva, regarda dehors puis, souriant, se tourna vers sa femme, sa mère et son fils pour leur annoncer très calmement:

— J'vous ferai pas attendre plus longtemps, on déménage!

Interloquées, les deux femmes se regardèrent et c'est Dédé, presque choqué, qui le premier répliqua:

— Où ça? On part pas d'Saint-Calixte au moins?

— Ben justement, t'as frappé juste, le p'tit, on s'en va vivre à Montréal. J'ai acheté un duplex, j'ai même un commerce en vue...

— Guy! *For god sake!* lança Betty, tu ne m'en as même pas parlé! Moi, ta femme! Tu décides et on suit? *That's it?*

— Écoute, Betty, j'voulais qu'tout soit réglé avant de t'l'annoncer. Pis comme ça c'est presque réglé lors de mon p'tit voyage entre Noël et le jour de l'An, j'ai cru bon de l'dire à tout l'monde en même temps.

Emma n'avait encore rien dit, elle était bouche bée. Betty, par contre, avait froncé les sourcils avant de lui répondre carrément:

— Sans me demander mon avis! Comme si je suivais n'importe où les yeux fermés, moi! T'aurais pu m'en parler...

— Pis moi? de la couper madame Gaudrin, penses-tu que j'suis pas concernée aussi, Betty? J'suis sa mère! J'ai mon mot à dire!

Voyant que ça risquait de tourner au vinaigre entre les deux femmes, Ti-Guy trancha en regardant sa femme très sérieusement, sa mère avec un air sévère.

— Écoute, Betty, qui prend mari prend pays! J'ai décidé d'changer d'air pis j't'emmène pas en Angleterre, syncope, juste à Montréal! Pis toi, la mère, si ça t'dérange, si t'as pas l'goût d'suivre, tu pourras toujours te louer une chambre chez Gertrude parce que j'vends tout c'que j'ai ici! J'en ai assez d'la campagne, moi! Plus ça va aller, plus les affaires vont baisser! On va finir par avoir d'la compétition pis... j'ai besoin d'voir du monde, de changer d'atmosphère! J'ai pas envie d'rester ici comme le père jusqu'à c'qu'on m'mette six pieds sous terre! J'vends tout, compris? L'hôtel, le magasin, le garage pis la maison, Betty! Qu'ça fasse ton affaire ou non! La seule chose que j'vas garder, c'est la butte pis les chalets, parce que ça va être un *side line* payant pis qu'mémère pis le p'tit vont pouvoir venir passer l'été ici. J'vas garder un chalet vide pour eux autres. Pis là, j'ai plus rien à dire, rien à rajouter.

– J'vas perdre tous mes amis, p'pa! J'vas changer d'école pis ça m'tente pas! J'aime ça Saint-Calixte, moi, mémère aussi! scanda Dédé.

– Toi, t'as rien à dire! Pis j't'ai pas d'mandé ton avis, le p'tit! À douze ans, on suit! Des amis, tu t'en feras ailleurs! Pis, à Montréal, tu vas peut-être faire plus d'efforts à l'école, y'aura pas juste douze élèves dans la classe...

– Oui, mais ici, j'ai...

– Dédé! l'interrompit mémère, astine-toi pas avec ton père! Si y'a pris une décision pareille, c'est pour notre bien à tous. Ailleurs, ça va nous sortir d'la routine, on va aller d'l'avant...

Mais mémère avait prononcé ces mots sur un ton de résignation. Bien sûr qu'elle allait suivre, mais elle sentait déjà un dard lui transpercer le cœur. Toutes ces années ici, avec son défunt mari, à bâtir un commerce, à élever leur fils unique... Ce grand air, son église, sa Gertrude, sa belle galerie derrière le magasin... Triste à en mourir, elle faisait mine de sourire. Pour ne pas déplaire à Ti-Guy et pour tenter de convaincre

Dédé que, là-bas, ce serait mieux… qu'ici. D'autant plus que Betty semblait contrariée.

— J'aime ma maison, Guy, j'aime la campagne. J'ai quitté Thunder Bay pour venir ici parce que c'est plus tranquille, et là…

— Betty! Rends-moi pas la tâche plus difficile, lui dit-il en la serrant contre lui. Tu vas voir, bébé, à Montréal, tu vas être traitée comme une reine. On va sortir, on va s'amuser, tu vas pouvoir aller magasiner. On est trop jeunes pour vieillir avant not' temps ici où y s'passe jamais rien. C'est ben beau les voyages, mais tu vas voir, bébé, là-bas, t'auras plus l'goût d'partir, tu vas t'sentir comme une touriste pendant deux ans avant d'avoir tout vu pis t'habituer à la ville…

— Tu parlais d'un commerce… Quel genre de commerce, Guy?

— T'en fais pas, j'ai pas r'gardé du côté des épiceries pis des boucheries. J'en ai assez de c't'ouvrage-là. Mais j'reste un peu dans l'même domaine, Betty, j'ai des vues sur un magasin d'variétés pas loin d'où on va habiter. Le genre de magasin où tu peux être bien mise si ça te l'dit. On va vendre des journaux, des cigares, des cigarettes, des bibelots, des jouets, toutes sortes d'affaires. Pis d'la liqueur, du pain tranché pis du lait pour accommoder quand les épiceries sont fermées. Pis l'dimanche, après la messe, on ferme, Betty! L'après-midi pis la soirée *off* jusqu'au lundi matin. Les soirs, on ferme à neuf heures, pas une minute de plus. Mais on ouvre à sept heures le matin.

— C'est pas mal tôt, Guy! Ici, au moins…

— Écoute, faut pas manquer la clientèle qui s'en va travailler, c'est elle la plus payante. Les journaux, les cigarettes, c'est l'matin qu'ça s'vend… Mais, t'en fais pas, c'est moi qui vas ouvrir, bébé.

— Tu m'as toujours pas dit où c'était ce commerce-là.

– Sur la rue Fleury dans le nord de la ville. Juste au coin d'la rue Clark, mais à quoi bon, tu connais pas la métropole, Betty. Tout c'que j'peux t'dire, c'est qu'c'est dans l'nord d'la ville, une rue à l'ouest…

– Pas loin d'chez Jovette, si j'fais l'calcul… marmonna Emma Gaudrin.

– Plus au nord, la mère, pas loin d'la rivière.

– Pis la maison, à ressemble à quoi, Ti-Guy? insista la mère.

– C'est un duplex, quasiment un triplex, parce qu'il y a un logement dans l'sous-sol pis un autre au deuxième. Ça va être payant, ça va rapporter, pis c'est juste au coin de Saint-Laurent pis d'Prieur.

– Comment on va s'partager c'logement-là? de s'enquérir mémère. J'imagine que toi pis Betty, vous allez habiter l'bas pis qu'moi pis Dédé, on va être au deuxième?

– Non, la mère, pas tout à fait, le deuxième est déjà loué. Betty pis moi, on va prendre le bas pis Dédé pis toi, le sous-sol. Mais tu vas voir, c'est assez grand pour vous autres. Un beau trois pièces. T'auras ta chambre, la mère, pis Dédé pourra prendre le *davenport* du salon qui va t'servir de divan. La cuisine est grande, y'a une p'tite chambre de toilette pis un p'tit coin d'cour pour t'installer une balançoire. Tu vas voir, la mère, j't'ai pas négligée, j'ai pensé à toi… pis à Dédé!

Mémère et Dédé étaient revenus à la maison sans dire un mot tout au long du parcours. Soucieux, le petit ne l'avait pas fait courir derrière lui, cette fois. Manteau enlevé, bottes retirées, Emma regarda son petit-fils qui n'attendait que ce moment pour lui dire:

– Moi, ça m'tente pas d'aller vivre là! Y'est égoïste! Y pense rien qu'à lui, pas à nous autres! Même Betty avait pas l'air enchantée…

– Écoute, Dédé, ton père…

– Non, arrête mémère, bourre-moi pas! Ça t'tente pas plus que moi d'déménager dans c'coin-là! Pis j'le vois d'icitte, le logement! On va être tassés, y'appelle ça le sous-sol, mais c'est d'une cave qu'y veut parler, mémère! La cave pour sa mère pis son fils! Avec un p'tit bout d'terrain parce que lui pis son Anglaise, y vont s'garder la plus grande partie. Même pas l'deuxième étage pour nous autres! T'as voyagé, toi, mémère! Pis tu connais ça, c'genre de maison-là! Vas-tu avoir au moins un p'tit balcon pour te bercer?

– Heu… non. Les sous-sols, c'est six pieds sous terre, Dédé… C'est quasiment être dans une fosse au cimetière. Mais comme y'a dit qu'j'aurais mon p'tit bout d'terrain…

– Tu l'excuses tout l'temps, l'père, toi! C'est rendu qu'tu t'contentes de rien, mémère! Si tu parlais plus fort de temps en temps!

– Écoute, Dédé. c'est lui qui nous fait vivre…

– Ouais… j'veux ben l'croire, mais t'en avais d'l'argent avant, où c'est qu'tu l'as mis, mémère? T'étais la plus riche du village, Gertrude le disait. T'as-tu donné tout ton argent au père?

– Aïe! T'es pas mal jeune pour te mêler d'ces choses-là, toi!

– Peut-être, mais j'suis pas fou! J'vois bien qu't'as plus rien, t'es d'plus en plus *cheap* avec moi, tu m'donnes même plus une cenne…

– T'as pas l'air d'en manquer pour autant, hein? Y'a-tu des cabanes où l'argent roule par terre, Dédé? T'as pas les poches vides…

– Arrête! R'viens pas sur ça, mémère, ou j'mets mon *coat* pis j'sors!

– Ça va, j'en reparlerai pas… J'm'en prends à toi quand j'devrais pas. Pis t'as raison, Dédé, ça m'déçoit en maudit d'partir d'ici! J'suis pas une femme d'la ville, moi… Mais j'ai-tu l'choix?

Voyant qu'une larme ou deux perlaient sur les joues de sa grand-mère, Dédé la regarda et, pris de compassion, lui marmonna:

– T'en fais pas, mémère, un jour, on reviendra. J'vas grandir, j'aurai pas douze ans tout l'temps, moi. Un jour, on va revenir…

Mémère asséchaa ses larmes de son mouchoir et, regardant son «p'tit cœur», lui répliqua:

– Une chance que j't'ai, Dédé… Parce que moi pis Betty… Quand j'pense qu'a va s'pavaner pis faire la grande vie en ville, elle! T'as-tu entendu tout c'qu'y lui a fait miroiter?

Dédé, grave et moqueur à la fois, répondit à sa grand-mère:

– Oui, mais c'qu'a sait pas, c'est qu'y aura pas rien qu'elle… J'le connais, l'père, moi! Pendant qu'a va être pognée au magasin… Pis, en ville, ça va être ben plus facile…

Et pour une fois, sans doute satisfaite du présage, Emma Gaudrin ne rappela pas son petit-fils à l'ordre. Elle souhaitait même… Puis, se ravisant, sans que Dédé la voie, elle fit son signe de croix pour que le Seigneur efface ses médisances intérieures.

Dans les semaines qui suivirent, Guy Gaudrin se mit à vendre tout ce qui lui appartenait, sauf la butte et ses chalets. Un type de Québec se porta acquéreur de l'hôtel en peu de temps. Puis, le garage, plus difficile à vendre, fut cédé au mécanicien qui, avec la part d'un beau-frère, l'obtint pour presque rien. Ti-Guy, parfois généreux, ne désirait pas faire d'argent avec un bon gars de «la place». En autant qu'il puisse reprendre ce qu'il avait déboursé… Deux bouchers qui travaillaient, l'un à Saint-Lin, l'autre à Rawdon, unirent leurs avoirs et achetèrent enfin «leur propre commerce», le magasin général fondé par feu Joseph Gaudrin. Sans savoir cependant que, deux ans plus tard, un autre concurrent viendrait leur livrer une chaude lutte sur la rue Principale. Et ce, avec la bénédiction du «pourceau» maire qui, sans Ti-Guy dans les «pattes», allait devenir peu à peu roi et maître du village. Le magasin vendu, les camions aussi, le logement inclus, il ne restait plus à Guy qu'à vendre sa maison de pierres. Ce qui se fit sans difficulté puisque c'est le maire lui-même, l'ex-mari de Madeleine, qui s'en porta preneur pour y loger sa nouvelle épouse dénichée sur une terre. Une femme jeune, pas jolie, bien enveloppée, peu instruite. Avec elle, le «pourceau» allait être à la barre du paquebot conjugal. Ce qui n'avait guère été le cas avec celle que Ti-Guy avait eue maintes fois dans ses bras, sous… les draps!

Plusieurs acheteurs s'empressèrent auprès de Guy Gaudrin dans le but d'obtenir la butte et ses chalets, mais l'homme d'affaires, pourtant avide de gains, resta imperturbable. Les offres avaient beau se hausser, le propriétaire restait de marbre. À Betty qui lui avait dit:

— Pourquoi tu vends pas, Guy? Qu'est-ce qu'on va faire de tous ces chalets? Pourquoi pas se débarrasser de tout un coup parti, *dammit?*

— Non, pas la butte! J'la garde! Ça va être l'héritage de mon fils. Y saura toujours d'où y vient quand y va prendre de l'âge. Mon père dort au cimetière, ma mère va aller l'rejoindre pis moi aussi, Betty. C'qui veut dire que Dédé aura toujours des attaches avec où y'est né.

— Ben, c'est pas une raison… Et comme il va grandir à Montréal… *So…*

— Insiste pas, Betty, c'est non! Dédé a déjà grandi ici, sa p'tite enfance, c'est Saint-Calixte pis ça va être un pied-à-terre pour ma mère… Oublie pas qu'y vont passer les étés sur la butte, Betty.

— *Well…* si c'est pour être comme ça, ce n'est pas moi qui vas s'en plaindre. Imagine! Un été juste à nous deux, Guy… *Without…* Bien, sans eux autres…

— Betty, pas d'vilaines pensées! Tu parles de ma mère pis d'mon fils…

— *Don't worry,* j'voulais juste dire qu'ils vont être plus heureux à la campagne qu'en ville dans les grosses chaleurs d'été. Rien que ça, Guy, pas plus.

Ti-Guy retourna plusieurs fois en ville et, revenant de l'un de ses voyages, il annonça à sa mère:

— Tu peux commencer à paqueter, la mère! On prend possession de tout pour le 15 mars. J'ai tout réglé, j'ai dédommagé le locataire du sous-sol pour qu'y parte avant le mois de mai pis le propriétaire est d'accord pour me libérer le bas, y s'en va vivre avec sa femme dans la maison d'son frère à Shawinigan Falls. Comme c'est là, y va rester juste les locataires du haut, un chic type, sa femme, pis leur p'tit gars d'l'âge de Dédé. Ça va lui faire un ami… Ça va être vide quand on va arriver, mais on va avoir du ménage pis d'la peinture à faire, la mère. Ça r'luit pas d'propreté.

— Ben, pourquoi tu fais pas faire un grand ménage avant? On pourrait rester une semaine de plus ici.

— Remarque que l'ménage va avoir été fait dans l'mien, mon logement, le propriétaire me donne du temps. C'est juste dans l'tien, la mère, qu'y va falloir rentrer dans la poussière, parce que le locataire s'est casé ailleurs pour le 15 mars, au moment qu't'arrives, pas une journée avant.

— Bon, c'est ça! Betty dans un ménage tout fait pis ta mère dans' marde des autres! Tu trouves ça correct, toi?

— Exagère pas, l'gars qui restait là, un vieux garçon, c'était pas un cochon. La peinture est même encore belle. J'pense que juste avec un sceau d'eau pis un bon lavage des murs pis des plafonds… Tu sais, c'est pas très grand, Dédé pourra même t'aider…

— Tu veux dire que c'est moi qui vas s'arracher les bras sur les murs pis les plafonds? Me prends-tu pour la Pauline, Ti-Guy?

— Aïe! La mère! Prononce jamais son nom, laisse-la reposer en paix! Que j't'entende jamais parler d'elle devant le p'tit!

— Bon, mettons qu't'as raison, j'voulais pas la nommer… Mais j'suis plus en âge de faire des grands ménages, Ti-Guy! J'suis fatiguée, pis si ta Betty a pas à s'casser les ongles avec les torchons, j'me demande ben pourquoi j'me ferais un tour de rein, moi!

— T'as pas besoin d'tout faire dans une journée…

— T'as la tête dure, toi! T'as rien compris, hein? Ben, si c'est comme ça, j'vas engager un homme de main qui va tout faire!

— Ah, oui? Avec quel argent, la mère?

Penaude, ahurie, elle le regardait, incapable d'ajouter un mot. Se rendant compte qu'il l'avait blessée, Ti-Guy, repentant, lui dit d'un ton mielleux:

— Écoute, tu verras rendue là… Si t'es pas capable, si ça t'épuise trop, on engagera une femme de ménage. Pour l'instant, c'qu'y faut, c'est d'commencer à remplir des boîtes de tes affaires. Pis, jettes-en, la mère, emporte pas tous tes souvenirs, c'est pas grand c'qui t'attend…

— Y'a des jours où j'me demande si j'devrais pas rester ici, Ti-Guy… J'pourrais vivre avec Gertrude comme tu me l'suggérais, y payer une petite pension…

— Tu penses qu'a garderait Dédé, la Gertrude? A peut pas l'souffrir!

– J'parlais d'moi, Ti-Guy, pas d'lui! T'es son père pis avec toi pis Betty dans un grand logement…

– Penses-y pas, Betty en veut pas! Y s'entendent pas, ces deux-là! Pis, viens pas m'faire accroire que tu laisserais ton «p'tit cœur» s'éloigner d'toi, y'est collé à ton ventre depuis ses premières couches…

– Oui, t'as raison, j'pourrais pas… J'suis sa mémère, sa mère… J'suis celle qui l'élève pis qui l'dorlote depuis qu'y'est p'tit. J'pourrais pas en être séparée… Mais n'empêche que ça m'fend l'cœur c'qui nous arrive! J'étais heureuse ici, moi… C'est toute ma vie qui s'en va… Pis Dédé a jamais rien connu d'autre…

Passant outre à la souffrance et au chagrin de sa mère, Ti-Guy lui répliqua:

– T'en fais pas pour lui, la mère. Un enfant, ça s'habitue n'importe où.

Gertrude, attristée par le sort de son amie Emma, avait les larmes aux yeux lorsque celle-ci lui annonça que le départ se ferait plus tôt que prévu. Madame Gaudrin avait même murmuré:

– Pis, l'pire, c'est qu'j'ai rien à dire, j'ai plus une cenne, j'y ai donné tout c'que j'avais… Si j'avais su…

L'autre, peinée davantage, lui avait répondu:

– Si tu m'avais écoutée, aussi! T'aurais pu refaire ta vie, Emma… T'as eu de bons partis après l'départ de ton mari. Si t'avais juste regardé d'côté de temps en temps… Y'en avait qui étaient bourrés d'argent!

– Peut-être, mais avec un p'tit à ma charge…

Désemparée, éplorée à l'idée de quitter son patelin, Emma Gaudrin n'avait pas, cette fois, déblatéré sur le compte des… maudits hommes!

Février s'écoula rapidement, mars vit son premier jour se lever et mémère, aidée du «p'tit», rangeait son *stock* dans des boîtes de carton tout en donnant aux pauvres ce qu'elle avait depuis longtemps. Betty était prête ou presque à partir, toutes ses valises étaient faites. Dédé, peu enclin à quitter son patelin, peu empressé à découvrir la ville, se vengeait de son sort en attirant les chiens blancs et beiges du voisinage avec des restes de viande, pour ensuite leur vider sur le dos les cendres du poêle et les retourner à leur maison... noir charbon! À l'école, désintéressé, sachant qu'il allait partir sous peu, il ne fournissait plus le moindre effort. Surpris par l'institutrice alors que, penché pour ramasser un papier, il regardait sous la jupe d'une petite fille, il se fit gronder mais parvint à convaincre la «maîtresse» de ne pas le dénoncer à sa grand-mère. Mais ce que mémère ignorait lorsqu'elle sortait et qu'il était seul le soir avec un copain, c'était ce qui se passait dans sa chambre. La découverte l'un de l'autre, quoi! Premières armes, premiers mouchoirs de papier... de puberté. Et, sachant qu'il lui restait peu de temps, qu'il allait bientôt déménager pour ne pas revenir avant longtemps, il se rendait de plus en plus souvent chez le père Arthur, afin d'apesantir, chaque fois, son cochonnet de plâtre. À l'insu de mémère et de tout le village, bien sûr. Sauf la fois où, ayant trop trempé ses lèvres dans la bière du vieux, mémère lui avait dit:

— Tu sens la tonne, toi! Dis-moi pas qu't'as pris une bière dans l'une des caisses du magasin?

Trop heureux de s'en tirer de la sorte, il avait répondu:

— Heu... oui, mais *stoole*-moi pas, mémère, le père pourrait m'sacrer une volée!

Elle avait, bien sûr, promis. Ce qui permit au «p'tit» de retourner chez le père Arthur et de se laver, cette fois, la bouche et les dents, avant de passer la porte, les poches remplies d'argent.

Le départ s'annonçait, on en était à quelques jours près. Mémère avait tout emballé, laissant dans la cave du magasin ce que le curé se chargerait de distribuer aux démunis de la paroisse. Faisant l'inspection de tout ce qu'elle laissait, Ti-Guy sortit d'une boîte le cadre de *La Joconde* et dit à sa mère:

– Ça, tu l'gardes! Tu l'emportes! Change-le d'boîte!

– Voyons donc, ça vaut rien, ça rappelle juste des mauvais jours!

– Non, tu l'gardes, j'ai dit! J'te d'mande pas de l'mettre sur ton mur, tu l'mettras dans ton *locker,* mais tu l'gardes tout comme j'ai gardé l'dictionnaire que la bonne sœur lui a enlevé des mains pour lui remettre le chapelet avant d'l'enterrer. C'est les deux seuls souvenirs que Dédé aura d'sa mère plus tard.

Lorsque le camion partit avec tous les meubles et boîtes des Gaudrin, mère et fils, le jeudi 15 mars 1963, le village était en peine. C'était, pour tous les villageois, une partie d'eux qui s'en allait. Gertrude était en larmes, le curé avait le cœur gros, les dames patronnesses, amies d'Emma, vinrent tour à tour lui dire qu'elles allaient la regretter. Emma Gaudrin, de sa voix chevrotante, leur murmura qu'elle reviendrait passer ses étés sur la butte avec son «p'tit cœur». Le «pourceau» maire, empressé d'entrer dans sa nouvelle maison avec Marie-Marthe, sa femme qui s'exprimait à peine, se montra désolé du départ de son riche concitoyen. Trop heureux de s'en défaire… enfin! On aurait dit une hécatombe sur la rue Principale. Le copain attitré de Dédé était triste, il perdait son ami, son complice, celui qui payait tout au restaurant du coin. Le gros camion suivi de la voiture de Ti-Guy avec Betty, mémère et Dédé à bord, traversa la rue Principale où les mains s'agitaient. Puis, tournant le coin pour emprunter la route de Saint-Lin, Dédé jeta un regard vers la baraque du père Arthur. Ce dernier, une bière à la main, camouflé par un coin de rideau, regardait partir le «p'tit vicieux» qui l'avait maintes fois menacé... à moins d'être généreux. Dédé l'avait aperçu et, sourire en coin, il se revoyait, la veille, en train de pousser de son pouce, «un gros cinquante cennes» qui ne voulait plus entrer dans le cochonnet. Mi-figue, mi-raisin, il regardait son père, Betty, mémère, le camion qui précédait... Souriant sans trop savoir pourquoi, il entrevoyait un avenir différent dans cette grande ville qu'il n'avait jamais vue. Il pensait à tout ce qu'il pourrait faire pour décrocher de l'école. Après tout, il n'était plus un enfant! André «Dédé» Gaudrin ne s'en allait-il pas allègrement sur ses treize ans?

# Chapitre 2

Dédé n'était vraiment pas à l'aise dans cette école du quartier Ahuntsic où il terminait sa septième année. Les classes étaient trop bondées, il n'avait pas encore d'amis stables et il n'aimait pas le professeur qui, réciproquement, le regardait de travers. Somme toute, il n'étudiait pas et s'arrangeait pour passer de justesse lorsque venait le temps d'un concours ou d'un examen. Il ne tenait pas à couler son année, mais il se jurait que ça allait être la dernière. À douze ans, André Gaudrin, dans sa petite tête, en avait fini avec l'école publique. Tout ce qui l'intéressait, c'était de devenir un homme le plus tôt possible, de se trouver «une job» quelque part, n'importe où, et de quitter la ville pour aller faire sa vie ailleurs, au Pérou si possible. Parce que Dédé détestait cette cave dans laquelle mémère et lui habitaient. Ils étaient à l'étroit, c'était humide, on ne voyait pas dehors, les fenêtres étant trop hautes, bref, il avait l'impression d'avoir été enterré vivant. Et, de surcroît, avec sa grand-mère qui, de plus en plus, lui tapait sur les nerfs. Il n'appréciait pas non plus le fait que son père et Betty habitent juste en haut. Il entendait le pas de son père sur sa tête et les talons aiguilles de son «bébé» de femme, lorsqu'elle se hâtait pour sortir. Mémère vociférait sans cesse. Elle regrettait

Saint-Calixte, elle s'ennuyait de Gertrude, elle se renfrognait, elle gémissait, elle se plaignait sans arrêt et Dédé, courroucé, la laissait seule dans la cave pour sortir, errer, s'arrêter dans un restaurant et siroter un Seven Up ou un Pepsi.

Deux mois s'étaient écoulés depuis qu'ils avaient tous emménagé dans le duplex avec sous-sol du boulevard Saint-Laurent, angle Prieur. Mémère avait passé des nuits sans dormir tellement l'adaptation lui avait été difficile. La seule chose pratique dont elle se targuait dans ses lettres à Gertrude, c'était que, pas loin, à quelques pas, de l'autre côté de la rue, il y avait un gros Marché Dionne où le choix était si varié qu'elle pouvait concocter de meilleurs plats. Puis, à deux pas de cette épicerie «géante» pour elle, une pharmacie où elle pouvait commander tous ses «remèdes» par téléphone ou aller les chercher à pied. Mais ces pauvres consolations mises à part, Emma Gaudrin était complètement dépaysée dans cette rue très bruyante qui séparait l'est de l'ouest de la métropole. À longueur de journée, c'étaient les pompiers, les sirènes des ambulances, celles des auto-patrouilles, les dix roues des gros camions de livraison, etc. Tout circulait sur le boulevard Saint-Laurent et, si ces bruits ne dérangeaient pas Betty et Ti-Guy, mémère, elle, devait avaler des somnifères pour dormir la nuit, et Dédé, souvent réveillé par les klaxons, se levait pour voir ce qui se passait dehors, même lorsqu'il ne se passait… rien! Les locataires du deuxième n'avaient pas trop de «jasette» et leur fiston qui devait être, selon Ti-Guy, un ami pour son fils, était une espèce «d'arriéré» selon Dédé, qui s'amusait encore avec des rondelles de plastique et du savon pour faire des bulles. Il n'allait même pas à l'école du quartier, c'était sa mère qui lui enseignait… sa quatrième année. La voisine de droite saluait à peine mémère lorsqu'elle la croisait. Les gens de la ville étaient froids, distants, selon elle. Elle avait beau leur sourire, ils détournaient souvent la tête. Chacun se mêlait de ses propres affaires. C'était loin d'être Saint-Calixte où tout un chacun savait ce qui se passait dans la cuisine de l'autre. Somme toute, Emma Gaudrin manquait de «commères» dans le coin. Même à l'église, c'était impersonnel. Le curé n'avait même pas remarqué sa nouvelle paroissienne. Elle n'était qu'une tête de plus à déposer son «trente sous» dans l'assiette au moment de la quête. Pour bien faire, il aurait fallu qu'elle se mêle aux dames patronnesses, qu'elle se lie avec le curé, qu'elle se présente à lui et au bedeau, mais mémère n'y tenait guère. Elle craignait qu'on lui soutire de son temps… Au diable le bénévolat! Elle en avait déjà assez comme c'était là… avec Dédé sur les bras!

Ti-Guy avait pris possession du magasin de variétés de la rue Fleury. Il comptait doubler le chiffre d'affaires, rentrer plus de marchandises, vendre de la crème glacée et, peut-être, éventuellement, prendre un petit coin pour y installer un comptoir, des tabourets et servir des repas légers. Ce à quoi Betty s'était vertement opposée.

— Je ne serai jamais une *waitress*, Guy! *Don't count on me!*

— J'te forcerai pas, bébé, mais arrête de parler moitié français, moitié anglais. On n'est pas à Thunder Bay ici…

— N'empêche que je viens de là, Guy! Je suis née en Ontario, moi! Je parle les deux langues! Ce qui n'est pas ton cas!

— J'me débrouille, j'suis pas si épais qu'ça… Tu vas voir, avec les clients qui parleront pas l'français…

Ce que Ti-Guy et sa mère avaient remarqué, c'est que Betty n'utilisait son anglais que lorsqu'elle était contrariée. Ça sortait tout seul. Tout comme au temps où, petite, lors d'une altercation avec sa mère qui parlait le français, Betty l'engueulait en anglais. Mais Ti-Guy n'aimait pas qu'elle sorte «son anglais» avec lui. Il savait, dès lors, qu'il l'avait irritée, ennuyée ou blessée. La langue de Shakespeare, pour sa femme, ne lui servait qu'à mieux se défendre des attaques, ou à se disculper d'un mauvais geste. Aussi, lorsque Ti-Guy lui annonça qu'il comptait «baptiser» son commerce Variétés Betty avec une belle enseigne lettrée, elle s'écria:

— *No way! Are you out of your mind?* Je ne veux pas mon nom sur un commerce de ce genre. Prends le tien, Guy, ou pense à autre chose.

— Voyons, bébé, j'pensais te faire plaisir... Pis, qu'est-ce que tu veux dire par «un commerce de ce genre»? C'est pas un trou que j'ai acheté!

— Non, je sais bien, mais je ne suis pas emballée par ce genre de commerce. Je n'ai pas fait mon cours de secrétaire pour vendre des bonbons, des journaux, du pain tranché et des cigarettes, moi!

— Ben, voyons donc! Tu l'faisais à Saint-Calixte! Qu'est-ce qu'y t'prend tout d'un coup? T'imagines-tu que parce qu'on est en ville, c'est moins honorable? C'est notre commerce, Betty! On est à notre compte! Pis t'en as d'la chance, y'en a qui doivent se lever à sept heures...

— Et moi à six heures, Guy, pour ouvrir le magasin quand tu dors encore. Pourtant, tu disais...

— Ben, dorénavant, c'est moi qui vas l'faire! Tu feras la grasse matinée, Betty! Pis quand tu seras toute maquillée, tu viendras m'donner un coup d'main si ça t'force pas trop!

— Guy! On dirait que c'est un reproche... répondit Betty en sanglotant.

Se rendant compte qu'il avait heurté sa sensibilité, Ti-Guy s'approcha d'elle, la prit dans ses bras et lui murmura:

— Ben non, mon bébé, j'ai rien à t'reprocher... J'm'excuse, on n'est pas encore adaptés... Ma mère pis Dédé non plus...

– Parle-moi pas d'eux autres, Guy… Tu aurais dû les laisser là-bas…

– Pourquoi? Y'a-tu queq' chose qui t'dérange? Dédé est-
tu venu…

– Non, non, c'est pas ça, mais ils vivent trop près, juste en
bas. À Saint-Calixte, je les voyais pas, Guy. Ici, je les entends…

Souriant, Guy l'attira à lui et l'entraîna jusqu'à la chambre
dont il referma la porte derrière lui. Elle voulut protester, elle
était habillée, maquillée, coiffée, mais Ti-Guy, adroit, charnel, lui fit oublier ses bijoux et sa robe de soie en la renver-
sant sur le lit. Habile, plus séducteur que jamais, Betty sentit
fondre toute résistance sous son emprise. Et Guy lui fit si fermement l'amour, qu'elle oublia mémère, Dédé, sa nostalgie
et Thunder Bay. Quoique malgré l'ardeur, elle ne dérogea pas
de sa ferme intention de ne pas voir son nom sur la nouvelle
enseigne. Et le commerce changea de raison sociale pour celle
de Variétés Gaudrin, ce qui fit le bonheur d'Emma qui crut,
dur comme fer, que son fils avait voulu à tout prix, illustrer le
nom «béni»… de son défunt père!


Juin scintillait de soleil lorsque Dédé revint pour la dernière fois de l'école primaire avec les résultats de ses examens
de fin d'année. Il avait réussi dans toutes les matières quoique
les 65 % et quelques poussières de plus fussent nombreux. Ce
qui intrigua mémère…

– J'comprends pas, t'étais si bon à l'école à Saint-Calixte.
Tu pétais des 90 %, t'avais la médaille du mois, t'étais toujours dans les premiers…

– Compare pas Saint-Calixte à l'école plate d'la ville,
mémère. On s'occupe pas d'nous ici. Bon ou pas bon, on l'remarque même pas.

– Ben, l'important, c'est qu't'as passé, Dédé. Pis l'année prochaine, au secondaire, tu vas peut-être aimer mieux ça…

– Comptes-y pas, j'y vas pas! Finie l'école publique pour moi!

– Ben, voyons donc, ton père va pas payer les collèges privés, ça coûte cher, y'est pas si riche que tu l'penses…

– Qui t'parle de collège privé? J'veux plus aller à l'école, mémère, j'en sais assez comme ça, j'veux travailler, payer ma pension…

– Dédé! Voyons! T'as juste douze ans! T'es encore un enfant!

– J'pourrais aider l'père dans son commerce…

– Penses-y pas! Tu vas t'instruire, tu vas aller plus loin, tu comptes encore sur tes doigts, Dédé! Pis arrête de parler pour rien dire, tu fais monter ma pression! Pis, commence pas à écœurer ton père, toi, y'en a déjà plein les bras avec sa catin qui s'prend encore plus pour une autre depuis qu'est en ville! J'te dis, elle, si j'avais su…

– Change pas d'sujet en m'parlant d'Betty, mémère! Tout c'que j'veux, c'est plus aller à l'école avec les autres… J'aime pas les gars d'ici, y m'prennent pour un habitant parce que j'viens d'la campagne! Si tu veux que j'continue encore un peu, trouve-moi un professeur privé, mémère!

– Pour qui tu t'prends, toi? Pis, des professeurs privés, ça court pas les rues! Toi pis tes idées, des fois, j'te dis…

– J'en connais un, c'est un gars qui m'en a parlé, y'a enseigné à sa sœur l'année passée. Y reste à Bordeaux pas loin d'ici, j'aurais juste un autobus à prendre. Pis, paraît qu'y'est bon, y'a enseigné toute sa vie. Là, depuis sa pension, y prend un élève ou deux à la fois, pas plus.

– Pour un gars qui voulait aller travailler, tu t'es juste essayé, hein? Pis là, t'as pris tes renseignements à c'que j'vois!

J'gage que tu sais même son nom pis qu't'as son numéro d'téléphone!

— Oui, j'ai tout ça, tu t'trompes pas, mémère! Y s'appelle Eugène Douilly pis son numéro, c'est le Riverside 4-8117.

— Y charge-tu cher pour ses cours? Tu sais, ton père…

— Oui, oui, tu m'l'as dit, y'a pas tellement d'argent… Fais-moi pas rire, mémère, y'est plein, c'est juste qu'y'est séraphin. Pis avec le bonhomme Douilly, ça va coûter moins cher que les collèges privés. T'as juste à l'appeler pis y demander comment y charge.

— Un professeur à sa pension… Es-tu sûr qu'y'a l'droit d'enseigner d'sa maison?

— Oui, oui, y donne même des diplômes! C'est pas n'importe qui…

— L'as-tu vu? Y'est-tu sympathique? Pis, y'a quel âge, ce bonhomme-là?

— Non, j'l'ai pas vu, mais paraît qu'y'est ben correct pis qu'on apprend avec lui. Pis, pour l'âge, y'a soixante-quatorze ans.

— Quoi? Voyons, Dédé! Y peut crever en chemin! Tu vas aller où, après?

— Aïe! Tu vas peut-être crever avant lui, mémère! Commence par t'informer, va l'rencontrer, jase avec lui pis si ça marche…

— J'veux bien, mais faudrait qu'tu viennes avec moi, Dédé. Y doit choisir ses élèves pis avec tes mauvaises notes… Pis j'imagine qu'y va vouloir te voir la face avant de t'accepter…

— Ça marche, j'vas y aller, mémère, pis si ça s'arrange, c'est toi qui vas en parler au père. Moi, y m'regarde même pas!

— Dis pas ça, Dédé! Ton père t'aime, c'est juste qu'y'est ben occupé avec le magasin pis, comme sa femme lui cause des tracas… Mais t'en fais pas, si l'professeur t'accepte, c'est moi qui vas convaincre ton père. Tout c'qui compte, c'est qu'tu continues et qu'tu t'rendes jusqu'à quinze ans au moins, avant d'penser à travailler.

– R'commence pas, on verra ça dans l'temps comme dans l'temps, mémère, pis là, j'ai faim, t'as-tu préparé un souper?

– Ben… j'peux faire réchauffer du pâté chinois si tu veux…

– Aïe! Pas encore! Ça fait trois fois qu'tu l'réchauffes, j'en ai plein…

– Dédé! Arrête! Parle pas comme un p'tit *bum!* J'vas t'faire des *hot dogs* pis des patates frites, mais change de face, t'as l'air bête!

– Ben… tu fais rien d'la journée, mémère! Tu r'gardes juste tes programmes! Y'a jamais rien à manger pis mes sous-vêtements sont pas lavés…

– Si tu changeais pas d'*short* chaque jour, aussi! Pis laisse faire, on va pas s'astiner pour ça, on a mieux à faire pis à soir, si tu veux, on peut aller sur la rue Saint-Hubert…

– Non, pas moi, ça m'tente pas d'magasiner, vas-y toute seule, moi, j'vas aller avec les p'tits Dubé au parc près d'la *track*.

– Les deux p'tits frères? J'les aime pas ces p'tits gars-là, y'ont pas l'air propres! Pis, où c'est qu'tu vas toujours avec eux autres? Y sont même pas d'ton école! Y viennent d'où ces p'tits morveux-là?

– Norbert pis Charles? De Bordeaux! Pis c'est pas des morveux! Y'ont d'la parenté sur la rue Esplanade, pas loin d'ici… J'les ai rencontrés au restaurant, y sont corrects pis y s'lavent, mémère! Ça m'fait au moins deux amis… Pis à soir, on va juste aller prendre une liqueur…

– Comme tu voudras, mais rentre pas trop tard, mon p'tit cœur.

Le soir même, alors que mémère magasinait sur la rue Saint-Hubert, Dédé avait rejoint les «p'tits Dubé» à la gare de

Bordeaux qui était, selon plusieurs, le site de tous les vices. À la noirceur, derrière le bâtiment, ou sur un banc mal éclairé, on pouvait en voir de toutes les couleurs. Des filles faciles avec des voyous, des ivrognes, des clochards qui venaient dormir à la belle étoile et des gars louches aux doigts longs qui cherchaient des proies... mâles ou femelles. Norbert et Charles, «experts» en la matière, deux petits gars sans le sou d'une famille nombreuse, y trouvaient leur compte en se pavanant devant la gare pour ensuite la contourner en guise d'invitation. D'abord apeuré, Dédé, attiré par l'argent, finit par céder une première fois tout en se montrant réticent. Puis, tout comme à Saint-Calixte dans la «baraque» du père Arthur, il prit de l'assurance et, «passif», n'offrait aucune résistance. Au trio diabolique se joignaient, parfois, de très jeunes filles aux courbes précoces. Des filles de treize ou quatorze ans qui s'y rendaient dans le but d'explorer un «homme» sur un corps d'adolescent. Dédé, en digne fils de Ti-Guy, adorait être désiré. Il se savait beau, il se gavait de compliments et, en le charmant habilement, on pouvait tout obtenir de lui... ou presque. Parce que Dédé, fier comme un paon, sentait déjà qu'il suscitait les désirs les plus indécents de ceux et celles qui le convoitaient. Et Dédé, en digne fils de sa mère, était pourvu... d'élans charnels. Norbert et Charles, sans le sou, faisaient de leur triste sort un soi-disant «gagne-pain». André «Dédé» Gaudrin, fils unique d'un père passablement riche, faisait de son corps, à l'occasion, au gré de ses premières pulsions, un jouet pour les mains «fouineuses». Et ce, sourire en coin.

Fin juillet, alors qu'il s'adonnait une fois de plus à ses plaisirs défendus, Dédé aperçut, parmi les filles qui rôdaient, une charmante petite brunette avec les yeux en forme d'amande. Elle lui sourit, il lui rendit son sourire, elle s'approcha, il lui demanda son nom et elle lui répondit: «Nadine». Tout comme lui, elle avait douze ans mais, féminine et fort émancipée, elle portait déjà du rouge à lèvres et des jupes moulantes. Il lui parla de lui, elle lui parla d'elle, il oublia Norbert et Charles de même que les maraudeurs à l'air louche, et il s'éloigna en compagnie de celle qui venait de lui faire un effet. Main dans la main, plus loin, dans un boisé, Nadine appuyée contre un arbre, ils échangèrent leur premier baiser et, pour lui comme pour elle, ce fut le coup de foudre. De retour à la maison, couché, les mains derrière la nuque, Dédé humait encore, d'un doigt qu'il glissait sur sa bouche, le parfum des lèvres peintes en rose de Nadine. Elle était différente des autres, elle avait de belles manières, elle n'était pas du lot des filles de la gare. De son côté, Nadine Juneau, aînée d'une famille de cinq enfants, habitant une plus que modeste maison, rêvait de tout son être à ce garçon, beau comme un jeune dieu grec, qui l'avait tendrement serrée dans ses bras. Un seul baiser, pas plus, mais la promesse de se revoir. Ce soir-là, avant de se mettre au lit, Dédé avait été plus que gentil envers mémère. Il lui avait même suggéré de mettre le repassage de côté et de se reposer. Mémère, méfiante, se demandait quel jeu… Mais André «Dédé» Gaudrin était, tout simplement, follement amoureux.

Août 1963 tirait à sa fin et Dédé, toujours épris de Nadine, avait délaissé les «p'tits Dubé» ainsi que la voie ferrée et ses truands, afin de se consacrer entièrement à… son premier amour. Ils s'étaient baignés à maintes reprises dans la rivière des Prairies tout près d'un quai appartenant à des Chinois qui n'étaient jamais là durant l'été. C'était leur lieu secret, discret, à l'abri des regards de tous. Ils s'étaient embrassés fougueusement à plusieurs reprises, ils s'étaient même permis, mutuellement… des attouchements. Nadine, qui allait avoir treize ans un mois avant lui, s'avérait déjà «femme» avec ce corps développé, découpé, qu'elle mettait en valeur. Dédé, encore enfant, quoique pubère, se métamorphosait lentement en l'homme superbe qu'il allait devenir. Cheveux blonds tirant sur le châtain, yeux pers de son père, bouche charnue, les jambes droites de sa mère, il allait, mémère le pressentait, être encore plus séduisant que Ti-Guy qui, pourtant…

Nadine, les yeux en amande tout comme l'actrice Gene Tierney, le nez délicat, les seins déjà en évidence, les courbes présentes, était plus jolie que sa sœur, France, qui n'était que d'un an sa cadette. Lorsque Dédé apprit à mémère qu'il avait «une blonde» et qu'il allait la lui présenter, elle fronça les sourcils. Possessive, elle n'envisageait pas le jour où une fille allait lui ravir son «p'tit cœur» et, encore moins, le moment où une petite amie viendrait perturber sa jeune vie.

— Voyons, Dédé! T'es ben trop jeune pour sortir avec une fille! A sort d'où, c'te p'tite-là? Une voisine des Dubé, j'suppose?

— Pantoute! Tu sais rien pis tu commences déjà à chialer! J'l'ai rencontrée comme ça, c'est une fille de mon âge pis est fine à mort. Tu vas voir, tu vas l'aimer. A vient d'une bonne famille.

— Tu parles comme si t'avais vingt ans, Dédé, pis t'es même pas encore…

Mémère s'arrêta net, mais trop tard, car son «p'tit cœur» lui répliqua:

— Ben c'est là qu'tu t'trompes, parce que j'suis déjà un homme! Pis, une chance qu'y a des gars comme les Dubé pour m'apprendre c'que j'sais, parce que si j'avais attendu après toi ou ben l'père, j'serais niaiseux en maudit! Pis, arrête de m'traiter en p'tit cul, mémère, pis d'm'appeler ton p'tit cœur, parce qu'au cas ou tu l'saurais pas, j'ai du poil en d'sous des bras! C'est-tu assez direct, ça?

— Surveille ta langue, toi! Oublie pas qu'tu parles à ta grand-mère, mon p'tit verrat! Ton père était plus poli qu'ça à ton âge!

— Ben oui, poli, respectueux, tu m'l'as dit cent fois, mémère. N'empêche que ça l'a pas gêné de t'sacrer dans une cave pis moi avec! Pis, pendant c'temps-là, sa Betty…

— Arrête! Parle-moi pas d'elle! Ça m'fige le sang, ça m'bloque les veines!

Dédé savait exactement comment se tirer d'affaire avec sa grand-mère. Quand elle le rendait au bout de sa corde, il n'avait qu'à parler de Betty pour qu'elle se vire de bord et devienne sa complice.

— Tu vas m'la présenter quand, ta p'tite blonde?

— J'sais pas… Peut-être samedi après-midi… J'veux que l'père la voie lui aussi. J'veux qu'y s'rende compte que j'suis plus un enfant.

— T'as-tu rencontré ses parents, toi?

— Oui… Sa mère a été ben fine avec moi, mais son père m'a pas fait trop d'façon. Le fait que j'demeure pas à Bordeaux… J'pense que les gens de c'te place-là aiment pas les gens d'Ahuntsic. Y disent qu'on est dans l'quartier des riches, qu'on est chiants…

— Ben, ta p'tite va r'mettre les pendules à l'heure quand a va voir not' logement! C'est pas d'l'or qui brille six pieds sous terre! Sans l'plancher, on aurait les deux pieds dans' vase!

Tel que planifié, Dédé se présenta chez son père avec Nadine le samedi, en fin d'après-midi. Ce dernier accueillit la jeune fille en la regardant de la tête aux pieds. Il lui sourit et lui dit:

— Sais-tu qu't'es pas mal belle, toi! Ben trop belle pour Dédé!

– J'dirais pas ça, Monsieur Gaudrin… J'le trouve pas mal beau, moi…

Ti-Guy avait tressailli. Pour la première fois, une «presque» jeune femme l'appelait «Monsieur Gaudrin». Lui! Lui qui n'avait pas encore trente-trois ans et qui reluquait les filles de dix-huit ans qui venaient au magasin. On causa de tout et de rien, Betty avait été courtoise, pas plus, et, en sortant, Nadine avait murmuré à Dédé:

– Ton père, y'est ben fin, mais ta mère, a m'a gênée. Elle est belle, on dirait une actrice, mais j'pense qu'a m'a pas aimée.

– C'est pas ma mère, Nadine, c'est ma belle-mère! Ma mère est morte depuis longtemps… J'aurais dû te l'dire avant…

– Ben, tu voulais jamais que j'te questionne sur ta famille, Dédé. Tu l'as connue, ta mère? J'm'excuse, c'est pas d'mes affaires, mais…

– Non, j'l'ai pas connue, mais parlons-en plus, veux-tu? Viens, descends que j'te présente mémère, c'est elle qui m'a élevé, c'est avec elle que j'reste pis c'est encore elle qui s'occupe de moi.

Emma Gaudrin fut emballée par la petite poupée que Dédé lui présenta. Elle la trouva jolie, polie, bien élevée et très modeste dans ses propos. Une petite fille pauvre avec un bon cœur. Elle l'encouragea à toujours bien s'entendre avec Dédé car elle sentait, qu'avec elle, son «p'tit cœur» n'avait plus rien du petit effronté qu'il était. Elle invita «la p'tite» à revenir souvent et à souper de temps en temps. Sortant de la maison pour retourner chez elle, Nadine dit à Dédé:

– J'la trouve fine ta grand-mère, pis j'pense qu'a m'aime elle aussi.

– Pour être fine, est fine, mais quand tu vas v'nir souper, attends-toi à laver la vaisselle! Pis t'as besoin d'aimer l'pâté chinois, parce qu'a s'fend pas en quatre pour la visite!

– C'est pas grave, j'suis pas difficile pis c'est ça qu'on mange chez nous aussi. Tu sais, on n'est pas riches, Dédé, on n'a même pas d'auto…

– Ben oui, pis après? Au moins, tu restes avec ton père, toi!

– Ben voyons, ma mère aussi, c't'affaire!

– C'est vrai, j'l'oubliais… C'est parce que j'ai pas d'mère, moi… Tu vois?

Septembre s'était levé depuis quelques semaines et Dédé, frais et dispos, s'était dirigé, une fois de plus, chez Eugène Douilly pour son cours privé du mercredi. Le vieux professeur avait été enchanté de sa première rencontre avec le «p'tit» et mémère n'avait pas hésité à le lui confier pour en faire un bon élève. Et ce, avec l'accord de Ti-Guy. Chez monsieur Douilly, Dédé était «gras dur» selon l'expression de mémère. Il avait des cours les lundis, mercredis et vendredis, l'avant-midi seulement. Le reste du temps lui appartenait, même si Douilly le chargeait, tel un âne, de devoirs à faire à la maison. De plus, chez ce professeur retraité, il n'y avait que deux élèves, lui et un dénommé Jean-Marie de son prénom, un garçon chétif, malade, qui était absent au moins un cours sur deux.

Eugène Douilly dont les enfants étaient mariés, partageait sa grande maison avec sa femme, Cécile, qui apportait le jus d'orange à son mari et à ses élèves, et qu'on ne revoyait plus de la matinée. Monsieur Douilly avait dénoté un talent plus que certain chez Dédé pour les mathématiques. Bon en rédaction quoique faible en orthographe, mais intéressé par l'Histoire, le professeur poussait son élève, là où étaient ses forces, au détriment de ses faiblesses. Jean-Marie, pour sa part, n'avait d'intérêt pour rien. Fragile, étudier l'abattait et le moindre effort l'angoissait. Monsieur Douilly n'eut d'autre choix que de s'en défaire et de déployer toutes ses énergies sur son unique élève, duquel il comptait faire un génie. Dédé vit partir Jean-Marie sans le moindre regret. Il n'avait pas cherché à s'en faire un ami et, le «freluquet» parti, il avait toute à lui… l'attention de monsieur Douilly. Et c'est dès qu'il sentit qu'il avait le vieux professeur à ses pieds, qu'il commença à se montrer… désintéressé. Prétextant un malaise, il tentait de se soustraire d'un lundi ou d'un vendredi de cours, mais monsieur Douilly, compatissant, offrait à mémère de venir lui donner son cours à la maison. Emma lui répondait: «Attendez! Il est couché, il est fiévreux…» sur les ordres de son «p'tit cœur», et le professeur répliquait: «Bon, dans ce cas, qu'il se repose, qu'il oublie même ses devoirs. S'il est fiévreux, ça peut être grave…» Dès qu'il avait raccroché, Dédé se levait, s'habillait en sifflant et mémère, décontenancée, lui criait:

– P'tit menteur! Hypocrite! Tu devrais avoir honte! Trois cours par semaine et tu t'arranges pour les *foxer!* Pis ton père qui paye pour ça! Compte-toi chanceux que j'te dénonce pas…

Dédé, souriant, lui répondait sans même sourciller:

– Y m'fait trop travailler, l'vieux! J'les connais par cœur mes tables de multiplication! Y'enseigne comme dans l'ancien temps… Y m'parle des papes, de Charlemagne pis d'Bonaparte!

À ce dernier nom, Emma Gaudrin avait tressailli. C'était la première fois que Bonaparte revenait sur le tapis depuis «la Pauline» et le dictionnaire de Sam. Elle en avait frémi. Ti-Guy lui avait tellement parlé des «idoles» du dictionnaire de «la Pinchaud» au temps où elle et Sam… Et voilà que le fiston, une décennie et quelques poussières plus tard, était plongé dans l'Histoire de France et «le» Napoléon «de» sa défunte mère!

– Tu vas pas à tes cours, mais tu t'en vas où, *checké* comme un dimanche?

— J'm'en vas aux vues avec Nadine. On s'en va voir *West Side Story*; on l'a pas vu ni l'un ni l'autre…

— Ben, voyons donc, vous rentrerez pas, vous avez pas l'âge…

— C'est c'que tu penses? C'est sa cousine qui est caissière au Monkland!

— Vous parlez même pas l'anglais, vous comprendrez rien!

— Pis? C'est comme ça qu'on va l'apprendre, mémère!

— Dis donc, a va pas à l'école, elle?

— Nadine? Ça fait deux fois qu'a r'commence sa sixième année. A la connaît par cœur, a' pas besoin d'être là chaque jour…

— Une redoubleuse! Elle! J'aurais jamais cru ça! Ben, est peut-être pas laide ta p'tite amie, mais d'après c'que tu m'dis, ça doit pas être une lumière!

— Mémère! Arrête! Tu la trouves fine…

— Ouais… peut-être, mais n'empêche que c'est pour elle que tu manques tes cours. T'as un avenir à préparer, toi! T'es un gars, toi!

— Fais-toi pas d'bile pour moi, j'vas réussir, j'vas rien couler. Avec le bonhomme Douilly, tu coules pas, sinon y perd son élève.

— C'est pas une raison pour sauter des cours. J'te l'dis, Dédé, c'est la dernière fois qu'tu m'fais conter des menteries! Si tu r'commences, j'en parle à ton père! Y'est pas pour payer pour rien, lui!

— C'est pas mes cours à trois piastres qui vont le ruiner, mémère… Tu devrais voir l'étole de vison qu'y a achetée à Betty pour Noël!

Le 13 novembre, Nadine avait fêté ses treize ans, son année chanceuse selon la superstition, et Dédé lui avait offert un jonc d'amitié en argent et un foulard de soie. Il avait payé le tout avec ses économies venues… on ne savait d'où. Le 7 décembre, lorsqu'il eut treize ans à son tour, Nadine lui donna des gants de laine que sa mère avait tricotés, mémère lui acheta une montre-bracelet Bulova et Ti-Guy et Betty lui offrirent, dans une carte, un billet de vingt dollars. Un petit souper intime préparé par Betty, un gâteau de la pâtisserie et, à huit heures du soir, tout était terminé. Nadine était déjà en route pour rentrer chez elle. Ti-Guy avait mieux à faire que de souligner l'anniversaire de son «rejeton». Depuis quelques jours, les querelles étaient fréquentes avec Betty. Cette dernière, l'œil averti, savait qu'il la trompait avec une caissière du Marché Dionne, alors qu'elle était captive du magasin certains soirs de la semaine. Ti-Guy avait beau se défendre, jurer, s'emporter et descendre les saints du ciel, qu'elle le menaçait de le quitter si jamais elle le surprenait… les culottes baissées. De plus, depuis cinq jours, elle manifestait le désir de quitter le magasin pour accepter un poste de réceptionniste qu'un médecin de la rue Fleury lui offrait. Jaloux à son tour, lui reprochant d'avoir séduit le beau docteur, ce fut l'explosion. Mémère, témoin des scènes de ménage par le biais des cris et des hurlements du logement au-dessus d'elle, priait de tout son être pour une éventuelle… rupture! Elle souhaitait que tout s'écroule avant que l'Anglaise se pavane avec son étole sur le dos!

Mais juste avant que Dédé célèbre son anniversaire, le monde entier avait été secoué par une terrible tragédie, l'assassinat du président des États-Unis, John F. Kennedy, à Dallas le 22 novembre. Les gens pleuraient, priaient, personne ne voulait croire ce qu'on voyait, pourtant, à la télévision. Mémère, apeurée, s'était écriée: «Ça s'peut pas! On va avoir une guerre mondiale! J'vois ça d'ici, ça va sauter de partout, on va crever…»

Ti-Guy avait eu toute la misère du monde à la calmer et à lui faire comprendre que la politique était un danger constant pour un chef d'État. Dédé saisissait quelque peu le drame survenu mais, à treize ans ou presque, avec les rois de France dans la tête… Monsieur Douilly ne lui avait guère parlé des États-Unis et encore moins des Kennedy. Betty, comme pour verser de l'huile sur le feu, avait déclaré:

— J'ai parlé avec mon père, Guy. *Daddy* est désolé, il trouve abominable qu'on puisse assassiner un président, mais il n'aimait pas tellement Kennedy. Il trouvait qu'il était trop *star,* trop *big shot,* pas assez sérieux.

Ennuyé, Ti-Guy lui avait répondu devant tout le monde:

— On sait bien, c'est un *British* ton père, Betty! Tout c'qui est américain l'écœure! Y'est encore accroché à Churchill, ton *bloke* de père! Y pense même pas à la veuve et aux enfants qui restent, avec sa tête carrée!

Insultée des railleries et des sobriquets employés envers son père, Betty répliqua:

— Tu peux bien parler des enfants, toi! Tu t'occupes même pas du tien! Fanny et moi, on a eu un *daddy*… Ah, pis *shut up!* Je monte me coucher!

Décembre s'était étalé avec sa neige, ses jours frisquets, son soleil de plus en plus lointain et, malgré la mort de John F. Kennedy, la terre avait continué de tourner. Le soir du réveillon chez Ti-Guy, après la messe de minuit, toute la famille était réunie, Nadine Juneau incluse. On avait mangé copieusement, déballé des cadeaux, et Betty avait sauté au cou de son mari en découvrant l'étole de vison beige. Elle l'avait embrassé tendrement, elle s'était même collée contre lui de façon impudique et mémère, les yeux rivés sur elle et son présent, souhaitait intérieurement que l'étole tombe sur… une chandelle!

D'autant plus qu'elle n'avait reçu, cette fois, qu'une broche en forme de feuille d'érable de la part de son fils et de sa bru. Une broche plaquée or d'une douzaine de «piastres» d'après son évaluation. Et Dédé, une fois de plus, reçut un billet de vingt dollars dans une carte. Fort heureusement, mémère lui avait acheté un chandail de laine rouge et Nadine, à qui il avait offert un flacon de parfum, lui avait donné en retour un foulard de laine jaune et noir... tricoté par sa mère. Sans argent, ses parents vivant sous le seuil de la pauvreté, Nadine avait quand même déniché, dans le placard d'une cousine, une jolie robe de taffetas rose qui la moulait délicieusement. Et pendant que mémère n'avait d'yeux que pour l'étole de Betty, elle faillit s'effondrer lorsque son fils leur annonça solennellement:

— Betty quitte le magasin, elle va aller travailler comme secrétaire pour un médecin. C'est plus de son rang...

— C'qui veut dire qu'y va t'falloir payer un salaire, ast-heure?

— Pas nécessaire, c'est toi qui vas prendre la relève, la mère!

Emma Gaudrin avait failli s'évanouir. Elle protesta, mais Ti-Guy, habile, lui fit comprendre qu'elle avait de l'expérience et qu'elle était la seule à pouvoir le tirer d'embarras. Entre Noël et le jour de l'An, mémère revint à la charge, implora, invoqua son piètre état de santé, et comme Ti-Guy semblait ne pas la croire, c'est Dédé qui, du haut de ses cinq pieds trois pouces, affronta son père.

— Elle a raison, p'pa! Mémère est malade, a tremble, a perd souvent connaissance pis avec sa pression qui monte, c'est sûr qu'est pas capable d'aller travailler! J'peux l'dire, parce que c'est moi qui reste avec! C'est moi qui la vois...

— C'est vrai, la mère? T'es malade à c'point-là pis t'en disais rien?

– Ça aurait servi à quoi, Ti-Guy? Pis, comme j'ai à élever Dédé…

– Ben, dans c'cas-là, j'vas trouver une employée pour quand j'serai pas là. J'ai déjà une femme en vue, j'pense que ça l'arrangerait…

Et c'est fort soulagée que mémère put regarder venir la nouvelle année. Délivrée d'une corvée! Sauvée de justesse par son… «p'tit cœur» bien-aimé!

# Chapitre 3

Plusieurs saisons s'étaient enfuies, d'autres anniversaires, un autre Noël et janvier 1966 se levait sur des déboires que les Gaudrin n'entrevoyaient pas encore. Mémère avait fêté ses soixante-cinq ans le 6 août de l'année précédente, Betty avait atteint ses trente et un ans le 2 juillet, Ti-Guy avait célébré ses trente-cinq ans le 14 octobre et Dédé, ses quinze ans en décembre. De nombreux mois s'étaient écoulés certes, mais non sans remous pour le «p'tit cœur» à sa grand-mère, tout comme pour Ti-Guy dont les querelles avec sa femme devenaient légendaires. Mémère, souvent hors d'elle, prenait ses pilules pour tenter de faire baisser sa pression et ses séda-tifs pour contrer ses crises d'angine. Depuis leur arrivée à Montréal, personne de la famille Gaudrin n'était retourné à Saint-Calixte. Pas même l'été dans l'un des chalets, au grand désespoir de la grand-mère qui aurait apprécié revoir Gertrude. Mais Dédé, ne voulant pas quitter sa Nadine des yeux, s'y était refusé. D'autres garçons tournaient autour et comme elle ne semblait pas toujours indifférente… Dédé s'en méfiait, lui qui, contrairement à son père, n'avait d'yeux que pour sa copine, aucune autre. Pour l'instant, du moins.

En mai de l'année précédente, il avait vu arriver dans les parages de Nadine, un gars prénommé Yves et qui était aussi beau que lui, sinon plus. Un gars aux cheveux noirs avec des épaules carrées. Un fils unique comme lui, un fils de famille riche comme lui. Yves, sans chercher à savoir si Nadine avait un petit ami, avait jeté son dévolu sur elle. Et ce, même si France et Suzanne, les deux sœurs de Nadine, se pâmaient devant lui. L'une n'était pas assez jolie et l'autre, trop jeune pour lui. Flattée, ravie d'être l'heureuse élue, Nadine accepta de sortir avec lui à l'insu de Dédé et à finir par s'amouracher de ce nouveau venu qui embrassait aussi bien que… l'autre. Sans dire toutefois, à l'un comme à l'autre, qu'elle courait deux lièvres à la fois. Prétextant souvent un malaise, un mal de tête, elle refusait que Dédé vienne «veiller», pour ensuite se jeter dans les bras du fils à papa qui l'embrassait… à bouche que veux-tu! Mais André «Dédé» Gaudrin n'était pas dupe. Il avait renoué avec les Dubé et les avait payés pour épier et suivre à la trace sa dulcinée. Norbert était revenu lui dire: «Casse-toi pas la tête, Dédé, ta blonde a un autre *chum!* J'sais pas son nom, c'est un frais-chié qui r'garde pas personne. Mais tu vas avoir à t'battre pour garder ta blonde, le nouveau, c'est la coqueluche de Bordeaux.» Dédé était devenu livide. Nadine le trompait avec un autre? Lui? Le plus beau gars du nord de la ville? Imbu de lui-même tout en se sentant humilié d'être ainsi rejeté ou presque, il marmonna: «A va me l'payer! Si a pense qu'a va m'laisser tomber comme ça…» Confrontée, Nadine Juneau protesta, feignit et mentit. Le Yves en question avait un *kick* sur sa sœur, pas sur elle. Elle se défendit du mieux qu'elle put, mais Dédé resta sceptique. Il avait aperçu Yves et il avait blêmi. Le nouveau venu était plus beau que lui, plus grand, plus séduisant. Il était certes le seul gars du nord de la ville capable de lui ravir Nadine. Ce qui le minait et le torturait, car il savait bien

qu'un tel gars n'avait pu être attiré par France, la sœur cadette, grande, mince et sèche. Il était sûr que Nadine mentait,
mais de peur de la perdre entièrement, il préféra fermer les
yeux, ruminer et attendre le bon moment pour lui remettre son
«change». Avec une fille plus belle qu'elle, qu'il tenterait de
trouver… Mais piètre projet, il savait qu'il n'irait pas jusque-
là. Nadine sauterait sur l'occasion pour le quitter et ça, non!
Dédé Gaudrin l'aimait trop pour courir ainsi… à sa perte!

L'été qui suivit allait lui rendre sa douce, sa «Gene Tierney»
aux yeux en amande. Sans qu'il ait à se battre, sans même faire
un geste. Un après-midi, alors que Yves et des amis se bai-
gnaient dans la rivière, le fils de bonne famille, pour épater,
s'aventura au large et disparut dans un remous. Sans qu'aucun de ses copains ne puisse faire quoi que ce soit pour lui. Ils
avaient vu un bras remonter à la surface, une main qui s'agi-
tait puis… plus rien. Chaque année, depuis les années 40, il y
avait eu une noyade ou deux dans cette rivière diabolique.
Des jeunes garçons la plupart du temps, des adolescents qui
se risquaient au large ou qui plongeaient du pont noir, en plein
centre d'un remous. On avait beau les prévenir, leur dire que
la rivière, côté sud, n'avait rien d'une plage, ils s'y risquaient
quand même pour faire montre de courage. Et ce, sans pneu
gonflé, ils savaient tous, selon eux, très bien nager. Tout Bordeaux, tout le nord de la ville fut consterné par la mort tragique du jeune garçon de quatorze ans. Les parents étaient
inconsolables, les copains atterrés face au drame et Nadine,
en silence, versa toutes les larmes de son corps. À l'insu de
Dédé Gaudrin qui, lui, ayant eu vent de la triste fin de son rival, s'en réjouit intérieurement. Sans la moindre compassion,
sans le moindre frisson, lui qui, tout comme les autres, se bai-
gnait souvent au quai des Chinois, dangereux, sournois, avec

affiche *No Trespassing* en très gros caractères. Sans sympathie, sans émotion, il s'était regardé dans le miroir, avait repoussé une mèche rebelle qui tombait sur son front, ajusté son col de chemise, pour ensuite se dire intérieurement: «Un de moins dans les jambes…» Puis, ayant jeté un regard sur la photo de Nadine, il avait murmuré: «Là, t'as pas l'choix, y t'reste rien qu'moi…»

Mémère qui avait appris la nouvelle lui avait demandé:

— Tu l'connaissais, ce p'tit gars-là, Dédé?

Et le «p'tit cœur» de lui répondre:

— Non, pis bâdre-moi pas avec ça! Qu'est-ce que tu veux qu'ça m'sacre! Y'en a un ou deux qui s'noient par année près du pont d'acier noir! Y s'prennent pour d'autres! Y jouent à Tarzan! Tant pis!

Surprise, Emma avait répliqué:

— C'est d'valeur pour les parents. Pis, penses-y, ça aurait pu t'arriver… Ah, mon Dieu, j'veux plus t'voir te baigner là, toi!

Ennuyé, irrité, son petit-fils lui répondit brusquement:

— Lâche-moi, mémère, j'ai plus douze ans! Si tu continues à m'talonner comme une mouche à marde, moi, c'est du pont que j'vas sauter!

— Voyons, Dédé, j'dis ça pour ton bien, j'tiens à toi, j't'aime, moi…

Dédé ne répondit pas et se rendit à la pharmacie chercher les dernières photos que mémère avait prises de Nadine et lui. De retour, contrarié de plus belle, il avait jeté deux photos sur les genoux de sa grand-mère en lui criant:

— R'garde! Tu sais même pas poser! R'garde comment j'fais dur à côté d'elle! On dirait que j'ai l'visage en long…

Lassée d'être encore blâmée, Emma Gaudrin lui répliqua sèchement:

– Arrête de toujours t'en prendre à moi, Dédé, j'ai juste pesé sur le bouton! Pis, dis-toi que l'kodak prend c'qu'y voit!

Nadine était revenue dans les bras de Dédé, mais ce dernier, méfiant, ne la voyait plus du même œil. C'était lui qui, depuis qu'elle avait joué double jeu, lui disait ne pas être disponible certains soirs. Au risque de la perdre, il lui rendait la monnaie de la pièce et Nadine, sans un autre *chum* en vue, sentait «de plus en plus» que Dédé sortait avec elle «de moins en moins»… *steady*. Il avait renoué avec les Dubé et, mesquin tout comme eux, il s'amusait à jouer des tours pendables. Une tape en passant sur le chapeau d'un vieux monsieur qui marchait à petits pas, tout comme les mâchées de gomme sur les sacs à main des dames ou sur les sonnettes des maisons la nuit venue. Et ce, sans parler des soirs de pleine lune où, avec Norbert et Charles, il se rendait encore à la gare attiser les ivrognes et les petits vieux du voisinage, pour quelques piastres vite faites. Tout ça, parce que son rêve s'était effondré et que Nadine, il en était sûr, l'avait trompé avec, non seulement, le «regretté» Yves, mais avec d'autres. À défaut d'être le seul et unique dieu sur terre pour sa bien-aimée, il sentait monter en lui le désir de plaire, de voir quelques truands se pâmer, les filles faciles le déshabiller des yeux et se donner, culottes baissées, à qui avait la main la plus habile. Une rechute, quoi! À moins que le proverbe: «Chassez le naturel, il revient au galop» ait été créé pour lui. Le lendemain, avec l'aide des Dubé, il s'arrangeait pour que ses frasques indécentes parviennent jusqu'aux oreilles de Nadine. Norbert, sur ordre de Dédé, lui criait: «Aïe! Ton chum était avec une fille derrière la gare, hier soir. Un pétard de belle fille! Y pogne en maudit, lui!» Nadine n'avait même pas bronché. Elle ne pouvait croire que Dédé puisse se contenter des filles à tout le monde du quai de la gare. Et encore moins s'imaginer que son *chum* puisse se «traîner» là, où c'était plein de vieux cochons aux doigts longs. Les frères Dubé étaient jaloux parce que les filles les fuyaient comme la peste, pensait-elle. Comme si Norbert et Charles, de plus en plus avides d'argent, avaient besoin de filles avec une telle petite «mine d'or» derrière la gare.

Mais ce qui fit sauter le couvercle de la marmite, c'est le très vilain tour que Dédé et les Dubé jouèrent à une pauvre femme qu'on appelait la vieille Ursule et qui habitait seule dans une petite maison de bois. Elle était souvent la proie des vilains garnements, mais là, c'était le comble. D'autant plus que, de sa fenêtre, elle avait vu les fuyards, les Dubé qu'elle connaissait et un autre qui était avec eux, mais qu'elle n'avait jamais vu. Ce jour-là, assoiffé de sensations fortes, le trio s'était rendu au bord de l'eau dans un but bien précis. Lentement mais sûrement, ils avaient attiré un écureuil avec des noix. De moins en moins sauvage, le petit animal revenait chercher son dû jusqu'à ce que Charles l'assomme d'un coup de bâton. L'écureuil tomba à la renverse et on lui attacha les quatre pattes avant qu'il reprenne conscience. Puis, le voyant se débattre, crier, rager, on le garda dans un sac jusqu'à ce que la nuit vienne. C'est alors que Dédé et les Dubé se rendirent chez la vieille Ursule pour y attacher la pauvre petite bête, encore vivante, après la poignée de la porte. On sonna, on se sauva, mais Ursule les avait vus de sa fenêtre. Elle vint néanmoins ouvrir et faillit avoir une crise cardiaque lorsqu'elle aperçut le petit animal qui se débattait et qui s'était mis à lancer des cris gutturaux sous le jet de lumière. Ursule prévint la police qui arriva en trombe pour délivrer la pauvre bête et la confier à la Société protectrice des animaux. La vieille dame leur révéla les noms des malfaiteurs et les Dubé, passés au crible, finirent par avouer, sans omettre de dénoncer Dédé. Les policiers s'amenèrent chez mémère et, en les voyant, Dédé se mit à trembler de tous ses membres. Mémère, affolée par le récit, appela Ti-Guy qui descendit en vitesse. Parlementant avec les policiers, il parvint à les convaincre de tenter de retirer les accusations en se rendant lui-même chez la plaignante le lendemain, quitte à la dédommager. Ce qui permit à Dédé de bénéficier d'un sursis. La pauvre dame accepta de retirer sa plainte tout en prenant de bon cœur l'argent que Ti-Guy lui glissa dans la main. Le tout s'arrangea également pour les Dubé dont les parents étaient dans la misère, et Dédé promit solennellement aux enquêteurs de ne plus les fréquenter. De retour à la maison, son père lui avait dit: «Toi, mon p'tit maudit, t'as pas fini avec moi!» Mémère s'interposa, pleura, et obtint la clémence de son fils pour son «p'tit cœur». Mais Ti-Guy lui avait dit, juste avant de passer l'éponge: «Écoute-moi bien, Dédé! Une autre comme ça et c'est l'école de réforme! Pis, j'plaisante pas, syncope! Pis, l'année prochaine, comme tu veux plus aller à l'école, c'est une job pis au plus vite! N'importe où mais pas au magasin, j'te veux pas dans les pattes! T'es mieux d'commencer à chercher, Dédé, parce qu'à partir de tes quinze ans…» Mémère l'avait interrompu. «Laisse faire, Ti-Guy, j'm'en charge, j'vas lui en trouver une job, y'en a plein dans *La Presse*!»

Entre-temps, Dédé avait terminé ses deux années scolaires chez Eugène Douilly et, quoique le professeur eût souhaité poursuivre l'éducation de son brillant élève, il se résigna à le voir abandonner les études en l'assurant, qu'avec son bagage, il saurait fort bien se débrouiller dans la vie. Selon monsieur Douilly, André avait tout de l'«autodidacte», ce qui fit fureter mémère dans le dictionnaire. Somme toute, en sortant des cours privés d'Eugène Douilly, Dédé avait l'équivalent d'une neuvième année scolaire d'antan ou d'un secondaire trois des années en cours. Betty tenta de le convaincre de poursuivre jusqu'à un diplôme supérieur, mais il l'envoya «au diable» en disant à mémère:

— De quoi a s'mêle, elle, en haut? J'ai-tu des comptes à lui rendre?

Ce à quoi mémère avait répondu:

— Sûrement pas! Même p'tit, a t'a jamais pris dans ses bras! Qu'a s'mêle de ses affaires, c'est moi qui t'élève, pas elle! Pis qu'a s'occupe de son mari au lieu d'faire de l'*overtime* sans être payée par le docteur devant lequel a s'pâme! Moi, j'te l'dis, à' place de Ti-Guy…

Tout était rentré dans l'ordre après la peur bleue de Dédé face aux policiers venus sonner chez lui. Nadine, au courant des faits, lui avait dit qu'il se comportait comme s'il avait encore onze ans, de mûrir un peu, d'arrêter de fréquenter les Dubé et de perdre son temps à la gare. De plus, si elle le surprenait avec une fille facile des boisés, c'en était fini avec elle! Dédé était ravi, sa blonde était jalouse! Lui qui pensait qu'elle se foutait de lui, mais non, elle était possessive, elle ne voulait pas voir une autre fille dans ses bras. Rehaussé d'un cran, se sentant roi et maître, il lui dit tendrement: «Bon, ça va, mais c'est du donnant, donnant. Toi aussi, t'es juste à moi, sinon c'est la même solution.» Nadine ne répondit pas et l'embrassa en se collant contre lui. Il lui promit de laisser tomber les frères Dubé pour de bon et lui parla de «la job» qu'il devait se trouver après les Fêtes. Elle, ayant encore «coulé» après avoir triplé sa sixième année, préféra se trouver du travail et aider sa mère dans ses temps libres. Elle décrocha un emploi d'été comme caissière d'un manège au parc Belmont, pour ensuite être engagée comme serveuse au comptoir de repas légers du Woolworth de la rue

Fleury. Ce qui lui permit de gagner enfin sa croûte, de dépenser sur place pour des produits de beauté et d'être reluquée par des clients, des travailleurs des alentours. Des gars de vingt ans tout comme des hommes d'affaires de quarante ans et plus. Et Nadine, quelque peu opportuniste, souriait aux mieux vêtus, aux mieux nantis, qu'importe l'âge.

Or, à l'aube de 1966, alors que Dédé s'étirait paresseusement, mémère lui lança:

— Imagine-toi pas que tu vas rester évaché comme ça dans ton lit chaque matin! Ton père t'a dit qu'y fallait qu'tu travailles!

— Minute! Pogne pas les nerfs, mémère! On est juste le 10 janvier!

— Oui, mais faudrait pas qu'ça traîne… Ça risque de t'siphonner l'courage! *La Presse* est pleine de jobs pour toi! Tu vas voir, j'vas t'en trouver une, moi!

— Fouille si ça t'tente, ça veut pas dire que j'vas la prendre. J'ferai pas n'importe quoi… J'ai d'l'instruction, j'me débrouille bien…

— Mon œil, d'l'instruction! T'as juste le minimum, Dédé! Pis si ta blonde a l'cœur de travailler au *snack-bar* d'un Woolworth, j'me d'mande pourquoi tu lèverais l'nez sur c'que j'pourrai t'trouver!

— Change de ton, tu m'énerves! Ta voix forte de bonne heure le matin…

— Ben, c'est comme ça! Pis là, lève-toi pis viens déjeuner, la table est mise!

— J'peux-tu prendre le temps d'aller pisser?

Dédé se brossa les dents, vint prendre place à la table et mémère lui servit des rôties avec des cretons et du café.

– Y goûtent drôles, les cretons… Les as-tu depuis long-temps?

– J'sais pas, j'm'en rappelle pas, pis mange donc sans tou-jours rouspéter! On dirait qu'tu l'fais exprès…

– J'te dis qu'y goûtent le sur, mémère! Ça s'mange, mais…

– Ben, si ça s'mange, mange-les pis ferme ta gueule! On n'engraisse pas les cochons à l'eau claire, tu sauras! J'en ai mangés, moi aussi, pis j'suis pas morte!

– Ben là, ça va faire, y'a du vert en dessous! Regarde!

– Maudit qu't'as l'bec fin! Jette-les dans la toilette si t'en veux pas! J'ai des œufs, d'la saucisse, du bacon…

– Non, j'veux rien! Le cœur me lève! J'm'habille pis j'vas aller manger au restaurant, ça va m'remettre en appétit!

– C'est ça, vas-y! Gaspille ton argent! Pour c'que t'as, Dédé, tu ferais mieux d'ménager! Pis compte pas sur moi, j'ai pas une cenne!

Dédé s'habilla, se peigna et sortit en refermant la porte vio-lemment. Restée seule, mémère débarrassait la table tout en se-couant la tête. Elle avait hâte que son «p'tit cœur» devienne un homme et qu'il se prenne en main. Elle avait hâte de retourner à Saint-Calixte… Elle était dans ses rêveries lorsqu'elle entendit, en haut, une chaise ou un autre meuble qui tombait sur le plan-cher et des tons de voix. Grimpée sur son escabeau, l'oreille col-lée au plafond, elle put entendre Betty qui criait à Ti-Guy:

– *Enough is enough!* Je sais que tu sors avec elle! C'est pas juste une employée, Guy!

Et le mari, courroucé, de lui répondre:

– Pis toi, Betty? Ton docteur?

Mémère entendit le fracas d'une assiette sur le mur et Betty qui, exaspérée, répliquait:

– *You, son of a bitch!*

Non, vraiment, ça n'allait plus dans le ménage des Gaudrin depuis quelque six mois. Ti-Guy qui, privé des services de Betty, avait engagé une cliente pour la remplacer, n'avait pas choisi une femme aux allures de sa mère. Pierrette, une jolie brunette aux yeux noisette, avait à peine quarante-cinq ans et elle était tournée comme une fille de calendrier. Provocante, maquillée avec soin, la courbe des hanches parfaite, des jambes superbes et une poitrine généreuse, elle n'avait rien à envier à Betty sur le plan physique. Sauf qu'elle avait moins de classe que la jeune madame Gaudrin. Séparée, mère de deux enfants déjà grands, seule dans la vie ou presque, elle avait vite compris que Ti-Guy ne s'intéressait pas qu'à son expérience dans la vente au détail. Moins distinguée que Betty, ce qui n'offusqua pas Ti-Guy, elle sut vite se pencher avec adresse pour ramasser une boîte et sentir une main effrontée sur une fesse. Ce qui ne la choqua pas, au contraire. Guy Gaudrin était un cadeau du ciel, en tant qu'homme, pour une femme qui, tout doucement, glissait sur un… versant. Un homme de trente-cinq ans, beau, viril, avec un corps sans une once de graisse, c'était le mâle rêvé pour elle qui, aguichante, mais affichant déjà quelques rides, avait comblé son manque par quelques aventures avec des hommes peu attirants et beaucoup plus âgés qu'elle, bien souvent. Or, lorsque Betty vint au magasin et qu'elle rencontra «l'employée» pour la première fois, la moutarde lui monta au nez. Elle savait que, déjà, Ti-Guy avait «tâté» la marchandise parce que, à première vue, Pierrette lui était apparue comme la proie toute désignée pour son mari vorace. Elle aurait pu jurer, avant d'entrer, que celle qui lui avait succédé allait avoir cette allure et ce maintien. Elle fit comme si de rien n'était, mais elle sentait que Ti-Guy était très mal à l'aise. Pendant que Pierrette servait un client en déployant ses sourires et ses charmes, Betty savait qu'elle avait déjà tout «déployé» pour ce mari pervers duquel elle se détachait de plus en plus. Le soir venu, elle lui avait demandé:

— Elle fait bien l'amour, au moins? Elle te satisfait?

— Betty! Syncope! Ça va pas r'commencer… Pour qui tu m'prends?

— Pour ce que tu es, Guy! *Sorry,* mais ça fait longtemps que j'ai compris que pour toi, juste une femme…

— Bébé! Dis pas des choses comme ça! T'es la plus belle…

— Bébé *my ass,* Guy! La plus belle mais pas la seule! Y'a quelque chose qui tourne pas rond dans ta tête… Et pas juste dans ta tête!

— Tu m'prends-tu pour un animal? J'saute-tu su'l'monde? Toi…

— *You're a pig,* Guy! Un cochon qui peut pas voir une belle fille sans…

— Aïe! Arrête, syncope! Mon employée a quarante-cinq ans! C'est une mère de famille!

— *So what?* Mère ou pas, ça l'empêche pas d'porter ses jupes aux cuisses pis d'montrer ses seins aux clients en se penchant. Imagine quand t'es tout seul avec elle et que vous faites la caisse!

— C'était à toi d'rester, Betty! C'est toi qui m'as plaqué là pour aller travailler pour le docteur. Tu disais qu'c'était plus honorable! Tu m'as fait m'sentir comme le dernier des derniers pis là, depuis trois mois, tu t'laisses même plus approcher. J'suis-tu devenu répugnant? T'as-tu connu mieux?

— Pas répugnant, Guy, mais j'tiens pas à attraper des maladies! Tu m'suis? Quand t'auras tes mains dans tes poches pis qu'tes employées ressembleront à ta mère, j'te reviendrai peut-être…

— Peut-être? T'es ma femme, Betty! T'as pas l'droit de m'refuser…

– *Oh, yeah? Well…* on n'est pas allés à la même école toi et moi.

– C'est ton docteur qui t'monte la tête, hein? Y'est beau, lui! Y'est riche! Y'est cultivé! Me prends-tu pour un cave? Si c'est lui qu'tu veux, dis-le pis j'vas lui faire d'la place!

– Tu es *disgusting,* Guy! Tu me parles comme si j'étais une *chicken* de luxe… Non, il n'y a rien entre mon patron et moi. Il est marié, il adore sa femme et ils ont trois enfants. Puis, j'suis pas certaine de garder mon emploi, j'suis fatiguée, j'ai besoin de changement. Si tu le veux bien, après les Fêtes, j'ai-merais aller passer un mois chez mes parents à Thunder Bay. J'ai besoin de me retremper dans ma ville natale, j'ai besoin… *to smell my family,* de revoir Fanny…

– Si c'est ça qu'y t'faut pour te remettre d'aplomb, j'ai pas d'objection, bébé. Vas-y chez tes parents, prends des vacances, va vivre avec eux autres, mais r'viens avec le sourire.

– J'ai besoin de réfléchir, Guy.

– À quoi? Qu'est-ce que tu veux dire par là?

– J'ai… Il me faut être loin de toi pour quelque temps. J'ai besoin de penser… Tu m'as connue à dix-sept ans…

– Viens pas m'dire que tu l'regrettes, bébé? J't'ai tout donné!

– Oui, *yes, I know,* mais j'ai envie d'être seule avec moi. Je sens la nécessité d'aller jusqu'au fond de mon cœur, de fer-mer les yeux…

– Ben, fais tout ça, bébé, pis r'viens au plus sacrant, parce que moi, des examens comme les tiens, j'en ai pas besoin! J't'aime comme tu es, j'te permets tout, j'ai rien à m'repro-cher… Mais si tu peux plus faire l'amour avec moi, là, y'a un problème…

– Tu as raison et c'est ce que je veux aller régler, Guy, *nothing else.*

Le calme était revenu dans le couple jusqu'à ce fameux jour où, mémère, l'oreille au plafond, souhaitait une fois de plus que son fils se débarrasse une fois pour toutes de sa prétentieuse... *movie star!*

Le printemps venait à peine de renaître lorsque Betty, bagages faits, attendait que son mari la conduise à la gare où elle allait prendre le train pour Thunder Bay. Comme elle était très en beauté ce jour-là, séduisante, Ti-Guy en vint à regretter d'avoir provoqué chez sa femme ce besoin de se retrouver, de s'évaluer et de s'éloigner de lui. La veille, dans un ultime effort, il avait réussi à convaincre Betty de s'abandonner, de lui donner son corps, de faire l'amour tendrement avec lui. Elle avait fini par céder, mais c'est sans aucun sursaut, aucune jouissance, qu'elle le laissa se libérer en elle. Les yeux fermés, elle n'avait été que passive et tolérante, pour le laisser, ensuite, se vautrer dans les draps... insatisfait. Elle n'était plus, il s'en était aperçu, la femme qui, naguère, s'accrochait à ses reins tout en lui jouant dans la crinière. Un acte d'amour sans feu, tiède, sans la moindre passion. Et, de surcroît, dans le silence le plus total.

En cours de route, comme pour tenter de la reconquérir, il lui dit en la regardant:

— Si tu savais comme tu es belle! Y'a pas une femme sur terre qui t'arrive à la cheville, bébé, pas même Brigitte Bardot!

Elle se tourna, lui sourit, et poussa de ses longs doigts aux ongles rouges, une mèche de cheveux rebelle. Elle lui avait souri d'un sourire dont Ti-Guy ne pouvait saisir la teneur. Un sourire sarcastique? Peut-être, mais... un étrange sourire.

— Tu sais, c'était pas nécessaire de remettre ta démission au docteur. T'aurais pu prendre un congé, te reposer pis reprendre ton emploi en revenant. J'suis certain que l'doc t'aurait attendue.

– Peut-être, Guy, mais je n'ai plus envie d'être réceptionniste et de recevoir les mécontentements des patients. Et je n'ai pas l'intention de travailler sans arrêt. Je ne me suis pas mariée pour avoir à gagner ma vie.

– Ben, si c'est rien qu'ça, fallait l'dire, bébé! Si t'aimes mieux rester à la maison, aller magasiner... J'peux t'faire vivre, tu sais.

Elle ne répondit pas, alluma la radio et écouta en silence sans tout à fait la comprendre, une chanson de Pierre Létourneau. Puis, changeant de station, elle arriva en plein milieu d'un tube des Beatles qu'elle se surprit à fredonner avec eux.

– Tu vas rester longtemps chez tes parents? Tu vas me manquer, tu sais.

– *I don't know,* Guy... Peut-être deux semaines, peut-être un mois...

– J'vas m'ennuyer, bébé, les nuits vont être longues sans toi.

– *You see?* Que les nuits, Guy... Toujours les nuits, le lit, que ça... murmura-t-elle en laissant échapper un long soupir de découragement.

– C'est pas c'que j'voulais dire... J'essayais d'être sentimental...

Sans répondre, elle lui fit signe de stationner là où une voiture quittait. Muni de ses bagages, Ti-Guy la suivit dans la gare jusqu'au guichet. Prête à partir, elle s'empara de son sac à main, mais il lui retint le bras et l'attira tout contre lui. Puis, dans un élan de tendresse, il l'embrassa sur le front, sur la joue, avec délicatesse, pour ensuite unir ses lèvres aux siennes dans un baiser passionné d'une part, glacial de l'autre.

– On peut pas dire que tu mets de l'ardeur, Betty, j'ai rien senti.

– Il y a des gens, nous sommes en public, Guy.

– Quand même! On dirait qu'j'ai embrassé ma mère!

— *For God sake,* recommence pas, Guy! On n'est plus des enfants! Je descends, je veux choisir un bon siège.

Elle emprunta l'escalier mobile et, se retournant pour lui faire un signe de la main, elle remarqua une larme sur la joue de Ti-Guy. Elle détourna la tête et se perdit dans le couloir. Resté seul, le cœur en boule, Ti-Guy était chaviré. Betty, sa femme, son «bébé», n'avait même pas pleuré en le quittant. Elle, si sensible pourtant… Elle qui pleurait en regardant un film d'amour. Il reprit la voiture, la route, grilla une cigarette et regagna la maison vide où l'odeur du parfum de Betty persistait. Assis, songeur, la tête entre les mains, il se demandait si sa femme avait vraiment perdu tout amour pour lui, lorsque le téléphone sonna.

— Allô, Ti-Guy? C'est ta mère. J't'ai entendu revenir pis si t'as l'goût d'souper en bas, j'ai du macaroni au lait pis d'la tourtière. Pis tu seras pas dérangé par Dédé, y'est parti chez Nadine. On va être juste tous les deux pour une fois… Comme dans l'temps, mon gars.

Deux semaines plus tôt, grâce aux petites annonces de *La Presse* et à l'entregent d'Emma Gaudrin au bout du fil, Dédé avait décroché un emploi dans une manufacture de robes de la rue Sainte-Catherine Est, près de Beaudry. Le propriétaire, monsieur Stein, avait dit à mémère que son petit-fils avait besoin d'avoir la carrure d'un homme, car le métier de *shipper,* ce n'était pas pour les gamins. Dédé se présenta bien peigné, chemise et cravate, pantalon bien pressé et, le trouvant fort élégant, le patron lui avait dit:

— *Wait!* J'ai besoin d'un *shipper,* pas d'un gérant! Pis t'es sûr d'avoir juste quinze ans, toi? T'as l'air d'un homme…

Sentant qu'il allait obtenir l'emploi, Dédé lui répondit avec son plus beau sourire:

– C'est pas c'que vous vouliez, un homme? Pis pour l'habit, n'vous en faites pas, c'était juste pour me présenter. Si vous m'prenez, j'ai des chandails, des chemises à carreaux, des pantalons plus usés pis des jeans troués.

Voyant qu'il avait de l'audace et du caractère, monsieur Stein n'hésita pas:

– Écoute, j'te prends à l'essai. J'te paye 60 $ par semaine, du lundi au vendredi, de huit heures du matin à six heures du soir pis, si tu fais l'affaire, dans six mois, j't'augmenterai de cinq piastres. Ça marche-tu, mon p'tit gars?

Dédé accepta et, fou de joie, vint annoncer à mémère et à Nadine qu'il avait «une job» payante et que le *boss* semblait l'avoir préféré à tous les autres qui s'étaient présentés. Puis, leur dévoilant son salaire, mémère s'était montrée enchantée, mais Nadine avait répliqué:

– T'as pas à t'en vanter, Dédé, j'fais plus que ça derrière mon comptoir à lunch du Woolworth.

– Y'a un commencement partout, non? Pis toi, Nadine, c'est avec tes *tips* que tu t'fais une bonne paye! Sans ça…

– N'empêche qu'avec ton instruction chez ton professeur privé, t'as pas décroché mieux qu'moi qu'y a juste une sixième année.

– Nadine! T'es pas fine! de s'écrier mémère. On dit pas des choses comme ça à son *chum,* voyons! Cherches-tu à l'décourager?

– Heu… non… j'voulais pas… C'est juste que c'est loin la rue Sainte-Catherine. Tu vas revenir tard, Dédé, on va pas s'voir souvent, C'est ça qui m'a fait dire des bêtises. Excuse-moi…

– Y'a pas d'mal, Nadine, oublie-ça. Pis on va s'voir du vendredi soir jusqu'au dimanche soir. On va pas s'lâcher, tu vas voir!

Mémère avait froncé les sourcils. Avec son «p'tit cœur» parti cinq jours par semaine à son travail et la fin de semaine chez sa blonde, elle sentait qu'elle allait être souvent seule. Lorsque Dédé revint à la maison après avoir raccompagné Nadine chez elle, mémère leva le nez de son téléviseur et lui lança à la dérobée:

– J'te dis qu'est possessive, la p'tite vlimeuse!

Betty au loin, Ti-Guy se remit assez vite de son absence. Avec Pierrette qui restait au magasin après les heures de fermeture, il n'était guère à plaindre. Et comme le *cocktail lounge* Maxime de la rue Lajeunesse n'était pas loin, il leur arrivait souvent d'aller prendre un verre, danser et se retrouver dans un «lit d'emprunt» à quelques pas pour les ébats. Mais Guy Gaudrin, insatiable de plaisirs charnels, tombait rarement amoureux de ses partenaires occasionnelles. Pierrette n'échappait pas à la règle. Il l'aimait bien, il appréciait son savoir-faire, mais il ne l'aimait pas. Pas plus que les rouquines d'antan à la manufacture de cigares ou les effeuilleuses qu'il engageait alors qu'il possédait l'hôtel. Ti-Guy aimait l'amour. Et, par-dessus tout, il aimait être… aimé. Betty était la seule femme dont il était tombé amoureux, disait-il. Depuis le tout premier baiser, il l'avait aimée avec «ses tripes», prétendait-il. Pourtant, en dépit de cet amour quasi démesuré, il ne s'était pas empêché d'aller fureter sous les jupons des autres. Ti-Guy avait le vice au corps, c'était une maladie. Très beau, aimable, gentil, on aurait pu croire qu'il honorait ses partenaires avec tendresse et conviction. Hélas, ce n'était que de courte durée et nombre d'entre elles, qui avaient cru croiser le prince charmant, furent très déçues, après la nuit, de voir leur bel oiseau quitter à tout jamais leur nid. Ti-Guy manquait Betty, mais sa douce «maladie» la lui faisait oublier dès que la noirceur se pointait et que, vêtu comme un dandy, il se rendait dans les bars de la ville en quête d'une proie facile. Déçue d'être sans cesse le tampon du bellâtre, Pierrette l'avisa un matin qu'elle quittait le magasin. Désemparé, il tenta de la retenir, il lui offrit même une augmentation de salaire, mais la dame qui savait qu'elle ne serait jamais à lui et qu'elle ne suffisait même pas à «la tâche», lui donna deux jours pour lui trouver une remplaçante. Courtisée par un client qu'elle servait chaque jour, elle avait accepté l'invitation de partir en voyage avec lui et de devenir, à court terme, sa maîtresse attitrée. C'est ainsi que, beau ou pas, irrésistible ou vulnérable, Ti-Guy perdit sa très «érotique» employée. Il fit paraître des annonces, mais peu de candidates se présentèrent. Finalement, après une semaine à travailler comme un bœuf du matin jusqu'au soir, une femme d'âge mûr se présenta pour offrir ses services. Et Ti-Guy, bon gré, mal gré, n'eut d'autre choix que d'engager la petite dame revêche et sèche, sans sourire mais expérimentée, prénommée Bernardine, âgée de soixante ans.

Seule, les jambes souvent enflées, Emma Gaudrin avait le moral si affecté, que l'angoisse lui causait de l'angine. Dans une lettre à Gertrude, elle avait écrit: *Je m'ennuie à mourir ici. Ti-Guy ne descend jamais et Dédé est toujours chez Nadine. J'ai l'impression d'être dans un cimetière. J'ai pas d'amies et j'en cherche pas. Tout ce que je veux, c'est retourner à Saint-Calixte, ne plus revenir, rester dans mon village jusqu'à mon dernier souffle. Mais cet été, je te le jure, je passe deux mois dans un chalet de la butte. Si Dédé peut pas suivre à cause de son travail, il restera avec son père la semaine et il viendra si ça lui tente les fins de semaine. J'oubliais, Gertrude, je t'ai pas encore dit que Betty était partie. Pas pour toujours, bien entendu, ce serait trop beau, mais elle est retournée à Thunder*

*Bay chez ses parents pour un bout de temps. Je te dis que ça marche plus très fort, ce ménage-là. Ça doit faire au moins trois semaines qu'elle a pas donné de nouvelles…*

Emma Gaudrin se trompait. Ça faisait cinq semaines que Betty n'avait pas donné signe de vie à Guy qui, inquiet, avait téléphoné à deux reprises à Thunder Bay. La première fois, sa belle-mère lui avait répondu que Betty était au chalet de Fanny et qu'il n'y avait pas de téléphone dans le bois où il était situé. La seconde fois, plus mal à l'aise, elle lui avait dit: «Écoute, Guy, Betty ne veut pas te parler pour le moment. Elle te demande une semaine de plus, elle achève sa réflexion. Elle te téléphonera d'ici dix jours, elle l'a promis.» Ti-Guy, désemparé, acculé au pied du mur pour une fois, ne trouva pas la force de se changer les idées avec une fille de passage. Seul devant son téléviseur, une bière à la main, il écoutait le *Ed Sullivan Show* sans s'intéresser aux artistes qu'on y présentait. Songeur, perplexe, il se demandait si Betty n'était pas gravement malade et que sa mère lui cachait la vérité. Et si c'était là, la cause de son départ subit?

Il patienta quatre jours et, déterminé, il avisa sa mère qu'il se rendrait à Thunder Bay pour voir ce qui s'y passait. Le soir venu, valise sur le lit, il s'apprêtait à la remplir lorsque le téléphone retentit dans la cuisine et le salon. S'emparant du premier récepteur à sa portée, il se sentit frémir lorsqu'il reconnut la voix de sa femme.

— Betty! Enfin! Un jour de plus et j'arrivais chez toi! Je faisais justement ma valise. Ça fait un mois et demi…

— Oui, je sais, Guy.

— Ben, tu trouves pas ça long, toi, sans donner de tes nouvelles?

– Il fallait que je réfléchisse, Guy. J'ai mis du temps, *I'm sorry,* mais je voulais être sûre de moi.

– Qu'est-ce que tu veux dire? J'te suis pas, Betty… *Sorry* pourquoi?

– C'est fini, Guy, je ne reviendrai plus. Je reste ici, je veux refaire ma vie, *I want a divorce,* il me faut être libre…

Ti-Guy crut défaillir tellement le choc avait été violent. Se maîtrisant, il parvint à lui demander d'une voix tremblante:

– Pourquoi, Betty? Qu'est-ce que j'ai fait? Je t'aime…

– *Shut up!* Tu mens, Guy! Tu ne m'aimes pas, je ne t'aime plus, on ne s'aime plus. Je veux un divorce, je ne te demande rien de plus, juste ma liberté…

– Un divorce! un divorce! Tu m'demandes ça comme si tu m'demandais cent piastres pour une robe! Si tu m'aimes plus, Betty, j'vas pas me mettre à genoux, mais parle pas pour nous deux, parce que j't'aime encore, moi… Pis si tu veux pas revenir, t'as juste à rester là… Comme c'est là, on est déjà séparés, Betty.

– C'est pas assez, je veux divorcer, j'ai… j'ai rencontré.

– Quoi? Qu'est-ce que tu dis? T'as rencontré? Qui ça? Un ami de ta sœur Fanny, j'suppose? C'est elle qui t'pousse dans l'dos, je l'sens! A m'a jamais aimé pis moi non plus! T'as rencontré! Pis après? Ça veut pas dire que tu vas l'marier, ça!

– Ça ne devrait pas tarder, Guy. J'ai rencontré un avocat, je travaille pour lui et là, c'est devenu très sérieux entre nous…

– T'es une belle maudite, toi! Un mois partie, encore mariée pis déjà amoureuse d'un autre. Plus hypocrite que ça, tu meurs, Betty!

– *Damn you! How can you…* Comment oses-tu me traiter de maudite après tout ce que tu m'as fait subir, Guy! Tu m'as trompée avec toutes les traînées, les filles de rue aussi! Tu penses que j'ai rien vu, rien su, Guy? Ton linge sentait tous les parfums *cheap* du bas de la ville! *Disgusting!* Je ne pouvais même plus coucher avec toi, j'avais peur de vomir. En plus, avec les maladies… Et c'est moi que tu traites de maudite, Guy Gaudrin? *Well,* t'as du front! Je ne t'aime plus, Guy, *is that clear enough?* On n'a pas d'enfants, on a juste à signer des papiers et tout sera fini. Juste ça, Guy! Je t'ai donné mes plus belles années, je veux garder les autres pour moi et… *and rebuild my life.*

— Bon, bon, ça va, j'ai pas envie d't'entendre brailler…

— Ça fait longtemps que je ne pleure plus à cause de toi, Guy. Tu as toujours fait du mal aux femmes. Tu n'as pas de cœur, pas même pour ton fils ni ta mère. Tu n'en avais même pas pour Pauline!

— Aïe! Laisse-la six pieds sous terre, celle-là! Pis mêle-toi pas d'ma mère pis d'mon fils! Tu veux un divorce, Betty? Tu vas l'avoir! On va même aller te l'livrer à Thunder Bay pis j'vas tout payer, mais j't'avertis, t'auras pas une chienne de cenne de moi! Un divorce, ta liberté, rien d'autre! Pis ça, t'as besoin d'le signer!

— Je ne veux rien d'autre, Guy, rien d'autre que ma liberté. Et je te jure que, lorsqu'on sera divorcés, tu n'entendras plus jamais parler de moi. *I'm sorry,* mais je n'ai plus rien à ajouter.

— *Sorry* mon œil! Au moins, j't'entendrai plus parler moitié moitié, ça m'tapait sur les nerfs! Pis, si tu penses que j'vas brailler…

— Guy! Assez! Ne dis pas des choses que tu pourrais regretter. Si c'est pas trop te demander, engage quelqu'un pour mettre mon linge et mes choses dans des boîtes, pis j'vais l'payer comme j'vais payer pour l'envoyer chercher. À moins que ta mère…

— Ma mère est pas ta servante! Si tu veux ton *stock,* viens l'chercher, Betty!

– Non, Guy, je ne retournerai pas à Montréal. Si tu veux pas me l'envoyer, brûle-le, donne-le, *I don't care,* mais donne-moi vite un divorce.

– Tu vas l'avoir ton *stock,* compte sur moi! Tes guenilles pis dans ta cour à partir d'astheure! Pis l'divorce va t'arriver sur un *flat car,* bébé! Pis là, j'veux plus jamais t'revoir pis ni entendre ta voix. Si y'a d'autre chose, fais appeler ta mère, mais rappelle plus jamais, toi!

Sidérée, Betty avait raccroché. Elle craignait que la conversation s'envenime. Constatant que la ligne était morte, Ti-Guy raccrocha brusquement en lâchant un «Syncope!». Puis, appelant sa mère, il lui dit d'un ton sec:

– Betty ne reviendra pas la mère, on divorce! Penses-tu qu't'aurais la force de venir sacrer tout son *stock* dans des boîtes?

Trop heureuse de la nouvelle, Emma s'empressa de répondre:

– Ben sûr, Ti-Guy, tu peux compter sur moi, j'ai encore d'l'énergie, tu sais!

Deux semaines plus tard, Betty recevait par un camion de livraison, une douzaine de boîtes de carton remplies à pleine capacité. Elle les ouvrit, défroissa un à un ses vêtements, rangea ses souvenirs et quelques portraits de noces et de voyages dans un tiroir, et ne regretta en rien sa décision d'être sortie de ce mariage d'enfer. Puis, préférant en sourire, elle s'aperçut que Guy ne lui avait pas fait parvenir l'étole de vison qu'elle aimait tant. Il l'avait sans doute gardée par vengeance, mais Betty n'allait pas s'en faire pour si peu. Son avocat et futur mari allait certes lui offrir le manteau en entier. Mais ce qu'elle ignorait et qu'elle ne saurait sans doute jamais, c'est que Ti-Guy n'avait nullement cherché à la punir. Emma Gaudrin, fière et altière dans son sous-sol, se pavanait avec l'étole sur les épaules. Volontairement et à l'insu de son fils, elle avait gardé pour elle cette fourrure qu'elle convoitait depuis longtemps et qui, à son très humble avis, valait sans doute plus cher que son modeste… mouton de Perse!

# Chapitre 4

L'été était à l'ordre du jour sur le calendrier lorsque Ti-Guy, sans prévenir, entra chez sa mère qui regardait la télévision, alors que Dédé, rentré du boulot, mangeait une pointe de tourtière que la grand-mère avait achetée chez Dionne.

– Mon Dieu! Tu rentres en coup d'vent! Y'a-tu quelque chose qui va pas, Ti-Guy?

– Non, au contraire, dit son fils en allumant une cigarette, j'viens t'annoncer une bonne nouvelle, la mère. J'vends l'magasin, j'en ai assez des bonbons à cenne, j'veux brasser des affaires.

Emma Gaudrin, folle de joie, lui demanda d'un ton aigu:
– À Saint-Calixte?

– Ben non, la mère, j't'parle de grosses affaires! C'est pas dans un patelin qu'on réalise ça. Non, j'reste ici pis j'me lance dans l'immobilier, c'est là qu'y a d'l'argent à faire.

– J'comprends pas... Sois plus clair.

– Ben, j'vas acheter des duplex, des triplex, j'vas les rénover, les louer pis les revendre avec profit. Pis, si j'les vends pas, j'vas faire d'l'argent avec les loyers. Y vont s'payer tout seuls, la mère! C'est ça, faire des affaires! J'en ai déjà deux en vue comme le nôtre sur la rue Berri.

– Oui, mais t'as pas encore vendu ton commerce…

– Ça va être l'affaire d'un jour ou deux, j'ai déjà un pros-pect. Un bonhomme à la retraite qui veut pas rester à la mai-son pis qu'y rêve d'un magasin comme le mien. C'est presque dans l'sac, mais c'est sûr qu'y va pas garder Bernardine à son emploi, y veut s'en occuper du matin jusqu'au soir et empo-cher tous les profits. Pis, y va rien perdre en s'débarrassant d'la vieille. A l'air bête, les clients l'aiment pas, les enfants en ont peur, y vont ailleurs. Moi-même j'l'aurais pas gardée.

– Ça veut dire qu'on déménage pas… risqua Dédé.

– Non, on grouille pas d'ici pis t'en fais pas le p'tit, tu vas la voir ta Nadine pis tu vas la garder ta job! Au fait, ça va bien à la manufacture? T'aimes ça?

– Oui ça va, le *boss* est fin, y m'a même promis…

– Ah! J'oubliais, la mère! Si tu veux aller passer juillet pis août à Saint-Calixte, y'a un des chalets qui est pas loué sur la butte.

Dédé avait été vexé. Son père n'avait même pas pris la peine d'écouter sa réponse qu'il l'avait interrompu pour s'adresser à mémère. Le nez dans les bandes dessinées du journal, il n'avait pas envie d'entendre ce que son père avait à dire. Mémère, fré-tillante, quasiment hors d'elle, avait répondu à son fils:

– T'es sérieux, Ti-Guy? J'pourrais passer l'été à Saint-Calixte?

– Oui, pis sans qu'ça t'coûte une cenne, la mère! T'auras juste à faire tes bagages pis à t'y rendre en autobus.

– Pis Dédé, lui? Qui va s'en occuper durant mon absence?

– Y va avoir seize ans, c'est plus un enfant, y'est capable de s'arranger tout seul. Pis si y'a besoin de quelque chose, j'suis juste en haut.

– J'parlais d'ses lavages, du repassage, des repas, du marché…

– T'en fais pas, on va s'arranger moi pis lui. Y'a des *laundromats* dans l'quartier, y'a l'Chinois en ville pour ses chemises blanches, pis pour manger, y va s'débrouiller, y s'laissera pas crever d'faim. Ça prend pas un cours classique pour faire un *Kraft Dinner,* la mère! Pis sa blonde va être là pour l'aider… Pas vrai, Dédé?

Sans lever les yeux vers lui, Dédé acquiesça de la tête.

– J'la veux pas trop dans mes affaires, elle… Pis laisser deux jeunes comme ça ensemble… T'as pas d'scrupules, Ti-Guy?

– Aïe! J'faisais déjà du chemin à son âge! T'as-tu oublié?

– Laisse faire, j'aime mieux pas en parler. Tout c'qui compte, c'est que j'vas revoir mon village, Gertrude, la rue Principale, le soleil de la butte pis ton pauvre père qui dort au cimetière. T'es sûr que ça t'convient tout c'qu'on dit là, Dédé?

– Ben oui, mémère, vas-y, va t'reposer pis r'prendre des forces. De toute façon, tu déprimes ici. Pis moi, sans toi, ça va m'enlever un poids.

– Sais-tu qu't'es pas mal ingrat après tout c'que j'ai fait pour toi?

– C'est pas c'que j'voulais dire mémère… Tu prends soin d'moi, je l'sais, mais ça va m'apprendre à m'débrouiller pis, pour un bout d'temps, j't'entendrai pas t'plaindre… J'veux dire de ta pression, de ton angine… À la campagne, tu vas t'remettre en santé.

– Ben là, j'comprends mieux! J'pourrai partir quand, Ti-Guy?

– Au début d'juillet, quand tu voudras, t'auras juste à t'préparer, l'chalet t'attend!

– Pis toi, Dédé, penses-tu venir y passer des fins de semaine?

– Ça va dépendre, mémère… À moins que Nadine…

Ti-Guy ne le laissa pas poursuivre. Il se leva, s'empara de son paquet de cigarettes et sortit sans regarder Dédé, tout en disant à sa mère:

– J'ai pas d'temps à perdre! J'ai des affaires à brasser, moi!

Il sortit et mémère, radieuse, enchantée, avoua à Dédé:

– J'te dis que j'suis fière de ton père, mon p'tit cœur! Avec lui, on manquera jamais de rien!

Dédé, levant la tête, regarda sa grand-mère et lui répliqua:

– Ça dépend, y va pas creux dans sa poche, le père! Coudon! Pépère était-tu aussi *cheap* que lui?

– Parle pas comme ça! Avec tout c'que ton père dépense pour toi…

Reprenant sa lecture de bandes dessinées, Dédé, haussant le ton pour qu'elle l'entende, lui dit:

– On n'ira pas plus loin, veux-tu? Pis, pour la dernière fois, arrête de m'appeler ton p'tit cœur, mémère, ça m'fend l'derrière!

Emma Gaudrin était arrivée à Saint-Calixte quelques jours après la fête de la Reine. À l'arrêt d'autobus, rue Principale, Gertrude l'attendait en lui faisant de grands signes de la main. Emma descendit avec ses bagages et, sa vieille amie, excitée au possible, lui cria:

– J'suis là, Emma! Enfin, toi! J'peux pas l'croire!

– Ben, crois-le, j'suis là en chair et en os pis pour deux mois!

Les deux femmes s'embrassèrent et, Emma Gaudrin, fatiguée par le voyage pourtant court, ne se fit pas prier lorsque des gamins s'offrirent pour porter ses malles jusque chez l'ex-maîtresse des Postes. En effet, Gertrude avait abandonné son boulot pour le remettre en des mains plus compétentes avec l'évolution des systèmes de livraison.

– Viens, rentre, j'ai un p'tit goûter juste pour toi et moi, Emma.

Madame Gaudrin remit deux pièces de vingt-cinq sous aux gamins qui s'étaient faits porteurs de bagages et, installée au bout de la table, elle accepta le goûter et le thé, tout en ouvrant grand «son sac», pour déblatérer sur le compte de Betty et la pollution de la grande ville. Plus tard, elle se rendit à son ex-épicerie et, face aux nouveaux propriétaires, elle eut le cœur gros. Elle se revoyait avec Joseph, le jour où on avait cloué la première enseigne. Prise de mélancolie, elle les remercia de si bien servir les paroissiens et partit, non sans avoir fait des emplettes, qu'on irait lui livrer au chalet. Avec ses bagages, bien entendu! D'une pierre deux coups, quoi! Et pas plus cher pour autant. Une trentaine de minutes plus tard, après avoir marché très lentement jusqu'à la butte avec Gertrude, c'est avec soulagement qu'elle glissa la clef dans la serrure. À ceux et celles qui, la regardant, se demandaient qui elle était, Emma leva fièrement la tête pour leur dire de haut: «Je suis la mère du propriétaire. Je suis ici pour deux mois. J'espère qu'on va bien s'entendre et que vos enfants ne sont pas trop bruyants.» Puis, condescendante, elle entra dans le chalet comme une reine dans son palais. Gertrude qui la suivait les bras remplis de sacs d'effets personnels, avait l'allure d'une servante. Fait étrange, le chalet qui était libre était celui qu'on avait construit là où se trouvait le shack de Sam jadis. Superstitieuse, Emma avait dit à Gertrude:

– J'espère que les morts viennent pas hanter la butte, la nuit. Tu sais c'que j'veux dire, hein?

– Parle pas d'ça, Emma, ça m'donne la chair de poule!

– N'empêche que c'est pas toi qui vas coucher toute seule ici... Quand j'pense que j'ai peut-être les pieds là où l'ermite s'est pendu...

— Emma! Assez! Tu vas attirer l'diable si tu continues d'en parler!

— T'as raison, mais astheure que j'ai commencé, ça m'donne des frissons. Si seulement Dédé était là… Mais, toute seule la nuit…

— Veux-tu que j'reste? J'peux, Emma! Mes enfants sont grands…

— Tu ferais ça, Gertrude? J'osais pas te l'demander, mais si t'acceptes, tu m'sauves d'un cauchemar, c'est certain. Juste à penser à Sam Bourque, à Piquet pis à la veuve…

— Emma! Sapristi, arrête! J't'offre de rester pis avec c'que tu dis, c'est assez pour que j'décampe! Tu l'sais pourtant qu'j'ai peur des morts!

— Excuse-moi, j'me rentre la langue, j'parle plus, Gertrude. Pis on n'est pas toutes seules sur la butte, y'a d'autres chalets, des voisins…

— Oui, pis c'est à ça qu't'aurais dû penser en premier! Tiens, v'là l'camion qui arrive avec ta commande pis ton *stock!* On l'déballe pis après, on s'installe, y'a pas d'ménage à faire, ça reluit d'propreté!

— T'as raison, on pourrait jurer qu'la Pauline a passé avec son torchon…

— Emma! Ça va faire! Lâche-les! Arrête de les sortir de terre, y vont finir par nous apparaître! Sapristi! j'te l'dis, si tu continues de m'faire *shaker*…

Seul en ville, heureux de ne plus avoir mémère à ses trousses, Dédé se la coulait douce, certains soirs, sa Nadine dans les bras. Il travaillait ferme à la manufacture, il était fiable selon monsieur Stein qui, d'un regard étrange, le scrutait souvent des pieds à la tête. Il s'était fait quelques amis dans l'édifice avec lesquels il allait manger au restaurant Crystal. Des filles lui faisaient de l'œil, des filles passablement plus vieilles que lui, mais il ne trébuchait pas, il était fidèle à Nadine. Il s'occupait de ses vêtements, il allait à la *laundromat* et, pour ses chemises propres, chez le Chinois de la rue Amherst parce que les cols étaient empesés. À sa seconde visite, ayant égaré son coupon, il s'entendit dire par le Chinois: «*No ticket, no laundry*». Il eut beau s'obstiner, l'Asiatique resta de marbre. Il appela son père qui menaça en vain le Chinois au téléphone et, c'est finalement avec l'aide de son patron, monsieur Stein, et les remontrances de ce dernier au petit homme aux yeux bridés, qu'il put enfin récupérer ses chemises. Ce fut, on l'imagine, la dernière fois que Dédé avait eu… des cols empesés! Pour manger, il se débrouillait et lorsque Nadine venait souper avec lui, elle remettait de l'ordre un peu partout. Ce qui fit que Dédé n'eut recours à son père qu'une seule fois. Pour le Chinois! Le reste du temps, il ne le voyait guère car, tout en brassant des affaires, Ti-Guy devait certes «brasser» aussi quelques barreaux de «couchettes», car rares étaient les nuits où Dédé l'entendait tourner sa clef dans la serrure.

Trois semaines plus tard, désireux de revoir Saint-Calixte, Dédé invita Nadine à passer la fin de semaine au chalet. Malheureusement, cette dernière se désista, ayant un chiffre double à remplir le samedi soir chez Woolworth et insista pour que Dédé ne s'en prive pas pour elle. Il s'y rendit, retrouva mémère avec une certaine joie, Gertrude avec tolérance, mais il fut ébloui par la butte où il n'avait jamais vraiment séjourné. De plus, il y avait belle lurette qu'il avait vu le lac Bellevue de si haut. Les voisins lui firent de belles façons, Dédé était le fils du grand patron. Une adolescente d'environ treize ans, passablement grassette, le buste rond, lui lança quelques œillades qu'il lui rendit par un sourire, sans toutefois se lier avec elle.

Il allait se baigner quand tous les vacanciers de la butte remontaient. Il n'aimait pas la foule, il ne voulait pas tisser de liens, il n'était là que pour deux jours. Un soir, alors que mémère brassait sa soupe, il lui demanda:

— C'est-tu vrai que j'ai d'la parenté à Saint-Lin?

Figée, sans se retourner, elle bégaya:

— Qui t'a dit ça? Quelqu'un de mal informé, j'suppose?

— Non, c'est Gertrude. Y paraît que la sœur de ma mère vit là et que j'ai des cousins et une cousine. Elle m'a même dit que ma mère avait travaillé au *snack-bar* de Saint-Lin et que l'ancien propriétaire et sa femme vivaient encore là. Pourquoi qu'tu m'as jamais dit ça, mémère? Pourquoi qu'tu m'parles jamais d'ma mère?

— Parce que… J'sais-tu, moi? C'est pas à moi de t'parler d'elle, c'est à ton père de l'faire. Je l'ai à peine connue…

— Voyons! T'étais à leur mariage! Pis quand j'suis né, t'étais sûrement là! C'est quoi l'idée de jamais m'en parler? C'était qui, ma mère? Une voleuse?

— Ben non, loin d'là, Dédé, pis j'étais pas à leur mariage, si tu veux l'savoir… Mais c'est pas bien d'parler en mal d'elle sans la connaître…

— J'parle pas en mal, j'questionne! Pis, l'pire, c'est qu'tu réponds rien! Faut-tu que j'demande à Gertrude tout c'que tu veux pas m'dire?

— Elle pis sa grande gueule! C'est à ton père de t'parler d'ta mère, j'te l'répète, à personne d'autre. T'as juste à l'questionner, Dédé.

— J'vas faire mieux qu'ça, j'vas aller à Saint-Lin, j'vas aller voir sa sœur.

— Fais jamais ça, toi! Jamais, t'entends? Ton père te l'pardonnerait pas!

– Pourquoi? A vient-tu d'une famille de malades ou d'fous, ma mère?

– Ben, t'auras jamais si bien dit! Pis, montre-toi pas la face là, Dédé! Pas avant d'en avoir parlé avec ton père!

– Bon, ça va, mais y perd rien pour attendre, lui! Y'est à peu près temps que j'sache d'où j'viens, moi! Y m'a quand même pas fait tout seul, le père!

Sur ces mots, Dédé sortit du chalet et se dirigea vers une bûche où il prit place avant de s'allumer une cigarette. La petite «grassette», vêtue d'un short et d'un chandail moulant, s'était approchée de lui pour faire plus ample connaissance. Au même moment, Gertrude était entrée dans le chalet et Dédé put entendre mémère lui crier:

– Langue de vipère! T'avais-tu besoin d'lui dire tout ça? De quoi tu t'mêles? Quand est-ce que tu vas apprendre…

– Quoi, Emma? Qu'est-ce que j'ai dit?

– T'as parlé à Dédé d'la famille de Saint-Lin, d'la sœur de sa mère, de ses cousins, de Bob pis de Fleur-Ange!

– Ben, j'savais pas qu'y fallait pas…

– Menteuse! Comme si tu savais pas qu'ça allait faire un drame! Si c'est pour être comme ça, j'préfère que tu r'tournes au village, Gertrude!

– Ben, tu me l'diras pas deux fois, Emma! Pis tu m'rever-ras pas avant de t'être excusée! Me traiter de menteuse… T'as du front!

Gertrude sortit en claquant la porte et la petite «grassette» échappa un soupir pour dire à Dédé:

– Ouais, ç'a pas mal bardassé… A crie fort, ta mère…

– Pas ma mère, ma grand-mère, lui répondit Dédé en re-gardant les deux gros seins qu'il avait devant les yeux.

Constatant que Dédé dont elle ne connaissait pas encore le prénom, avait les yeux dans sa raie, elle se pencha pour lui en mettre plein la vue et se releva pour lui dire:

— Moi, j'm'appelle Rita.

Le soir même, alors que les criquets annonçaient les chaleurs à venir, Dédé était parti dans le sous-bois avec la petite d'à côté qui semblait bien connaître les garçons. Attisé puis attiré par ce qu'elle semblait vouloir lui offrir, il ne se gêna guère pour glisser sa main sous son chandail tout en l'embrassant goulûment. Elle, les joues rouges, le souffle court, faufila deux de ses doigts dans la fente de son *jean* et, sans que ni l'un ni l'autre n'aille trop loin, ils se procurèrent mutuellement, un très malin plaisir. Un peu comme Ti-Guy et Pauline jadis, dans un tas de foin… Rita rentra chez elle, heureuse d'avoir un si beau *chum* à sa portée, mais Dédé la vit déchanter le lendemain quand il lui annonça qu'il repartait pour la ville le jour suivant. Mais, le soir venu, à la tombée de la nuit, il fut pris de remords. Sans l'avoir cherché ni voulu, il avait trompé Nadine.

De retour à Montréal, après une journée de travail, Dédé se décida à affronter son père et monta prendre un café avec lui.

— Tiens! D'la visite rare… T'as besoin d'argent, j'suppose?

— Non, c'est pas l'cas pis j'me rappelle pas d't'en avoir demandé, p'pa! Du moins, pas depuis que j'travaille.

— T'es sûrement pas monté juste pour me faire un sourire ou pour me demander comment j'allais.

— Non, t'as raison, j'veux juste savoir c'est qui ma mère pis de quoi est morte. Comme c'est là, j'sais rien d'elle, pis c'est pas normal que ça soit Gertrude qui m'apprenne que j'ai d'la parenté à Saint-Lin.

Ti-Guy, plus que surpris, ne s'attendant pas, si tôt, à devoir expliquer à son fils sa relation avec Pauline, leur mariage, leur rupture, hésita avant de lui dire:

– Ben… si la Gertrude a commencé à s'ouvrir la trappe, y'est temps que j't'en parle. C'est plus normal que ça vienne de moi.

– C'est-tu vrai que j'ai des cousins, une cousine, une tante pis un oncle?

– J'peux-tu commencer par te parler d'ta mère, Dédé?

Le jeune homme baissa les yeux, s'alluma une cigarette et acquiesça d'un signe de la tête. Le sentant bien disposé, Ti-Guy lui confia:

– Ta mère pis moi, Pauline Pinchaud, j'veux dire, on s'est connus pas mal jeunes à Saint-Calixte. On a sorti ensemble, on a fait des folies, tu sais c'que j'veux dire, pis est tombée enceinte de toi. Là, mal pris, j'l'ai mariée pour prendre mes responsabilités, mais ç'a mal tourné par la suite. Elle s'occupait pas d'toi, elle était pas portée sur les enfants pis a l'a demandé qu'on s'sépare pour s'en r'tourner vivre en ville. A m'aimait pas, Dédé, pis j'dois dire que moi non plus. On s'était mariés obligés. A l'a fini par partir, mais sans t'vouloir avec elle. A voulait refaire sa vie, être libre. C'est donc moi qui t'ai gardé pis mémère qui t'a élevé. Après, j'ai appris qu'ta mère était malade, très malade. Elle avait un cancer du cerveau, c'était d'famille, sa mère était morte de ça elle aussi. J'suis allé en ville pis, même si on était divorcés, j'm'en suis occupé. La maladie l'a rendue folle à la longue pis a l'a fini ses jours à Saint-Jean-de-Dieu. Pas mal jeune, vingt-six ans à peine. Sa sœur qui était sœur, j'veux dire religieuse, s'en est occupée jusqu'à c'qu'elle meure…

– A l'avait une autre sœur? Pas juste celle de Saint-Lin?

– Oui, une sœur qui était chez les sœurs et qui s'appelle Berthe. La plus vieille des trois. A vit sans doute encore, mais j'l'ai jamais revue. Quant à sa sœur, Raymonde, à Saint-Lin, ta mère lui parlait plus depuis un bon bout d'temps. Elle est même pas venue aux funérailles celle-là, alors, cherche pas trop à la connaître, elle n'a jamais rien fait d'bon pour ta mère. Pis là, j'pense que j'ai plus rien à dire sauf que, sans mémère, t'aurais pas eu grand' monde pour prendre soin de toi.

Comme pour narguer son père, Dédé lui répondit en le regardant dans les yeux:

– Ça, je l'sais!

Puis, avant que la conversation s'éteigne avant d'être réellement allumée, il enchaîna:

– Elle est enterrée où, la mère? À Saint-Calixte?

– Non, à Côte-des-Neiges, avec sa mère pis son frère qui est mort dans un accident à l'âge de douze ans, bien avant elle.

– Pis son père, lui?

– Ta mère l'a pas connu. Y'est mort quand a l'avait deux ans… Y'est pas à la même place, lui, y repose avec sa famille dans un autre trou ailleurs.

– T'aurais pas une photo d'elle, p'pa? J'aimerais ça la voir…

– Heu… non, on prenait jamais d'photos… Mais attends, j'y pense, y'a au moins not' photo d'noces. C'est Bob qui l'avait prise.

– C'est qui ça, Bob? Ah, oui! Le gars du restaurant…

– C'est ça! Un ami que j'avais à Saint-Lin. Lui pis sa femme, Fleur-Ange, ont ben pris soin d'Pauline. De ta mère, j'veux dire. A l'a même travaillé pour Bob à son restaurant avant qu'on s'marie.

Sur ces derniers mots, Ti-Guy se leva et se rendit dans sa chambre d'où il revint avec un petit album.

– R'garde, j'ai deux photos d'elle. Une à la porte de l'église pis l'autre en coupant not' gâteau d'noces chez Bob.

Dédé examina de près les photos et, relevant la tête, dit à son père:

— T'as pas beaucoup changé, p'pa... Pis elle, ma mère, pas laide, mais pas mal grosse...

Par délicatesse, pour excuser Pauline de son embonpoint, Ti-Guy lui répondit:

— Ça s'comprend, Dédé, ta mère était enceinte de toi.

Deux semaines s'écoulèrent sans que Dédé eût envie d'aller retrouver sa grand-mère à la campagne. Deux semaines à être en paix, à entrevoir son père de temps en temps et Nadine, une ou deux fois seulement, parce qu'elle était malade, lui disait-elle au bout du fil. Elle souffrait de fortes crampes abdominales et le médecin l'avait mise au repos. Bref, elle ne pouvait le voir avant le samedi suivant. À son retour au travail, le lundi matin, monsieur Stein le convoqua dans son bureau. Bien mis, bel homme, fin quarantaine, il pria Dédé de s'asseoir et, souriant, lui dit:

— T'es un bon employé, t'es le meilleur *shipper* que j'ai eu. Si tu veux, j'te donne une augmentation de dix piastres par semaine, pis j'te nomme *supervisor* de la *shop*. Pis, si tu veux, t'auras une semaine de vacances supplémentaire payée au mois d'août même si tu n'y as pas droit. Moi, j'aime ça récompenser les bons employés, mais ça, Dédé, c'est si tu veux...

— Bien sûr que j'veux, pis j'vas être un bon *supervisor*, monsieur Stein!

Son patron, souriant de plus belle, lui tapota le bras et laissant sa main sur la main de Dédé, il poursuivit:

— Mais j'donne pas tout ça pour rien, moi... Tu comprends? C'est si tu veux...

Sentant une pression sur sa main, Dédé fut mal à l'aise et demanda:

– Si j'veux quoi? J'vous suis pas…

– Ben, toi pis moi… Faut-tu que j'aille plus loin? Tu comprends pas?

Dédé retira sa main et, gêné, fixant son patron dans les yeux, il lui répondit:

– Ben, voyons monsieur Stein, vous êtes marié, vous avez des enfants…

– Pis après? Ça veut pas dire qu'on n'a pas d'autres goûts, ça… Et, si tu veux, ça va rester entre toi pis moi.

Déçu, humilié quelque peu, le jeune homme, pourtant ambitieux, lui répondit:

– J'sais pas… J'pense que j'vas rester *shipper,* monsieur Stein.

Constatant qu'il y avait eu légère hésitation, le patron rétorqua:

– Écoute, tu peux prendre le temps d'y penser, Dédé… Pis si tu changes d'idée, c'que j't'offre, ça va marcher encore.

Surpris, étonné d'être ainsi considéré, Dédé se leva et dit à son patron qui le regardait avec le même sourire:

– J'm'excuse, mais j'ai beaucoup d'travail… J'ai trois commandes à *shipper* à matin. Ça vous fait rien que j'parte?

– Non, non, vas-y, les commandes, c'est important, mais réfléchis pis si tu changes d'idée…

Dédé avait à peine souri. Il s'était retiré en douceur, espérant que son quasi-refus ne lui fasse pas perdre «sa job»! Il avait été quelque peu ébranlé, mais pas trop. Audacieux comme son père, aux prises avec les vices de sa mère, il se demandait comment monsieur Stein avait pu lui proposer un tel marché sans même lui demander s'il avait au moins un penchant. Comment pouvait-il avoir déduit que, pour de l'argent, pour de l'avancement… D'un autre côté, Dédé retrouva bonne conscience, juste à penser que, son patron, avec une femme et quatre enfants, puisse à l'occasion, avec des garçons…

Le samedi arriva et, Dédé, qui avait oublié l'incident pour ne songer qu'à Nadine, eut enfin la joie intense d'entendre celle-ci lui dire au bout du fil:

– J'aimerais ça qu'on mange au restaurant à soir. N'importe où, Dédé, rien de cher, ça ferait changement.

– Où tu voudras, choisis, j'suis capable de payer, tu sais.

Ils optèrent pour un petit restaurant de la rue Henri-Bourassa où les mets chinois étaient exquis. Elle vint le rejoindre par autobus à une certaine intersection et ils marchèrent jusqu'au restaurant où l'hôtesse leur offrit une cabine donnant sur une fenêtre. Ils commandèrent et Dédé, regardant sa blonde de près, lui dit:

– T'as pas l'air dans ton assiette, toi. Ça paraît qu't'as été malade. T'es-tu sûre que des mets chinois, ça va pas t'remettre à terre?

– Non, non, j'peux manger c'que j'veux. Le pire est passé…

– C'est pas parce que j'te trouve pâle que j'te trouve pas belle, tu sais.

Tout en lui prenant la main, Nadine lui sourit et lui murmura:

– T'es ben fin de m'dire ça… Ça fait du bien, ça remonte le moral…

– Pourquoi le moral? Y'a-tu quelque chose qui va pas?

– Heu…oui, peut-être, mais mange avant, on en parlera après.

Ils mangèrent copieusement. Lui, du moins. Puis, avec une tasse de thé vert devant elle, Nadine lui dit en pesant bien ses mots:

– J'pense pas qu'tu vas être heureux de c'que j'vas te dire, Dédé.

– Quoi? J'te vois venir, toi… T'en aimes un autre, hein?

Baissant les yeux, jouant avec sa cuiller, Nadine lui murmura:

– J'suis enceinte, Dédé, j'attends un enfant.

Sidéré, la bouche ouverte, il balbutia d'une voix cassée:

– Voyons… j't'ai toujours respectée… On n'est pas allés si loin… Ça s'peut pas, on n'a rien fait d'plus que c'que tu voulais…

– J'ai pas dit qu'j'étais enceinte de toi, Dédé. J'attends un enfant pis c'est là qu'tu vas m'haïr parce que c'est pas toi, l'père.

La mine défaite, Dédé marmonna:

– Dis-moi pas qu'tu m'as trompé… C'est ça, tu sortais avec un autre… C'était ça, ta maladie… Pis là, tu m'garroches ça en pleine face…

– Écoute, on sortait ensemble toi pis moi, mais c'était quand même pas sérieux, Dédé, on n'a même pas encore seize ans… C'était un premier amour…

– T'as du front, toi! J'étais sérieux, moi, Nadine! J'te respectais parce que tu me l'demandais, mais c'était en attendant… J'avais dans la tête de t'marier un jour, moi. J'en voulais pas d'autre que toi. Pis toi, pendant c'temps-là… C'est qui l'autre gars? J'le connais-tu au moins?

– Non, tu l'connais pas, y reste à Laval, y'a dix-neuf ans, j'l'ai rencontré juste deux fois… C'est la deuxième fois qu'ça s'est passé…

Insulté d'avoir été traité comme un enfant par celle qu'il aimait, Dédé lui lança d'un ton assez élevé:

– Y'a été plus vite en affaires, lui! Pis tu l'as pas r'tenu, lui! On sait ben, y'était plus vieux, plus homme! Plus niaiseuse que toi, Nadine…

Constatant que des têtes s'étaient tournées et que Nadine avait le cœur gros, il baissa le ton et lui demanda:

— Pis là, qu'est-ce qui va arriver? Tu vas l'marier, c'gars-là?

— Non, y veut plus d'moi, y'a dit qu'c'était pas lui pis y'est parti dans' brume. Pis tu connais mon père…

— Oui, qu'est-ce qu'y dit d'ça, lui?

— Y'a failli m'tirer, Dédé. Si ç'avait pas été d'ma mère… Y'a cherché l'gars, y l'a jamais trouvé. Pis y'a fini par dire que c'était de ma faute, juste de ma faute. J'avais juste à m'contrôler… Te dire tout c'qu'y m'a dit, j'm'en rappelle pas, ç'a duré toute la nuit.

Attentionné devant ses doléances, compatissant, Dédé se réveilla, sursauta et, retrouvant sa fierté en songeant à l'outrage, il lui dit:

— Ben là, veux, veux pas, c'est fini, toi pis moi. Tu t'imagines quand même pas que j'vas continuer…

— Non, pis j'suis contente que ça vienne de toi, parce que j'étais venue ici pour casser, Dédé. J'ai lâché ma job au Woolworth, pis l'père veut m'envoyer chez une de mes tantes en dehors de la ville, parce qu'y veut pas être la honte du quartier. Ma mère me comprend mieux, mais ma sœur m'a traitée de tous les noms. A s'est rangée du bord du père. J'parle de France, pas de Suzanne, j'parle de la jalouse qui m'a toujours haïe. Là, j'vas m'arranger avec ma vie pis c'qui s'en vient. C'est tout c'que j'avais à t'dire.

— C'est pas l'fait que t'attendes un p'tit qui m'choque… C'est sûr que j'le prends mal, mais c'qui m'enrage le plus, c'est qu'tu m'as trompé, Nadine. T'as couché avec un autre gars, pis toi pis moi, on n'avait encore rien fait ensemble.

— Ça sert à rien de m'faire sentir plus coupable, Dédé, on sortait comme ci, comme ça, toi pis moi. J'ai assez d'mon père dans les pattes…

– Ben, si c'est comme ci, comme ça, qu'on mange ici à soir, tiens, j'laisse dix piastres pour le *bill* pis prends un taxi avec le reste. Moi, j'pars, j'rentre à pied! Si tu penses que j'vas perdre mon temps avec toi…

Les clients s'étaient encore retournés et, s'en foutant, Dédé sortit du restaurant sans même jeter un dernier regard à Nadine. Fier, altier comme son père, il n'admettait pas qu'un autre que lui ait pu lui plaire. Restée seule sur la banquette de cuir, les larmes aux yeux, Nadine régla l'addition et, enfouissant le reste dans son sac à main, elle retourna chez elle en autobus. Parce que, depuis l'aveu, sans emploi, punie par son père, elle n'avait plus le moindre sou.

Le lendemain, affecté par sa rupture, encore sous l'effet du choc, Dédé était monté chez son père qui, à peine levé, pas tout à fait remis d'une autre nuit endiablée quelque part, se faisait couler un café. Sentant que son fils se rapprochait de lui en l'absence de mémère, il lui dit:

– Tiens! Déjeune avec moi, ça va être moins plate.

– J'ai déjà mangé, mais j'dis pas non pour le café.

– T'as l'air drôle, Dédé. Y'a-tu quelque chose qui va pas?

– J'ai cassé avec Nadine, c'est fini nous deux.

– Comment ça? Ça semblait bien marcher…

– Elle attend un p'tit, a m'a joué dans l'dos, a sortait avec d'autres…

– Ouf! Tu m'as fait peur! Pour une minute, j'ai cru… Wow! Toute une nouvelle! Mais t'es sûr que…

– T'en fais pas, p'pa, on n'a jamais couché ensemble. J'la respectais, moi, j'attendais à plus tard pis elle, pendant c'temps-là…

– Écoute, Dédé, là, t'es juste blessé dans ta fierté, mais compte-toi chanceux de pas être le père… Mon sort aurait pu être le tien et t'aurais pu l'regretter longtemps. Imagine, t'as pas encore seize ans!

– Elle non plus pis, l'pire, c'est que l'gars qui lui a fait un p'tit a pris l'bord! A l'avait vu une fois ou deux, y dit qu'c'est pas lui… Toute une histoire! Le père de Nadine est en maudit, y voudrait planter l'gars mais y l'trouve pas, pis y'en veut aussi à sa fille. Y'est dur avec elle…

– T'es mieux d'rester loin d'ça, Dédé… De toute façon, à ton âge, beau comme tu l'es, une de perdue, dix de r'trouvées. Pis, un premier amour… Mais, à c'que j'vois, les gars n'prennent plus leurs responsabilités de nos jours. Tu vois? Moi, j'aurais jamais été capable de laisser ta mère avec mon bébé dans son ventre. Syncope! Y'ont plus d'cœur, les jeunes d'astheure!

– Moi, j'en aurais eu, mais là, c'est moi qui a décidé d'casser. Nadine me trompait *right and left,* c'est ça qui m'a insulté. A m'a pris pour un cave! Mais un jour, a va s'rendre compte de c'qu'a perdu.

– Écoute, Dédé, tu t'en vas sur tes seize ans, t'es beau gars, t'aimes les filles, pis comme j'voudrais pas qu'y t'arrive c'qu'y m'est arrivé, tu pourrais peut-être commencer à prendre des précautions… Si ça t'gêne, j'peux aller à la pharmacie pour toi.

– Non, laisse faire p'pa… Quand j'en serai là, j'me gênerai pas. Pis ça m'surprendrait qu'ça m'arrive, j'ai pas rien qu'ça dans' tête, moi!

– Qu'est-ce que tu veux dire? demanda Ti-Guy, se sentant quelque peu visé.

– Ben… ben, y'a des gars à' *shop* qui pensent juste à ça… Moi, j'ai d'autres buts, j'veux faire de l'argent, j'veux pas être attaché à personne. Là, après Nadine, y'en a plus une autre qui va m'avoir *steady.*

– Ben, là, tu parles, mon gars! C'est exactement c'que j'fais, moi, depuis Betty!

Rassuré, il descendit, s'arrangea pour joindre mémère à la campagne par le biais d'une Gertrude réticente face à Emma et, l'ayant finalement au bout du fil après une heure d'attente, il lui raconta avoir rompu avec Nadine, la grossesse de cette dernière, son désarroi et mémère, encore essoufflée, lui riposta:

– Ben, ça m'fait ni chaud ni froid, c'qui lui arrive! C'est ça, Dédé, quand une fille court deux lièvres à la fois! Pis, c'était pas une fille pour toi, t'avais trop d'instruction pour elle. Penses-y, une fille de cafétéria, rien qu'ça! Pis, plus j'y pense, ça m'rappelle queq'chose c't'histoire-là...

– Quoi?

– Ben... rien... Ça fait longtemps, t'étais trop p'tit, ça t'dirait rien, Dédé. Une fille qui avait la cuisse légère... Oublie ça!

Dédé entama une autre semaine de travail et, le mercredi, prenant son courage à deux mains, il demanda à voir monsieur Stein dans son bureau. À peine fut-il introduit que son patron lui désigna une chaise et lui demanda:

– Viens pas m'dire qu't'as trouvé une job ailleurs, toi!

– Non, monsieur Stein, c'est pas ça. Si j'suis ici, c'est... c'est pour l'offre de la dernière fois. Si ça marche encore, j'suis prêt à l'accepter.

Monsieur Stein lui fit un grand sourire et, les deux coudes sur son bureau, une main sur sa cravate, il lui demanda:

– T'as rien oublié, Dédé? J'veux dire, tu t'rappelles des conditions?

– La semaine de vacances d'extra, j'peux-tu l'avoir au milieu d'juillet?

– Si vite que ça? Ben, ça s'peut... Pourquoi si tôt, Dédé?

– C'est parce que j'la passerais à Saint-Calixte avec ma grand-mère. J'travaille fort, ça m'ferait du bien...

Monsieur Stein se leva, s'approcha de lui et, gentiment, lui massa les épaules en lui disant:

— Comme tu voudras, Dédé, pis après, peut-être tout c'que tu voudras.

Mal à l'aise sur sa chaise, la main de son patron ayant glissé sur la sienne, il se leva et demanda nerveusement:

— Ce serait pour quand? Vous savez... C'que vous voulez...

— C'que toi aussi tu veux, Dédé. J'te force pas, pis j'te ferai remarquer que c'est toi qui es revenu m'en parler. Moi, j'avais oublié...

Craignant que son patron change d'idée, qu'il recule devant son peu d'enthousiasme et qu'il perde sa promotion, Dédé le rassura:

— Ben sûr que j'le veux aussi! Sinon, j'serais pas là!

Puis, s'efforçant de sourire, il demanda doucereusement cette fois:

— On s'revoit où et quand, patron? Moi, j'suis à votre disposition.

— Vendredi soir, Dédé, mais apporte une chemise, un pantalon, une cravate pis un veston dans un sac, parce qu'après la journée pis l'*overtime* dans mon bureau, j'vais t'emmener souper dans un grand restaurant.

Dédé avait souri, il avait même fait semblant d'être sûr de lui. Mais monsieur Stein, ce n'était pas les enfantillages de la gare ni les p'tits doigts fouineux du père Arthur, naguère. Le père Arthur qui, il l'avait appris, vivait maintenant dans un hospice. Non, monsieur Stein, c'était sérieux, et Dédé se demandait comment se comporter, que faire, que dire... Il se leva, sortit alors que Stein lui faisait un clin d'œil et, encore ahuri de son audace, il se demandait sérieusement si, pour une promotion, ça valait la peine...

Le soir, nerveux, agité, il regardait la télévision et se mordait déjà les doigts d'avoir cédé à la proposition, d'être tombé dans le piège. Il y avait d'autres emplois ailleurs, des promotions sans doute plus honorables avec le temps… Il s'en voulait déjà et, d'un autre côté, il était encore sous le charme d'être ainsi… désiré. Se faire dire qu'il était beau, être déshabillé des yeux, voilà qui flattait son ego. Surtout après avoir été trompé par Nadine qui l'avait maintes fois regardé de haut. Elle, une pauvresse, une *waitress* du Woolworth, une fille facile comme celles de la gare! Dédé lui avait juré, qu'un jour, il allait avoir beaucoup d'argent… Pour qu'elle le regrette jusqu'à la fin de sa vie! Ambitieux, sûr de lui, orgueilleux comme un paon, André «Dédé» Gaudrin se regarda dans la glace et toute pudeur s'envola. Il allait faire de sa vie un long voyage, prendre tous les trains qui allaient passer, ne jamais rester sur le quai, et «embarquer» les yeux fermés, au risque, qu'un jour, l'un des wagons déraille. Il allait tout prendre, ne rien laisser passer. À l'instar de son père, mais en allant plus loin. Et à l'insu de sa grand-mère.

Le vendredi soir, neuf heures, chemise de soie, cravate marine, pantalon et veston appropriés, Dédé était attablé dans un grand restaurant de la rue Saint-Hubert en compagnie de monsieur Stein. Très à l'aise, détendu, souriant à son patron comme s'ils revenaient tous deux d'un voyage de pêche, il accepta le vin rouge des Côtes-du-Rhône, que monsieur Stein versait dans son verre. On parla de tout et de rien puis on parla de son poste de *supervisor*. Bref, on parlait d'affaires après… l'affaire. Comme si de rien n'était, Stein offrit même à Dédé de le déposer chez lui avec sa Cadillac, mais le jeune homme préféra sauter dans un taxi. Un dernier sourire et, après avoir hélé un taxi pour lui, monsieur Stein lui souhaita une bonne nuit et, furtivement, ajouta: «À partir de lundi, tu pourras m'appeler Irving.»

# Chapitre 5

«Une semaine complète avec moi, mon p'tit cœur! J'peux pas l'croire!» s'était écriée mémère en voyant arriver Dédé avec ses deux valises. Ce dernier, offusqué par le «p'tit cœur», la rappela à l'ordre et elle lui promit de se corriger, de ne plus l'appeler de la sorte, mais que ce n'était pas chose facile après quinze ans, chaque jour ou presque. Emma Gaudrin s'était réconciliée avec Gertrude, elle s'était même excusée pour ne pas passer l'été seule dans son coin. Gertrude était revenue plus que souvent sur la butte où Emma la gardait sur semaine pour la libérer les fins de semaine, au cas où Dédé ou Ti-Guy viendrait se joindre à elle. Mais Ti-Guy n'était jamais monté dans le nord, il avait préféré sa liberté, sa solitude et les multiples occasions de coucher ici et là, de ramener des filles à la maison, ou de finir souvent la nuit dans leur appartement. Dévergondé mais irrésistible, Ti-Guy était encore, et plus encore à trente-cinq ans, un tombeur de femmes invétéré.

— Tu sais, j'ai eu une promotion, mémère. J'suis devenu l'*supervisor* d'la *shop*.

— Pas sérieux? Comme j'suis fière de toi! J'savais qu'tu finirais par monter en grade! Ton *boss* s'est aperçu qu't'avais du cœur au ventre… T'as eu une augmentation, j'espère?

— Oui, pis des vacances quand j'le veux. Y m'paye même mon *overtime* astheure! Pis comme j'suis son bras droit, y m'emmène au restaurant pour parler d'affaires. J'pense que j'suis pas mal dans sa manche…

— Ben, j'en doute pas! Un gars plein d'ambition comme toi! Pas mal chanceux, Dédé! Faut dire qu'c'est moi qui avais fouillé dans *La Presse* pis qui avais vanté tes qualités à monsieur Stein.

— Oui, j'sais, pis j'pense que ç'a servi, mémère.

La petite voisine, Rita, heureuse de revoir Dédé et contente d'apprendre qu'il passait une semaine sur la butte, lui dit:

— Tu sais, j'ai eu quinze ans la semaine passée. J'ai ton âge à présent.

— Pas pour longtemps, mais bonne fête, Rita, même si j'suis en retard.

— C'est pas grave pis, pour t'faire pardonner, tu m'payeras un coke quand on ira au *snack-bar* du village. Dis donc, sors-tu encore avec ta blonde en ville?

— Non, c'est fini, on a cassé. Ça marchait plus, elle pis moi.

Ravie, le démontrant d'un sourire et de ses pommettes rouges et saillantes, elle serra sa main dans la sienne et lui, les yeux rivés sur ses seins, lui dit tout bas:

— J'pense qu'on va pas s'ennuyer toi pis moi, Rita.

— Moi aussi, j'pense ça, parce que j'te trouve pas mal de mon goût, toi.

— Rita! Rita! La vaisselle, maudit! Tu t'en sauveras pas, c'te fois-là!

C'était la mère de la petite «grassette» qui criait de son chalet et à laquelle l'adolescente répondit:

— D'la marde! J'l'ai faite deux fois d'suite, demande à Clovis, c'est à son tour!

– Y'est pas capable, y'a juste huit ans, y la lave mal! Pis réponds-moi pas comme ça, toi! Fais pas ta fraîche devant ton *chum*…

Rita n'osa aller plus loin car elle avait vu mémère froncer les sourcils devant son irrespect envers sa mère. Mine de rien, elle laissa la main de Dédé et lui dit avec gentillesse:

– J'vas aller lui donner un coup d'main pis à soir, si tu fais rien, on pourrait aller faire un tour dans l'bois, allumer un feu d'camp, apporter des couvertes pis un oreiller… Tu comprends?

Dédé avait souri. Bien sûr qu'il avait compris. Rita était «la proie» toute désignée pour lui faire oublier Nadine et un tantinet… Irving!

Quelques jours plus tard, malgré la mise en garde de mémère, intrigué, il se fit conduire à Saint-Lin par le père de Rita qui le laissa en plein milieu du village. S'informant à une dame, elle lui désigna la maison de Bob et Fleur-Ange ainsi que celle de sa tante Raymonde. Dédé opta pour celle de Bob qui fut enchanté de retrouver le fils de Ti-Guy qu'il avait vu à sa naissance et, un peu plus tard, par inadvertance. Fleur-Ange lui raconta qu'elle avait assisté au mariage de ses parents et qu'elle avait été la dame d'honneur de sa mère. Puis, elle lui présenta ses trois filles devenues grandes et aucune d'entre elles ne tourmenta l'adolescent. Pas jolies quoique gentilles, il conversa avec elles, pas plus. S'enquérant de la sœur de sa mère, Fleur-Ange lui dit:

– Tu sais, ça n'allait pas vraiment bien entre Raymonde et ta mère.

– Oui, j'le sais, mais paraît que j'ai des cousins et une cousine.

– Oui, c'est vrai et le plus sympathique, c'est le p'tit dernier, Édouard. C'était le chouchou d'ta mère quand y'était p'tit. Il a une couple d'années de plus que toi. Moi, à ta place, c'est le seul que j'approcherais, Dédé. Le reste de la famille, ça vaut pas grand-chose. Bob pourrait te l'dire…

— Oui, ma femme a raison, Dédé, pis depuis que l'père est mort…

— Mon oncle? Le père d'Édouard pis des autres?

— Oui, Léo! Celui qu'ta mère haïssait pour le tuer! Ben, y'a fini par lever les pattes, le pas bon! Y'est mort consomption! Y'avait les poumons aussi verts que sa bouteille de bière! Pis la Raymonde vit mieux depuis qu'a l'a plus dans les jambes. Les enfants sont grands, ils l'aident… Mais évite de t'présenter là, Dédé. Si tu veux, j'vais demander à l'une des filles d'appeler Édouard pour qu'y traverse la rue. Au moins, tu vas r'partir avec un lien de parenté. Ça t'tente-tu?

— Ben oui, j'aimerais ça, j'ai personne, j'ai juste mon père pis mémère.

Ce qui fut dit fut fait et Édouard, sur l'invitation de la plus jeune des filles de Bob, traversa la rue pour se trouver nez à nez avec un cousin dont il avait à peine entendu parler. Ils sympathisèrent, Édouard voulut l'inviter à la maison pour le présenter à sa mère, mais Dédé refusa. «Une autre fois, peut-être, avec mon père», lui avait-il répondu. Édouard n'avait pas insisté. Ils parlèrent de la famille, mais le cousin qui avait dix-huit ans, ne se souvenait pas de sa tante Pauline. Il était trop jeune lorsqu'il la perdit de vue. Il ne savait pas, Dédé non plus, qu'il avait été «le bébé triste» de sa tante, jadis. C'est Fleur-Ange qui se chargea de lui dire que sa tante Pauline l'avait gâté, choyé, aimé. Néanmoins, les deux cousins se promirent de se revoir. Dédé invita Édouard à venir le visiter à Saint-Calixte et le jeune homme se promit d'y penser, si son travail lui laissait quelques jours de congé. De retour chez lui, Édouard avait annoncé à sa mère qu'il avait retrouvé son cousin André qu'on appelait Dédé et Raymonde, l'œil méfiant, lui avait dit: «Tiens-toi loin d'lui, Édouard! Si y'est comme sa mère, faudra l'laver dans l'eau bénite! Y va rien t'apporter d'bon, c'gars-là! C'est d'la mauvaise graine!» Ce à quoi Édouard avait répondu: «Voyons donc, la mère! C'est un bon gars, y'a l'air correct pis c'est mon cousin. Pis toi, j'comprends pas qu'tu parles de ta sœur sur c'ton-là… Surtout qu'est morte pis enterrée! Qu'est-ce qu'a t'a donc fait pour que tu l'haïsses comme ça? Y paraît qu'a m'gâtait pis qu'a m'aimait pendant qu'a prenait soin d'moi!» À ces mots, Raymonde s'écria: «Arrête! Parle plus d'elle! Ça m'rappelle des mauvais souvenirs! Si tu savais comme a l'a été vlimeuse! Un jour, j'vas te l'dire, Édouard! Un jour, la vérité va sortir!»

Dédé, de retour au chalet, raconta sa journée à sa grand-mère sans omettre de lui dire qu'il avait rencontré Édouard, Fleur-Ange et Bob.

– T'es pas allé mettre ton nez là, toi? J't'avais dit d'oublier ça! Fleur-Ange pis Bob, c'est pas ben grave, mais le cousin, ton père va t'en vouloir… Sa mère a été maudite avec la tienne, Dédé! Ta mère avait peut-être ses torts, mais n'empêche que sa sœur l'a sacrée deux fois dehors!

– Comment ça? Pourquoi? Tu m'as jamais parlé d'ça, mémère…

– Pis j'commencerai pas aujourd'hui, c'est d'la vieille histoire tout ça… Faut pas déterrer l'passé, Dédé, c'est c'qui s'en vient qui compte.

– Déterre rien si tu veux, mais j'vas forcer l'père à tout m'raconter!

– Fais jamais ça, toi! Laisse ton père en paix! Y'en a assez arraché comme c'est là!

– Correct! Crie pas! J'vas l'demander à Gertrude, y'a rien qu'a sait pas, elle!

Pendant que Dédé se prélassait à Saint-Calixte avec Rita, les baignades et les soirées avec des feux de camp, Ti-Guy, seul en ville, brassait des affaires le jour et sa libido le soir. Affamé de peau, il ne se couchait jamais seul. D'une nuit à l'autre, ce n'était jamais la même qu'il invitait dans son lit et, quand certains soirs, sa compagne se montrait réticente, il la plaquait sans plus attendre et partait à la conquête d'une autre. Il revenait chez lui avec des jouvencelles de dix-neuf ans, tout comme avec des femmes mûres... de cinquante-cinq ans! Pour lui, le «décalage» n'existait pas et, comme il était très beau mâle, les refus de la part de ses flammes étaient plutôt rares. Ardent séducteur, amant passionné, les femmes désiraient le revoir, mais aucune d'elles n'avait ce privilège. Chasseur émérite, il lui suffisait de repérer une femme maquillée, parfumée, bien tournée, sensuelle, et le tour était joué. Et ce, parfois, sans même chercher à savoir si elle était née bien avant lui ou... passablement après! Depuis le départ de Betty, Ti-Guy s'était juré de ne plus se lier et même si, certains soirs, il se sentait épris de sa «capture», il se l'enlevait vite de la tête avec la première paire de jambes en vue. Parce que, chaque soir venu lui faisait oublier celui de la veille.

Fin août, alors qu'il se rendait visiter un duplex à Outremont, il demanda, comme d'habitude, à visiter le logis du haut. La locataire étant absente, il revint le soir et, avant même d'atteindre le palier, la dame en question montait derrière lui. Se retournant, il s'excusa, voulut se présenter, mais elle s'écria:

– Guy! Guy Gaudrin! Dieu que le monde est petit!

Il la regarda de plus près et, étonné, osa:

– Madeleine? C'est toi, j'me trompe pas?

– Non, c'est moi, mais tu as eu raison d'hésiter, j'ai beaucoup changé. Allez, entrons, on m'avait prévenue qu'un acheteur désirait visiter.

Ti-Guy n'en revenait pas. Madeleine! La femme du conseiller de l'ancien maire! L'ex-femme du «pourceau» maire actuel! Celle qui, naguère, l'avait débauché. Celle qui l'avait pris sous sa protection, celle qui l'avait comblé de cadeaux, celle qui en avait fait son gigolo. Madeleine qui avait divorcé de son mari à cause de lui. Madeleine qui était partie à Vancouver avec un professeur d'anglais… Il la regardait, elle n'était plus la même. Les cheveux gris, les rides assez nombreuses, plus maigre que svelte, elle était devenue une femme flétrie. Mais, malgré le choc, Ti-Guy retrouva dans les yeux de son ex-maîtresse, la même tendresse, le même feu, la même ardeur. Elle ne portait plus tous les bijoux d'antan; elle était plutôt sobre dans ce tailleur classique, quoique charmante, lorsqu'elle croisait les jambes avec féminité. C'était encore la même Madeleine de cœur et d'âme, mais pas de corps. Elle avait vieilli, tristement vieilli. S'était-elle laissée emporter par le temps volontairement? Avait-elle rompu elle-même le fil de ses charmes d'antan? Perplexe, quelque peu déçu, il la regardait tout de même avec tendresse et compassion. Il n'osait rien dire et c'est elle qui rompit la glace:

– J'ai changé, n'est-ce pas? Tu ne t'imaginais pas me retrouver ainsi…

– Non, Madeleine, tu es la même que j'ai connue, tu es…

– Ne mens pas, Guy, ne cherche pas à atténuer ta déception. J'ai changé, j'ai laissé le temps faire son œuvre. Je suis encore coquette, j'aime les tailleurs griffés, mais j'ai laissé la vie poursuivre son cours sans l'entraver.

– La même voix, Madeleine, le même regard, la même…

– N'ajoute rien, ce serait de l'éloquence. Tu ne préférerais pas savoir pourquoi je suis revenue et ce que je fais de ma vie?

– C'est sûr, j'veux tout savoir, j'osais pas te l'demander…

– Ça n'a pas fonctionné avec John, ça s'est gâté rapidement. Il était froid, il ne voulait pas s'engager… Il désirait une compagne, une amie, pas une conjointe et encore moins une épouse. Remarque que je ne l'aurais pas marié, je ne l'aimais pas. Mais j'étais prête à faire un bout de chemin avec lui, à vivre en harmonie. Or, comme il se montrait de plus en plus distant, de plus en plus inquiet, nous avons discuté et je suis partie. Sans qu'il me retienne, Guy. Je suis revenue à Montréal avec très peu d'argent car j'avais investi avec lui et, comme je ne travaillais pas souvent, j'ai brûlé mes économies. Je suis revenue dans le seul quartier que je connaissais, Outremont, et j'ai déniché ce logement que j'habite depuis mon retour.

– Mais c'est dispendieux ici… Tu travailles, Madeleine?

– Oui, j'ai décroché un emploi de secrétaire dans une école privée et, le samedi, j'enseigne le français à quelques immigrants du quartier. Je boucle les fins de mois, j'arrive, je ne suis pas à plaindre, j'ai même une garde-robe plus que convenable.

Elle avait souri et Ti-Guy avait remarqué qu'elle avait encore les dents blanches et soignées. Il la regardait et, peu à peu, il sentait qu'il était encore sous l'effet d'antan. Madeleine, cheveux gris ou blonds, maquillée ou pas, sans âge pour lui, dégageait toujours la même sensualité.

– T'as pas changé, Madeleine. Plus j'te regarde, plus j'te retrouve.

– Allons, Guy, soyons honnêtes… Je suis au déclin de la cinquantaine… Je ne suis plus la femme de quarante-deux ans que tu as connue…

– Moi aussi, j'ai vieilli, j'ai plus dix-huit ans, j'ai plus vingt-deux ans…

– Je sais, Guy, tu t'achemines sur tes trente-six ans. Je n'ai rien oublié, tu sais, j'ai compté les années. Mais tu es encore jeune, toi, tu es en pleine vigueur. T'es-tu seulement regardé sérieusement, Guy? Tu es plus séduisant que tu l'étais au temps où… Et puis, trêve de compliments, si tu me parlais de toi maintenant.

– Ben, comme tu vois, j'suis dans l'immobilier. J'achète pis je revends. J'ai des propriétés un peu partout et, à Saint-Calixte, j'ai acheté la butte et j'ai fait construire des chalets que je loue chaque année.

– Je vois que tu n'as pas mal réussi dans la vie. De toute façon, tes vêtements, ta tenue, je sentais que ça roulait rondement pour toi.

– Oui, sauf que l'vocabulaire est encore le même! J'parle pareil comme avant…

– Qu'importe, c'est peut-être ce qui fait ton charme, Guy. Mais tu ne m'as pas dit où tu en étais dans ta vie intime. Pauline, ton fils…

– Pauline est morte depuis longtemps, Madeleine. Le p'tit l'a à peine connue…

– Oh! Excuse-moi, je suis désolée, je ne savais pas…

– Elle est morte comme sa mère, mais on était déjà séparés, divorcés même. C'est ma mère qui a élevé Dédé, elle vit encore, tu sais, elle est à Saint-Calixte actuellement. Dédé va avoir seize ans bientôt, c'est un beau p'tit gars, y s'débrouille bien, y travaille dans une manufacture.

– Déjà? Il a délaissé les études? Tu n'as pas insisté?

– Non. Dédé est comme moi, intelligent mais pas trop porté sur les études. Pis, comme tu vois, savoir compter, c'est déjà beaucoup.

– Oui, on sait bien, mais pour ta femme, crois-moi, ça me chavire…

— Ça surprend, c'est vrai, elle était jeune, encore dans la vingtaine… Mais ça s'arrête pas là, j'me suis remarié tu sais. Avec une belle blonde plus jeune que moi. Une fille de Thunder Bay qui avait l'air d'une actrice. Une beauté rare… J'ai été le premier homme qu'elle a aimé. J'l'ai connue alors que Pauline vivait encore…

— Si je comprends bien, tu trompais ta première femme avec celle qui allait être la deuxième… Incorrigible, n'est-ce pas?

— Ben, c'est un peu ça, mais je l'aimais, Betty. On a été heureux pis peu à peu ç'a commencé à branler… Ça fait pas longtemps qu'elle est retournée à Thunder Bay. Elle attend les papiers de divorce pour se remarier avec un gars de là-bas. Heureusement, on n'a pas eu d'enfants ensemble. Ça m'a fait mal, mais j'ai encaissé l'coup pis là, ça s'replace. J'garde un bon souvenir…

— Ta vie personnelle n'a pas été facile à ce que je vois. Et là?

— J'vis seul, j'veux plus jamais m'embarquer. J'fréquente de temps en temps, mais les unions, jamais plus. J'ai eu ma leçon!

Madeleine se permit un doux sourire et, en bonne hôtesse, lui offrit un verre qu'il accepta. Voyant qu'il ne semblait pas pressé de partir, elle se vit dans l'obligation de lui dire alors que l'horloge sonnait ses onze coups:

— Je suis désolée, Guy, mais il va te falloir partir. Je travaille demain, je me lève tôt.

— Que j'suis bête! J'prends mon temps parce que j'ai tout mon temps, j'pense pas aux autres! J'vis pis j'agis comme un rentier!

Il se leva, ajusta sa cravate et la suivit jusqu'à la porte. Marchant derrière elle, humant le parfum qu'elle avait toujours porté, il la saisit par la taille, l'attira contre lui et lui dit:

– J't'aime encore, Madeleine! J'ai pas changé, j't'aime comme avant, pis j'aimerais qu'toi pis moi, à soir, ici…

Elle se dégagea non sans peine et le rappela gentiment à l'ordre.

– Non, Guy, ce n'est pas de l'amour que tu ressens, ce n'est qu'une envie. La même que jadis, une envie à l'improviste. Mais je ne suis plus celle que j'étais, moi. Je n'ai plus l'âge de ces fantasmes. Alors, je t'en prie, n'insiste pas. On peut être de bons amis si tu veux, mais ce qui était n'est plus, je ne…

– Va pas plus loin et merci pour les «bons amis», j'y tiens pas! lui répondit-il accoudé sur la porte. J'ai envie de toi, moi, et c'est pas ton âge qui m'dérange ni c'qui a changé si tu m'comprends. J'ai envie de ta sensualité, j'ai envie d'être aimé, de m'coller contre toi…

Sur ces mots, Ti-Guy s'approcha, tenta de poser ses lèvres sur les siennes, mais Madeleine le repoussa avec plus de fermeté cette fois.

– Ça suffit, Guy! T'entends-tu au moins? C'est absurde ce que tu dis pour un homme en pleine maturité. Tu as envie d'être aimé, tu as envie de ma sensualité… Bref, tu as envie de tout pour toi, Guy, jamais pour l'autre. Seras-tu sans cesse un éternel enfant gâté… de la bagatelle?

– J'suis c'que t'as fait d'moi, Madeleine. J'étais ton jouet dans l'temps! C'est toi qui m'as appris à recevoir, à tout prendre, à rien donner. Tu m'as même habillé d'la tête aux pieds, tu m'as…

– Assez, Guy! C'est loin tout ça, c'est le passé. Si je suis responsable de ta façon d'être, Dieu me pardonne, je ne souhaitais pas que ça te marque. Et là, je te prierais de partir. Achète la maison si tu veux, je déménagerai ailleurs. Il ne faut plus nous voir, Guy! Tu vis trop dans tes souvenirs, tu déraisonnes, tu bois un verre ou deux et tu deviens une bête… Si toi, tu es toujours le même, j'ai changé, moi, j'ai mûri. Et j'ai souffert, Guy, ma vie n'a pas été facile. Mais ça, c'est le dernier de tes soucis. Que toi, toi et encore toi...

Il la regarda, n'ajouta rien et sortit en lui disant sans se retourner:

— T'auras pas à déménager, le duplex m'intéresse pas. J'achète pas!

Elle referma la porte et, appuyée sur le cadre, les bras croisés, elle laissa échapper un soupir inqualifiable. Parce que, l'espace d'un instant, Madeleine avait failli céder et se jeter corps et âme dans les bras de cet inoubliable amant. Elle était passée près de l'entraîner jusqu'à sa chambre et de revivre dans le noir ce qu'elle avait vécu avec lui tant de fois. Malgré ses cheveux gris, son âge et sa maigreur. Parce que, Madeleine, ex-femme du conseiller du maire d'antan, n'avait jamais aimé un autre mâle comme elle avait aimé Guy Gaudrin, gamin, un peu plus tard et... encore. Un second soupir, une larme, et Madeleine ferma à tout jamais les volets... de sa plus belle histoire de femme.

De retour de sa semaine de vacances à Saint-Calixte où il s'en était donné à cœur joie avec Rita, Dédé prépara son retour au travail en allant chercher ses complets chez le nettoyeur. Dans sa tête, il revoyait la butte, le lac, Rita qu'il n'aimait pas mais qui lui procurait des plaisirs fous, son cousin Édouard qu'il avait vu à deux reprises et qu'il avait même invité à venir le visiter en ville si l'envie lui prenait. Il s'était baigné souvent, il avait fait montre de ses talents de plongeur et les filles des alentours s'étaient pâmées sur ses prouesses tout comme sur son jeune corps d'athlète. Mais, Dédé, indifférent, n'avait pas pris le temps de faire le tour du... jardin! Il se contentait de Rita qui, de peur de le perdre, ne lui refusait rien. La veille de son départ, néanmoins, lors d'une dispute avec elle, il la menaça de ne plus revenir de l'été et la petite «grassette» s'était mise à pleurnicher. Peu satisfait de ne la voir qu'avec les larmes aux yeux, il attendit qu'elle se rende à la toilette pour briser de ses mains deux quarante-cinq tours auxquels elle tenait beaucoup. Deux disques de Hugues Aufray dont il enviait le charme et la popularité. Devant le fait, Rita pleura à fendre l'âme et Dédé, faisant mine de s'excuser, fit en sorte de s'asseoir carrément sur un 78 tours qu'elle conservait religieusement. Un disque d'Alys Robi intitulé *Chaque nuit*. Un souvenir précieux, une chanson que sa mère lui avait fredonnée en la berçant et à laquelle elle tenait comme à la prunelle de ses yeux. Dédé le savait mais, mesquin, contrarié par la vie depuis quelque temps, il fallait que quelqu'un paye l'addition de ses multiples déceptions. «J'ai pas fait exprès, voyons! J'ai perdu l'pied! J'aurais jamais fait ça à un disque de ta mère!» Rita, dupe et craintive de le voir partir, sécha ses yeux, lui pardonna le fâcheux accident, même si elle lui en voulait terriblement pour les succès d'Hugues Aufray. Et Dédé sortit du chalet avant que les parents de Rita reviennent d'un «tour de machine» en ville. Il l'avait embrassée, caressée, jetée sur le lit, et la petite «grassette», époustouflée par tant de «tendresse», lui jura qu'elle l'attendrait sans jamais jeter un regard sur un autre.

Le soir venu, songeur, déçu par son travail, son père, mémère, la rue Saint-Laurent où l'attendait le néant et Saint-Calixte où rien ne se passait vraiment, Dédé retrouva son vilain petit cœur d'enfant et, à presque seize ans, il fit encore fumer deux ouaouarons qui explosèrent dans les buissons.

L'été se termina, mémère revint en ville laissant Gertrude en larmes derrière elle, et Ti-Guy, plus à l'aise que jamais, avait fait l'acquisition de deux nouvelles maisons et d'un petit édifice commercial. Levé tard à cause de ses nuits torrides, il n'avait pour tout travail que de se promener tel un homme d'affaires, cravate bien nouée, d'un immeuble à l'autre, afin de voir lui-même à certaines rénovations qu'il confiait à des menuisiers retraités, les moins chers sur le marché. Dédé avait repris son poste de *supervisor* au grand bonheur d'Irving Stein qui l'avait «bien manqué» lors de ses deux dernières semaines de vacances à la fin d'août. «Quand t'es pas là, Dédé, la *shop* marche pas!» lui avait-il dit, pour ne pas lui avouer la véritable raison de son ennui durant son absence. Madame Stein avait donné naissance à un cinquième enfant, mais ce n'étaient pas les paternités multiples qui mettaient un frein aux fantasmes de l'homme... à double face! Dédé qui s'était pourtant promis après la «condition» de la «promotion», de ne plus récidiver, avait fini, peu à peu, ivre la plupart du temps, par céder à d'autres faux pas, comme on se brosse les dents. À moitié endormi, bien souvent, sans se rendre compte ou presque, de l'audace... des gestes!

Dans son sous-sol, mémère désespérait. Elle voyait souvent Dédé rentrer avec les yeux vitreux, les jambes molles, la langue épaisse.

— Tiens! T'as encore pris un coup, toi? Avec ton *boss*? Y'a pas honte, lui, d'faire boire un p'tit jeune de ton âge?

— Aïe! Commence pas, mémère! J'travaille, j'te paye une pension, viens pas m'dire quoi faire par-dessus ça! J'travaille comme un cheval...

— Oui, on sait ben, mais fais attention, Dédé, la boisson rend l'homme semblable à la bête! Quand t'as pris un coup, tu deviens effronté, tu m'traites sans manières… Pis t'as l'vin triste, t'es pas joyeux…

Dédé ne l'écoutait plus. Épuisé, enivré non de vin mais de scotch, il tomba sur le lit et dormit comme un loir après avoir été réveillé avant, ailleurs, maintes fois, pour… Mémère hochait la tête lorsqu'elle entendit Ti-Guy qui montait les marches en titubant. Irritée, malheureuse, elle s'était écriée: «Ah, non! Pas lui aussi!» Puis, écrasée dans son fauteuil devant un vieux film de Fernandel à Radio-Canada, elle avait murmuré: «Qu'est-ce que j'ai fait au bon Dieu pour mériter un tel sort?» Mal à l'aise sur son gros coussin rembourré, elle avait ensuite marmonné: «Tel père, tel fils, faut croire…» Puis: «Non, pour Dédé, ça vient d'elle, la grosse, le venin qu'y'a dans l'sang! Y'était déjà méchant… aux couches!»

Vendredi 14 octobre et Ti-Guy fêtait ses trente-six ans en compagnie d'une fille de vingt-trois ans, rencontrée dans un bar la semaine précédente. Sans s'être amouraché d'elle, pour une fois, il avait eu envie de répéter ses «prouesses» avec cette jeune déesse séduite dans une chambre de motel. Le soir venu, il était allé avec elle au cinéma Crémazie voir un film avec Jeanne Moreau auquel elle tenait. Peu intéressé, Ti-Guy avait profité de la noirceur pour lui passer le bras autour du cou et l'appuyer contre son épaule. Et, de ses doigts habiles, il s'était permis un léger préambule qu'elle avait délicatement repoussé de la main à cause des voisins de la rangée dont les yeux étaient souvent rivés sur eux. Ti-Guy se contenta de regarder le film français qui ne l'intéressait pas, sauf qu'il fut conquis par la bouche pulpeuse et le corps ferme de l'actrice. Elle lui rappelait Madeleine… jadis! Au temps où, avec les mains dans ses poches, la crème Wildroot dans les cheveux, quelques poils sur son torse nu, elle le regardait avec la bouche aussi gourmande que celle de Jeanne Moreau. Un long soupir nostalgique et il attendit la fin du film pour inviter la belle au restaurant le plus près, l'emmener ensuite danser au Rockliffe et, finalement, fêter pour la seconde fois ses «dix-huit» ans dans un petit motel de Pont-Viau. Chaud lapin, rusé comme le renard, la langue comme celle d'un saint-bernard, il célébra son anniversaire comme il avait célébré chaque jour ou presque de l'année, avec une bouteille de scotch sur le plancher et une fille taillée au couteau, sous lui, dans un lit d'eau.

Le matin même, mémère s'était empressée de lui offrir ses vœux, Dédé aussi, mais Ti-Guy s'était habilement désisté de l'invitation à souper de sa mère qui comptait lui faire un repas d'apparat. Prétextant un contrat à signer, il avait proposé un repas en famille pour le lendemain. Ce qui, à son avis, allait être plus intéressant pour Dédé, qui n'aurait pas à se lever le jour suivant pour aller travailler. Emma n'insista pas, laissant à son fils adoré… le soin de trancher. Mais Dédé avait hoché la tête de droite à gauche, sachant fort bien que son père n'avait pas de contrat à signer, mais plutôt une femme à… déshabiller. Avant de partir travailler, il avait dit à sa grand-mère:

– Ben, si c'est comme ça, j'vas accepter l'invitation d'Irving… j'veux dire monsieur Stein, à souper au restaurant. Il veut en profiter pour me parler d'importations.

Mémère, mécontente de se retrouver seule, avait rétorqué:

– Tu travailles trop, Dédé… Lui charges-tu ton *overtime,* au moins?

Dédé, enfilant son veston de laine vierge, lui répondit:

– Voyons donc, charger… Y m'paye mon souper pis…

Il n'alla pas plus loin, mais mémère avait eu le temps d'ajouter:

– Ben, c'est pas assez! Pis, oublie pas qu'c'est la roue qui crie qui obtient l'huile!

Le lendemain soir, après un bon rôti de veau préparé par mémère et un gâteau d'anniversaire de la pâtisserie Saint-André, Ti-Guy fêtait officiellement, au sous-sol, avec sa mère et son fils, ses trente-six ans bien sonnés.

– J'te dis qu'c'est pas l'âge qui t'magane, mon Ti-Guy! Plus tu vieillis, plus t'es beau! lui lança sa mère en lui remettant un cadeau.

Imbu de lui-même devant un tel compliment, il remarqua que son fils le dévisageait d'un drôle d'air. Comme s'il n'avait pas apprécié la remarque de mémère, lui qui, à quelques pas de ses seize ans, Irving Stein aidant, se voyait comme le plus beau spécimen de la terre. Mais force était d'admettre que son père, plus homme, plus mûr, plus viril avec sa poitrine velue et sa barbe de deux jours, avait ce qu'il n'avait pas encore, pour que les femmes soient à ses pieds. Déballant le cadeau, Ti-Guy y découvrit une paire de gants en cuir véritable *made in Italy* et en fut ravi.

– T'aurais pas dû, la mère, ça coûte un bras des gants comme ça, t'es pas riche…

– Laisse faire ça! Avec le catalogue pis mon compte chez Simpson…

– Tu devrais pas acheter à crédit, la mère. Tu me l'as toujours dit: «Qui paye ses dettes s'enrichit!»

– Ben, c't'affaire, j'les paye! Pis j'ai peut-être plus d'cennes de côté qu'tu penses, Ti-Guy! J'suis ratoureuse, tu sais…

Dédé, mal à l'aise après le dispendieux cadeau de mémère, tendit à son père un présent enveloppé dans un papier blanc imprimé de canards dans un étang.

– C'est pas grand-chose, j'savais pas quoi t'donner…

Ti-Guy déballa la boîte rectangulaire et y découvrit une cravate et trois paquets de cigarettes. Souriant, surpris du geste, il dit à Dédé:

— T'as pas à être gêné, c'est bien pensé, c'est un beau cadeau, mon gars. Pis la cravate est bien choisie. T'as du goût… Merci beaucoup.

Dédé, content que la cravate ton sur ton rayée rouge ait été appréciée, n'osa lui avouer que c'était Irving qui l'avait choisie pour lui, chez Tie City de la rue Sainte-Catherine. Ti-Guy, qui était arrivé avec une bouteille de Courvoisier de sa réserve personnelle, dit à Dédé:

— Ça, j't'en offrirai pas, c'est trop fort pour toi… La bière, oui…

— T'en fais pas, j'aime pas l'cognac. J'y ai déjà goûté, mon *boss* en a dans l'p'tit bar tournant de son bureau.

— Dis-moi pas qu'y t'fait encore boire, lui! clama mémère.

— Ben non, j'y ai goûté pendant qu'y'était parti, pis une fois m'a suffi.

Ti-Guy éclata de rire et dit à sa mère:

— Laisse-le faire ses expériences, la mère! C'est comme ça qu'on apprend la vie! Laisse-le faire c'qu'y veut! J'te l'répète depuis qu'y'est p'tit!

Sautant sur l'occasion alors que son père lui ouvrait une porte, Dédé lui dit:

— Tu sais, p'pa, j't'en ai encore rien dit, mais comme tu parles de moi quand j'étais p'tit pis qu'ça m'revient, j'voudrais t'dire que, cet été, en passant à Saint-Lin, j'ai connu Bob pis sa femme, Fleur-Ange.

Ti-Guy, inquiet, les sourcils froncés, lui demanda:

— Ah, oui? Dans quelle circonstance? Qui t'a parlé d'eux autres?

– Ben voyons, toi, c't'affaire! En m'montrant tes portraits d'noces…

– Oui, ça m'revient… Excuse-moi, j'avais la tête ailleurs…

– C'est par Gertrude que j'avais su qu'c'étaient des amis à toi pis à ma mère. Pis mémère m'avait dit qu'c'était vrai.

À ces mots, Emma Gaudrin, mal à l'aise, s'emporta contre Dédé:

– J'avais pas l'choix! Tu m'talonnais avec ça! Pis là, j'pense que l'moment est mal choisi pour parler d'ça! C'est la fête de ton père!

– Non, non, laisse-le aller, la mère, on dirait qu'y veut savoir des choses…

– Ben, pas nécessairement, mais Bob et Fleur-Ange m'ont demandé de t'saluer. C'est du ben bon monde, y voulaient même me garder à souper.

– J'ai rien contre eux, Dédé, j'te l'ai déjà dit, Bob a été un ami, sa femme aussi, c'est juste que j'les ai perdus d'vue après qu'ta mère… J'ai pas besoin d'aller plus loin… Mais, en remontant dans l'temps, j'peux t'redire qu'y'en ont fait beaucoup pour ta mère. Y'ont été ben corrects avec elle…

– Oui, j'sais, mais c'est pas tout, j'ai rencontré Édouard, mon cousin, le plus jeune de ma tante Raymonde. Y'est ben gentil, poli, j'l'ai même invité à venir en ville si ça l'tentait.

– T'as pas fait ça, Dédé? Pas ici? s'écria mémère.

– Là, t'es peut-être allé un peu loin… lui reprocha son père.

– Pourquoi? J'ai pas d'parenté pis y'a juste deux ans de plus que moi…

– J'ai rien contre lui, Dédé, mais sa mère, son père, j't'avais pourtant averti…

– Son père est mort, y'a crevé des poumons… Bob m'a sorti un drôle de nom comme maladie, mais j'pense que c'est la tuberculose…

Surpris et heureux d'apprendre que Léo avait «levé les pattes», Ti-Guy souhaitait qu'il ait souffert avant de mourir, au cas où il n'y aurait pas d'enfer au cimetière, six pieds sous terre.

— Lui! Que l'diable l'emporte, c'était un pas bon! Pis ta tante Raymonde aussi! Pour être franc, Dédé, j'voulais jamais les revoir de ma vie, eux autres… Mais pour Édouard, j'm'en rappelle, ta mère m'avait dit d'jamais lui en vouloir. C'était son gros bébé triste… Tu sais, elle l'a aimé comme si y'avait été à elle, c't'enfant-là.

— Oui, j'sais, Fleur-Ange me l'a dit, mais lui, y s'rappelle plus d'ma mère.

— Ça s'comprend, y'avait à peine un an, y'était encore dans sa marchette quand ta mère s'est fait mettre à la porte! scanda Emma.

— Toi, ta langue, la mère! lui cria Ti-Guy. On n'est pas pour r'virer l'passé cul par-dessus tête parce que Dédé se cherche d'la parenté! Si tu veux qu'Édouard vienne te visiter, j'ai rien contre ça, mais toi, j'veux pas t'voir là! Ta tante Raymonde a fermé sa porte à ta mère? Qu'elle aille au diable! A l'ouvrira pas pour mon fils! A va m'passer su'l corps avant!

— J'sais pas tout c'qui s'est passé pis j'veux pas l'savoir, p'pa! Moi, les chicanes de famille… Surtout qu'c'est loin derrière… Mais c'que j'aimerais si ça t'convient, c'est d'rencontrer un jour l'autre sœur, la sœur, celle qui a pris soin d'elle jusqu'à la fin.

— Voyons, Dédé! A doit être morte, c'était la plus vieille! s'exclama Emma.

— Ben non, la mère, la bonne sœur a au moins quinze ans plus jeune que toi! A doit avoir, si mon calcul est bon, quarante-neuf ou cinquante ans. Pis elle, Dédé, si tu tiens à la connaître, j'vas y aller avec toi un d'ces jours. J'lui dois beaucoup à ta tante Berthe. Ç'a beau être une sœur que c'est ta tante pareil! Laisse passer l'automne pis l'hiver qui s'en vient pis, si ça t'démange encore, j'te jure que j'vas la r'tracer pis qu'on va aller la visiter. T'auras au moins connu la meilleure de la famille…

— Après ma mère, tu veux dire…

— Heu… oui, ben sûr. J'parle de celles qui sont encore en vie… balbutia le père.

Le mercredi, 7 décembre 1966, c'était au tour de Dédé de fêter enfin… ses seize ans! Soulagé, se sentant plus homme, il affichait une certaine assurance qu'il n'avait pas la veille. Son père lui avait offert un billet de cinquante dollars, ce qui était généreux pour lui qui n'allait guère dans sa poche, sauf lorsqu'il était ivre dans un bar avec une fille. Mémère lui offrit un beau «kodak» qu'elle avait fait venir du catalogue d'Eaton cette fois. Elle aurait voulu acheter un gâteau, mais Ti-Guy lui avait dit:

— Laisse faire, la mère, à soir, on va aller souper tous les trois au restaurant. On va aller chez Da Giovanni en bas d'la ville. J'sais qu'tu y vas souvent, Dédé, pis c'est toi qui vas nous guider. Depuis qu'on est à Montréal, mémère a jamais mangé ailleurs qu'au Restaurant Chic au coin d'la rue.

— Ben, là, tu m'fais plaisir, Ti-Guy! Depuis l'temps que j'veux manger des escalopes de veau avec du spaghetti… Paraît qu'c'est bon à c'te place-là! Pis j'vas être *swell*, Dédé, t'en fais pas! J'vas mettre ma robe mauve en taffetas, j'vas m'faire un beau chignon, pis j'vas porter mon mouton d'Perse, y fait assez froid pour ça. Pis du rouge à lèvres, des boucles d'oreilles…

Mémère s'excitait comme une petite fille et, se peignant devant le miroir du vestibule, André «Dédé» Gaudrin était songeur. La veille, à la toute fin de la journée, Irving Stein, son patron, lui avait dit: «Je sais que c'est ta fête demain et je te donne un jour de congé, c'est mon cadeau, Dédé. Un jour de congé payé!» Il lui avait dit cela sur le même ton qu'il l'aurait fait pour Mary, la vieille secrétaire du temps de son père qu'il gardait par charité. Pas un seul cadeau, pas même une… accolade. Depuis quelques semaines, Dédé l'avait senti distant. Le croyant occupé avec sa «grosse famille», il n'avait pas osé le questionner. De quel droit l'aurait-il fait? N'était-il pas que le «jouet» d'occasion qu'on prend de temps en temps et qu'on fout dans un coin pour un bout de temps? D'autant plus que le «jouet» n'était guère… participant. Mais pas le moindre cadeau, pas même un dîner d'anniversaire, c'était étrange de la part de celui qui l'avait nommé *supervisor* et qui l'avait gratifié de deux augmentations de salaire. D'autant plus étrange que, depuis le premier «si tu l'veux», Irving n'avait eu d'yeux que pour lui. Dédé le remercia pour le congé, espérant que «monsieur Stein» allait y ajouter une enveloppe ou un présent, mais non, pas même une poignée de main. Il n'avait eu droit qu'à un: «*Happy birthday,* Dédé, et profite bien de ta journée!»

Ti-Guy se stationna non loin du restaurant Da Giovanni et, comme il y avait foule à la porte, Dédé fonça jusqu'au portier pour lui dire: «J'ai réservé. Tu m'reconnais?» L'autre lui fit signe que oui et écarta les gens pour que mémère, emmitouflée dans son mouton, puisse passer suivie de son fils adoré. Installés confortablement dans une cabine aux sièges capitonnés, mémère trouva le restaurant très beau, mais très bruyant. Et surtout très achalandé. Mais ils mangèrent copieusement et se régalèrent des desserts les plus chers. La soirée s'écoula en trombe et, avant de quitter, ayant à se rendre au «petit coin», Dédé s'excusa auprès de son père et de sa grand-mère. Bordant l'allée, il se rendit au fond, tourna à gauche et, quelle ne fut pas sa surprise de voir son patron attablé avec un superbe garçon de dix-neuf ou vingt ans. Irving, presque face à face avec Dédé, le gratifia d'un sourire, et poursuivit sa conversation avec le jeune homme qui s'était retourné pour voir la personne saluée. Dédé entra dans la salle de toilette et, dans une cabine, debout, la tête posée sur le bras appuyé sur le mur, il ragea en lui-même. Voilà pourquoi Irving l'avait évincé pour la journée en se servant de son anniversaire. Et voilà pourquoi il était si distant depuis quelque temps. Il avait trouvé quelqu'un d'autre! Un gars plus vieux, plus *willing,* plus habile que lui dans l'art de… Un gars qui, peut-être, sans expérience dans la supervision d'une manufacture, allait sans doute prendre sa place. Pour Dédé, c'était l'affront! Le rejet! La trahison totale! Après Nadine… Irving! Pourquoi s'en servait-on toujours pour ensuite le mettre au rancart? Pourquoi lui qui, selon l'entourage, avait tout pour faire des ravages? Lui que Rita voyait dans sa soupe… Lui que les couturières déshabillaient déjà des yeux. Tout comme son père au temps de son «passage» dans les cigares. Son père qui ne semblait jamais subir de rejet de la part de ses conquêtes. Bien au contraire! Alors, pourquoi lui? Était-il encore trop maladroit pour ne pas être le maître de toute situation? Dédé, découragé, se promettait déjà de quitter dans le plus bref délai, avant que son patron ne lui signifie son congé. Pas le renvoi après l'humiliation. Oh, non! Il sortit de la toilette après s'être peigné et avoir refait son nœud de cravate. Il s'était longuement regardé dans la glace pour être impeccable. Fixant la table de monsieur Stein avec une certaine arrogance, il sentit que son patron était fort mal à l'aise. Il levait les yeux sur lui, les reposait sur l'autre, le regardait encore tout en buvant son verre, et Dédé, implacable, resta sur place jusqu'à ce qu'il remarque quelques gouttes de sueur sur le front de son soi-disant protecteur. De retour à la table, il dit à mémère qui lui souriait:

— Partons, sortons d'ici, j'étouffe, je manque d'air…

— Qu'est-ce que t'as, Dédé? Es-tu malade? lui demanda son père.

— J'sais pas, mais j'ai chaud, j'suis en sueur, c'est peut-être le vin…

— Ben, partons vite! rétorqua mémère. De toute façon, c'était bien bon, mais on s'entend pas parler ici. Y'a trop d'monde, ça rit trop fort… J'peux pas croire qu'on fasse la queue à la porte pour du spaghetti!

De retour à la maison, prenant un dernier café avec sa grand-mère et son père, Dédé leur annonça solennellement:

— J'voulais pas vous l'dire avant, j'avais peur de gâcher la soirée, mais j'pense que j'vas sacrer la job là pis tenter d'm'en trouver une autre.

— Pourquoi, Dédé? T'es pas bien traité par ton *boss*? questionna Ti-Guy.

Emma Gaudrin prit la parole et lança d'un seul trait:

— C'est pas ça, mais y l'fait travailler comme un bœuf! Y'a beau l'avoir nommé *supervisor* qu'y l'paye encore comme un *shipper!* C'est bien beau les repas au restaurant, mais ça gonfle pas un compte de banque, ça! Y'en abuse, Ti-Guy! Y'en profite parce qu'y'est jeune!

Mémère n'aurait pas pu mieux dire sans se douter de rien et, Dédé, sur ses gardes, se sentant coupable, y alla d'une belle tirade:

— C'est pas rien qu'ça, mémère, c'est pas pour ça que j'veux partir. C'est parce que j'ai pas d'avenir dans une *shop* comme celle-là. D'ailleurs, j'ai l'choix, y'a plein d'compétiteurs qui veulent m'avoir avec un plus gros salaire. Mais j'suis pas pour passer ma vie dans les guenilles…

— Y'aurait peut-être fallu qu'tu continues l'école, Dédé… Avec l'instruction qu't'as, c'est pas les banques qui vont t'engager…

— J'sais ben, p'pa, mais un jour ou l'autre, plus tard, j'veux être à mon compte, moi. Comme toi! J'ai pas envie d'torcher les autres pis d'passer ma vie à échanger quatre trente sous pour une piastre! C'est ça d'une job à l'autre dans c'milieu-là! Moi, c'que j'aimerais, c'est d'travailler comme vendeur. N'importe où, mais dans un endroit où j'pourrais arriver ben habillé…

— Pis ça, tu serais capable de l'faire! s'exclama mémère. C'est ben simple, Dédé, ça t'convient plus où c'que t'es! T'as juste à donner ta notice pis t'reposer pour un bout d'temps. Pis, t'en fais pas, on va trouver toi pis moi, on va prendre notre temps.

— Pis si on trouve pas, mémère?

— Fais-moi confiance! Y'a toujours un autre clou pour accrocher ton chapeau!

Ti-Guy avait écouté sans rien dire et, donnant raison à sa mère, il ajouta:

— Si t'étais plus vieux, j'te prendrais bien avec moi… D'un autre côté, ça marcherait peut-être pas… Pis c'est mieux qu'tu prennes tes responsabilités toi-même. La mère a raison, sacre la job là, prends ton temps, pis trouve d'autre chose de plus respectable. Moi, un Gaudrin, j'vois ça avec une chemise blanche pis une cravate.

Le lendemain matin, Dédé, vêtu comme un prince pour en mettre plein la vue à son patron, demanda à être reçu dès qu'arrivé. Monsieur Stein le contempla, le trouva beau comme un dieu et, mal à l'aise, lui dit:

— T'as pas à t'en faire avec l'autre, Dédé, y va juste être *shipper.*

— Y sera c'que tu voudras, Irving, j'te remets ma démission, j'fais même pas ma journée pis tu m'enverras c'que tu m'dois par la malle.

Irving Stein avait pâli. Hier encore, il ne voulait plus de Dédé dans les parages, mais là, face à lui, beau comme un jeune acteur et dégageant une agréable eau de toilette, le gars de la veille avait pris «l'bord» dans sa tête. Et ce, même si ce dernier, contrairement à Dédé, avait été à la hauteur de ses… plus viles attentes.

— Tu peux pas t'en aller comme ça… J'ai besoin de toi… J't'ai bien traité, Dédé, j'trouve ça ingrat… Pis toi pis moi…

— Quoi toi pis moi? Qu'est-ce que ça veut dire? Tu parles de mes promotions pis d'mes soupers au restaurant? J'les ai payés, non? Pis toi pis moi, c'est mieux qu'ça reste mort, ça! C'est pas moi qui est marié, Irving…

— Là, t'es pas honnête, c'est comme des menaces c'que tu dis là… J'ai-tu mérité ça, Dédé?

— Non, pis j'te jure que j'ferais jamais une chose pareille… Pour tes enfants…

— Bon, si tu veux plus travailler pour moi, j'peux pas t'retenir de force, Dédé… Pars, parlons-en plus, mais j'aurais aimé avoir une semaine de notice…

— Pourquoi? Le grand *slack* d'hier soir est pas prêt à rentrer demain, lui?

— Tu parles pour rien dire, ça va mener où, ça? Va-t-en, Dédé, emporte ton *stock* pis Mary va t'faire parvenir c'que j'te dois pis des références si tu veux.

— J'en ai pas besoin! J'retournerai pas dans une *shop,* Irving! J'vas trouver mieux qu'ça! J'ai été à l'école, moi!

– T'as fini? Vas-tu passer la journée planté devant moi à m'provoquer, Dédé? Pars, sacre ton camp, j'te retiens pas… Pis, si ça peut t'consoler, j'serai pas mal pris, j'ai des applications plein mon bureau.

– Y vont-tu tous passer su'l'divan, Irving?

Le patron se leva, ouvrit lui-même la porte, et Dédé sortit tout en lui lançant un regard haineux.

Deux semaines s'étaient écoulées et Dédé, sans emploi, s'informa à une fille de la manufacture de celui qui avait pris sa place. Elle lui avoua qu'un grand gars d'à peu près vingt ans, pas mal beau, les cheveux foncés, était entré chez Stein comme superviseur dès le lendemain. Un gars de Saint-Henri du nom de Frank Poitras, un gars qui ne connaissait rien aux guenilles et qui avait été *lifeguard* dans des piscines publiques. Reconnaissant le rival aperçu au restaurant, en furie d'avoir été trompé une fois de plus, jaloux malgré tout, humilié d'avoir été rejeté, Dédé, dans sa méchanceté, chercha le pire moyen de se venger. Un soir, alors qu'il était seul, que mémère était en haut chez Ti-Guy, il cracha son fiel au point d'écrire une courte lettre à madame Stein. Bien qu'il ait juré à Irving avant de partir… Une lettre sans merci pour elle et ses cinq enfants qui se lisait comme suit: *Ton mari te trompe avec un homme. Il couche avec Frank, le supervisor de la shop.* Rédigée sur une vieille machine à écrire, tapée d'un doigt, il l'avait signée du prénom d'une couturière qui avait démissionné juste avant lui, pour refus d'augmentation de salaire. Puis, lettre postée, le cœur plus en feu que celui du diable, Dédé s'endormit comme un loir sur l'odieux forfait qu'il venait de commettre.

# Chapitre 6

Mars 1967, la ville était fébrile, les citoyens de toute la province, du Canada entier et des autres pays allaient venir visiter l'Exposition universelle qui se voulait la fierté du maire Jean Drapeau. On avait monté les pavillons de tous les pays, Marc Gélinas avait enregistré sa chanson pour La Ronde, et Terre des Hommes, comme on l'avait ensuite baptisée, vendait ses passeports de longue durée aux jeunes et à leurs parents, désireux d'obtenir les sceaux estampillés de tous les pays. C'était l'euphorie, l'engouement, les cabaretiers comptaient faire de l'argent avec les touristes, les chanteurs et chanteuses misaient sur l'affluence pour se faire remarquer par quelque producteur étranger. Les hôtels étaient bondés d'avance, presque tous réservés, et les motels avaient amélioré leur confort, sachant qu'ils loueraient à gros prix à des touristes américains et non pour une nuit à des «Ti-Guy» et compagnie.

Mais pour Dédé, c'était l'indifférence la plus totale. Rien de ce qui se tramait ne l'intéressait. Mémère voulut lui offrir un passeport pour l'été, mais il avait refusé. «J'irai peut-être voir c'qui s'passe là une fois ou deux... Tu sais, moi, les foules, les enfants qui braillent, c'est pas mon fort.» Dédé Gaudrin avait donc entamé l'année «universelle» de la même façon qu'il avait terminé la précédente. De plus, rien ne le séduisait, aucune musique en particulier, aucun artiste d'ici ou d'ailleurs, le cinéma, parfois, le théâtre, jamais. Il lui arrivait d'aller se promener au parc Belmont pour évaluer son charme auprès des filles, mais ça n'allait guère plus loin. Dédé Gaudrin était blasé, prêt à retourner dans son patelin et à se désennuyer de temps en temps avec Rita dans les sous-bois où personne n'allait, même quand les mouches noires avaient fini leurs saccages. Il regardait souvent la télévision. N'importe quoi, n'importe quand. Un soir que son père était descendu alors qu'il regardait le film *La Princesse de Clèves* avec Marina Vlady, il lui dit:

— Tu trouves pas qu'a ressemble à Betty, p'pa, c'te p'tite blonde-là?

Ti-Guy avait jeté un coup d'œil sur le doux visage de l'actrice et, hargneux, avait répondu à son fils:

— Betty était pas aussi belle… Pis, celle-là, a l'air honnête, elle!

Un autre jour, alors que Ti-Guy surprit encore son fils devant un vieux film en noir et blanc cette fois, il lui demanda:

— Qu'est-ce que tu regardes là?

— Bah, un film pigé au hasard. Ça s'appelle *Saigon*.

Ti-Guy se rapprocha du petit écran et reconnut Alan Ladd et Veronica Lake. Surpris et content à la fois, il s'écria:

— Aïe! Savais-tu qu'ces deux-là avaient été les préférés d'ta mère? Ça s'oublie pas, a parlait toujours d'eux!

Dédé, heureux d'apprendre ce détail sur sa mère, lui répondit:

— Ben, a l'avait du goût, parce que lui, y'était beau en maudit!

Étonné, Ti-Guy rétorqua:

– Lui? Pis elle? C'est drôle que tu parles de lui, t'es un gars...

Dédé, embarrassé, bafouilla:

– Heu... j'ai dit lui, parce que c'était sûrement lui qu'a r'gardait... Une femme s'pâme pour un homme, non? C'est sûr que l'actrice est belle, mais je... j'parlais au nom d'ma mère... Pis les blonds qui paraissent bien comme lui sont pas nombreux dans les films d'aujourd'hui.

– Ben, y'a toi, Dédé! T'es blond pis plus tu grandis, plus t'es beau! Tiens! Tu y ressembles un peu à Alan Ladd. Peut-être qu'un jour...

– Aïc! Veux-tu rire de moi, p'pa? J'la trouve pas drôle, ta *joke!*

Il était cependant vrai que, Dédé, devenant de plus en plus un homme, allait être beau à faire battre bien des cœurs, mais il faisait mine de ne pas s'en rendre compte. Du moins... devant son père. Peu sorteux, sans amis sauf quelques voyous avec lesquels il prenait un coke chez Tony de la rue Fleury, il passait ses journées et ses soirées devant la télévision après avoir fait cinquante *push up* le matin pour se garder en forme. «Pourquoi qu'tu lis pas, Dédé? Ça t'changerait les idées...» lui suggérait sa grand-mère. Il ne l'entendait même pas. Peu porté sur la lecture, il furetait dans le journal quand mémère en avait fini, mais pas plus. Les seuls magazines qu'il achetait de temps en temps étaient ceux de Ben Weider, ceux avec les culturistes auxquels il souhaitait ressembler un jour. Car, à l'instar de sa mère, Dédé avait un faible pour les... biceps! Ceux des autres pour l'instant, les siens avec le temps. Se mêlant de ses affaires, il avait néanmoins pris en grippe le deuxième voisin, un vieux garçon de quarante-cinq ans qui vivait avec son chien. Un jour, alors que, pour la deuxième fois, le chien grognait

après lui, les canines sorties, Dédé lui avait crié: «Ta gueule!»
Le vieux garçon qui l'avait entendu lui avait répliqué: «C'est
pas comme ça qu'tu vas l'apprivoiser! Y peut ben t'haïr! T'as
une face de tueur!» Dédé, insulté lui avait répondu: «Ben, qu'y
m'morde jamais ton maudit chien sale parce que, si ça arrive,
j'aurai pas juste la face d'un tueur, mais l'reste avec! Pis si y
jappe encore après ma grand-mère pis moi, j'vas lui régler son
cas, j'vas lui couper les gosses!» Apeuré, indigné, le drôle de
vieux garçon rentra chez lui suivi de son «pitou». Pour se venger de la réprimande de ce voisin, durant une semaine, Dédé
commanda des pizzas, des poulets, des raviolis et des mets chinois, qu'il faisait livrer à l'adresse du bonhomme, en donnant
même son numéro de téléphone qu'il avait trouvé dans le bot-
tin. Et, de la fenêtre de son sous-sol, il se tordait de rire lorsqu'il entendait le vieux garçon s'obstiner avec les livreurs pendant que le chien, grognant, jappant, tentait de leur mordre les
chevilles.

C'est finalement en mai que mémère trouva dans *La Presse*,
une annonce susceptible d'intéresser Dédé.

— R'garde, mon p'tit cœur!

— Mémère! Calvaire! Lâche le p'tit cœur, j'vas finir par passer pour un débile!

— Ça m'a échappé… pis c'était pas nécessaire de sacrer!
Moi, les blasphèmes…

— C'est toi qui m'pousses à bout! Quand t'es à Saint-Calixte,
j'ai plus l'même caractère. Tu joues avec mes nerfs, tu m'suis
des yeux…

— Bon, c'est ça, écrase-moi! Comme si j'en avais pas assez
fait pour toi! Pis là, tu veux-tu que j't'en parle d'l'annonce, ou
si t'aimes mieux rester à rien faire tout l'été? J'fouillerai pas
pour rien, moi!

– Vas-y, sors-la, la job! Si c'est comme celle que t'as découpée hier…

– Non, ça risque de t'intéresser, c'est l'un des magasins L'Écrin, celui de la rue Sainte-Catherine qui cherche un vendeur. Ça t'dit d'quoi, ces magasins-là? Y vendent des cadeaux, des bijoux, des briquets, d'la vaisselle…

– Oui, j'sais, y'en a quatre ou cinq en ville… Mais j'connais rien dans ces choses-là, moi. Les cadeaux d'noces, les bijoux… Pis y'a l'emballage…

– Dédé! Ça prend pas une douzième année pour vendre pis emballer un cadeau, j'le faisais à Saint-Calixte, j'avais un comptoir de fantaisies… Tu sais compter, faire une facture, pis comme tu t'présentes bien…

– Ça va, appelle, vends-moi comme d'habitude. Dis-leur que j'suis en voyage… De toute façon, t'as plus d'gueule que moi au bout d'un fil. Pis si y veulent me voir, dis-leur que j'rentre à soir, que j'peux passer demain. C'est pas la grosse job, c'est sans doute pas payant, mais en attendant, c'est mieux qu'd'être ici, écrasé su'l'divan, à t'entendre te plaindre à longueur de journée.

– P'tit verrat! C'est toi qui es dans mes jambes! Quand tu travailles, j'fais c'que j'veux dans' maison. Avec toi qui bougonnes tout l'temps, j'peux même pas laver l'bain avec d'l'Old Dutch, tu t'plains qu'ça sent fort, que…

– Correct, commence pas pis envoye, appelle avant qu'la ligne soit occupée!

La gérante de la chaîne de boutiques L'Écrin fut très surprise d'avoir devant elle un garçon aussi jeune, qui en était déjà à son deuxième emploi.

– Tu n'as que seize ans, n'est-ce pas?

– Non, dix-sept, ma grand-mère s'est trompée.

— Pas encore, André, si j'en juge par ton certificat de naissance.

— Ben voyons, Madame, c'est quand même dans l'année courante que j'vas les avoir, pis queq' mois de plus ou d'moins, ça va changer quoi si j'fais l'affaire?

— Tu as raison sur ce point, d'autant plus que tu as l'air homme et que tu as belle apparence. Je vois que tu as été superviseur dans une manufacture de robes, mais là, la vente au détail, c'est autre chose, tu sais.

— Oui, pis j'vas bien m'en tirer parce que ma grand-mère a eu un commerce pis qu'mon père en a eu cinq ou six avant de s'lancer dans les immeubles. On a ça dans l'sang, la vente, nous autres!

— Écoute, je veux bien t'essayer, on va même te donner un *training* d'une semaine, mais j'aime mieux t'avertir, le salaire n'est pas élevé. C'est soixante dollars par semaine, le samedi inclus. Par contre, à la fin de chaque mois, on te remet un petit pourcentage sur les ventes. Pas énorme, mais juste assez pour que les employés se forcent un peu.

— Si j'comprends bien, j'vas travailler seul dans l'magasin.

— Oui, personne d'autre, nos boutiques sont petites. Et si tu es malade et que tu ne peux pas rentrer certains jours, on a des employés à temps partiel qui viennent prendre la relève. Mais, les jours de maladie, c'est à tes frais.

— Ah, oui? Pourtant, à la manufacture, on m'les payait…

— Tu as sûrement bénéficié d'un privilège, André. Ton patron devait te considérer parce que, d'habitude…

Il la coupa sec et lui répondit:

— Ça va, laissez faire, j'commence quand?

— Tu pourras débuter le 3 juillet, tout de suite après la fête du Canada si ça te convient.

— Vous pouvez compter sur moi, j'vas être là! C'est où déjà?

– Notre succursale de la rue Sainte-Catherine est située à l'angle de la rue Wolfe. Il y a des restaurants autour, l'autobus au coin…

– Oui, j'connais l'quartier, vous avez pas besoin d'aller plus loin.

Dédé s'était rendu une fois ou deux à l'Expo, pas plus. Et seul! Il ne voulait pas de sa grand-mère dans les jambes. Il avait apprécié quelques pavillons, celui de la France en particulier, et il avait flâné à la Ronde en prenant une bière çà et là, un *hot dog* dans un casse-croûte, et s'était écrasé sur un banc pour regarder passer les gens. De très belles filles le reluquaient et il leur répondait d'un sourire en coin. Il voulut payer une bière à une brunette qui s'était laissé approcher, mais elle lui avait répondu: «J'ai pas l'âge pis j'suis avec ma mère!» Et elle s'était enfuie, le laissant pantois, lui qui n'avait pas plus qu'elle l'âge requis pour l'alcool qu'on lui servait… les yeux fermés. Des femmes dans la trentaine avec des enfants dans des poussettes lui faisaient aussi de l'œil et Dédé en souriait. Sans oublier certains types, jeunes, moins jeunes et parfois mûrs, qui lui offraient carrément un verre ou qui tentaient de s'en approcher en lui demandant l'heure, pour ensuite lui dire devant sa mine désintéressée: «Excuse-moi, j't'ai pris pour un autre!» Les fins de semaine, c'était à Saint-Calixte que Dédé allait se divertir. Avec Rita qui, de plus en plus, retroussait sa jupe, sans toutefois lui permettre d'aller plus loin que les jeux de mains. Aussi charnel que son père, aussi insolent que sa mère, Dédé était frustré d'être encore «vierge» à seize ans, mais conscient des dangers et peu intéressé à subir le sort de son père, il attendait que le temps lui permette de se rendre jusqu'au bout de son «anxiété». Avec un condom dans sa poche et une fille de passage… expérimentée.

Septembre 1967 et Dédé, depuis juillet, était en poste à L'Écrin où il œuvrait avec brio. Les ventes étaient bonnes, les clients de plus en plus fidèles et, habile par le biais du charme et des belles paroles, André Gaudrin, encore mieux que son père, aurait pu vendre un «frigidaire» aux Esquimaux! Le magasin de cadeaux n'était pas loin de la manufacture d'Irving Stein mais, par bonheur, Dédé n'avait pas encore croisé son ex-patron dans les environs. Il mangeait dans les restaurants bon marché de la rue Amherst et, bien souvent, dans le *back store* avec un *lunch* que mémère lui préparait ou un sandwich acheté au *snack-bar* d'une salle de quilles non loin de là. C'est d'ailleurs à ce petit comptoir à café que Dédé fit la connaissance de Patricia, la femme en charge du restaurant, conquise par le physique du nouveau venu dans les parages. Patricia, trente-quatre ans, forte de taille, les épaules carrées, le bras costaud, faisait garder son fiston par une voisine pour venir travailler pendant que son mari, Ti-cul Tougas, un planteur de quilles qui lui arrivait aux épaules mais qui était bâti comme un Hercule, l'avait à l'œil à longueur de journée. Il se doutait que sa femme le trompait et, jaloux, il ne pouvait se permettre de se savoir cocufié et d'en survivre. Mais lorsque Dédé venait chercher un *lunch* au restaurant et que sa femme le regardait des pieds à la tête en s'arrêtant à la hauteur de la fermeture-éclair, il ne s'en faisait pas parce que, pour lui, Dédé n'était qu'un petit gars, pas un homme et que, de toute façon, un beau «p'tit blond» comme lui, n'allait certes pas être attiré par une femme avec des épaules de lutteur, un derrière de jument et un visage en boule avec des petits yeux… cochons!

Mais Ti-cul Tougas avait sous-estimé les désirs les plus sexuels dont la tête de Dédé débordait. Lui qui, depuis un an, cherchait à être vraiment… dépucelé. Un soir, alors que Dédé était venu jouer une partie de quilles avec un planteur en congé, Patricia lui avait murmuré à l'oreille:

— Demain soir, après la fermeture, si ça t'tente, le *boss* va faire tourner des films pornos sur le mur du *snack-bar*. Y'a tout c'qu'y faut, on va être à peu près douze pis y charge juste une piastre par personne, le coke fourni.

— Ouais… j'dis pas non… marmonna Dédé, à celle qui semblait vouloir lui prouver qu'il n'était plus un enfant.

— Mais c'est secret, pas un mot par la suite, tu promets? Le *boss* veut juste des gens sur qui y peut compter.

— Promis, j'te l'jure, mais j'espère qu'y aura pas une descente…

— Ben non, t'en fais pas, pis même si ça arrivait, avant qu'j'leur ouvre la porte, j'te ferais sortir par la ruelle… Pis c'est pas la première fois qu'on fait des vues ici. Y'a des réguliers qui viennent pis toi, comme ça va être la première fois, j'prends tout sur moi.

— Y'a-tu des hommes pis des femmes?

— Dans les vues? Oui! Y'a même…

— Non, non, j'parle parmi les clients.

— Rien qu'des hommes, j'suis la seule femme! Pis j'suis là parce que j'sers les cokes pis que j'vends les *chips*.

— Pis ton mari, ça l'dérange pas qu'tu r'gardes des films comme ça?

— Ti-cul? Pantoute! Y'est vicieux pis c'est lui qui en profite après.

Patricia avait éclaté de rire tout en frôlant Dédé de son gros buste. Mal à l'aise, mais troublé par l'odeur de la poudre de la forte femme mêlée à sa sueur, il ne sursauta pas lorsqu'elle se pencha pour lui murmurer à l'oreille tout en mettant sa main robuste sur sa cuisse:

– Pis tu vas voir, mon beau p'tit blond, tu t'ennuieras pas avec moi.

Le lendemain soir, après la fermeture du magasin, Dédé se changea dans le *back store* afin de ne pas arriver à la «séance» de cinéma trop empesé. Il avait enfilé un *jean* bleu, une chemise en denim ouverte jusqu'au troisième bouton, et portait des *loafers* de jute marine avec des bas de la même couleur. Bien peigné, aspergé de son eau de toilette Canoë de Dana, il se présenta au sous-sol de l'édifice Amherst et y joua quelques parties de quilles avec un «client» de la soirée et, comme planteur, Ti-cul Tougas. Patricia, frisée, fardée, blouse blanche, sueur évidente aux aisselles, jupe noire moulante, attendait que la noirceur arrive et que les quilleurs déguerpissent vers dix heures. Puis, gardant les invités à son comptoir, elle ferma à clef, baissa la toile de la porte et éteignit les lumières de la salle pour ne garder qu'une petite lampe allumée à côté de la caisse. Ce qui lui permettait de voir ses clients et de dire à l'un d'eux: «Toi, recule d'un banc, c'est l'mien, celui-là!» Elle s'était réservé le tabouret juste derrière celui de Dédé. Parce que les spectateurs allaient regarder le film, assis… en rang d'oignons! Le patron fit partir sa roulette et comme le film était muet, on pouvait entendre le moindre soupir des clients. Des scènes disgracieuses, de la nudité, des indécences; c'était la première fois que Dédé visionnait des films interdits. Ébahi, dérangé, tourmenté, il sentit vite «l'effet» que certaines scènes lui faisaient. Dans son cou, le souffle chaud et haletant de Patricia lui causait fort souvent des débuts d'érection. Et que dire, lorsqu'il sentit la main de la «mastodonte» se glisser sur sa cuisse et, de ses doigts, descendre la fermeture-éclair de son *jean*. Mal à l'aise sans pour autant se défendre, il étira le cou et vit Ti-cul Tougas, quatre tabourets devant lui, les yeux rivés sur ce qui se passait devant, sans se douter de ce qui se tramait… derrière! Patricia, cachant son bras de sa veste de laine, s'empara de ce qu'elle cherchait pendant que Dédé, comme si de rien n'était, n'avait pas détourné la tête. Vite fait, il va sans dire. Avec une telle femme dans des conditions aussi scabreuses… Le film n'était pas terminé et, Patricia, à l'insu du client derrière elle, qui n'avait d'yeux que pour le mur, glissait à Dédé des serviettes de papier tout en lui murmurant à l'oreille:

– Demain matin, peux-tu être chez moi à huit heures et trente, avant l'ouverture du magasin?

– Ben, j'sais pas… Pis y'a ton mari…

– Y part à sept heures, y livre des journaux avant de s'rendre au bowling. Viens à huit heures, ça va nous donner plus d'temps…

– J'sais même pas où tu restes.

Patricia lui glissa un bout de papier dans sa poche de chemise et, après s'être assurée que Dédé avait jeté ses *napkins* dans le panier, elle lui murmura:

– Tu vas voir, mon p'tit cochon, tu le r'gretteras pas…

Puis, se levant alors que le film «interdit» se terminait sur les images d'une femme assouvie, elle cria de sa voix de gendarme:

– Une dernière tournée d'coke ou d'café, pis j'ferme!

Le lendemain matin, Dédé se leva plus tôt que de coutume et, le voyant prêt à partir, sa grand-mère s'exclama:

– Sainte bénite! Y'a-tu l'feu? Tu pars quasiment à l'heure du coq! Pis t'as même pas ton habit, juste un pantalon en *corduroy* pis un *wind breaker*. T'as-tu au moins mis une chemise en d'sous?

– Fallait-tu absolument qu'tu t'lèves pour voir c'qu'y s'passait? J'vas-tu toujours t'avoir su'l'dos comme ça, mémère?

– Ben non, c'est juste que ça m'surprend… Pis une ou deux questions, c'est pas un espionnage!

– J'pars plus tôt parce que j'ai un ménage à faire dans l'magasin avant d'ouvrir, pis mon bel habit, y'est là-bas sur un support! Ça t'convient-tu?

– Pogne pas les nerfs, Dédé! Maudis ton camp si t'es pour être bête comme ça, moi, j'me r'couche!

Dédé se rendit en ville pour huit heures et, arpentant la petite rue sans éclat que la robuste Patricia lui avait indiquée, il chercha l'adresse qu'il avait sur un bout de papier. Arrivé devant la maison de trois étages à cinq logements, il grimpa l'escalier en regardant de tous les côtés. Il avait peur que le mari revienne; il craignait même qu'il soit au restaurant du coin ou encore à la maison. Il n'osait pas sonner, il songeait à redescendre lorsque la porte du deuxième au fond s'ouvrit et que Patricia lui marmonna:

– Rentre avant qu'on t'voie, pis crains pas, y'est pas là.

Dédé se faufila à l'intérieur du petit logis au long couloir avec toutes les pièces d'un seul côté, retenant son souffle comme pour ne pas réveiller qui que ce soit. Gêné, embarrassé, il la suivit jusqu'à la cuisine où elle lui servit un bon café. Patricia, cheveux peignés, poudrée, fardée, parfumée, avait sur le dos une robe de chambre en chenille jaune avec des pantoufles de ratine dans les pieds. Elle avait certes pris son bain puisque l'odeur d'une huile ou d'un savon se dégageait encore par la porte entrouverte de la toilette. Patricia, les paupières plus lourdes, le sourire plus sournois que la veille, le dévorait des yeux. Il but sa première gorgée de café et elle lui dit:

– Tu peux enlever ton coupe-vent pis l'mettre su'l'dos d'la chaise.

– Ben, c'est que…

– C'est que quoi? Vas-tu rester figé comme ça jusqu'à neuf heures?

– Non, c'est que j'ai rien en d'sous, j'ai pensé qu'ça serait correct...

Souriante, se levant de sa chaise de bois qui grinça, Patricia s'approcha de lui et descendit la fermeture-éclair de son coupe-vent. Puis, devant la poitrine imberbe et blanche comme neige de Dédé, elle lui dit en lui massant le cou:

– On voit qu'ç'a pas encore servi, c'te p'tit corps-là... Même pas d'rougeurs...

Dédé était gêné, malhabile, mal à l'aise, tendu sur le coussin de sa chaise. Patricia et son expertise, ce n'était pas Rita et sa petite débrouillardise. Torse nu, les bras autour de la forte dame, il se leva et, baissant les yeux, put apercevoir dans l'échancrure de sa robe de chambre, des seins volumineux. Le sentant intimidé, Patricia mit fin à son trouble en l'entraînant d'une main jusqu'à la chambre à coucher où le lit défait laissait percevoir d'un côté la forme encore creusée du corps de son mari. D'un geste sûr, d'une main ferme, Patricia le libéra de son pantalon qui lui tomba sur les chevilles. Puis, sans attendre sa réaction, elle lui arracha presque son short blanc, griffé... BVD! Nu devant elle, en proie aux désirs les plus crus, Dédé plongea sur elle dans le lit et, avec une kyrielle de gestes osés, de mots sordides et de baisers prolongés, il vécut le préambule du tout jeune homme qui devenait adulte. Assouvi avant qu'elle puisse l'être, il recommença pour mieux faire sa conquête et, fait accompli, fier d'être enfin «un homme» au creux d'un drôle de lit, Patricia lui apprit qu'il y avait d'autres plaisirs, outre l'acte précis de la chair. Ce matin-là, dans les bras d'une femme qui, nue sur lui, le retenait prisonnier de ses fortes hanches, André «Dédé» Gaudrin expérimenta pour la première fois, le fantasme d'être immobilisé, pris, à la merci de quelqu'un de plus fort que lui. Heureuse de s'être payé un si jeune étalon, Patricia lui dit en libérant doucement, un à un, les poignets de sa proie:

— Y'a-tu d'autres choses que t'aimerais apprendre, mon pit?

À bout de souffle, le torse endolori par la pesanteur du corps de la belle, Dédé, rouge comme un homard ébouillanté, les cheveux défaits, les cuisses meurtries, lui répondit:

— Non, ça va faire, j'suis plus capable… Pis faut que j'rouvre le magasin…

— Veux-tu prendre une douche avant d'partir?

— Heu… peut-être… Pis, non, j'vas m'laver à la serviette, j'ai pas l'temps.

Aussitôt dit, aussitôt fait et Dédé, rhabillé prestement allait passer la porte lorsqu'elle lui dit en l'écrasant contre un mur:

— Tu pourrais au moins m'embrasser. Ça vaut pas ça, selon…

Avant qu'elle ne puisse terminer, il avait posé ses lèvres sur les siennes et, pressé de partir, tenta de se dégager, mais la robuste dame le retint et refaufila sa main là où il était encore sensible, le forçant ainsi à fermer les yeux d'aisance… encore une fois. Puis, elle le suivit jusqu'au portique et il lui demanda:

— Pis ton p'tit? Tu m'avais pas dit que t'avais un p'tit?

— Oui, pis c'est ma mère qui l'garde pour la semaine. Penses-tu que j't'aurais fait tout ça avec un p'tit dans les bras? Pis juste avant qu'tu partes, vas-tu r'venir? As-tu aimé ça, au moins?

— Oui, oui, c'était même mieux que j'pensais, mais tu m'avais dit qu'une fois, juste une fois pis qu'on n'en reparlerait pas.

— C'est vrai, pis j'me démentis pas… Mais si jamais t'as l'goût d'recommencer, d'en apprendre encore plus, tu connais les heures, pas vrai? Mais viens jamais sans m'avertir la veille juste au cas…

– Non, c'est sûr, j'voudrais pas lui tomber dans les pattes!

– Ti-cul? Oui, t'as raison, y'est fort comme un lion pis jaloux à tuer! Toi, t'es chanceux, y t'redoute même pas. Y s'imagine pas que j'puisse avoir un *kick* sur un p'tit gars!

Dédé fronça les sourcils et, insulté, voulut répliquer, mais elle l'adossa encore une fois contre le mur, lui bâillonna la bouche d'une grosse main en sueur et lui glissa l'autre dans l'entrejambe, ajoutant:

– J'voulais pas dire ça, j'voulais dire jeune, parce qu'avec c'que t'as là, t'es loin d'être un p'tit gars...

Dédé se libéra de l'étreinte, sortit, descendit les marches en vitesse et arriva à la boutique, échevelé, mal boutonné, à neuf heures pile, alors qu'une cliente attendait à la porte. Un peu plus tard, à peine remis de sa matinale escapade, il reprit tout doucement son souffle. Et ce, sans savoir qu'il s'était livré, sans peine et sans misère, à une femme qui avait à peu de choses près, le corps, les vertus et les vices... de sa défunte mère.

Les mois passèrent. Dédé ne retourna pas chez Patricia et, celle-ci, ravie de le revoir à son comptoir de temps en temps, lui lançait des œillades complices. Et lorsque Dédé jouait aux quilles avec les gars des alentours, c'était Ti-cul Tougas qui était leur planteur. Ce même Ti-cul qui lui avait dit un certain soir: «Toi, j't'aime bien! T'es pas comme les autres. T'es ben élevé pis tu "tipes" bien. T'es généreux, t'es pas *cheap* comme les *bums* qui veulent coucher avec ma femme.»

Décembre vint et Dédé, entouré de sa grand-mère et de son père, fêta ses dix-sept ans dans un *steak house* de la rue Fleury, avec un *T-Bone* saignant et du vin rouge. Heureux, il reçut des boutons de manchettes plaqués or, cadeau de sa grand-mère, et un billet de cinquante dollars de la part de son père qui, pour une deuxième fois, avait été «lousse» avec lui. Ti-Guy Gaudrin que Dédé ne voyait jamais ou presque parce que «papa», selon mémère, brassait de grosses affaires durant… des nuits entières. Heureux de son travail où il se sentait roi et maître, Dédé avait eu un temps des Fêtes si occupé qu'il avait engagé une jeune fille pour l'aider. Une fille de son âge, pas jolie, mais avenante. Une fille charmante avec les clients et plus que dévouée à Dédé derrière le rideau de la *stock room* du magasin quand on fermait à clef. Une petite vendeuse qui n'arrivait pas à la cheville de Patricia, mais à qui Dédé avait enseigné «l'art» de contenter un homme. Une fille que Dédé ne revit plus après son temps partiel terminé. Et c'est vêtu d'un habit de soie beige acheté chez Sauvé & Frères et de souliers en cuir vernis de chez Langelier, que Dédé Gaudrin rouvrit, le 3 janvier 1968, l'Écrin le plus profitable de la chaîne, celui de la rue Sainte-Catherine.

Depuis Nadine qui l'avait trompé pour se retrouver enceinte d'un autre, Dédé n'avait eu aucune autre blonde… *steady*. Et depuis qu'il avait dix-sept ans, sûr de lui, de plus en plus conscient de son charme auprès des femmes, il lui arrivait de rentrer tard la nuit, souvent ivre, la cravate dénouée, la fermeture-éclair pas remontée. Mémère, découragée, n'osait plus l'affronter. Elle songea à en parler à son père, mais changea vite d'idée. S'il fallait que son «p'tit cœur», outré, s'en aille vivre ailleurs? Il n'était pas en âge, bien sûr, de déserter le foyer, mais avec celles qui l'hébergeaient de temps en temps, elle savait qu'il pouvait fuguer sans se retrouver à la rue. Elle l'observait, elle le voyait devenir de plus en plus beau, de plus en plus homme. Elle voyait également, souvent, aux commissures de ses lèvres, une espèce de rictus méchant. Les femmes allaient souffrir entre ses mains, elle le sentait. Était-ce Sam Bourque qui, de sa tombe, l'incitait à le venger, lui qui avait souffert aux mains de sa mère? Mémère s'était surprise… à le penser! Beau, gentil, vilain, profiteur et généreux à la fois, André Gaudrin ne fonçait pas dans la vie en faisant son signe de croix. Tête première dans tout ce qui se voulait incongru, tel allait être son but pour quelque temps. Prendre tous les trains, ne jamais rester sur les quais de gare… Bref, à sa manière, Dédé se promettait d'être dix fois pire… que son père!

Ses dix-sept ans furent mémorables. Dandy, habillé comme un prince de Galles, exempt du moindre bouton d'acné, il se laissa séduire et conquérir par des femmes mariées, la plupart, des clientes. Somme toute, il «marchait» avec n'importe qui ou presque. Il faisait de l'argent et ne le dépensait que pour mieux se vêtir. Pour le reste, il laissait payer les autres, les amis comme les maîtresses. Beau à damner un saint, la «grande gérante» le lui ayant dit, il n'hésita pas à sortir avec elle, à danser avec elle, à coucher avec elle, pour être, ensuite, gâté pourri par ses largesses. Tel père, tel fils! Tout comme Ti-Guy au temps de Madeleine. Sauf que le fils, plus perfide, plus vicieux, avait le don de s'enticher des femmes à l'aise mais sans éducation. Comme la grande gérante ou la vieille Grecque fardée, propriétaire d'un restaurant du quartier. Une Grecque de cinquante-deux ans qui avait un faible pour les jeunes «Éros» de seize à dix-neuf ans. Une Grecque tellement maquillée qu'elle avait du rouge à lèvres jusque sur ses fausses dents. Une vieille amante qui, en plus de le saouler au Metaxa, le payait grassement.

André «Dédé» Gaudrin eut dix-huit ans au grand soulagement de sa grand-mère. Emma croyait qu'à cet âge, un gars retombait sur ses deux pieds. Ce qui, pourtant, n'avait pas été le cas de Ti-Guy, naguère. On voulut le mettre au défi, lui offrir la nouvelle succursale de Québec, mais Dédé refusa de bouger. C'était là, rue Sainte-Catherine, nulle part ailleurs, qu'il était à l'aise. Parmi le monde du spectacle, parmi les voyous, au cœur même de la plèbe. Lui qui, les poches bien remplies, en était le roi et le maître. Un mardi d'avril 1969, alors qu'il rehaussait une vitrine, une superbe blonde entra et se dirigea vers le présentoir de montres. Affable, Dédé lui fit voir les plus récents modèles de Bulova, ceux de Gruen, mais la plus que belle fille, sosie ou presque de Marilyn Monroe, l'avisa qu'elle cherchait une montre-bague. Empressé, Dédé lui en exposa trois modèles sur un carré de velours bleu et la belle, enchantée, en choisit une en vieil argent rehaussée de petites pierres cristallines. Et la conversation s'engagea:

— Vous habitez le quartier? Je ne vous ai jamais vue…

— Non, je suis de Longueuil, mais j'adore la rue Sainte-Catherine. D'ailleurs, mon agent a ses bureaux dans l'édifice Amherst.

— Votre agent? Vous êtes une artiste? Une chanteuse?

— Non, je suis mannequin. On m'engage pour des défilés de mode. Les maisons reconnues s'adressent à l'agence, on nous appelle… Au fait, je me présente, Jacqueline Julien.

— C'est votre vrai nom? C'est pas un nom d'artiste?

— Non, c'est bien là mon véritable nom, mais vous n'êtes pas le premier à me poser la question.

Puis, regardant Dédé de plus près, elle ajouta:

— On vous a déjà dit que vous étiez beau? Excusez-moi, je ne voudrais pas que vous vous mépreniez, mais vous n'avez aucun défaut…

— Merci, ça fait plaisir, mais j'aimerais juste être un peu plus grand… lui répondit Dédé sans rougir.

– Est-ce indiscret de vous demander votre âge? insista-t-elle.

– Heu… non… dix-huit ans. Trop jeune pour vous, hein? ajouta-t-il en riant, sûr que la remarque aurait de l'effet.

– Je n'en suis pas si certaine, à moins qu'une fille de vingt-quatre ans, plus grande que vous…

Sans plus attendre, Dédé lui répliqua:

– Vous pensez pas qu'on pourrait commencer à s'dire tu, vous pis moi?

– Assez vite en affaires à ce que je vois, mais je veux bien et ce n'est pas parce que je suis mannequin qu'il faut me faire des révérences. De toute façon, mes parents comme mes amis m'appellent Jacquie. Mais si je ne m'abuse, je me suis présentée, mais toi, je peux savoir ton nom?

– Heu… Dé… André Gaudrin, répondit-il, heureux de la tournure des événements. En plus, j'suis libre, j'ai pas d'blonde, j'suis pas accroché! ajouta-t-il, pour la surprendre et l'intriguer.

– Bien, écoute, je viens à peine de te connaître… Je suis entrée ici par hasard… Je n'en suis pas là, mais je te promets de revenir causer avec toi, faire plus ample connaissance.

– Ça m'ferait bien plaisir, Jacquie… lui répondit-il en la regardant comme lui seul pouvait le faire lorsque venait le moment de séduire.

Jacquie quitta le magasin avec la montre-bague achetée, rabais accordé par Dédé, au moment où une autre cliente entrait. Jacqueline Julien, jolie, élégante, blonde comme Marilyn avec la moue de Jean Harlow, n'avait pas osé lui dire qu'elle était entrée après l'avoir observé de sa voiture, alors qu'il travaillait dans la vitrine. Elle n'avait pas osé lui avouer que, dès ce moment, entichée, enivrée par sa beauté et son allure bestiale, elle avait éprouvé sans savoir s'il était Québécois, Belge ou Suédois, un sérieux coup de foudre.

Les compliments du «mannequin» des grandes boutiques n'avaient pas empêché Dédé d'aller avec une dénommée Jeannette au cinéma Champlain le vendredi soir. Une fille plus vieille que lui, fiancée de surcroît, mais qui n'avait pas détesté le coin noir du balcon qu'il avait choisi pour voir le film *Les Tontons Farceurs* avec Jerry Lewis. Pas plus qu'il ne se gêna le samedi soir pour aller voir un spectacle avec Denise, une fille du quartier, au bistrot La Tête de l'Art. Ivre, titubant, il avait déboulé les vingt marches de l'escalier de la sortie pendant que Denise se tordait les côtes de rire. La semaine suivante, avec Denise, bien tournée, mais pas jolie à souhait avec les séquelles d'un bec de lièvre opéré, il se rendit voir un *show* à l'Hôtel Lafayette de la rue Amherst et là, après le *show,* il loua, au deuxième étage de l'immeuble, une chambre minable à trois dollars, avec un lit et un lavabo. Titubant une fois de plus, il en était encore à vociférer contre la femme de ménage qui tardait à lui remettre les deux serviettes, que Denise était déjà toute nue sur le lit. Les mains derrière la nuque, elle attendait tout simplement que son mâle lui saute dessus. Abasourdi devant la situation, le veston encore sur le dos, Dédé, la bouche pâteuse, lui cria: «Ben, là, Denise, tu viens de m'faire… Pis, va au diable, j't'ai assez vue!» Il descendit, ajustant sa cravate d'une main, tenant la rampe de l'autre, alors que Denise, furieuse, se rhabillait dans la chambre à peine éclairée. Passant près du piano où un chanteur populaire, reconnu pour ses penchants, le regardait avec ardeur, Dédé lui dit d'un ton amer: «J'pense que j'aurais été mieux servi avec toi qu'avec elle!» Ce à quoi le chanteur, qui le reluquait depuis belle lurette, répondit: «Ben, t'auras juste à revenir, André… Sans elle!»

Jeannette, rayée de son carnet d'adresses, Denise, évincée de sa vie malgré ses appels, Dédé se mit à boire de plus belle.

Mémère, découragée de le voir rentrer saoul chaque soir ou presque lui avait dit: «Si tu continues comme ça, Dédé, tu peux dire bonjour à ton apparence! T'as déjà les yeux cernés, tu maigris à vue d'œil pis t'as l'teint vert! J'comprends pas! Ton père a jamais bu comme ça pis ta mère, faut lui donner ça, a prenait pas une goutte de boisson. De qui tu r'tiens, donc?» Dédé, ne l'écoutant que d'une oreille, lui répondit dans un demi-sommeil: «Peut-être de mon grand-père, mémère! Joseph levait pas l'coude, lui?» Emma, insultée, rouge de colère, lui répliqua: «Ben, t'as du front! Ton grand-père était un homme à sa place! Y'a jamais bu, sauf un verre dans les grandes occasions! Si tu cherches de qui tu descends, t'es mieux d'fouiller dans' famille de ta mère! Pas elle, j'te l'ai dit, mais on n'a jamais connu son père pis sa mère! C'est peut-être du Pinchaud qu't'as dans l'sang, Dédé!» Au même moment, on entendit un bruit sourd et un fracas venant du logement d'en haut. C'était Ti-Guy qui rentrait d'une virée de fin de semaine. Riant comme un sadique, Dédé avait dit à mémère avant de tomber sur son oreiller: «Tiens, mémère, ça c'est du Gaudrin, pis ça vient d's'enfarger dans une bouteille de vin!»

Quelques jours s'écoulèrent et, un après-midi, alors qu'il ne pensait plus à elle, Jacquie fit son apparition, moulée dans une jupe fort ajustée, les cheveux blonds avec une aile d'un côté, les lèvres rouges, le mascara, l'ombre à paupières bleue, une blouse blanche entrouverte, des anneaux d'or aux lobes d'oreilles et de superbes jambes juchées sur des talons aiguilles. Dédé faillit tomber à la renverse! Elle était plus sensuelle, plus désirable que la plus belle des vedettes de l'écran. Sur son passage, toutes les têtes s'étaient tournées. Le voisin de L'Écrin, le propriétaire d'un magasin de chaussures, était venu fouiner dans la vitrine, afin de voir de plus près la blonde déesse qui venait d'y entrer. Dédé, encore estomaqué, lui dit en la voyant:

— Wow! Si j'm'attendais! J'ai rarement vu une fille aussi belle...

Au même moment, une cliente régulière entra suivie de son petit-fils. Dédé fit signe à Jacquie d'aller l'attendre dans le *back store* et, s'approchant du comptoir, il dit à la brave grand-mère:

— Bonjour, Madame Byette. Belle journée, n'est-ce pas?

— Oui, pas mal, mais frisquet... Pis toi, arrête de grouiller comme ça!

Dédé regarda le petit garçon qui devait avoir sept ou huit ans et, ce dernier, de ses yeux noirs, lui sourit gentiment.

— Que puis-je faire pour vous, aujourd'hui?

— Bien, dans la vitrine, tu sais, le cendrier en verre soufflé mauve...

— Oui, y'est beau, pas vrai? Pis juste vingt piastres pour vous!

— André! D'habitude, tu fais mieux qu'ça... J'suis pas riche, tu sais, c'est pour un cadeau d'noces...

— Bon, ben, quinze piastres, ça vous irait?

— Oui, j'le prends si tu me l'emballes. Pis j'voudrais des boutons de manchettes *Petit Monsieur* pour ce p'tit snoreau-là! J'l'emmène aux noces pis j'veux qu'y soit aussi beau qu'un p'tit page!

Dédé, pressé d'en finir pour retrouver Jacquie, sortit deux petits coffres de satin avec des boutons de manchettes plaqués or avec pince à cravate.

— Non, j'veux ceux-là! Ceux avec des pierres brunes! Y sont plus beaux! s'écria le petit, tout en désignant du doigt ce qu'il convoitait des yeux.

— Oui, mais y sont plus chers, reprit la grand-mère. Ceux-là vont faire...

– Non, non, si vot' p'tit-fils aime mieux ceux avec les pierres œil de tigre, j'vous les laisse pour le même prix, Madame Byette.

Le petit garçon sourit de nouveau au «monsieur» et, quoique pressé, Dédé le trouva gentil et fort débrouillard. Lui qui, pourtant, n'était guère porté sur les enfants. Madame Byette finit par sortir en traînant son petit-fils par la manche et, Dédé, obsédé à l'idée de la perdre, s'empressa de retrouver Jacquie dans le *back store,* derrière le rideau. Assise, une jambe croisée sur l'autre, la jupe remontée, elle l'accueillit d'un doux sourire. Et lui, attiré, se laissa choir sur elle en lui embrassant le cou, les lèvres... les seins.

– J'avais hâte que tu arrives, lui murmura-t-elle. J'ai envie de toi...

– Moi aussi, Jacquie, mais j'pouvais pas m'défaire d'un trait d'une cliente régulière. D'autant plus qu'elle t'a vue aller en arrière...

Jacquie s'approcha de lui, l'encercla de ses mains et posa sur ses lèvres sa bouche pulpeuse et rouge. Enivré par son parfum, il lui murmura en la serrant de plus près: «Tu sens bon, c'est pas croyable!» Elle répondit: «Vol de nuit de Guerlain. Juste pour toi...» Il voulut lui retirer sa blouse, défaire son soutien-gorge, mais elle le repoussa. «André, le magasin n'est pas fermé, il reste encore une heure...» Il l'embrassa et lui demanda: «Tu vas attendre tout ce temps-là?» Elle acquiesça de la tête et, pour ne pas qu'elle s'ennuie dans ce réduit où les boîtes s'empilaient, il lui demanda:

– Ça t'dérangerait-tu d'aller m'acheter d'la bière? C'est juste au coin et si tu piques par la ruelle...

– André! Voyons! Habillée comme je suis, coiffée et maquillée, tu me vois emprunter la ruelle et aller acheter de la bière à l'épicerie du coin? Ça ne se fait pas... Tout le monde va me regarder...

– Ben, laisse faire, j'pensais pas qu'ça t'embarrasserait...

Voyant qu'il était déçu et qu'il retournait en avant pour servir un client, elle lui lança avant qu'il ne traverse le rideau:

– Quelle est la marque que tu veux? Et combien de bouteilles, André? Souriant, la main dans sa poche pour sortir son argent, il lui dit:

– D'la Molson tablette! Pis juste six, ça va faire! À moins qu'toi...

– Non, je vais m'acheter une eau minérale et puis, laisse faire pour l'argent, je te l'offre.

– Voyons donc, laisse-moi payer, murmura Dédé alors qu'elle était déjà sortie, sillonnant la ruelle de ses talons aiguilles, sous les regards de tous les voyous des balcons qui la sifflaient. Chez l'épicier, elle fut le point de mire, on s'empressait, on s'extasiait et lorsqu'elle leur dit que la bière était pour André Gaudrin, l'un des commis lança: «Dédé? Ben, dites-lui que j'aimerais ben être à sa place, Mam'zelle!» Jacqueline Julien, mannequin, revint par la ruelle avec six bières sous le bras et une eau minérale dans un sac. Et ce, sans perdre sa dignité malgré les sifflements des gars et les remarques désobligeantes de quelques femmes. À six heures pile, magasin fermé, Dédé se déboucha une bière et, cette fois, sans qu'elle proteste, il la dégagea de sa jupe et de son soutien-gorge noir. Dans les bras l'un de l'autre, passionnés, amoureux, ils se laissèrent glisser par terre sur l'imperméable de Dédé et là, sans ressentir le bois dur du plancher, elle se donna à lui dans un ardent baiser. Une heure à s'aimer, à se le dire, à changer de position sans toutefois sombrer dans la vulgarité. Parce que Jacqueline Julien n'était pas... Rita, Patricia, Jeannette, Denise et toutes les autres. Jacquie, c'était, depuis Nadine, la seule femme qui le faisait vibrer d'amour. Aussi coriace, aussi vilain pouvait-il être, il ne put s'empêcher d'aimer à en mourir un tel corps de déesse. Il ne comprenait pas qu'elle, manne-quin, aussi sublime que Marilyn, puisse être à lui alors que des millionnaires… Il n'osait pas y penser, il avait peur que son bonheur ne soit qu'un mirage. Après l'étreinte charnelle, le don entier l'un de l'autre, elle replaça quelques mèches pendant qu'il s'allumait une cigarette.

— Tu aimerais que je commande des mets chinois?

— Non, merci, je dois rentrer. J'ai un défilé demain en ma-tinée.

— Mais t'as rien mangé pis la soirée est jeune…

— Je te remercie, mais je mange peu, je fais attention à ma ligne.

— Tu… Tu as aimé? J'ai été à la hauteur?

— Ai-je besoin de répondre? Suis-je partie? Dois-je vrai-ment…

— Non, non, pis maudit qu'tu parles bien, Jacquie! Ça m'gêne, j'ai pas ton vocabulaire… J'parle comme un *bum* pis j'me d'mande c'que tu fais avec un gars comme moi!

— Tu veux que je revienne quand, Dédé?

— Dédé? Où c'est qu't'as pris ça… J'aime moins…

— À l'épicerie… C'est comme ça qu'on t'appelle, là. Mais si tu préfères André…

— Comme tu voudras, mais ça change rien. J't'appelle bien Jacquie, moi, comme tes parents… Les surnoms, j'ai rien contre ça! Pis j'pense que j't'aime…

Elle éclata de rire de ses dents *Pepsodent* et Dédé, débous-solé par cette femme qui semblait l'aimer, se surprit à penser qu'il pouvait l'avoir à ses pieds. Et davantage lorsque, avant de partir, elle lui confessa:

— Moi, je t'aime depuis la première fois. Je ne le pense pas, je le sais, Dédé.

L'été s'était écoulé rapidement et Jacquie, entre deux défilés de mode pour les couturiers ou les boutiques renommées, revenait sans cesse au magasin retrouver Dédé qu'elle aimait de tout son être. Lui, choyé comme un roi par sa dulcinée, s'en détachait peu à peu, aussi belle était-elle. Il aimait bien faire l'amour dans le *back store* du commerce, mais jamais il n'avait invité Jacquie ailleurs, ne fut-ce que dans une modeste chambre d'hôtel. Il s'était même muni d'un lit pliant qu'il avait entré par la ruelle et, son voisin, le marchand de chaussures, en avait ri à gorge déployée. Il ne comprenait pas qu'une aussi belle fille, habillée comme une comtesse, puisse se dévêtir parmi les boîtes de carton et faire l'amour sur un lit pliant juste à côté des toilettes. C'en était presque indécent! D'autant plus qu'avec le temps, Dédé se mit à exiger de sa distinguée partenaire, un traitement semblable à celui de Patricia lors de son inoubliable initiation. Jacquie, amoureuse, éprise, on ne savait pourquoi, de ce garçon sans classe, ne lui refusait rien. Elle aurait souhaité le présenter à ses parents, il s'y était opposé. Elle aurait aimé connaître son père et sa grand-mère, il s'y était objecté. De plus, jamais une sortie au restaurant, jamais le moindre cadeau, pas même un collier ou une figurine... Rien! Lui qui, pourtant, acceptait, la main ouverte, le sourire en évidence, tous les présents qu'elle lui offrait, emballés dans du papier satiné. Jacqueline Julien, mannequin fort en vue, était devenue, peu à peu, la maîtresse et l'esclave d'un vilain garçon de dix-huit ans, qui ne l'honorait que dans le petit réduit insalubre de son magasin. Et le marchand de chaussures n'y comprenait toujours rien! Dédé n'était pas laid, mais il n'était tout de même pas du calibre d'Alain Delon. Pas très grand, beau certes, blond, les yeux pers, la lèvre douce et sensuelle, il pouvait plaire aux femmes, mais de là à avoir à ses pieds un mannequin du genre Jacqueline Julien, c'était plus qu'inoui. Était-elle du nombre des *beautiful but dumb* comme on disait en parlant de certaines célébrités? On aurait voulu en douter que tout portait à le croire, puisque chaque fois qu'elle arrivait, Dédé l'envoyait par la ruelle lui acheter trois ou quatre grosses... Molson tablette!

*Shit!* lança Dédé lorsque le lacet de son soulier lui resta entre les mains. Il était midi et quart, le marchand d'à côté était parti dîner, il devait en faire de même... Soudain, un éclair, un cordonnier avait ouvert boutique depuis deux mois à l'angle de la rue Beaudry, pas loin du magasin. Dédé s'y rendit en se disant: «Pourvu qu'y soit là, lui!» Il aperçut la minable petite cordonnerie sans nom et y entra en faisant tinter la cloche accrochée à la porte. Du fond du commerce, un homme surgit, tablier sale sur son pantalon. Un homme chauve avec la mâchoire carrée, les joues creuses, les bras musclés. Un homme d'un certain âge qui, s'avançant, lui demanda:

— Qu'est-ce que j'peux faire pour toi?

— Pas grand-chose, juste une paire de lacets bruns, r'gardez!

Le cordonnier esquissa un sourire devant le soulier sans lacet et lui dit:

— Bouge pas, j'vais t'les enfiler... R'garde, ceux-là sont plus fins...

— Dérangez-vous pas, j'peux l'faire moi-même.

— Non, non, reste assis, j'vais voir si y sont solides ceux-là.

Dédé resta assis et l'homme, à genoux sur le plancher, lui enfilait les lacets avec une adresse sans pareille. Dédé lui regardait le crâne dégarni mais bronzé par le soleil de l'été, pour ensuite lui envier les muscles de ses bras et les pectoraux de sa poitrine que sa chemise quelque peu entrouverte permettait de voir.

— Faites-vous de la culture physique pour être musclé comme ça?

— J'en ai fait plus jeune, mais avec le métier que j'pratique, ça s'perd pas… T'as remarqué ça, toi?

— Ben, c't'affaire! Vous êtes aussi bien fait que les culturistes de Ben Weider! Pis, j'sais pas votre âge, mais si j'étais amanché comme vous…

— J'ai cinquante-trois ans, lui répondit le cordonnier en se relevant.

Puis, avant que Dédé paye et quitte son atelier, il ajouta:

— Toi, t'es l'jeune commerçant… La boutique L'Écrin, c'est ça, non?

— Heu… oui. Comment savez-vous ça? On s'est déjà vus?

— Non, mais j'passe devant ton magasin pour rentrer chez moi le soir. J'reste dans un p'tit deuxième de la rue Sainte-Catherine près de Saint-Christophe. Quelques coins d'rue à l'ouest d'où tu es…

— Ben, vous auriez pu rentrer me dire bonjour, au moins!

— J'voulais pas t'déranger, André. T'es tout seul à servir ton monde…

— Vous connaissez mon nom en plus? Ça parle au diable! Pis vous…

— Moi, c'est Benny, juste Benny le cordonnier. J'ai su ton nom par le marchand d'chaussures, ton voisin. Y connaît tout l'monde, lui.

— Ben, j'suis content d'faire votre connaissance, Benny.

— Tu peux m'dire tu, moi le vous, ça m'gêne. J'suis peut-être plus vieux, mais comme on va devenir des amis… T'aimes le vin, André?

— Le vin? Ben oui! Le rouge de préférence. Pourquoi?

— Parce que j'ai un ami, un Italien qui fait son vin pis y'est bon en maudit! Si un soir, ça t'tente d'y goûter, viens faire un tour. J'ferme à six heures pis, avec une pizza... Juste si ça t'tente...

– Certain qu'ça m'tente! Pis vous allez... Tu vas m'voir arriver plus vite que tu penses! Là, faut que j'parte, j'ai pas encore dîné. J'te dois combien pour les lacets?

– Rien, voyons! Une paire de lacets, ça va pas me ruiner...

– Ben, t'es pas mal *smart*, Benny! Pis si t'as besoin de queq'chose au magasin...

– Ça s'adonne que j'ai besoin d'un bracelet d'montre en cuir. T'en as?

– Oui, j'ai un bon choix, viens à six heures, j't'ouvrirai.

– Comme j'passe par là, j'vas arrêter, André... Là, va vite dîner!

– Oui, j'me sauve, y m'reste juste une demi-heure pour avaler en vitesse un *club sandwich*.

Le soir venu, tel que promis, Benny se présenta au magasin et Dédé lui vendit à bon prix un bracelet en cuir des États-Unis.

– J'te l'donnerais bien, mais j'suis pas propriétaire, moi.

– Ça s'comprend! Ton inventaire.... Pis tu m'as fait une bonne *bargain* pour une importation. Dis donc, pour le vin, ça t'tenterait d'passer demain soir ou lundi?

– Ça m'arrangerait mieux lundi, Benny. Demain soir, j'm'en vas au chalet après la fermeture du magasin. Pis...

Il allait ajouter autre chose lorsque Jacquie frappa à la porte tout en lui faisant des signes. S'empressant de lui ouvrir, embarrassé, Dédé la fit passer à l'arrière et Benny, souriant, lui dit:

– T'as du goût! Pas mal belle, ta p'tite amie!

– C'est pas ma p'tite amie, j'aime être libre, moi, lui murmura André.

Puis, juste avant que Benny passe la porte, il lui dit:

– Tu sais, tout l'monde m'appelle Dédé. Si ça t'tente d'en faire autant, Benny, gêne-toi pas. J'suis Dédé depuis que j'suis p'tit.

– Ça marche, Dédé! Pis j'ai hâte de t'faire goûter le vin de l'Italien!

Benny parti, Dédé s'empressa de retrouver Jacquie qui, habituée au rituel, était allée lui acheter sa bière. De retour, elle lui demanda:

– C'était qui, cet homme-là? Pas quelqu'un de ta parenté?

– Non, c'est l'cordonnier du quartier. Un maudit bon gars!

Jacquie retira son manteau et détacha un à un les boutons de sa blouse pendant que Dédé faisait sauter le bouchon de sa Molson tablette. Exhibant un superbe soutien-gorge rose pâle, Dédé ne se gêna pas pour le tâter de ses mains sales. Puis, lui jouant dans les cheveux, défaisant sa coiffure fraîche faite, elle lui dit: «Sois plus délicat, j'ai un défilé ce soir. Et tu pourrais te laver les mains…» Lui souriant sans pour autant s'approcher du lavabo, il l'attira contre lui, avala une gorgée de bière à même la bouteille et l'embrassa goulûment. Jacquie, quelque peu vexée par son côté rustre, mais entichée de son jeune corps plus que jamais, se laissa tomber sur le lit pliant avec lui puis, comme de coutume, se laissa glisser à genoux par terre à ses pieds. Dédé, petit «dieu grec» aussi mesquin que le diable, l'avait une fois de plus à sa merci. Et le mannequin aux ongles vernis oublia, dans les ébats, sa coiffure de gala, sa jupe déchirée et son soutien-gorge rose pâle… imprégné d'empreintes de doigts.

Octobre et ses soirées déjà fraîches siégeaient au calendrier de 1969. La veille de ce lundi où Dédé ouvrait une fois de plus L'Écrin, il s'était permis un après-midi au cinéma. Il avait choisi une salle infecte de la rue Saint-Laurent où l'on présentait *The Great Race* avec Jack Lemmon et Natalie Wood. Peu intéressé par le film dont il ne saisissait pas un traître mot, il était plus attentif aux souris qui se faufilaient entre les jambes des spectateurs sans que ces derniers s'en rendent compte. Dédé était au courant de la présence de la vermine dans ce cinéma, on le lui avait dit. Voyant qu'une petite souris se dirigeait dans la rangée dont il occupait le dernier banc près du mur, il ne bougea pas d'un pouce, attendant qu'elle se rende jusqu'au *pop corn* qu'il avait déposé par terre. Puis, d'un bond, avant même que la souris ne s'échappe, il l'écrasa de son pied à plusieurs reprises. La souris avait lancé des petits cris stridents au premier coup, puis rauques la seconde fois. Les têtes s'étaient tournées et une fille sans manières lui avait demandé: «Qu'est-ce que tu fais là? Viens-tu icitte pour déranger l'monde, toé?» Se levant, Dédé lui répondit: «Non, j'viens juste de tuer une souris qui s'faufilait entre les bancs. Pis, c'est pas la seule, y'en a au moins quinze dans l'théâtre!» Apeurées, les femmes sortirent en surveillant partout et plusieurs hommes les suivirent. Seuls quelques habitués de ces petits rongeurs restèrent pour voir la fin du film. Dédé, malgré ses dix-huit ans, son côté homme d'affaires, ses pulsions charnelles, Jacquie et les autres, retrouvait, de temps en temps, son plus que néfaste… cœur d'enfant. Comme ça! Pour déranger! Pour que personne ne soit heureux quand il ne l'était pas.

Le cinéma derrière lui, Dédé monta d'un cran le thermostat du magasin. C'était frais, c'était même froid, surtout dans le *back store* où le vent s'infiltrait par les fentes de la porte. La journée ne fut pas profitable. Quelques ventes, une mise de côté, et son chiffre était déjà terminé. Ayant peu mangé, il se préparait à se rendre chez Benny, tel que convenu, espérant que rien n'ait entravé l'invitation du cordonnier. Un coupe-vent, un foulard autour du cou, son pantalon en *corduroy* brun, ses *running shoes,* Dédé s'empressa de se rendre jusqu'à la rue Beaudry, où l'attendait Benny qui avait fermé quinze minutes plus tôt son minable atelier. L'apercevant de sa vitrine, le cordonnier lui ouvrit et lui dit: «Rentre vite, viens t'réchauffer près du poêle en arrière. La pizza est arrivée pis les bouteilles de vin sont débouchées.» Dédé suivit Benny tout en admirant encore une fois sa musculature, sa carrure et son cou de lutteur. À l'arrière, derrière un paravent, Benny avait monté une petite table rudimentaire avec une nappe découpée dans un morceau de drap. Sur la table, deux bouteilles de vin sans étiquette, sans aucune marque de commerce et deux verres sur pied, identiques à ceux que mémère recevait en prime dans ses boîtes de savon. Puis, une pizza garnie de piments, de fromage, bref… *all dressed!*

– Mange avant qu'ça refroidisse… lui suggéra Benny. Pour le vin, y'a pas d'problème, plus y respire, meilleur il est.

Dédé, au chaud près du poêle, examina la pièce arrière de la cordonnerie tout en dégustant la pizza… et le vin! Un calendrier sur le mur avec un Saint-Antoine, et non une fille quasiment nue, comme on en trouvait dans tous les garages. Des chaises, des souliers partout sur les tablettes, une odeur de cire, un minuscule réfrigérateur, le poêle à bois et, tout au fond, une espèce de divan gris acier qui semblait venir tout droit de l'Armée du Salut.

– Tu couches ici des fois, Benny?

– Pas souvent… Juste quand y'a des tempêtes à pas être capable de mettre un pied devant l'autre, pis quand j'suis trop saoul pis que j'm'endors jusqu'au lendemain.

Dédé avait éclaté de rire. Le vin aidant, le sang bouillant, il se plaisait de plus en plus en compagnie de cet homme dont le tablier était sale, mais les mains propres. Ils vidèrent une bouteille et le vin de l'Italien était si fort, si corsé, que Dédé en voyait des étoiles. Mais, au premier verre de la seconde bouteille, il lui sembla que le vin était plus doux, plus fruité, ce qui n'était pourtant pas le cas, c'était encore le même. Sous l'effet des vapeurs, face à ce «gladiateur» qui aurait certes, jadis, plu à sa mère, il ressentit un drôle d'effet lorsque Benny, tout en portant son verre à ses lèvres, le regarda droit dans les yeux. Entre deux vins, quelque peu éméché, sentant quelques pulsions le tenailler, il dit au cordonnier qui n'attendait que ce moment:

– J'aimerais ça voir tes muscles... C'est-tu trop te demander que d'enlever ta chemise?

L'homme le regarda étrangement et lui répondit calmement:

– Pour apprécier chaque détail, André, faudrait que j'enlève aussi mes culottes... Si ça t'gêne pas, moi, ça va m'faire plaisir...

Le fier quinquagénaire s'exécuta et, délivré de ses vêtements, avec juste une camisole et un short sur le dos, il s'approcha de Dédé et lui dit à l'oreille:

– Tu peux tâter si tu veux, des biceps ça fond pas, des pectoraux non plus.

Attiré par ce corps affublé d'une légère toison grise sur l'estomac, Dédé pressa des doigts, tous les muscles du sculptural cordonnier.

– J'en... j'en r'viens pas! T'as dû t'entraîner durant des années... parvint à lui dire Dédé, dans son embarras mêlé à son ébriété.

– Pas tant qu'ça, mais comme j'te l'ai dit, le métier que j'fais, ça garde son homme en forme. Pis toi aussi Dédé, t'as l'air en *shape*...

Ce disant, Benny lui palpa les biceps et, frémissant au contact de la main sur son bras, Dédé balbutia:

– J'fais... j'fais juste des *push up*... C'est pas comme toi...

– T'es quand même jeune pis ferme, toi. Pis là, c'est à ton tour de montrer c'que t'as qu'tu caches un peu trop…

Dédé, avalant une autre gorgée, s'exécuta à son tour et, devant le corps presque nu du jeune homme, Benny ne broncha pas d'une semelle. Il se contenta de lui dire:

– Pas mal, t'as une belle stature, mais tu devrais aller t'entraîner dans un *gym*… Avec le temps, tu pourrais gagner des concours…

Dédé sourit et, voyant que Benny se penchait pour remettre son pantalon, il obstrua le geste de sa jambe et lui dit:

– Pas tout d'suite, j'veux boire encore pis j'veux voir encore…

Sentant que le moment était propice, Benny se leva, se planta devant le garçon et, lui touchant les lèvres des doigts, il lui demanda:

– T'es-tu sûr que c'est juste ça qu'tu veux, Dédé?

Au contact des doigts sur ses lèvres, Dédé avait ouvert la bouche puis, se levant, il serra Benny contre lui en lui disant:

– J'sais pas, j'comprends pas, mais ton sofa…

Benny avait compris. Sans se précipiter, sagement, il entraîna Dédé par le bras jusqu'au divan. Puis, d'un geste songé, il l'étendit sur le ventre et se jeta sur lui, les muscles en évidence.

À trois heures du matin, quelque peu dégrisé, Dédé se leva en s'appuyant sur le mur et se rhabilla du mieux qu'il put. Benny, couché de travers dans le lit, nu, le corps peu recouvert du drap, lui demanda:

– Tu veux que j't'appelle un taxi? T'aimes pas mieux rester ici?

– Non, faut que j'rentre, ma grand-mère doit s'inquiéter… Pis, j'sais pas c'qu'y m'a pris… J'voulais, pis…

– Remarque que j't'ai pas pris d'force, Dédé, c'est toi qui l'as cherché.

– Oui, j'sais, pis j'le regrette pas… Ben, j'le regrette parce que j'suis pas sûr si toi, c'est ça qu'tu voulais…

Benny, s'étirant les bras de paresse, lui répondit:

– J'ai-tu l'air d'un homme en maudit, Dédé? Pis là, avant qu'tu partes, j'veux t'dire que la prochaine fois, ça va s'passer chez moi si t'as encore envie d'boire du vin ou d'prendre une bière.

– J'sais pas… J'vas trop loin… J'suis mêlé… marmonna Dédé.

Et c'est dans un état lamentable que mémère le vit entrer de sa porte de chambre à demi fermée. Dédé titubait encore et, sur son visage, elle pouvait percevoir une moue qu'elle lui connaissait. Un air désabusé avec une espèce de rictus entre le remords et la satisfaction. Mais cette nuit-là, pour les quelques heures qu'il en restait, Dédé se coucha avec Benny dans la tête et Jacquie dans le cœur. Complètement dérouté, honteux et heureux à la fois, il se demandait si, comme lui, d'autres pervers existaient sur terre.

Jacqueline Julien revenait sans cesse au magasin et, quoique belle comme une star de cinéma, elle impressionnait de moins en moins son jeune amant qui, en sa compagnie, sentait peu à peu fondre son désir charnel. Elle allait lui quérir sa bière, c'était devenu la risée des gens des alentours. Une fille qui avait l'air d'une millionnaire, manteau de fourrure sur le dos, une caisse de Molson au bout des bras. Et par la ruelle chaque fois. Ce qui retenait encore Dédé à la blonde fatale, c'est qu'il était devenu, grâce à elle, le point de mire du quartier. Tous les commerçants l'enviaient, d'autant plus que Dédé ne se gênait guère pour les laisser deviner ce qui se passait dans le *back store.* Orgueilleux, fier que la blonde soit à genoux devant lui, la circonspection n'était plus de sa nature, et c'était tout juste si le marchand de chaussures ne savait pas, détails quasi à l'appui, comment les ébats se déroulaient... sur le lit pliant! Loin d'être discret, Dédé était devenu bavard parce qu'il se savait envié et parce qu'il avait peu à peu cessé de l'aimer. De cœur, il l'aimait bien... mais il ne l'aimait pas. Pas comme on aime quand on aime... Déjà! Et ce, même si Jacquie lui avait tout donné sur commande... ou presque. Indignée de n'être que la femme de ses pulsions passagères parmi les boîtes de la boutique arrière, elle lui avait un jour demandé:

— Pourquoi jamais le restaurant, le cinéma, les sorties? Est-ce parce que je suis plus grande que toi, Dédé?

— Non, ça m'dérange pas, pis j'aurais juste à t'demander d'porter des talons plats... C'est parce que c'est ici que tout a commencé, Jacquie. C'est ici que j'veux que ça continue...

— Je veux bien comprendre ta sentimentalité, mais nous n'allons quand même pas passer cinq ans dans la pièce arrière d'une boutique...

— Combien d'années, t'as dit?

Inquiète, le sentant plus distant depuis quelque temps, elle avait murmuré:

— Tu ne tiens pas à poursuivre aussi longtemps, n'est-ce pas?

— C'est pas ça, mais j'suis juste un employé ici... J'peux changer d'job...

— Et puis? Continuer ailleurs, est-ce du domaine de l'impossible?

— Non, c'est pas c'que j'veux dire, mais... Pis si t'étais fine, on continuerait comme ça va là. Un jour à la fois, Jacquie. Là, on parle, on parle, le magasin est fermé, j'ai bu trois bières pis toi, t'as encore ton foulard dans l'cou...

— M'aimes-tu au moins? M'aimes-tu comme je t'aime?

– Toi, tu vois trop d'films d'amour! J'ai pas ton âge, j'ai pas tes mots… Pis si t'enlevais ta blouse pis tes souliers…

Jacquie s'exécuta et Dédé, pour lui prouver sa bonne foi, lui fit l'amour avec délicatesse. Il l'embrassa et n'exigea pas d'elle, ce soir-là, ce qu'elle faisait à contrecœur. Étreinte terminée, blouse reboutonnée, elle lui dit en se serrant contre lui:

– Tu es l'homme de ma vie, André! Jamais un autre…

Lui coupant la parole avant qu'elle se perde en jérémiades émotives, il lui demanda:

– Tu sens bon, c'est pas possible. Encore ton Vol de Nuit?

– Non, cette fois, c'est Fleurs de Rocaille de Caron. C'est le marchand de fourrure qui me l'a offert.

– Tiens! Un autre qui court après toi, j'suppose?

– Dans notre métier, les chercheurs d'occasions sont nombreux, mais ne t'en fais pas, Dédé, je ne suis qu'à toi, à personne d'autre!

Dédé avait légèrement sourcillé. Cette dernière phrase l'avait quelque peu dérangé. Et comme Jacquie était de plus en plus envahissante… Pourquoi avait-il joué les «possessifs», lui qui ne cherchait qu'à s'en soustraire? «Maudit orgueil»… se surprit-il à marmonner entre ses dents.

Mémère gesticulait, vociférait, et Dédé faisait la sourde oreille.

– T'es toujours parti! Tu découches! Tu rentres pis tu sens la tonne! Pis, à part ça, t'étais même pas là pour la fête de ton père! Ingrat!

– Moi, ingrat? Y m'a-tu cherché ce soir-là? Voyons, mémère, réveille! Le père se sacre de moi comme de sa vieille chemise! Y'a trente-neuf ans, y couraille comme à vingt ans, pis c'est moi qu't'engueules parce que, des fois, j'viens pas coucher! C'est à lui qu'tu devrais parler…

— Ton père est en âge de faire c'que bon lui semble! Y'a pas d'comptes à rendre, lui!

— Ben, moi non plus! Pis si tu restes en ville juste pour laver mes sous-vêtements pis m'guetter, tu serais mieux de r'tourner à Saint-Calixte! Là-bas, avec Gertrude, ta pression va baisser pis t'en feras plus d'crises d'angine!

— Sans cœur! Me dire ça après tout c'que j'ai sacrifié pour toi... répliqua-t-elle en pleurnichant.

— J't'ai rien demandé, moi! C'est toi qui m'as jamais lâché!

— P'tit maudit! Si j'l'avais pas fait, qu'est-ce qui l'aurait fait, tu penses?

— Ben, l'père aurait pas eu l'choix que d'prendre soin d'moi! Tu t'es tellement collée comme une sangsue qu'tu y'as donné l'feu vert. Même la Betty m'a jamais pris dans ses bras! Pis, c'est pas d'ma faute si j'ai perdu ma mère encore aux couches!

— Perdu? Ah... fais-moi pas parler, Dédé... Pis moi, dans tout ça, j'suis quoi à part t'avoir torché?

— Aïe! Ça va faire! J'ai des grosses journées qui m'attendent, mémère... J't'en veux pas, j't'aime bien, mais sacre-moi un peu la paix... Pourquoi tu sors pas? Pourquoi t'as pas d'amies?

— Parce que les femmes d'la ville, c'est pas mon genre, Dédé! Pis Montréal, c'est pas mon village... J'suis pas heureuse ici...

— Commence pas à brailler, on va t'entendre au coin d'la rue! Pis, si t'es malheureuse, va passer l'temps des Fêtes avec Gertrude! Va à la messe de minuit à Saint-Calixte! Sors de ton trou, calvaire!

— Dédé! Encore un blasphème! Tu sais qu'ça m'choque...

— Calvaire, c'est pas les saintes espèces, c'est juste c'que l'Christ a vécu avant d'être crucifié! Pis c'est c'que j'suis en train d'faire moi avec! Juste à t'sentir dans mon dos... Pis là, j'en ai assez, j'sors, j'vas aller prendre l'air même si on gèle dehors! J'vas aller boire un coke chez Tony. Couche-toi, attends-moi pas, j'irai pas loin, j'travaille demain.

Novembre, sa pluie, ses feuilles mortes au sol et Dédé, déprimé par l'absence de soleil, se rendait chaque jour à L'Écrin pour y gagner sa croûte de pain. Et Jacquie se manifestait trop souvent. Il aurait souhaité que l'agence lui décroche un contrat à Milan. Fatigué d'elle, épuisé par son vocabulaire qui n'était pas le sien, il aurait voulu mettre un terme à leur relation, mais comme elle l'aimait comme une folle... Pauvre Jacqueline! Aussi naïve, aussi sotte que belle. Certains jours, même lorsqu'elle se présentait telle une déesse, il aurait préféré se retrouver avec la robuste Patricia dans le petit logis de la plèbe. Il ne la voyait plus, celle-là; il avait délaissé les quilles, mais il n'avait jamais oublié sa première expérience, le nez écrasé sur un sein recouvert d'une robe de chambre en chenille. Sans le savoir, à l'instar de sa mère, Dédé était beaucoup plus attiré par la basse classe que par l'élite, dont Jacquie tentait... de faire partie.

Vendredi 15 novembre 1969 et Dédé, qui n'avait pas fait sonner sa caisse à son goût en vertu du temps de chien de la journée, n'avait qu'une idée en tête, prendre un coup. Seul, sans amis, un soir de pluie et de vent... Il se souvint que Benny lui avait glissé le numéro de téléphone de son appartement... Mais n'était-ce pas risqué que de se rendre chez le cordonnier? Ce n'était pas de Benny que Dédé avait peur... mais de lui. Parce qu'avec la bière et le vin triste, il savait qu'il allait être vulnérable. Et comme ses pulsions étaient démesurées lorsqu'il avait le moral atrophié, il se demandait s'il saurait surmonter son désir et si, malgré le vin, il pourrait se contenir.

Encore fallait-il que Benny soit là! Pourquoi tant de préoccupations avant même d'avoir composé le numéro qu'il avait gardé dans le tiroir de sa caisse? Puis, osant, quitte à raccrocher s'il changeait d'idée, il composa le numéro du cordonnier. Un coup, deux coups, trois coups, quatre, il allait raccrocher...

– Allô... c'est qui?

– Benny? C'est moi, Dédé! Tu t'rappelles?

– Si j'me rappelle! Ça fait pas des lunes, le p'tit! Qu'est-ce que tu fais d'bon? J'ai pas eu d'tes nouvelles depuis...

– Oui, j'sais, j'étais occupé, j'avais pas un soir de libre. Pis à soir, j'le suis. Avec le temps d'chien, j'suis resté au magasin.

– Pis tu t'ennuies? T'as juste à v'nir faire ton tour, Dédé, j'sors du bain, c'est pour ça qu'j'ai pris du temps à répondre.

– T'es tout seul? Personne va venir? Y'aura juste nous deux?

– Ben sûr, j'ai pas d'parenté! J'ai des amis, mais y restent tous chez eux à soir à cause du mauvais temps. Mais, j't'avertis, j'ai pas d'vin! Si j'avais su... Mais j'ai d'la bière en masse, Dédé! D'la grosse Molson ben froide!

– J'la prends tablette, j'bois moins vite quand est' froide.

– Crains pas, j'vas la sortir pis la passer sous l'eau chaude... Arrive, on va pas s'ennuyer. Mais tu m'prends comme j'suis! J'sors du bain pis j'ai pas l'goût d'm'habiller au complet.

– C'est correct, c'est moi qui arrive comme un cheveu sur la soupe. J'ai ton adresse, mais c'est-tu au deuxième ou au troisième?

– Au deuxième, la sonnette au piton rouge. Arrive! J't'attends!

Dédé se départit de son habit, de sa chemise, de sa cravate et, fouillant dans la garde-robe du *back store,* il trouva un *jean* noir, un chandail noir à col roulé et une veste de laine rouge qu'il enfila avant de revêtir son imperméable noir. Le pas rapide, les pensées obscures, il regardait les quasi-mansardes qu'il croisait et se demandait quel démon le poussait à se rendre chez ce plébéien de cinquante-trois ans, lui qui, avec ses dix-huit ans et son charme, aurait pu conquérir ce soir-là, la plus fortunée des clientes du Ritz-Carlton. Dédé se trouva enfin devant la porte verte à deux adresses. Une porte qui indiquait qu'il y avait deux logis au-dessus du magasin de tissus à la verge. Il sonna et attendit jusqu'à ce que Benny déclenche le loquet à l'aide de la corde qui longeait l'escalier. Il monta rapidement comme pour ne pas être vu et se retrouva dans le minable petit logement de celui qui avivait ses sens de ses yeux noirs et de sa musculature.

— Viens, enlève ça, accroche ça là pis viens t'asseoir dans la cuisine, c'est là qu'y'a d'la bière.

Dédé le suivit et fut surpris de découvrir une cuisine de la dimension d'une salle de bain. Et une salle de bain avec un bain si petit que le cordonnier devait sûrement se plier les genoux pour s'y introduire. C'était vieux, c'était même poussiéreux, c'était à l'image de la cordonnerie, mais Benny était propre, frais rasé, bien lavé. Ce qui étonna Dédé, c'est que Benny, sans pudeur, le reçut vêtu d'une robe de chambre de ratine avec une longue combinaison en dessous. Le genre de sous-vêtement qu'on ne trouvait nulle part, sauf dans les catalogues des grands magasins dont la clientèle était, en majeure partie, des fermiers et, sans doute, des… cordonniers! Dédé ne passa pas de remarque et plongea dans la bière que Benny avait en quantité. Puis, comme pour briser la glace, il lui demanda:

— Tu t'es jamais marié? T'as toujours vécu seul?

— Oui, mais d'mande-moi pas de t'raconter ma vie, ça m'intéresse pas. Pis, d'mon côté, j'te questionnerai pas sur la tienne. On est ici pour prendre un coup entre amis, ça t'va-tu, le p'tit?

– Oui, mais appelle-moi pas comme ça… J'aime pas ça.

– C'est pas une insulte, c'est juste qu'à mon âge pis au tien… Mais j'te promets d't'appeler Dédé si t'aimes mieux ça.

André Gaudrin avait souri. Enivré par la bière presque chaude qu'il buvait à une vitesse folle, il commença à trouver l'appartement coquet, la cuisinette propre, le petit salon invitant avec ses bibelots de plâtre, le cadre croche avec des fleurs sur le mur, le tapis délavé et replié dans les coins, ainsi que le *davenport* brun qui servait de divan et de lit à la fois. Puis, les yeux de plus en plus petits, il regardait le cordonnier et tentait de discerner à travers sa combinaison, les muscles qui l'avaient «travaillé», lors de la première beuverie. Sentant qu'il s'enivrait de plus en plus, Benny lui dit:

– Tu devrais enlever ton col roulé, y fait chaud ici pis y'a pas d'gêne…

Il était vrai que Dédé suait sous son chandail de laine. D'un bond, il le retira, le posa sur une chaise et continua de boire, le torse nu offert en appât à celui qui n'avait rien oublié de la première fois. Benny se leva, se dirigea vers son petit salon qui lui servait de chambre et, regardant dehors, il dit à Dédé:

– Viens voir, on dirait qu'la pluie vire en neige… Viens voir le vent s'élever.

Dédé se leva avec son verre à la main et, debout, regardant la pluie mêlée de neige qui virevoltait, il sentit le souffle de Benny dans son cou, un bras lui encercler la taille et une main lui tripoter les fesses. Sans bouger, passif, se laissant faire, il attendit que Benny se hasarde davantage avant de se retourner et lui faire face. Souriant, les yeux de plus en plus petits, il saisit le cou du cordonnier entre ses mains et attira sa tête sur son épaule. Puis, comme si de rien n'était, lui qui n'avait jamais pensé se rendre aussi loin, il laissa Benny l'embrasser avec vigueur. De plus en plus charnel, Dédé défit un à un les boutons du drôle de sous-vêtement et, face à la musculature et au regard viril de son adversaire, il ferma les yeux et se laissa traîner jusqu'au divan... lit! Il réclama une autre bière et Benny lui tendit son verre pour ne pas enfreindre le prologue de la gestuelle. Adroit, capable, il s'empara avec douceur du corps du jeune homme ivre. Puis, avec vigueur, rigueur, jusqu'à ce que Dédé, saoul comme une botte, se rende compte de ce qu'il attendait de lui. Et ce fut comme dans un nuage, dans un mirage, que le digne fils de feu sa mère, s'abandonna au cordonnier qui ne l'épargna guère... de ses vices.

Le lendemain, meurtri, mal en point, avec la gueule de bois, Dédé se leva péniblement, cherchant un à un son sous-vêtement, ses bas et son *jean* noir. Encore couché, assouvi, nu comme un ver, Benny ronflait tout en cuvant sa bière. Sans faire de bruit, Dédé se rhabilla, enfila son imperméable et déverrouilla la porte, lorsque le cordonnier, les yeux grands ouverts, lui demanda:

— Tu t'en vas? Ça grésille-tu encore dehors? Tu veux pas un café?

— Non, j'aime mieux m'rendre au magasin pis m'laver avant d'ouvrir. Pis j'ai d'quoi m'faire un café; j'ai même des *buns* à' cannelle d'hier dans une boîte.

— Tu r'grettes-tu d'être venu, Dédé? J'ai-tu été...

— Non, je r'grette pas, j'l'ai cherché, j'le voulais pis t'as pas été... Mais été quoi? J't'ai pas laissé finir ta phrase, Benny.

— J'ai-tu été trop brusque, trop *rough*... J'ai pas d'manières...

— C'est peut-être ça que j'voulais... Sinon, j'serais parti, pas vrai?

– Oui, t'as raison, mais là, vas-tu r'venir? À t'voir, tu t'sauvais…

– Non, j'voulais pas t'réveiller, Benny. Pis, si j'vas r'venir, je l'sais pas… Peut-être que oui… J'aime pas ça boire tout seul.

– Juste pour boire? Pis l'reste, ça t'intéresse avec?

Ne sachant quoi lui répondre, Dédé lui sourit en acquiesçant de la tête et sortit vite de ce logis infect où les murs semblaient avoir, au moins, cent ans. Marchant à pas lents malgré les rafales de vent, Dédé semblait dans un état second. Un état d'âme qui lui faisait se demander s'il préférait les écarts aux normes. Si Benny dans sa piaule ou Jacquie dans le *back store*… Quel démon pouvait l'enfourcher ainsi? Était-ce dans ses gènes? Était-ce héréditaire que d'être à tout et à rien à la fois? Avait-il une gargouille au fond des entrailles? Heureux un instant, malheureux le suivant, content d'être allé jusqu'au bout, envahi de remords lorsqu'il n'était plus saoul, André «Dédé» Gaudrin se sentait comme le dernier des dépravés. Il ouvrit la boutique, se lava, prépara du café et, ajustant sa cravate, il entendit le téléphone sonner.

– Allô? C'est moi, mémère. Écoute, Dédé, j'veux pas savoir où t'es passé, c'est pas d'mes affaires, mais avec le vent pis la pluie raide qui tapait dans les vitres, j'ai eu peur qu'tu sois mal pris, tu comprends? Mais astheure que j'te sais au magasin, j'vas me r'coucher plus tranquille. Pis, t'as du cœur, tu sais! Ça prend un bon p'tit gars pour travailler d'la sorte jour et nuit!

Le 7 décembre 1969, André «Dédé» Gaudrin fêtait ses dix-neuf ans… dans la plus stricte intimité. Sans prendre congé de son travail en ce vendredi soir, et sans accepter le souper «mémorable» que sa grand-mère voulait lui préparer. De toute façon, son père «brassait» des affaires dans le coin de Saint-Lambert. À cinq heures ou presque, Jacquie arriva avec un cadeau enrubanné dans les bras. Le déballant, Dédé y découvrit une caméra et un microsillon de Jean Ferrat qu'il aimait plus ou moins. Perplexe, il avait demandé à Jacquie: «Pourquoi lui?», et elle lui avait répondu: «Parce qu'il chante de belles chansons d'amour. Tu vas voir, mon chéri, on pourrait jurer qu'il les a composées pour toi et moi.» Impressionné par tant d'égards, il la remercia en déposant un baiser sur sa joue. Puis, hâtive de partir car elle travaillait ce soir-là, elle lui dit: «Je ne te reverrai pas avant Noël, Dédé, me pardonnes-tu? Je dois partir pour l'Alberta visiter mes parents et ma grand-mère qui habitent maintenant Edmonton, mais je te promets d'être de retour le 27 décembre et de ne plus te quitter jusqu'au matin de la nouvelle année.» Il la rassura, l'embrassa de nouveau, trop heureux d'en être délivré pour un bout de temps. Puis, songeant à Benny, il se dit intérieurement: «Y faut qu'ça arrête! J'ai peur de finir par perdre la tête... J'ai peur de moi... Ç'a pas d'maudit bon sens! J'suis pas un animal! Pis, c'est pas d'sa faute, c'est moi qui l'ai cherché... Ben d'la marde, ça finit là, j'y r'tourne pas!»

Dédé rentra chez lui et, le lendemain soir, seul avec son père qui était de retour et qu'il était allé visiter, il lui dit:

– P'pa, j'pense que j'ai un problème de boisson.

Sans détourner la tête, Ti-Guy lui répondit:

– Ben, c'est ben simple, arrête de boire, Dédé.

– Non, tu comprends pas... Quand j'bois, j'deviens un autre, j'fais des folies, des choses que j'devrais pas faire.

– Tant qu'la police pis la justice seront pas après toi, Dédé, y'a rien là! lui répondit habilement son père.

Mécontent de la tournure de la conversation, Dédé en changea la trame.

— Pis toi, p'pa, quand tu prends un coup, ça t'arrive-tu de faire des choses que tu ferais pas à jeun?

— Non, moi, quand j'bois, j'sais c'que j'veux pis ça va pas plus loin. La boisson, ça m'rend sensuel pis là, c'est l'histoire qui se répète. Jamais plus, jamais moins!

— Ben moi, c'est pas pareil, ça m'entraîne, j'me rappelle plus de rien le lendemain ou presque... J'suis mal dans ma peau...

— C'est ben simple, t'as un problème, Dédé.

— Ben, p'pa, c'est c'que j'essaye de t'faire comprendre depuis ma première phrase!

Ennuyé de passer pour un niais, Ti-Guy répondit à son fiston:

— T'as rien à m'faire comprendre, le p'tit. Bois pas pis t'en auras plus d'problème! Y'a pas trente-six solutions, Dédé, y'en a rien qu'une... Bois pas, bois plus!

On fêta Noël sans décorum sur la rue Saint-Laurent, angle Prieur. Mémère avait garni un tout petit sapin et Ti-Guy était venu souper avec des présents dans les bras. Une veste de laine et un chapelet en bois de rose pour sa mère, et un certificat-cadeau de cinquante dollars d'Eaton pour son fils. On mangea, Ti-Guy déboucha une bouteille de porto, une autre d'un vin d'Alsace, et remplit les verres de son fils, ayant oublié depuis longtemps, le «bois plus» ferme et sévère. Ils parlèrent de Saint-Calixte, Ti-Guy, nostalgique, leur rappela le magasin général, le comptoir de fantaisies et mémère lui avait dit: «Arrête, tu vas m'faire brailler!» Ti-Guy remonta chez lui et, vers dix heures, alors que Dédé écoutait des chants religieux interprétés par Richard Verreau, sa grand-mère répondit au téléphone et revint lui dire: «Dédé, c'est pour toi. Une femme que j'connais pas...» Il répondit et fut surpris d'entendre la voix de «la grande gérante» qui, après s'être excusée de le déranger, lui annonça sans le ménager:

– Écoute, Dédé, je sais que demain, c'est fermé, mais j'ai besoin de toi, c'est urgent. On doit vider le magasin de tout son *stock* avant d'être saisi, tu comprends? On est en faillite ou pas loin pis l'*boss* veut sauver le principal, pas les babioles. Y va y'avoir un *truck* dans la ruelle. Tu colles des papiers dans la vitrine pis dans la porte pour que personne te voie pis, à midi, on aura tout vidé, j'vais être là. J'peux-tu compter sur toi?

Nerveux, agité, ne sachant trop quoi répondre, il balbutia:

– Heu… oui, j'peux être là pis faire ça… Mais après, ma job, moi?

– T'as été payé jusqu'aux Fêtes, pas vrai? On n'te doit rien sauf la journée de demain pis, celle-là, j'vais t'la payer *cash*, Dédé. Pis, t'en fais pas pour après, le *boss* a des projets. On va t'caser ailleurs, crains pas!

Dédé ne révéla rien à sa grand-mère de la conversation confidentielle qu'il venait d'avoir au bout du fil. Il lui dit: «C'est *top secret,* mémère, mais j'dois rentrer au magasin demain jusqu'à midi. Ensuite, j'pourrai en parler.» Le jeune homme dormit mal cette nuit-là. En deux temps, trois mouvements, il voyait fondre toutes ses ambitions. De plus, le passé, l'attachement au magasin, le voisin et ses chaussures, l'épicerie, la rue Sainte-Catherine, Jacquie, Benny… Il avait l'impression qu'une bombe venait de faire sauter ses plus belles années. Il se surprit même à penser à la salle de quilles, à Patricia, à Ti-cul Tougas, au restaurant Crystal, au cinéma Champlain, à Jeannette, Denise et les autres… Puis, à ses meilleurs clients, madame Byette qui traînait sans cesse son petit-fils par la main, monsieur Petit, mademoiselle Auger… Et, finalement, la Grecque du restaurant qui en avait fait son jeune dieu pour un temps… Tout ça allait s'effondrer comme un château de cartes et Dédé, contrarié, se demandait encore ce qui avait pu se passer. Sans chercher le sommeil, il passa la nuit à envisager tout ce qu'il pourrait sortir de L'Écrin, avant que les huissiers, sur ordre du propriétaire de la bâtisse, posent le cadenas sur la porte. Il allait tout faire pour en laisser le moins possible. Comme si ce magasin n'était qu'à lui, à lui seul. Lui qui, dans un ultime acte de foi, oubliait même… qu'il allait perdre son emploi.

Le lendemain, en moins de trois heures, ce qui fut dit fut fait, et on ne laissa que des babioles sur une étagère défraîchie, pas même une chaise. Le marchand de chaussures qui passait par là et qui se rendit compte du va-et-vient avait demandé à Dédé:

— Qu'est-ce qui s'passe? Y'a-tu l'feu? Vous videz l'magasin?

— Oui, pis pas un mot, vous avez rien vu, rien su, sinon j'suis mal pris. Le propriétaire veut saisir pour des loyers pas payés… Y faut déguerpir, mais s'il vous plaît, pas un mot. On a été des amis…

— Tu peux compter sur moi, Dédé, mais ça m'fait d'la peine de t'voir t'en aller, j't'aimais bien…

— Moi aussi, mais on va m'caser ailleurs, j'vous téléphonerai!

— Pis elle, Dédé? Tu sais de qui j'parle, non? Quand a va revenir…

— Dites-lui que c'est fermé, que vous savez pas où j'reste…

— Ben, ça va être facile, je l'sais pas, tu m'en as jamais parlé.

— Pis dites-lui de pas m'chercher, que j'suis parti, qu'on m'a casé dans une province de l'Ouest.

— Tu trouves pas ça un peu chien, Dédé? A t'aime, c'te fille-là, pis c'est pas la dernière venue. Moi, une perle comme ça…

– J'ai pas l'temps, j'suis pressé, dites-lui c'que vous voulez, mais j'veux plus la revoir… Pis, j'peux ben vous l'dire, c'était presque fini entre elle pis moi.

– Ben, j'aime mieux ça! Fallait l'dire! Y'a des chances qu'a s'montre pas!


Le jour suivant, alors que les magasins étaient rouverts, Jacquie sortit en trombe d'un taxi pour se buter à une porte close et des vitrines entièrement couvertes de papier. Pas même la moindre fente pour jeter un coup d'œil à l'intérieur. Intriguée, ne comprenant rien, elle jeta un regard en direction du voisin qui haussa les épaules. Poussant la porte, elle lui demanda timidement:

– Vous savez ce qui est arrivé? Ne me dites pas que c'est…

– Fermé! C'est ça! Depuis hier! On a tout vidé, Mademoiselle.

Étonnée, pâle et tremblante, elle murmura:

– Et André? André Gaudrin. Il vous a laissé un message?

– Vous voulez dire pour vous? Il m'a juste dit de vous dire de ne pas le chercher, qu'il avait été casé ailleurs…

Jacqueline faillit s'évanouir mais, respirant très fort, elle continua:

– Vous avez au moins son adresse… Vous savez où il habite…

– Croyez-le ou non, j'en sais rien. Y m'a jamais dit où il restait et encore moins donné son numéro de téléphone. J'en ai pas la moindre idée, mais vous, ça m'surprend que vous possédiez pas ces renseignements…

– Il n'a jamais voulu que je sache… C'était ici, pas ailleurs… Et je l'aimais, moi, poursuivit-elle avec des trémolos dans la voix.

– C'est pas d'mes affaires, j'vous connais pas, mais avant d'partir, Dédé m'a confié que vous pis lui, c'était fini. À c'compte-là, j'pensais jamais vous voir vous pointer ici, vous comprenez…

– Oui, je comprends, murmura Jacquie en essuyant une larme. C'est-à-dire que je viens de comprendre. Merci monsieur de votre temps… Vous pourriez me héler un taxi, s'il vous plaît? Il fait froid, je suis sous le choc…

Un taxi s'arrêta et Jacqueline Julien s'y engouffra la mort dans l'âme. Désespérée, elle venait de perdre celui qu'elle avait tant aimé et qui s'était enfui comme un lâche. Ce même soir, Benny, perplexe, s'était arrêté devant le magasin, alors que le propriétaire qui avait été berné criait dans un mauvais français: «Jé l'aurais dû saisir avant! Jé l'aurais dû appeler la police!» Curieux, Benny s'était informé à son tour, et le marchand de chaussures lui répéta son monologue. L'ayant écouté, il osa lui demander, par simple curiosité, spécifia-t-il:

– Pis le p'tit gars, le commis… Y'est parti lui aussi?

– Oui, pis Dieu seul sait où même si le diable s'en doute!

– Ça m'fait d'la peine, c'était un d'mes clients, un gars charmant…

– T'en fais pas, Benny, le magasin va se relouer rapidement.

– Ça, j'en doute pas, mais j'en r'viens pas, y'était encore là y'a trois jours…

Et Benny, s'éloignant, marmonna entre ses dents: «Le p'tit torrieux! S'pousser comme ça… P'tit chieux!»

Quelques jours s'écoulèrent et Dédé, sans nouvelles de la «grande gérante» qui ne lui avait pas payé sa dernière journée, se mit à sa recherche en appelant dans les trois autres succursales. Il réussit à en obtenir une, les deux autres avaient également été fermées. La dame lui répondit que, pour elle, c'était une question de jours. S'informant de la «grande gérante», elle lui apprit qu'elle avait quitté son poste et que le grand *boss* avait déclaré faillite de toute son entreprise. Le dernier Écrin en place avait été saisi avant qu'on le vide comme les autres et, la dame, encore en poste, avait pour mission d'écouler la marchandise.

– Si j'comprends bien, j'ai plus d'job, moi!

– Non, Monsieur, et d'ici une semaine, moi non plus. D'ailleurs tout le monde a perdu son emploi et le grand *boss* est parti vivre aux États-Unis. Comme vous voyez, on n'a pas l'choix que d'repartir à neuf, nous autres...

– Y m'doivent ma dernière journée!

– Pensez-y plus, y'en a deux autres comme vous qui l'ont aussi perdue.

Le 31 décembre 1969, encore à l'aube de ses dix-neuf ans, Dédé avait dit à sa grand-mère avant que l'An nouveau se lève:

– Va falloir que tu fouilles dans *La Presse*, mémère, j'ai plus d'job, y'ont fermé tous les magasins.

– Ah, bon, c'était donc ça, ton *top secret?* Ben, ça m'fait pas d'peine, j'aimais pas ça t'savoir dans c'te bout-là. C'est pas du monde comme les autres. Pis, t'en fais pas, j'vas t'trouver autre chose ailleurs, ce sera pas long. Avec ton expérience pis vaillant comme tu l'es...

André Gaudrin, fils de Ti-Guy, qui n'avait même pas sourcillé à l'annonce de la fermeture de la boutique L'Écrin, s'était endormi les mains derrière la nuque ce soir-là. Demain, 1970 allait se lever avec ses promesses, ses faveurs, et Dédé, quoique mélancolique, entrevoyait des jours meilleurs. Qui sait si un emploi à long terme dans la fonction publique? Non, il n'avait aucun diplôme pour une telle chance! Peut-être retournerait-il vivre à Saint-Calixte? Que de questions sans réponses dans son cerveau brouillé. Il revoyait les dernières années, les joies, les peines, l'initiation, ses conquêtes, et il en souriait. Sûr de lui, plus homme, se sentant plus désiré que jamais, plus séduisant même que son père l'était à son âge, il présageait déjà… de son emprise sur les cœurs. Puis, repu, délivré de ses chaînes, débarrassé des teignes, vivant dans un lieu que personne ne connaissait, il était soulagé d'avoir rayé de sa vie, Jacquie, et laissé derrière lui… Benny!

# Chapitre 7

Dédé se la coula douce en janvier et son père tout comme sa grand-mère n'insistaient pas pour qu'il se remette au boulot sur-le-champ. Ti-Guy avait dit à sa mère un soir que son «p'tit cœur» était sorti: «Cherche-lui pas d'job tout d'suite. Donne-lui un *break,* la mère! Y'a besoin d'un peu d'repos pis, on sait jamais, tout d'un coup qu'y voudrait reprendre ses études? Moi, un fils avec un diplôme sur le mur, ça m'déplairait pas!» Mais Guy Gaudrin se nourrissait d'illusions car, à dix-neuf ans révolus, Dédé n'avait pas dans l'idée d'aller se rasseoir sur un banc d'école. Pas quand les femmes lui faisaient la cour de tous côtés et que certaines étaient même prêtes à l'entretenir. Aussi beau que les acteurs dont sa mère avait rêvé, Alan Ladd en particulier, Dédé aurait certes été la fierté de Pauline, si elle avait vécu pour le voir devenir homme. Depuis qu'il s'était inscrit à un *gym* où on formait des culturistes, il était en voie d'être aussi bâti que… Benny! Mais il ne s'entraînait pas en prévision de concours et de titres, Dédé ne voulait que parfaire son anatomie et, par le fait même, devenir plus impressionnant que son père. Mémère le laissa donc tranquille pendant un mois, mais dès que février se montra le bout du nez, elle se mit à fouiner dans les petites annonces.

Et en moins de temps qu'il n'en fallait pour enfiler ses bottes, il fut engagé dans un atelier de fourrure à titre de commis général. Ce qui voulait dire que Dédé recevait les clientes, répondait au téléphone et transportait les manteaux jusqu'au camion de la firme Forever lorsqu'il y avait un défilé de mode quelque part. Il redoutait de tout son être de se retrouver face à face avec Jacquie dans ce milieu, mais cette dernière, il le savait, n'avait pas le *standing* que les fourreurs réputés exigeaient dans leurs présentations. Jacqueline Julien était un mannequin de seconde zone et non de premier plan comme ceux qu'on voyait en première page des magazines. Dans cette sphère où l'argent n'était pas denrée rare, il était évident que Dédé allait côtoyer des femmes très à l'aise venues de tous les coins de la province. Et comme il allait frayer dans un cadre soi-disant marginal, sa tête de jeune premier et son corps de plus en plus défini n'allaient certes pas lui nuire.

Mémère sortait peu et ses seules évasions consistaient à se rendre au Restaurant Chic pour un petit *lunch* ou, sur la rue Saint-Hubert, où elle aimait faire du lèche-vitrine. En étroite relation avec Gertrude par le biais de leur correspondance, elle n'attendait que l'été pour la retrouver sur la butte, et respirer l'air pur de la rue Principale. Mais, Dieu que l'hiver était long à Montréal pour madame Gaudrin! Dieu que son cœur était ailleurs! Mais, par amour pour son petit-fils, elle était prête à tous les sacrifices. Pour rien au monde, elle n'aurait voulu le laisser se débrouiller seul. Pas son «p'tit cœur» qu'elle couvait depuis sa tendre enfance! Dédé avait beau se montrer insolent, arrogant à son endroit, elle passait vite l'éponge. Ne l'avait-elle pas ravi à sa mère pour le meilleur et pour le pire? Et, par amour, Emma Gaudrin tentait de faire du «pire», le «meilleur» de son quotidien. Parce que personne ne le lui avait encore enlevé, à elle, son Dédé, dernier en lice de la fière lignée de feu… son regretté.

En mars, à la fin d'un après-midi, Emma se précipita chez son fils, sachant qu'il travaillait dans sa paperasse. Le dérangeant, elle arriva tout essoufflée pour lui dire:

– Tu devineras jamais qui j'ai rencontré sur la rue Saint-Hubert, Ti-Guy!

– Ben, dans c'cas-là, t'es mieux de m'le dire, j'ai du travail…

– Jovette Biron! Jovette! C'est elle qui m'a reconnue!

– Jovette? répéta Ti-Guy avec un air empreint de tristesse.

– Oui, elle, en personne! Pis plus belle qu'avant! J'en r'viens pas!

Avant qu'elle n'aille plus loin, Ti-Guy ressassa des souvenirs. Il se rappelait ses ébats à Saint-Calixte, il se souvenait de sa générosité envers Pauline. Il revoyait Jovette avec Dédé, dont elle était la marraine, dans les bras. Puis, ressurgissait le père Biron… Les funérailles… Mais il n'avait pas revu Jovette depuis la mort de Pauline. Sans l'aviser, sans qu'il sache pourquoi, elle avait coupé les ponts. Ti-Guy se doutait bien qu'elle habitait encore rue Guizot, avec son époux Philippe Jarre et leur fille Laure. Peut-être avait-elle eu un autre enfant depuis… Mais, fier, peu enclin à s'imposer, Ti-Guy s'était effacé de sa vie. Avec peine, car tant de souvenirs les unissaient, mais avec la certitude de respecter le désir de «madame Jarre», qui n'était plus la même depuis qu'elle avait épousé un… bijoutier!

Ti-Guy rêvassait encore, plongé dans le passé, lorsque sa mère ajouta:

– Pis tu sais pas la meilleure, elle a divorcé! Elle a quitté son mari, ça fait cinq ans! J'suis pas rentrée dans les détails, tu comprends, mais ça marchait plus pis j'ai cru saisir qu'y la trompait… On s'est parlé vite, bien entendu, c'était pas chaud dans l'entrée d'un magasin, mais a reste toujours à la même place.

– A t'a-tu parlé d'moi, la mère?

– Ben oui, c't'affaire! Pis de Dédé aussi! A m'a dit qu'a l'aurait aimé rentrer en contact avec nous autres, mais qu'ça la gênait parce qu'elle avait pris ses distances. Pis a m'a dit qu'c'était pas d'sa faute… Pis, à part ça, ça m'a fait d'la peine de l'apprendre, mais sa pauvre mère est morte y'a trois ans pis a l'a plus d'rapports avec ses frères. Y'a juste sa fille dans sa vie…

– A travaille-tu?

– J'pense que oui, mais j'me rappelle plus où. De toute façon, a va tout t'conter ça quand tu vas la rencontrer… A m'a donné son numéro d'téléphone pour que tu l'appelles un soir. J'pense qu'a l'aimerait ça aller au restaurant, prendre de tes nouvelles pis de t'conter un peu sa vie…

– Lui as-tu dit que Betty pis moi…?

– Ben, ça parle au diable! C'est-tu bête, j'y ai pas pensé! Y faisait tellement frette à la longue… J'lui ai parlé ben plus de Dédé…

– T'es certaine qu'a veut que j'l'appelle? T'inventes pas ça?

– Ben voyons donc! Pour qui tu m'prends? Une menteuse? Pis r'garde, ouvre tes grands yeux, j'viens de t'sacrer l'papier avec son téléphone sur ton bureau! Écrit d'sa main! J'l'ai quand même pas inventé! Ça s'peut-tu douter d'sa mère d'la sorte?

– J'ai gaffé, la mère, c'est pas ça que j'voulais dire… Pis, comme on a été des amis longtemps, j'vais l'appeler un d'ces soirs. Là, si ça t'dérange pas, j'aimerais finir mon rapport du mois dernier.

Emma Gaudrin regagna son petit sous-sol et Ti-Guy, resté seul, mit ses dossiers de côté pour s'appuyer la tête dans une main. Jovette Biron! Non, Jovette Jarre! Jovette était divorcée, donc libre. Qu'avait-il pu se passer, elle qui ne jurait que par Philippe? Comptant sur ses doigts, faisant un calcul rapide, Ti-Guy se surprit à constater que Jovette avait quarante-trois ans, quarante-quatre bientôt. Et comme sa mère lui avait dit qu'elle ne l'avait jamais vue aussi belle, c'était donc dire qu'elle s'était drôlement bien conservée. De retour dans les images de son passé, il se revoyait, à dix-sept ans, en train de la sauver des griffes de son père tout en y trouvant son compte. C'était Jovette qui, bien avant Madeleine, en avait fait… un homme! Et sans le lui avoir jamais avoué, il l'avait toujours aimée secrètement. Parce qu'elle était belle, intelligente, bien tournée… Et ce, même si certains penchants l'avaient, jadis, éloignée des hommes. Ti-Guy ne l'avait pas jugée, il ne lui en avait même pas voulu, parce que Jovette, aux femmes ou aux hommes, le séduisait d'un seul regard. Sorti de sa rêverie, il n'attendit pas un jour ou deux et, le soir même, après le souper, il composa le numéro de l'ex-madame Jarre. Un déclic et, au bout du fil, une voix suave qu'il reconnut.

– Oui, allô…

– Jovette? C'est moi, Ti-Guy!

– Ti-Guy? Quelle belle surprise! Toi déjà? J'viens à peine de croiser ta mère…

– Oui et quand elle m'a dit qu'un appel te ferait plaisir…

– Bien sûr, tant d'temps écoulé… J'm'excuse, Ti-Guy, j't'expliquerai.

— Pas nécessaire… Du moins, pour le moment. Mais j'aimerais ça en maudit aller manger au restaurant, prendre un verre, te dire où j'en suis…

— Moi aussi, Ti-Guy… Ta mère a dû te dire que j'étais séparée…

— Juste séparée?

— Non, divorcée, libre, mais j't'en reparlerai le moment venu.

— Pourquoi qu'on s'verrait pas samedi, Jovette?

— Samedi? Heu… j'veux bien, mais un samedi… Ta femme…

Ti-Guy se mit à rire et, d'un ton heureux, lui annonça:

— J'allais presque oublier de te l'dire, mais moi aussi, j'suis libre. C'est fini depuis longtemps, Betty pis moi. Elle est r'tournée à Thunder Bay. J'lui ai donné son divorce pis j'pense qu'a s'est r'mariée… J'en ai pas eu d'nouvelles pis, de toute façon, j'la r'verrai plus, on n'a pas eu d'enfants. Ma mère s'en voulait d'avoir pas pensé à te l'dire. C'est pourtant pas dans ses habitudes d'oublier d'colporter…

Il éclata de rire et Jovette lui reprocha gentiment de parler ainsi de sa mère. Revenant à Betty, elle reprit:

— J'suis surprise d'apprendre ça… Vous formiez un si beau couple… Pis, elle était folle de toi! J'comprends pas…

— Bah, ça aussi, c'est pas important, mais comme tu vois, on a des choses à s'dire toi pis moi. J'ai appris pour ta mère, ça m'a fait d'la peine… Elle était encore jeune…

— Parlons pas d'ça au bout du fil, sinon on aura plus rien à s'dire samedi, Ti-Guy. Moi, ça m'convient d'aller manger avec toi. Tu t'rappelles où j'habite? J'ai pas changé d'adresse.

— Bon, si j'te prenais à sept heures samedi soir?

— Prends au moins la peine de rentrer, d'prendre un verre… Pis tu choisiras l'restaurant, Ti-Guy. Mais, c'est sûr, j't'attends!

Guy Gaudrin jubilait. Depuis le départ de sa femme, jamais il n'avait souri comme il le faisait le soir même dans son miroir. Les aventures, les filles de passage, ce n'était que l'appel de la chair. Là, au bout du fil avec Jovette, il avait senti son cœur battre. Lui qui, pourtant, était dépourvu d'émotions... sentimentales. Il avait senti son cœur battre comme autrefois, à dix-huit ans. Et, comble de bonheur, il lui avait semblé retrouver la Jovette d'antan. Elle avait repris un vocabulaire de foule, elle ne parlait plus avec le bec en «trou d'cul d'poule»!

Pour Dédé, les choses allaient bon train. Son patron, Ross Welles, un bel homme dans la trentaine, le traitait bien. De commis, il devint vite responsable des défilés de mode à travers presque tout le Québec. Son patron lui faisait entièrement confiance et, Dédé, heureux de ce poste d'importance, dirigeait de main de maître les «destinées» des étoles de vison tout comme celles des manteaux de lynx. Ross Welles, occupé à voyager avec sa femme, Maggie, ne le voyait que rarement entre ses voyages et ses déplacements d'affaires. Mémère était fière de son «p'tit cœur» avec «une job de *boss*» à dix-neuf ans. Ti-Guy, surpris par la rapide ascension de son fiston, se disait qu'il était comme lui, efficace et rempli d'ambition. Sauf que Dédé, dans ce milieu de la mode débordant de perversité, n'avait pas que les fantasmes de son père. Après seulement un mois, déjà amant de Céleste Dury, la maquilleuse en chef de la troupe, une fort belle femme de quarante-huit ans, il avait à se battre contre les avances du coiffeur Bertrand Clair qui, pourtant pingre, voulait mettre sa fortune à ses pieds. Ce que troqua Dédé contre l'invitation d'un Philippin de trente-cinq ans qui, après un défilé de mode et deux bouteilles de vin, attira le «p'tit cœur» à mémère sur son oreiller dans une modeste chambre de la rue Bourbonnière. Un Philippin sans le sou, un transporteur de caisses et de boîtes de vêtements, que Dédé avait trouvé «spécial» quand il lui avait murmuré à l'oreille: *Can I see you sometimes?*

Mais une fois n'était pas coutume et Dédé retrouva vite la chaleur du grand lit rond de Céleste Dury dans son appartement de Westmount. Céleste qui, mariée, à l'aise, choyait son jeune amant de tout ce dont il avait envie. Céleste qui, sur lui, se permit les pires folies. Céleste qui, vieillissante, s'accrochait à lui comme le poisson à l'hameçon. Sans penser qu'elle avait, à son insu, à le partager avec qui lui disait qu'il était beau, *ladies or gentlemen,* qu'importait donc, quand il avait ingurgité deux bières et une ou deux bouteilles de vin. Forfait accompli, Dédé remettait vite son pantalon et ses souliers pour courir jusqu'à Céleste. Sans que rien ne paraisse. Tout en dédaignant, cependant, le coiffeur Bertrand Clair qu'il repoussait, parce qu'il le trouvait condescendant. À dix-neuf ans, André Gaudrin avait déjà le libre choix de ses allées et venues, de ses bons coups, de ses bévues, et des lits tantôt «roses», tantôt «bleus», qui se diversifiaient au gré des verres de vin ou de whisky. Plus souvent en tournée qu'à la maison, mémère ne s'inquiétait pas. Il l'appelait souvent pour la rassurer et, ravie d'apprendre qu'il gagnait beaucoup d'argent, elle en fit part à Gertrude dans une lettre, avec tout l'orgueil qu'elle pouvait déverser de sa plume. Dédé était chez Forever, roi et maître… ou presque. Puis, un jour, une vive surprise sans que cela devienne pour autant… un désagrément. Son patron, Ross Welles, l'invita à prendre un verre à sa luxueuse résidence. Vêtu tel un prince, Dédé se présenta un peu avant sept heures et fut surpris de trouver son patron, chemise ouverte, *jean* délavé, pas rasé, le verre à la main, qui lui apprit que Maggie était en voyage avec sa mère en Tunisie. Encore plus surpris quand, au second verre, debout, contemplant une sculpture de nus d'Auguste Rodin intitulée *L'éternel printemps*, il sentit la main de Ross se glisser dans son dos sous sa chemise. Confus, se retournant, il voulut savoir où l'autre voulait en venir, mais ce dernier, sentant qu'il n'était pas effarouché, lui demanda tout en descendant sa main jusqu'à la chute des reins:

– Ça t'arrive de faire ça avec des hommes, André?

– Heu… des fois.

– Et avec des femmes?

– Oui, aussi.

– Mais t'es à qui, à quoi au juste?

– Je l'sais pas, j'me cherche, j'ai pas encore trouvé…

Ross préféra se taire et se livrer sur celui qu'il convoitait depuis le premier jour, à tout ce que ses sens lui dictaient. Défaisant le lit, poussant de la main le livre *Of Mice and Men* de John Steinbeck qu'il avait sur son oreiller, il dénoua avec délicatesse le nœud Windsor de la cravate de soie du jeune homme. Et Dédé, oubliant Céleste, très à l'aise sous l'emprise de son patron, lui fit part d'un certain… savoir-faire. Une heure plus tard, alors que Ross Welles disposait de son invité tout en comptant sur sa discrétion, Dédé sauta dans un taxi et rentra chez lui sans faire de bruit. Titubant encore sous l'effet du scotch, sans avoir mangé, il se laissa tomber tout habillé sur son lit. Mémère, sur la pointe des pieds, s'était levée et, apercevant Dédé qu'elle croyait endormi, elle le couvrit d'une courtepointe et murmura ce qu'il entendit: «Tu travailles trop, t'es épuisé… Dors bien, mon p'tit cœur.»

Entre-temps, tel que convenu, Ti-Guy se rendit rue Guizot où il repéra vite le duplex de Jovette. Bien habillé, peigné, rasé, des roses rouges dans une main, il sonna et attendit, fébrile, tel un gamin, qu'elle lui ouvre. Souriante, heureuse de le revoir, elle lui dit précipitamment:

— Ti-Guy! Entre, voyons! C'est pas chaud, le printemps est *slow*...

Il entra, fureta d'un œil partout, rien n'avait changé ou presque. Puis, regardant Jovette qui était de toute beauté, il la serra dans ses bras, l'embrassa sur une joue et lui dit:

— Si tu savais comme j'suis content de t'revoir! Toujours aussi belle! Tiens, j'ai des roses si t'as un vase quelque part.

Jovette s'empara du bouquet, le huma et lui dit:

— Comme c'est gentil... Ça fait longtemps... Puis, oublie le compliment sur la beauté, j'défraîchis, je l'sais, j'ai presque quarante-quatre ans, tu sais...

— Oui, je l'sais! Pis après? J'te dis qu't'es plus belle que jamais!

— Ben, si t'insistes, Ti-Guy... Mais laisse-moi t'dire que t'es maudiment beau toi aussi! Pis c'est pas en retour du compliment que j'le dis! Toi, tu dois faire tomber toutes les filles...

— À trente-neuf ans, presque quarante, Jovette?

Ils éclatèrent de rire et, joyeuse, ravie, elle poursuivit:

— Dans ce cas-là, disons toutes les femmes! Mais tu sais sans doute que c'est à ton âge que les hommes sont superbes. Les bien conservés, du moins. Pis, pour ça, tu fais honneur à ta race, mon p'tit verrat!

— Quoi? Tu m'appelles encore comme ça? Y va-tu falloir que j'me rende à soixante ans...

Ils éclatèrent encore de rire et, lui versant deux onces de rye qu'elle coupa de glaçons, elle répliqua:

— Ben non, j'te taquine, mais t'as quand même gardé un air d'adolescent, Ti-Guy. T'es plus mûr, ça s'voit, mais faut pas oublier que j'serai toujours plus vieille que toi.

– Vient un temps où ça paraît plus, Jovette. Comme t'es là, t'as l'air plus jeune que moi. Mince, bien tournée, les jambes aussi belles...

– Arrête, tu vas m'faire rougir! Pis garde tes flatteries, ça m'gêne! Viens t'asseoir qu'on parle plus sérieusement. Viens m'dire c'qu'y est arrivé avec Betty pis après, au restaurant, j'te parlerai d'mon bon à rien d'mari! On va pas s'ennuyer, tu vas voir.

Ti-Guy lui parla de sa rupture d'avec Betty, de son désarroi des premiers jours, de son divorce qu'il a quelque peu laissé traîner pour la châtier, puis qu'il lui a accordé pour s'en débarrasser... à bon marché! Il lui fit part de son ascension dans le domaine des affaires, de son magasin de variétés jusqu'à l'immeuble de douze étages qu'il venait d'acheter. Il lui parla de ses aventures multiples, de ses rencontres fortuites, de son désir de liberté et de son cœur qui n'avait pas succombé à l'une de ses conquêtes. Il lui parla quelque peu de sa mère, de Dédé, son filleul qu'elle n'avait pas revu depuis sa jeunesse, mais sans lui avouer qu'il était devenu plus séduisant que... lui! Lui qui avait toujours cru qu'après lui... Mais Ti-Guy ne s'attarda pas sur Dédé et pria Jovette d'enfiler son manteau afin de se rendre au restaurant Granada où une table leur était réservée. Assise dans sa luxueuse voiture, Jovette ne put s'empêcher de lui dire:

– Sais-tu qu't'as fait du chemin, Ti-Guy? T'es pas à pied!

– Oui, mais faut pas oublier que sans l'magasin d'mon père...

– J'sais, mais n'empêche que tu sais comment faire profiter ton argent, toi!

Ravi du compliment, il lui répondit fièrement:

– Si on veut!

Ils arrivèrent au restaurant où on leur avait réservé la table du fond à droite, éloignée des autres, discrète. Une excellente côte de bœuf, un vin rouge de qualité, les desserts flambés, le cognac avec le café et, tout au long du repas, plusieurs personnes les avaient admirés. Ils formaient, c'était évident, le plus beau couple du restaurant. Des hommes d'un certain âge lançaient des regards discrets en direction de Jovette, alors que certaines femmes, plus audacieuses, semblaient laisser savoir à Guy qu'elles ne se feraient pas prier pour être en sa compagnie. Au moment du café, après avoir parlé de tout et de rien pour détendre l'atmosphère, Ti-Guy, sérieux, lui demanda en la regardant dans les yeux:

– Qu'est-ce qui s'est passé, Jovette? J'veux dire, toi pis Philippe…

– C'est une longue histoire, c'est déjà derrière moi, mais j'vais t'en faire part puisque tu m'as parlé de toi sans rien m'cacher…

– T'es pas obligée, tu sais. Si tu veux couper au plus court…

– Non, non, Ti-Guy, on est ici pour ça et on a été si longtemps sans se voir. J'm'en veux encore de ce silence de ma part.

– Sans rancune, comme tu peux voir. N'en parle plus, raconte plutôt.

– Tout a commencé à se détériorer après que Laure a eu dix ans. Philippe voulait d'autres enfants et moi, j'en voulais plus. Non pas que j'avais plus la fibre, mais avec lui, ça m'intéressait plus. Philippe me dominait de plus en plus. J'étais pas capable de faire un pas seule sans qu'y m'dirige. Y m'imposait de plus en plus ses goûts, y m'reprenait sans cesse sur ma façon d'parler. J'étais toujours aux aguets, Ti-Guy! Et, à la longue, je n'étais plus moi, j'étais lui! J'aimais de force ce qu'il aimait; j'allais à l'opéra et ça m'ennuyait... J'ai jamais été capable d'aller au cinéma voir un film avec Rock Hudson ou Paul Newman, il ne me permettait que le cinéma français de répertoire. Bref, des films plates à mort que j'ai regardés de force avec lui! Y m'contrôlait de plus en plus, y surveillait même la façon dont j'élevais Laure. Y'a jamais voulu que je l'emmène voir *Blanche-Neige* ou *Cendrillon,* parce qu'y avait une sorcière dans l'premier pis des méchantes filles dans l'autre. Tout c'qu'elle avait droit, c'était les marionnettes de la télévision pis encore... Parce qu'y voulait qu'elle lise, qu'elle écoute du Mozart, qu'elle se mette à peindre... Tu vois l'genre de père? Un peu plus et Laure aurait été, à dix ans, une vraie niaiseuse à côté des p'tites filles de son âge. Donc, un jour, j'ai explosé! Tu m'connais, Ti-Guy, non? J'en prends, j'encaisse, j'endure, mais quand le couvercle de la marmite saute, j'suis pas rafraîchissante, j'ébouillante! On s'est engueulés comme du poisson pourri, j'lui ai crié c'qui m'est passé par la tête, j'me suis vidé l'cœur pis j'lui ai dit d'aller au diable! Y m'a menacée, y m'a traitée d'ingrate en prétextant qu'y m'avait sortie d'la marde pour faire de moi une dame. Y m'a même dit qu'on pourrait jamais faire quelque chose de bon avec un fille de rien et, là, d'un geste brusque, je l'ai giflé. Il a levé la main comme pour me remettre la claque, puis il l'a rabaissée en me disant que c'était fini moi pis lui. Soulagée, j'ai même réussi à lui faire avaler tous les torts, car je savais qu'il avait une maîtresse à la bijouterie. Une âme charitable me l'avait appris. Il a eu beau s'défendre que j'lui ai dit d'prendre ses affaires pis de décrisser au plus vite! Moi, quand c'est fini, c'est fini, faut qu'la maison s'vide! J'avais pas pensé à Laure sur le coup, pis elle en a souffert la pauvre petite, mais avec le temps, ça s'est dissipé... Donc, on s'est séparés, on a ensuite divorcé pis on s'est partagé la p'tite.

– Pis t'as réussi à garder la maison, Jovette?

– C't'affaire! Elle était à moi! C'est moi qui l'avais achetée avec Carmen, tu t'en souviens pas? Après, j'ai racheté sa part à elle...

– Oui, ça m'revient, j'l'avais oublié avec le temps. Donc...

– Donc, y'est parti avec ses guenilles, ses disques d'opéra, ses livres pis tout c'que j'voulais plus voir dans la cabane! J'voulais qu'y reste plus rien d'lui! J'aurais payé cher pour plus jamais l'revoir mais, que veux-tu, avec un enfant, un couple est lié jusqu'à la fin d'sa vie. Laure avait autant besoin d'son père que d'sa mère...

– Pis là, ça va entre vous deux? Ça s'passe bien la relation?

– Pas tellement... Quand t'as une rupture fracassante, ça peut pas s'rapiécer avec le temps. On s'parle pas ou presque. Laure va le visiter de temps en temps, elle n'est plus obligée d'y aller chaque semaine, elle a l'choix maintenant. Mais y'a tout fait pour la virer contre moi! Y lui a même parlé d'ma liaison avec Carmen. Faut être lâche, non? Quand j'ai vu qu'y en était là, j'ai pris Laure à part un soir pis j'lui ai raconté ma vie. J'lui ai tout dit, Ti-Guy! Les agressions d'mon père, mes relations avec les hommes à l'hôtel de Saint-Calixte, les commis voyageurs pis Carmen. J'lui ai rien caché, j'lui ai même parlé du fils que j'avais eu à seize ans, pis qu'j'ai revu une seule fois par la suite dans ma vie. J'lui ai parlé d'toi, d'Pauline, d'la manufacture de cigares, pis d'ma rencontre avec son père. Quand j'ai eu terminé, elle en avait les larmes aux yeux. Elle s'est jetée dans mes bras et m'a dit: «Maman, j'croyais jamais que tu avais vécu tout cela.» Et ça m'a réchauffé l'cœur, Ti-Guy. J'avais peur de la perdre en lui racontant ma vie et ça nous a rapprochées davantage. J'ai même regretté de ne pas m'être confiée à elle plus tôt. Ça aurait empêché son père d'enchaîner le boulet pour tenter de m'caler...

– Ta fille n'a pas eu d'réaction quand tu lui as parlé d'ton fils?

– Elle a été surprise, je l'avoue, elle m'a questionné un peu…

– T'as jamais cherché à l'revoir, Jovette?

– Christian? Non, même si j'pense à lui souvent. Y doit avoir vingt-sept ans aujourd'hui. C'est sûr que j'aimerais l'rencontrer, lui parler, savoir c'qu'il est devenu, mais jamais j'm'interposerai entre ceux qui l'ont aimé et bien élevé. Jamais j'ferais ça à sa mère, Ti-Guy! Si un jour, elle lui dit que j'existe et qu'il manifeste le désir de me retrouver, ce sera à la grâce de Dieu. Mais, d'ici là, jamais j'troublerai sa paix. Il a sa famille, sa vie, son avenir… Et ça, Laure l'a compris.

– Ouf! Toute une histoire que la tienne! Et là, maintenant que la poussière est retombée?

– Ben, j'travaille! J'ai décroché un emploi dans une caisse populaire. J'suis caissière depuis huit ans. Tu t'rappelles comment j'étais bonne en chiffres à la manufacture? Alors, ça m'aura servi. J'ai plus d'contacts avec mes frères pis j'y tiens pas. Ma famille, c'est ma fille. Qu'elle seule, Ti-Guy! Et j'suis comblée parce que Laure est une fille charmante et bien élevée. Elle poursuit actuellement sa technique d'infirmière dans un cégep. Elle a choisi depuis longtemps sa vocation. Son père aurait souhaité la pousser plus loin, mais gentiment, elle a fini par lui dire de s'mêler d'ses affaires. De toute façon, Laure n'est plus une enfant, elle va avoir ses dix-huit ans en octobre prochain et son père, même si y'est en droit d'le faire, y l'oblige pas à se soumettre à sa volonté. Y'a ben trop peur de la perdre pis comme y vit avec sa maîtresse, y'est mal placé pour lui faire la morale. Si tu savais comme j'ai hâte que Laure devienne une femme accomplie… Dès c'moment-là, Phil va au moins sortir complètement d'ma vie. Maudit qu'j'ai pas été chanceuse avec les hommes, moi!

Ils éclatèrent de rire et, Ti-Guy, anxieux, doucereux, lui demanda:

— Et depuis… Aucun autre? Pas même à l'occasion?

— Non, aucun, Ti-Guy!

— Ça veut-tu dire…

— J't'arrête! Non, ça veut pas dire c'que tu penses! Rassure-toi, y'aura pas d'autres Carmen dans ma vie. Ç'a été une erreur de parcours, rien d'plus! Si j'ai pas comblé l'vide, c'est qu'j'ai pas rencontré…

— Pourtant, une belle femme comme toi… Pis en contact avec le public…

— Faut dire que j'cherche pas, Ti-Guy. Si y'en a, j'les vois pas.

Ils terminèrent le café, Ti-Guy régla l'addition et, reconduisant Jovette chez elle, il lui demanda timidement:

— Et si moi, j'te demandais d'sortir, Jovette? Sérieusement à part ça!

— Voyons, Ti-Guy, c'est une farce! On s'connaît depuis si longtemps…

— Ben, justement, on n'aurait rien à s'apprendre pis j'fais pas d'farces, Jovette. Tu m'as toujours intéressé pis tu l'sais.

— J'suis plus vieille que toi, plus maganée… ajouta-t-elle, ne sachant quoi répondre à l'invitation qui la secouait quelque peu.

— Jovette! À notre âge, ça paraît plus, pis quatre ans, c'est pas vingt ans de plus! Trouve autre chose si ça t'intéresse pas!

Elle le regarda, lui sourit et glissa sa main dans la sienne.

— J'ai pas dit qu'j'étais pas intéressée, Ti-Guy. C'est juste que j'm'attendais pas à m'retrouver un jour avec toi. Si on m'avait prédit que… Écoute, j'avais Phil, t'avais Betty, on s'est perdus d'vue… T'as un fils, j'ai une fille…

– Pis si t'avais pas rencontré ma mère… Tu vois, Jovette? Le hasard fait bien les choses. T'es libre, moi aussi, on s'haït pas l'un pis l'autre, j'me demande pourquoi on tourne autour du pot…

– T'es sérieux? Tu veux vraiment qu'on sorte ensemble?

– Sûr que j'suis sérieux! À condition qu'tu l'veuilles aussi…

– Ben, pourquoi pas, on n'a rien à perdre!

– Non, Jovette, pas de cette façon-là, j'aime pas c'que t'as dit là. J'veux pas qu'ce soit un jeu ni un essai. C'que j'veux savoir, c'est si j'te plais pis si tu m'aimes un peu, parce que moi, depuis toutes ces années…

Ti-Guy n'eut pas le temps de se rendre au bout de sa phrase que Jovette l'avait attiré à elle, alors qu'il stationnait en bordure de la rue. Et, d'un sublime baiser, elle lui démontra qu'il avait lui aussi, depuis longtemps, une grande part de ses sentiments. Le repoussant discrètement alors qu'il tentait de recommencer, elle lui murmura:

– J't'aime, Ti-Guy, mais va pas trop vite, donne-moi l'temps de t'aimer de tout mon cœur. On vient à peine de s'retrouver.

– C'est drôle, mais pour moi, c'est comme si j't'avais jamais perdue.

– Ramène-moi, laisse-moi m'faire à l'idée, j'suis renversée, lui murmura-t-elle tout en furetant de ses longs doigts dans les cheveux drus de sa nuque.

– J'ai jamais aimé une femme comme toi, Jovette… J'te l'jure!

– Sois pas trop éloquent, charge pas, j'te crois, Ti-Guy. Pis t'as rien à m'jurer. Tiens, on arrive, dépose-moi juste là.

– Tu… tu m'invites pas à entrer? Un dernier café…

– Une autre fois, si tu veux bien. Laure est rentrée pis j'veux pas t'présenter à elle à brûle-pourpoint. J'veux la préparer, Ti-Guy, j'veux lui dire que sa mère a peut-être trouvé le grand amour. De là, j'te présenterai pis j'suis sûre d'avance qu'elle va t'aimer.

— Ça, j'en suis pas certain, moi... Les filles de son âge sont possessives avec leur mère. Surtout quand y'a plus d'père dans les parages.

— Crains pas, j'la connais, j'suis sûre qu'elle t'aimera.

— Comment peux-tu en être aussi sûre, Jovette?

— Parce que t'es beau comme ça s'peut pas pis qu'la bonté s'lit dans tes yeux. J'suis sûre que Laure va être contente pour moi, d'autant plus qu't'es un ami d'jeunesse et pas le premier venu.

— Ben, dans c'cas-là, j'ai hâte d'la rencontrer, ta fille. Pis, si elle est aussi belle que sa mère... J'en r'viens pas comme t'es belle, Jovette!

Elle saisit la poignée de la portière et, avant d'ouvrir, elle lui offrit encore ses lèvres. Furtivement, cette fois, en demandant:

— Avec tout ça, on s'revoit quand?

— Ben, demain, après-demain, quand tu voudras! J'suis libre, moi!

— Comme je travaille, j'ai un horaire moins flexible que le tien, mais si le cinéma t'intéresse encore, j'aimerais voir le film *Ma nuit chez Maud* avec Jean-Louis Trintignant. Je sais que tu préfères les films américains et moi aussi, mais Trintignant, j'le trouve séduisant.

— On ira où tu voudras, Jovette, j'ai pas d'préférences. J'le connais pas ton acteur préféré, mais en autant qu'sa partenaire est jolie...

— Crains pas, c'est Françoise Fabian. Mardi soir, ça t'irait?

— Absolument! On pourrait peut-être aller au restaurant avant?

– J'accepte et j't'attends vers six heures trente. On aura l'temps d'aller manger à l'aise pis d'assister au dernier programme de neuf heures.

Ils se quittèrent, elle longea le trottoir qui l'amenait chez elle et, se retournant une dernière fois, elle lui souffla un baiser de ses lèvres rosées. Ti-Guy Gaudrin, les mains sur le volant, le cœur épris comme un adolescent, laissa échapper un soupir de contentement. Puis, reprenant la route, il se voyait déjà dans les bras de celle qu'il avait toujours aimée. Grimpant l'escalier avec le sourire aux lèvres, sa mère qui l'aperçut ouvrit sa porte pour lui crier:

– Qu'est-ce qui t'arrive? T'as ben l'air joyeux, toi?

– Joyeux? Non, heureux, la mère! J'suis amoureux!

Avril offrait ses premiers bourgeons et Dédé, orgueilleux comme un paon, habillé comme une carte de mode, se rendait à son boulot dans la *Chevy Nova* décapotable usagée que son père lui avait achetée. Ti-Guy, sachant que son fils devait se lever tôt pour traverser la ville en autobus, avait tenu à l'encourager par ce présent. Sans se questionner, sans connaître la raison d'un tel cadeau, sans savoir encore que par amour pour Jovette... Non, Dédé n'avait pas cherché à comprendre et, fou de joie, il s'était écrié: «J'en reviens pas! Une convertible! Penses-y, mémère!» Emma, partageant sa joie, lui avait répliqué: «Tu vois ben qu'ton père t'aime! Mais fais attention aux accidents mon p'tit... mon homme.» Très propre, bien entretenue, sa voiture lui était aussi précieuse que la prunelle de ses yeux. Il en prenait grand soin et quand Céleste, se glissant à ses côtés, dégageait les plus onéreux parfums, Dédé avait l'impression d'être parti pour la gloire. Parce que cette femme élégante et belle qui portait de grands chapeaux avait l'allure d'une millionnaire à ses côtés. Surtout lorsqu'il ventait et que, d'une main gantée, elle retenait son chapeau pour ne pas qu'il s'envole. Dans les boîtes de nuit, toutes les têtes se tournaient quand ils prenaient place. Dédé croyait que c'était par envie, admiration ou, qu'en savait-il encore, mais la plupart du temps, c'était plutôt par curiosité qu'on les regardait pour ensuite chuchoter. Parce que, Céleste, aussi élégante fut-elle, avait l'air de sa mère et que Dédé, bien habillé, l'étui à cigarettes en onyx en vue, ne pouvait être nul autre que le gigolo de la dame. Beau à surprendre, on se rendait vite compte, ensuite, qu'il n'était pas en âge d'être admis dans les cabarets. Malgré ses muscles et sa carrure, il avait gardé un visage d'enfant qui laissait deviner qu'il n'était pas majeur et que, si on ne lui demandait pas sa carte, c'était parce que la dame aux bracelets scintillants sur de longs gants noirs leur donnait l'impression d'être du genre à laisser de généreux pourboires.

Gâté, choyé, aimé par Céleste Dury, le «p'tit cœur» à mémère ne croupissait pas dans la misère. Elle en était même jalouse et pouvait sortir de ses gonds quand il souriait à une fille qui soutenait son regard. Céleste, femme mariée, ne tenait pas à partager Dédé avec une autre. Avec aucune autre! Parfois colérique, elle devenait de soie dès qu'il la chevauchait dans un grand lit d'une suite d'hôtel. Parce que, à l'instar de son père, Dédé savait comment faire jouir une femme entre les draps. Surtout Céleste qui avait pour époux un homme rondelet, chauve et court. Un homme sans cesse «au bout de son souffle». Et c'était pour l'oublier sous un corps jeune et athlétique, que madame remettait à Dédé, chaque fois qu'elle était honorée, un cadeau princier. D'une bague ornée de diamants à un briquet en or gravé de ses initiales. Et Dédé acceptait tous les présents. Tout comme son père, jadis, avec Madeleine, la femme du «pourceau». Dédé, choyé, aimé, adulé, qui n'avait qu'à se donner, acceptait de Céleste, de la main gauche, la moindre des largesses et, de la main droite, une gourmette en or 14 carats de... Ross Welles. Parce que ce patron, aussi déconcertant que séduisant, avait récidivé une fois de plus sur le corps de son employé... qui ne s'était pas refusé.

Durant ce temps, l'amorce s'était faite entre Ti-Guy et Jovette. Ils s'étaient revus à cinq reprises, il avait soupé chez elle à deux occasions et Laure, très belle et distinguée, avait dit à Ti-Guy lors de leur première rencontre: «Je pense que ma mère a eu la main heureuse, Monsieur Gaudrin. Et dire que vous étiez des amis!» La partie était presque gagnée, Laure l'acceptait, Laure le considérait. Heureux, épris plus que jamais de Jovette Biron-Jarre qui avait conservé le nom de son époux par amour pour sa fille, Ti-Guy avait fini par partager son lit un soir qu'ils étaient seuls à la maison. Et la relation fut intense! Jovette lui murmurait: «Je t'aime» et lui, suant de volupté sur le corps encore ferme de sa «divine», avait répliqué: «Moi, j't'aime pas, j't'adore!» Et loin de se comporter avec elle comme avec tant d'autres, il lui avait fait l'amour comme un véritable amant. Avec l'ardeur et la tendresse entremêlées dans chaque geste. Un acte d'amour comme on en commet un quand on aime. Jovette, ravie de constater que Ti-Guy avait évolué dans l'art de prendre et de donner, fronça quelque peu les sourcils lorsqu'elle se releva pour s'appuyer sur l'oreiller.

— Qu'est-ce qu'y a? Qu'est-ce que j'ai fait? T'as pas aimé ça?

— Non, au contraire, j'ai été comblée, Ti-Guy, mais c'qui m'inquiète et que j'viens à peine de me souvenir, c'est qu't'as jamais été fidèle.

— Non, pour ça, t'as rien à craindre! J'suis juste à toi...

— Ti-Guy! Dis pas des choses que tu penses pas! J'te connais, c'est plus fort que toi quand t'en vois une autre. Écoute, t'as même réussi à tromper Betty, ton «bébé», qui était d'une beauté rare!

— C'est parce que j'l'aimais pas, Jovette. Avec toi...

— Non, c'est parce que tu n'l'aimais plus, c'est différent, Ti-Guy. Tu l'as aimée, Betty, t'en voyais pas clair! Pis comme est' arrivée pendant qu't'étais aux prises avec Pauline... Tu l'as aimée comme un fou pour un bout d'temps, Ti-Guy, pis après, p'tit à p'tit, t'as commencé à en reluquer d'autres. Moi, j'aime mieux te l'dire tout d'suite, j'serais pas capable de prendre ça.

— T'as pas à craindre, Jovette, j't'aime, j't'adore pis là, j'te l'jure, y'en aura jamais une autre que toi dans ma vie!

— Pis dans ton lit, lui? C'est là qu'ça s'gâte, Ti-Guy! C'est pas qu'tu veux être infidèle, mais c'est plus fort que toi! Pis comme j'suis pas une jeune poulette...

Ti-Guy se glissa jusqu'à elle, l'enlaça et l'embrassa avec ardeur. Puis, gardant le visage de sa belle entre ses mains, il lui murmura:

— J't'en supplie, gâchons pas un si beau moment, Jovette. Fais-moi confiance... Fais-moi confiance juste une fois dans ta vie pis tu vas voir que j'suis plus l'même. J'ai changé, Jovette, du jour au lendemain depuis que j't'ai revue. Laisse-moi au moins te l'prouver.

Elle le regarda légèrement méfiante, le scruta profondément puis le somma:

— Écoute, j'veux bien t'faire confiance, j'veux bien t'laisser m'prouver c'que tu voudras, mais mieux vaut mettre les choses au clair, Ti-Guy. Si jamais j'apprends qu'tu m'as trompée, c'est fini, tu sors de ma vie. J'suis pas Betty, moi, pis j'pourrais pas te l'pardonner. J'ai d'la fierté, moi! Alors, si jamais j'apprends...

Il lui mit la main sur la bouche, lui sourit et lui dit:

— C'est fini… Je l'sais, tu me l'as déjà dit, mais t'auras jamais à l'redire, Jovette, parce que toi pis moi, ça vient à peine de commencer, pis j'te gage tout c'que j'ai qu'ça va jamais s'terminer.

Pendant que Ti-Guy coulait des jours heureux sans en parler à sa mère et que Dédé faisait de son mieux à gauche comme à droite, mémère, confuse et intriguée, écrivait à Gertrude: *Je sais pas ce qui se passe, ma chère, mais Ti-Guy et Dédé ont l'air tous les deux amoureux. Mais je sais pas de qui, ils sont muets comme la tombe. Comme si j'allais le répéter…* Or, en ce jour d'avril, alors que Dédé se dirigeait vers les bureaux de Forever, il tentait d'imaginer ce que Céleste lui réservait comme surprise, lors de leurs prochains ébats. Deux billets d'avion, peut-être? Ou encore, la petite auto sport jaune qui éclipserait dès lors la *Chevy Nova* usagée? Dédé songeait, Dédé rêvait, et le soleil semblait vouloir lui donner raison. Arrivé au bureau, il vit à la mine déconfite de la secrétaire que quelque chose venait de se passer. Avant qu'il ne la questionne, elle lui dit: «Monsieur Welles veut te voir, André, Il t'attend avec un café.» Étonné, Dédé se débarrassa de son imperméable qu'il avait sur le bras ainsi que de sa mallette et, sans perdre un instant, frappa à la porte de son patron. À peine entré, il constata que Ross Welles avait l'air content quoique inquiet. Ses deux rides de réflexion entre les sourcils le trahissaient. Il lui fit signe de s'asseoir, lui offrit un café et lui demanda tout en s'efforçant de sourire:

— As-tu passé un beau week-end, André?

— Heu… oui, tranquille. J'ai rien fait de spécial.

— Bon, écoute, j'vais aller droit au but. Ma compagnie déménage à Toronto le mois prochain. Tu sais, je n'suis pas le

seul dans cette entreprise et les autres actionnaires, des Toron-
tois, ont décidé d'acheter un *building* afin de prendre de l'ex-
pansion. Ce qui veut dire que, d'ici un mois, les employés de
Montréal vont se retrouver à pied…

— J'te voyais venir… Pardon, j'vous voyais venir…

— J'ai pas fini, André. Pour toi, ça pourrait s'arranger.

— Comment ça?

— Bien, si tu acceptes de suivre, je te garde à ton poste et
j'augmente ton salaire parce que le coût de la vie est plus cher
en Ontario.

— J'te… J'vous suis dans c'que vous dites, mais j'resterais
où, moi?

— Bien, pour commencer, chez moi. Maggie a trouvé une
grande maison. Il y a des chambres en quantité, tu aurais même
ta salle de bain privée… Et tu serais toujours là, tu comprends?

— Heu… oui, mais Maggie, j'veux dire votre femme?

— Parle moins fort et cesse de te tromper, André. Entre
nous, c'est tu, mais ici tout comme chez nous…

— J'vas faire attention, Monsieur Welles, j'vas m'surveiller… Pis les autres employés, eux autres?

— Ils vont tous être remerciés, André. À Toronto, ils ont le
personnel déjà en place. Il n'y a que toi que je tiens à garder…
Si tu le peux, bien sûr, car il te faudra consulter ton père et ta
grand-mère. Tu n'es pas majeur, tu as besoin de leur accord,
mais s'ils le désirent, je peux les rencontrer et les assurer que
nous allons veiller sur toi, ma femme et moi.

— Ben, moi, ça m'tente de vous suivre! Pis, j'pourrais apprendre l'anglais! J'vais les convaincre, Ross, laisse-moi faire…
Oh! excusez, j'ai la tête dure…

— Ça va, mais j'ai besoin d'une réponse d'ici une semaine
car, après, les employés devront quitter. Si tu viens avec moi,
tu seras le seul à être payé pendant le déménagement. Mais je

ne te force pas, André, je t'offre l'emploi, c'est tout. Si jamais ça ne marche pas, je connais des compétiteurs qui pourraient te prendre…

– N'allez pas plus loin, j'vous suis, j'embarque, j'reste pas ici!

Dédé travailla très peu ce matin-là, erra une partie de l'après-midi et rentra chez lui vers six heures, comme si de rien n'était, comme chaque fois qu'il regagnait la maison pour s'accommoder d'un… pâté chinois réchauffé. Mémère, installée dans son gros fauteuil devant son bulletin de nouvelles à la télévision, sentait que quelque chose était arrivé, que ça ne tournait pas rond, que son «p'tit cœur» était songeur. Baissant le son de son appareil, elle lui demanda:

– Y'a-tu queq'chose qui va pas, Dédé? T'as l'air bête!

– C'est ben simple, j'perds encore ma job, la compagnie déménage.

– Où ça? T'es sûr que c'est pas une menterie pour se débarrasser…

– Non, non, arrête donc de toujours suspecter tout l'monde, mémère! Y déménagent! Y s'en vont s'installer à Toronto!

– Verrat! C'est pas l'autre bord d'la rue, ça! Mais avec tes connections, tu vas sûrement t'placer ailleurs, tu connais tellement d'monde.

– Pas tant qu'ça! Pis des marchands d'fourrure, y'en a pas des tonnes à Montréal!

– Ben, tu changeras d'branche, Dédé! Y'a d'autres commerces que celui-là, y'a des manufactures de sacoches, de souliers…

– Éreinte-toi pas, mémère, y m'ont offert de les suivre avec une augmentation de salaire.

– J'comprends pas… Qui ça?

— Mon *boss,* c't'affaire! Monsieur Welles m'a offert la même job à Toronto pis j'dois y donner une réponse d'ici vendredi.

— Ben, penses-y pas, Dédé! T'es trop jeune pis on n'a pas besoin d's'expatrier pour gagner sa vie! Tu trouveras une autre job ici!

— Ben, r'garde donc ça! Tu décides pour moi, astheure? Pis si j'ai envie d'y aller, moi? C'est mon avenir qui se joue…

— Sors pas tes grands mots pour rien… Pis, oui j'décide pour toi pis pour ton bien à part ça! C'est moi qui t'a élevé, Dédé, t'es pas encore majeur pis j'suis responsable de ta personne jusqu'à tes vingt et un ans. Pis moi, t'savoir au loin, ça m'intéresse pas! Y'a ben assez que j'sais pas c'qui s'passe ici…

— Écoute, j'm'en vas pas dans' brume, monsieur Welles m'a offert de m'garder chez lui! Y'a acheté une grande maison, j'aurais ma chambre pis mes repas. J'payerais une pension pis sa femme, Maggie, est d'accord avec lui.

— J'm'en sacre, Dédé! On l'connaît pas, c'monde-là, nous autres! Pis c'est pas parce que tu chauffes un char pis qu'tu rentres pas d'la nuit que tu vas faire c'que tu veux de ta vie. Des jobs, y'en a partout pis, comme d'habitude, si t'as pas l'cran d'foncer dans l'tas, ben j'vas t'en trouver une, moi! *La Presse* est encore là!

— Aïe! ça va faire! J'en ai plein l'cul de t'voir dans mes affaires!

— Mal élevé! P'tit effronté! Parler comme ça à sa grand-mère! De toute façon, c'est à ton père que j'vas parler d'tes intentions, Dédé, pis j'suis certaine qu'y va s'ranger d'mon bord. Voyons donc! Toronto! À ton âge! T'as à peine le nombril sec!

— Toi, si tu m'mets des bâtons dans les roues avec le père…

— Quoi? Tu m'menaces en plus? Tu t'vois-tu la face quand tu dis ça, Dédé? Le vrai portrait d'ta mère! Mais ça m'impressionne pas, tu sauras! J'ai mâté un fils, j'suis capable de venir à bout d'un autre!

– Ben moi, j'suis pas ton fils, t'es juste ma grand-mère! Pis j'laisserai pas passer la chance d'aller apprendre l'anglais pis d'faire des gros salaires parce que ça fait pas ton affaire. J'suis plus un enfant pis j'sacre mon camp! Pis là, parles-en au père au plus sacrant ou j'monte en haut moi-même! Pis monsieur Welles est prêt à rencontrer l'père pour en discuter avec lui…

– Pas nécessaire, on veut pas l'voir, qu'y parte pis qu'y t'oublie, tu restes ici!

– Toi, si tu m'coupes l'herbe sous l'pied, si tu m'colles au mur, mémère, t'es finie avec moi! Parce que dans deux ans, tu vas m'perdre en calvaire! Pis tu vas aller crever sur la butte avec Gertrude!

– Dédé! T'entends-tu? Te rends-tu compte que tu m'dis presque que t'aimerais mieux m'voir morte…

– Oui… plutôt que d't'avoir toujours dans les jambes! Pis tu l'auras voulu, mémère! Un jour tu vas m'perdre pis pour longtemps en maudit! Pis là, c'est moi qui monte chez l'père, j'ai pas besoin d'toi pour lui expliquer c'que j'veux! J'monte tout seul…

– Ben, tu vas t'cogner l'nez' dans' porte, parce que ton père, y'est sorti! Y'a une nouvelle blonde pis y'est toujours parti!

– Ben, j'vas l'attendre! Jusqu'à minuit si y faut!

– T'es mieux d'faire aut' chose de ta soirée, Dédé, parce que, quand ton père va veiller chez j'sais pas qui, y rentre pas d'la nuit!

Le lendemain, assez tôt, Dédé quitta la maison sans avoir vu son père et, ne sachant où aller, il se rendit chez Forever. Son patron, l'apercevant, lui dit:

– T'avais pas besoin d'rentrer, Dédé, t'es payé quand même.

Le regardant, le jeune homme lui répondit:

– J'savais pas où aller, Ross...

Pris de compassion devant les yeux embués et la mine triste du garçon, son patron lui dit:

– Viens, suis-moi, on va aller déjeuner ensemble quelque part, toi et moi.

Ils roulèrent dans la superbe Cadillac de Ross Welles jusqu'à un hôtel où les déjeuners étaient dignes d'un banquet et les ustensiles en argent solide. Regardant son patron, Dédé lui annonça en marmonnant ou presque:

– Ça r'garde mal, Ross, ma grand-mère s'objecte... Pis j'ai peur qu'a monte le père contre moi.

Mal à l'aise, inquiet de la situation, Ross Welles lui répondit:

– Écoute, c'est pas la fin du monde, cet emploi-là... J'peux t'en trouver un autre... J'ai des amis...

Dédé, le regardant, constatant que son *boss* bougeait constamment sur sa chaise, profita du malaise pour lui dire:

– Si j'comprends bien, ça t'ferait pas grand-chose de m'perdre!

– Non, dis pas ça, j't'ai même offert de t'garder chez moi... C'est pas correct c'que tu dis là! Moi, c'que j'veux dire, c'est que j'veux pas me mettre ta famille à dos. Comprends-tu ça, au moins?

– Oui, j'comprends pis excuse-moi, Ross, mais ça m'dé-çoit... J'aimerais ça partir avec toi...

Sentant qu'il était en train de perdre le jeune homme avec lequel il avait, parfois, de belles relations, Ross lui marmonna:

– T'es nerveux, Dédé, t'as mal dormi, toi... Ça t'intéres-serait que je te loue une chambre ici? Tu pourrais te reposer, profiter de la piscine...

Comme face à un sursis, Dédé, les yeux hagards, lui répondit:

– Oui, tant qu'à rien faire de la journée...

Ross Welles, client connu du chic hôtel, obtint sans problème une luxueuse suite pour la journée. Il monta avec Dédé, la lui fit visiter et, devant la mine réjouie de son employé, il s'en approcha, lui caressa la nuque et l'entraîna dans un tourbillon... d'affection. Ross Welles savait qu'il s'amusait avec ce garçon pour la dernière fois. C'est pourquoi il lui dit, tout en reboutonnant sa chemise de soie:

– Tout ça, quoi qu'il advienne, c'est entre toi et moi, n'est-ce pas?

– Crains pas, j'en parlerai pas... Penses-tu qu'ça m'dérangerait pas autant qu'toi qu'ça se sache, Ross? Pis là, j'te suis pas...

– On s'reverra quand même, Dédé. Toronto, c'est pas loin et j'vais revenir souvent à Montréal pour mes affaires. Puis, parlons pas de ça, veux-tu? T'as pas encore eu la réponse de ton père...

– Non, mais j'sens qu'ma grand-mère va l'mettre dans sa poche! Si j'avais pu l'voir avant elle, j'dis pas, mais là, a doit lui avoir tout dit pendant qu'j'étais pas là...

– Pourquoi t'es pas resté chez toi, dans ce cas-là?

Doucereux, opportuniste, profiteur, arriviste, Dédé le regarda et lui répondit:

– Parce que j'avais envie de t'voir, Ross, j'avais envie de toi...

Devinant son jeu, le patron, sourire aux lèvres, rétorqua:

– On aurait pu faire la même chose ce soir, tu sais...

Et Ross Welles souriait de plus belle, parce que, des «p'tits Gaudrin», il en avait eu d'autres... à portée de la main.

L'après-midi, bénéficiant de la suite, de l'*open bar,* du téléviseur couleur et du divan moelleux, Dédé en profita pour téléphoner à Céleste et la prier de venir le rejoindre à l'hôtel. Cette dernière, trop heureuse d'être à ce point considérée, s'amena en vitesse et fut fort étonnée de trouver son jeune amant dans une suite aussi dispendieuse.

– Ne viens pas me dire que c'est toi qui se payes ce luxe, André!

– Bien sûr que c'est moi! Me prends-tu pour un tout nu? J'gagne ma vie, tu sais, j'suis capable de m'payer des folies de temps en temps.

– Je ne voulais pas t'insulter, mais je ne comprends pas. Pas de valises, pas même d'articles de toilette et, pourtant, la douche a été utilisée. Viens-tu juste d'arriver? Tu n'as pas passé la nuit ici…

– Non, non, toi pis tes questions! Oui, j'viens juste d'arriver pis si j't'ai demandé d'venir, Céleste, c'est parce que j'ai à t'parler.

– Curieux! Il fallait que tu prennes une douche pour ça? Toutes les serviettes ont été utilisées… Je n'suis pas folle, tu sais, toi, t'étais ici avec une autre avant moi…

– Bon, ça r'commence! Non, j'étais pas avec une autre! Me penses-tu assez cave pour faire ça pis t'inviter tout d'suite après?

– Alors, les serviettes, le remue-ménage de la salle de bain?

– Aïe! T'arrêtes ça tout d'suite, Céleste, ou tu prends la porte! J't'ai pas fait v'nir ici pour que t'espionnes mes moindres faits et gestes.

– Pourquoi, alors? Pour faire l'amour?

– Heu… non plus… C'est que j'avais à te parler, j'perds mon emploi, la compagnie déménage à Toronto.

– Déjà? J'en avais entendu parler, mais ça devait survenir plus tard, beaucoup plus tard… Donc, plus d'emploi! Et puis, après? Il n'y a pas que Forever dans les défilés de mode, je peux t'introduire, te donner un coup de pouce…

– Le patron m'a offert de le suivre à Toronto, de gagner plus cher…

Céleste Dury avait pâli. Elle ne souhaitait guère le départ d'André.

– Toronto! La ville la plus moche du Canada! Si encore c'était Vancouver ou les États-Unis, mais Toronto… Ne me dis pas que tu considères l'offre, André?

– Ben, j'aurais pas haï essayer, mais là, c'est la grand-mère qui m'met des bâtons dans les roues. Pis comme elle a de l'influence sur le père… Tu sais, le fait d'être mineur…

– Bien, pour une fois, ça aura du bon! Et je les comprends de ne pas te permettre de t'éloigner. Toronto est une ville de perdition!

– Tu viens tout juste de dire que c'était moche…

– Heu… oui, pour les affaires… Et puis, ce n'est pas ton monde qui vit là, ça vient de partout, tu te sentirais perdu! De toute façon, j'abonde dans le sens de ta grand-mère et en ce qui a trait à te trouver un autre emploi, tu peux compter sur moi.

– J't'ai rien demandé, Céleste…

– Alors, pourquoi suis-je ici? À moins que tu aies envie…

Ce disant, Céleste s'était approchée de lui tout en glissant sa main sur sa cuisse. Il se leva d'un bond et lui dit:

– J'regrette, mais j'ai pas la tête à ça! C'que j'veux t'dire, c'est que j'vas quitter l'milieu d'la mode, sortir de ce domaine prétentieux.

– Merci pour moi, j'en fais partie!

– Pis j'veux aussi t'dire que ça s'termine toi pis moi! J'en ai assez d'être ton jouet, ton p'tit gars à tout faire. Fallait qu'ça finisse un jour pis c'est aujourd'hui qu'ça s'termine. On n'est pas du même âge, notre relation est artificielle pis j'en retire aucun plaisir.

Outrée, debout, les yeux noirs remplis de rage, Céleste répliqua:

– T'as pas toujours dit ça, André Gaudrin! Surtout quand je te comblais de cadeaux et de sorties princières. Tu as la mémoire courte à ce que je vois! Donc, pour toi, une femme, ça se décommande en claquant des doigts! Même une femme qui t'aime…

– Exagère pas, possessive oui, mais amoureuse… Pis à part ça, t'as ton mari. Pis j'me d'mande c'que tu fais avec un jeune…

– Petit vaurien! Tous les mêmes!

– Tu vois? J'suis même pas l'premier, Céleste! Ton *kick,* c'est juste un vice!

– Misérable! Petit chien de ruelle! Tu venais de la campagne, tu n'avais rien et je t'ai tout mis dans les mains! Les bijoux, les cadeaux, les *drinks…*

Insulté, Dédé se leva, ouvrit la porte et lui fit signe de sortir, la menaçant d'ameuter le corridor si elle ne disparaissait pas de sa vue. Céleste, altière, allait sortir lorsqu'il lui lança tel un dard:

– Pis, tout c'que tu m'as donné, tu vas l'ravoir pas plus tard qu'à soir! Pis pour l'argent qu't'as dépensé dans les clubs, j'te l'ai remboursé bien des fois dans un lit!

Céleste emprunta l'ascenseur, descendit, se rendit à la réception et chercha à savoir qui avait loué la suite du quinzième. On lui répondit que c'était confidentiel, qu'on ne pouvait divulguer le nom du locataire à moins qu'elle le connaisse. Prenant une chance, elle lança le nom d'André Gaudrin, mais le commis hocha négativement la tête. Insistante, elle lui dit:

– Vous pouvez au moins me dire si c'est une femme qui a payé pour la suite.

– Je suis tenu au secret, Madame, mon emploi est en jeu si...

Constatant qu'il était prêt à jouer les Judas moyennant... elle lui glissa dans la main un billet de cinquante dollars en lui disant:

– Je ne veux pas de nom, je ne veux pas mettre votre situation en péril, mais dites-moi seulement si c'est une femme.

Le commis, billet enfoui dans sa poche, regarda le registre et répondit:

– Non, Madame, c'est un homme.

Surprise, estomaquée, Céleste Dury tourna du talon en marmonnant:

– Salaud! Petit profiteur, va! Bisexuel en plus, le scélérat!

Le soir venu, après avoir quitté la suite, Dédé se rendit chez lui et vida ses coffrets de tout ce que Céleste lui avait donné. Fourrant le tout dans un sac de papier, il repartit sous les yeux de mémère qui, éberluée, se demandait ce qui lui passait par la tête. Elle avait tenté de lui parler, il l'avait complètement ignorée. Elle le vit prendre le volant et démarrer, le pied pesant. Arrivé au salon de beauté que Céleste partageait avec le coiffeur Bertrand Clair, il poussa la porte, se dirigea vers elle et vida le contenu de son sac sur la table en lui disant:

– Tiens! J'te dois plus rien! J'espère que le prochain sera aussi honnête!

Avant qu'elle puisse réagir, le coiffeur qui ne savait rien de l'histoire s'était approché pour crier à Dédé:

– J'm'en vais à Paris, André! Si tu l'veux, j't'emmène! J'suis sérieux!

Dédé, déjà furieux et insulté d'être encore la cible de ce coiffeur maniéré qui l'irritait, lui répondit:

– Non merci, Bertrand, j'aimerais mieux y aller su'l'pouce avec un robineux, plutôt qu'avec toi!

Sautant sur l'occasion avant qu'il ne prenne la porte, Céleste Dury lui cria hargneusement:

– Ou en première classe avec celui qui a payé la suite de l'hôtel, André Gaudrin?

De retour à la maison, délivré de cette peste de femme et de ceux qui l'entouraient, Dédé ressentit un vif soulagement. Sa grand-mère lui offrit un bol de soupe qu'il accepta et elle lui dit mielleusement:

– Tu sais, c'est pour ton bien, Dédé... C'est parce que j'tiens à toi...

– Fatigue-toi pas, mémère, j'y vas, j'pars, j'décampe d'ici!

Se rendant compte qu'il était d'humeur à l'obstiner, elle coupa court:

– De toute façon, ton père veut pas! Arrange-toi avec lui, astheure!

Furieux, encore sous l'effet du choc des dernières paroles de Céleste, il poussa son bol, passa la porte et grimpa chez son père qui, devant son miroir, nouait le col de sa cravate.

– P'pa...

– J't'arrête, Dédé! Si c'est pour me demander d'partir travailler à Toronto, c'est non! J'te laisserai pas aller t'perdre là, toi!

– Voyons, c'est d'l'avancement, c'est la chance de ma vie pis mon *boss* est prêt à m'garder chez lui. Y veut même venir t'en parler pis s'présenter...

– Lui, j'le connais pas, c'est un étranger, sa femme aussi, pis j'tiens pas à les rencontrer! Pis, l'anglais, tu peux l'apprendre par correspondance si ça t'manque! Non, Dédé, tu restes avec nous autres! Mémère pis moi, on t'a pas élevé pour que tu quittes le nid avant l'âge. On n'a pas fait tous ces sacrifices pour que tu déguerpisses ailleurs pour quelques piastres de plus. Des jobs payantes, y'en a plein *La Presse*, Dédé, pis si t'en trouves pas, t'es pas dans' rue, j'suis capable de t'nourrir, t'habiller pis t'loger. D'l'argent, j'en ai, tu sais! Pis, j'te force pas à travailler; si tu veux reprendre les études, tu l'peux!

– J'pensais que venait un temps où on décidait d'sa vie, l'père!

– Oui, à vingt et un ans, quand on est casé, quand on a une bonne job, un bon salaire pis une tête sur les épaules. Ça, c'est pas encore ton cas, Dédé, pis appelle-moi pas l'père, j'aime pas ça.

– Vous comprenez rien, mémère pis toi! J'ai une bonne job, j'ai la chance d'avancer dans l'domaine, d'apprendre, d'aller plus loin…

– Toi, t'iras pas plus loin qu'ici, compris? Pis, on comprend rien, hein? Ben, tu sauras mon gars, qu'la fourrure, c'est pas l'marché de l'avenir. Avec le coût d'la vie qui grimpe sans arrêt, c'est la première chose que les femmes vont couper. C'est un luxe…

– Va pas plus loin, j'gagnerai rien en tentant d't'expliquer…

– T'as rien à m'expliquer, Dédé! Demain, tu dis à ton *boss* que tu y vas pas, tu crisses la job là pis tu r'viens ici t'écraser devant tes programmes jusqu'à c'que mémère te trouve aut' chose qui va t'plaire. C'est ça, rien d'autre, pis t'as besoin de pas m'tenir tête ou j't'enlève le char des mains! Pis là, excuse-moi, mais j'ai un rendez-vous d'affaires pis j'veux pas être en retard. On n'a plus rien à s'dire, Dédé!

Décontenancé, déboussolé, traité comme un enfant, lui qui se croyait un homme, Dédé redescendit, s'étendit sur son divan et, les deux poings sur les joues, rumina longuement.

D'un seul coup, tout s'écroulait. Lui qui, hier encore, vivait comme un adulte dans une suite d'hôtel, venait d'être rappelé à l'ordre par son père. Descendu de son piédestal, mineur, dépendant de mémère, il regrettait presque d'avoir fait le «grand ménage». Céleste aurait certes servi à le distraire, à le choyer, à lui faire oublier… Mais, trop tard, il l'avait rejetée à bout de bras. En furie contre son père, en maudit contre mémère, il se jurait que son «procès» n'en resterait pas là. Il attendrait un peu; il avait besoin de refaire le plein d'énergie et il disparaîtrait. Mémère allait voir sa pression monter de soixante crans, et son père allait en être repentant. Non, on ne le traiterait pas de la sorte à dix-neuf ans! Frustré, aussi maussade que pouvait l'être sa mère, jadis, quand elle était contrariée, il se promettait d'en faire voir de toutes les couleurs à son père. Il l'avait traité comme un gamin? Il allait le payer cher, Guy Gaudrin! Et mémère, sa complice, se ferait du mauvais sang au point d'en avoir des varices!

# Chapitre 8

É perdument amoureux de Jovette, Ti-Guy passait de deux à trois jours par semaine chez elle, lorsque Laure s'absentait pour se rendre chez son père. Jovette qui, au départ, croyait plus ou moins à cet amour naissant, se rendait compte que ses sentiments étaient plus forts qu'elle n'aurait pu les imaginer. Elle aimait Guy Gaudrin comme elle n'avait encore aimé personne dans sa vie, pas même Philippe au moment le plus crucial de leur ardeur. Ti-Guy, bon, généreux envers elle, le cœur sur la main en guise de soutien, avait, de plus, l'atout d'être bel homme et de lui faire l'amour comme un dieu. Elle qui n'avait connu que la bestialité au temps où... Elle n'osait pas y penser, trop d'images défilaient encore dans sa tête. Elle qui, par la suite, avait trouvé une certaine accalmie dans les bras de Philippe car, elle se devait de l'avouer, son mari n'avait jamais vraiment réussi à l'enivrer de passion... dans un lit. Ce que Ti-Guy réussissait à merveille avec un certain respect auquel, d'une fois à l'autre, se mêlait l'audace qu'elle ne repoussait pas. Au contraire, Jovette était avide d'un amour franc, direct. Un amour de cœur, certes, mais aussi de corps qui la rendait à chaque fois, tendre, sentimentale et légèrement... impudique.

Ti-Guy, sûr de sa liaison, convaincu de ses sentiments et de ceux de celle qu'il aimait, avait fini par avouer à sa mère son amour pour Jovette. Emma Gaudrin, étonnée sans être surprise et tout à fait ravie pour lui, s'était écriée: «Si tu savais comme j'suis contente! Enfin, une fille de chez nous! Mon Dieu, merci!» Heureuse de sentir que son Ti-Guy serait enfin sage et casé, elle respirait d'aise. Finies ces nuits à remonter l'escalier en titubant avec une fille différente à chaque fois à son bras. Finie sa douleur de mère d'avoir vu son fils unique victime de «la Pauline» et esclave de «la Betty». Une bonne fille de Saint-Calixte! Voilà comment Emma Gaudrin percevait Jovette, espérant de tout cœur que ce coup de foudre n'ait jamais de fin.

Par un matin de la semaine suivante, alors que Ti-Guy avait passé la nuit chez Jovette, la sonnerie du téléphone retentit très tôt rue Guizot.

— Oui, allô? répondit une voix quelque peu enrouée.

— Jovette? C'est madame Gaudrin! Ti-Guy est là? C'est urgent!

— Oui, bien sûr, y s'lève... Attendez, j'vous l'passe à l'instant.

— Allô? C'est toi, la mère? Qu'est-ce qu'y a?

— J't'appellerais pas pour rien, Ti-Guy, j'te dérangerais pas chez Jovette, mais Dédé est parti! J'ai trouvé un mot su'l'bureau d'sa chambre!

— Parti où? Y te l'as dit?

— Non, pas une miette! Écoute, c'est juste sur un bout d'papier! Y'a écrit: *Cherchez-moi pas, je reviens pas, je veux faire ma vie.* Juste ça, Ti-Guy! J'suis sûre qu'y'a pris l'bord de Toronto!

– Le p'tit maudit! Syncope! Y veux-tu m'donner des cheveux gris, le p'tit verrat? J'vais v'enir, j'vais voir c'que j'peux faire, mais énerve-toi pas, la mère, y'est quand même plus aux couches!

– Voyons donc, toi! C'est encore un enfant! T'en es responsable!

– Oui, j'sais, mais c'que j'veux dire, c'est qu'on l'a pas enlevé ton p'tit cœur, la mère! Y'a juste sacré l'camp! J'peux quand même pas mettre la police à ses trousses après une nuit! Pis c'est pas la première fois qu'y découche! Attendons un peu, y va peut-être donner d'ses nouvelles pour pas t'énerver. Si c'est pas l'cas, j'prendrai les grands moyens. Mais là, assis-toi, ménage ton angine, j'm'habille pis j'arrive aussitôt qu'Jovette va partir travailler. Pis, si y téléphone, rappelle-moi tout d'suite!

Jovette qui avait écouté la conversation demanda à Ti-Guy:

– C'est Dédé, hein? Y'a pris la clef des champs? Fallait s'y attendre, y'est en âge de s'manifester pis y'a personne à qui s'confier... Tu sais, Ti-Guy, y'est à peu près temps que tu l'affranchisses sur nous deux pis qu'tu me l'présentes. J'suis sa marraine pis y'a peut-être besoin d'une confidente... Ta mère, tu sais, malgré ses qualités, c'est sans doute pas l'oreille dont y'a besoin. Tu m'as pas tout dit sur lui, mais y'est peut-être temps qu'on l'prenne en main.

– Oui, t'as raison, y'est tout seul dans son coin pis y doit ruminer ben souvent. C'est vrai qu'tu pourrais l'aider, toi. T'as l'don pour ça. Tu l'as fait avec Pauline pis comme y'a hérité un peu d'son caractère...

– Ben là, va vite chez ta mère avant que l'cœur lui arrête pis dis-lui que, dès qu'on va l'retrouver, on va s'en occuper toi pis moi!

La veille, avant que la nuit soit trop dense, Dédé était monté à bord de sa *Chevy Nova* et avait appuyé sur l'accélérateur, volant en main, capote fermée en cas de pluie, direction route 401. L'après-midi même, alors que mémère était partie chez la coiffeuse, il en avait profité pour vider ses tiroirs et son placard et tout foutre dans le coffre de sa voiture. Puis, ayant fermé la porte de sa chambre tout en y laissant la note bien en vue sur la commode, il avait soupé avec sa grand-mère d'une pointe de tourtière, et était sorti en lui disant qu'il allait faire le plein d'essence et prendre un coke chez Tony avec «la gang» du coin. Mais, en ce même après-midi, il s'était rendu à la banque de Montréal au coin de Sauvé pour y retirer une assez forte somme pour son voyage. Tout était planifié, tout était prévu selon lui et, en voyageant de nuit, il serait à Toronto au petit jour. De là, avec l'adresse qu'il avait notée du carnet de la secrétaire, il se rendrait à la nouvelle résidence de Ross Welles qui l'accueillerait sans doute… à bras ouverts!

Il conduisit une partie de la nuit, ne fit monter aucun autostoppeur et s'arrêta à une ou deux reprises pour s'acheter un sandwich, un café, et se soulager au petit coin d'un poste d'essence. Fatigué, pas rasé, les cheveux quelque peu en broussaille, il atteignit Toronto et là, d'un garage à un autre, il obtint la route à suivre pour repérer le quartier où son ex-patron venait d'emménager. Il grilla quelques cigarettes, écouta des chansons de l'heure à la radio de sa voiture, attendit que le jour se lève, alla déjeuner dans un casse-croûte et se dirigea lentement, vers dix heures, jusqu'à l'avenue qu'on lui avait indiquée. La grande artère ne contenait que cinq luxueuses résidences et celle de Ross fut facile à détecter, c'était la plus spacieuse. Heureux, sûr de lui, il se stationna devant le 228 et sonna tout en s'appuyant de dos sur le cadre de la porte. Il n'avait pas dormi, il était épuisé, il ne demandait qu'à trouver «sa chambre» et s'y étendre sur le lit. La porte s'ouvrit et Dédé se trouva face à face avec Maggie. Elle le reconnut, mais comme elle «massacrait» le français et lui l'anglais, elle le fit entrer et téléphona à son mari, déjà au bureau pour la journée: «*Ross? Someone is here for you.*» Sur les instances de son époux, elle ajouta en regardant le jeune homme d'un air méfiant: «*Well, André, the young supervisor or...*» Elle ne savait pas au juste quel était le titre d'André chez Forever, mais elle sentit au silence momentané de son mari, qu'il était à la fois surpris et ennuyé de cette visite. Il lui suggéra de s'en défaire, de lui dire qu'il devait s'absenter pour deux jours, mais elle lui répliqua: «*It's your problem, honey, not mine!*» Puis, elle raccrocha et offrit un café à Dédé qui l'accepta en lui disant: «C'est pas d'refus!», ce qu'elle ne comprit pas. Une heure s'écoula et Ross arriva au volant d'une superbe Lincoln Continental, flambant neuve. Entrant et apercevant Dédé installé sur le moelleux divan du salon, il durcit les yeux, fit signe à Maggie de les laisser seuls et cette dernière se retira tout en se questionnant sérieusement. Le portrait était trop évident. Ross, l'air soucieux, Dédé, souriant, elle en conclut que le jeune homme n'avait pas fait tout ce chemin... pour rien! Mais, plus éprise de son nouvel environnement que de son mari, sans enfants, Maggie sauta dans sa voiture et se rendit au centre commercial le plus dispendieux pour acheter des tentures et des rideaux, tel que planifié la veille. Et ce, sans se préoccuper du jeune homme troublant écrasé sur le divan, et de son mari, mal à l'aise devant lui, s'interrogeant... mal pris!

Regardant par la fenêtre, Ross Welles demanda à Dédé sans se retourner:

– On peut savoir ce que tu fais ici, toi?

– Ben, j'suis parti, j'ai pensé qu'ça t'ferait plaisir. J'la veux la job pis j'veux rester ici… Mais on dirait qu'ta femme est pas au courant…

– Non, en effet, parce que je ne lui en avais pas encore parlé. D'ailleurs, tout était tombé à l'eau, tu ne devais pas venir, tu n'étais plus un employé…

– Ben là, j'le redeviens! Pis au diable le monde entier, Ross, moi, ma vie, ça va être ici! Pis à tes conditions si tu comprends c'que j'veux dire…

– Non, je n'comprends pas, lui répondit son patron en le regardant dans les yeux. Et je ne me ferai pas le complice d'un mineur qui déserte sa maison, sa famille, et qui défie les lois pour un emploi. De toute façon, c'est trop tard, on a trouvé quelqu'un qui a pris ta place.

Découragé, fatigué du long parcours, Dédé lui dit d'une voix tremblante:

– Tu peux pas m'faire ça, Ross, j'ai tout laissé pour venir ici… J'ai pas dormi d'la nuit, j'tiens à peine debout… Pis j'ai pas fait ça juste pour la job mais aussi pour toi…

– Pour moi? Est-ce que je t'ai demandé quoi que ce soit, Dédé?

– Non, mais viens pas m'dire que toi pis moi… T'as oublié?

– Écoute, André, je t'ai offert un emploi, je t'ai offert de te garder chez moi, j'étais de bonne foi, mais ton père s'est opposé. Pour moi, à partir de là, c'était fini, tu comprends? Et là, même si tu revenais avec son accord, ce qui n'est pas le cas, ce serait trop tard. Jimmy occupe déjà le poste.

– Jimmy? J'imagine qu'y a mon âge pis qu'y…

– Dédé, *dammit!* Non! Ça prend pas! Là, t'es sur un *run*, ton père doit t'chercher pis si j'le voulais, j'pourrais t'faire arrêter. J'le ferai pas, mais j'te demande de partir d'ici au plus vite pis de jamais revenir. Toi pis moi, c'est le passé, c'est *behind us,* tu comprends? Si t'as besoin d'argent jusqu'à demain, j't'en donne, mais téléphone au moins à ton père pour lui dire où t'es rendu.

– T'aimerais ça qu'y sache que j'suis chez toi, Ross?

– Dédé! *Don't become a jerk!* Si t'allais trop loin, ça serait pas mieux pour toi. Ta réputation est aussi importante que la mienne. Alors, sois bon joueur, va-t-en, fais ta vie ailleurs pis oublie-moi ainsi qu'la job. Et là, j'aimerais qu'tu partes avant que Maggie revienne...

– T'as peur, hein? Tu voudrais pas qu'elle apprenne...

Ross, hors de lui, souleva le jeune homme du divan, ouvrit la porte, et le poussa violemment sur le perron. Puis, d'une voix autoritaire, il lui dit:

– Tu as cinq minutes pour déguerpir ou j'appelle la police! Pis comme tu t'es sauvé de la maison... Va-t-en, André, reviens plus, ça servira à rien. Et cherche plus à me revoir, j'en ai fini avec toi!

– Depuis Jimmy?

Ross Welles referma la porte et Dédé, désemparé, épuisé, rejeté une fois de plus, se rendit jusqu'à sa voiture et arrêta dans le premier motel en vue, pour se payer une sieste de trois heures. Reposé, lavé, rasé, il enfila un bel habit et se dirigea, à l'aide d'une carte routière, vers le centre-ville de Toronto. Il dénicha un stationnement, aperçut un petit hôtel de troisième ordre et loua une chambre pour la nuit. Puis, après avoir soupé dans un restaurant près de la gare Union, il descendit à pied jusqu'à la rue Yonge où, il l'avait entendu dire, la bière et les spiritueux coulaient à flots. Il entra dans un *pub* sordide et, assis sur un tabouret du bar, il commanda un scotch avec soda sans qu'on lui demande sa carte d'identité. D'un scotch à un autre, d'une cigarette à l'autre, il remarqua que l'endroit s'emplissait de clients, mais en majorité d'hommes. Il y avait certes deux ou trois filles, mais elles étaient avec cinq ou six gars que Dédé n'eut aucune peine à «identifier». Et encore moins lorsqu'il les vit se mettre à danser follement entre eux sur des tubes de Petula Clark et tendrement sur ceux de Julio Iglesias. La tête lui tournait déjà lorsqu'un type dans la trentaine prit place à côté de lui et lui lança une œillade avec un «*Hi!*» peu trompeur. Dédé lui répondit: «J'parle pas l'anglais» et, lorsque l'autre répliqua: «*Oh! French? How nice...*», il se leva, prit son verre et alla s'asseoir à une petite table du fond. Cinq minutes plus tard, un autre type, fin vingtaine, qui s'était entretenu avec le type du bar, s'approcha de lui pour lui demander en français: «Ça t'arrive de danser, *cutie*?» Et Dédé de lui répondre: «Non! Pas avec des hommes!» L'autre, insulté, rétorqua: «Alors, qu'est-ce que tu fais ici? Si tu viens juste pour agacer...» Dédé se leva, déposa son verre et se dirigea vers la sortie en lui disant: «J'suis venu ici pour prendre un *drink!* Tu comprends l'français, non? Pis si j'suis à' mauvaise place, j'vais aller flamber mon argent ailleurs!» Sur ces mots, titubant quelque peu, enivré par le scotch dont il n'avait pas l'habitude, il longea la rue, en emprunta une autre et se retrouva dans un quartier où les clubs étaient nombreux et les filles en quantité. Attablé dans une boîte à l'allure louche, un autre scotch en vue, il aperçut à ses côtés une très belle fille d'environ vingt-cinq ans, maquillée à outrance, la cuisse croisée sur l'autre, qui lui lança un «*Hi! I'm Cindy!*» Cette fois, il lui rendit son sourire tout en lui disant qu'il parlait à peine l'anglais, et lui offrit un verre qu'elle accepta. Elle parlait peu, le séduisit d'un regard soutenu et lui, encore sous le choc du rejet brutal de son patron, se mit à «baragouiner» l'anglais avec elle. Juste assez pour qu'elle apprenne qu'il s'appelait André ou «*Andrew*» et qu'elle comprenne qu'il était un *tourist* qui avait sa chambre d'hôtel. Elle dansa avec lui et éclata de rire lorsqu'elle le sentit vaciller sur ses jambes. Elle lui demanda si elle pouvait le suivre à sa chambre et lorsqu'il lui répondit par: «*How much?*» elle se montra indignée, fit mine de partir, mais il la retint par le bras. Cindy le persuada qu'elle n'était pas ce qu'il croyait et qu'elle le trouvait de son goût, un point, c'est tout. Et, comme elle avait un dix onces de gin dans son sac à main, elle le convainquit qu'ils seraient plus à l'aise à son hôtel que dans cet endroit malfamé. Dédé, qui avait laissé sa voiture à l'hôtel, héla un taxi et, en peu de temps, ils montaient jusqu'à sa minable chambre par une petite cage d'ascenseur. La jeune femme ne sembla pas étonnée qu'il habite cet hôtel bon marché. Et Dédé, malgré l'ivresse, crut remarquer que le commis de la réception semblait la connaître. Elle prit place sur le lit, lui servit un gin par-dessus ses scotchs et lui offrit de partager un «joint» avec elle. Surpris, il lui dit: «Non, j'touche pas à ça! Juste mes cigarettes!» Elle l'enlaça, l'attira à elle et, Dédé, ivre et troublé, glissa une main dans sa blouse noire déboutonnée. D'un baiser à une caresse, elle lui versa un autre verre, insista pour qu'il aspire une touche, juste une, et il se laissa convaincre. Dix minutes plus tard, voyant le plafond tourner et le sol se dérober sous ses pieds, Dédé tomba sur l'oreiller en laissant son verre se fracasser sur le plancher. Puis ce fut le néant, le nuage blanc, l'infini, et sa main qui cherchait au loin… sans rien atteindre.

Il était une heure de l'après-midi le lendemain, lorsque Dédé revint de son pénible «voyage». Chemise ouverte, pantalon pas même détaché, il était allongé sur le lit d'une chambre qu'il avait peine à reconnaître. Il souffrait d'une terrible migraine, le crâne lui fendait, le cœur lui levait. Peu à peu, sa mémoire remettait en place les morceaux du casse-tête. Il se souvint de ses verres de scotch, il revoyait, sans toutefois la distinguer, une fille qui riait. Puis, retrouvant davantage ses esprits, il voulut regarder l'heure, mais sa montre n'était plus à son poignet. Il se leva, tituba, vit les clefs de sa voiture sur le bureau, son linge un peu partout, son imperméable par terre, ses effets de toilette et, près du pied du lit, son portefeuille. Il l'ouvrit avec empressement et se frappa de rage la tête contre le mur. Plus d'argent, pas le moindre billet de banque, pas même de monnaie sonnante sauf deux pièces noires sur le plancher. Ses cartes étaient en place, ses papiers d'identité, tout le reste. Se pressant vers le tiroir où il avait caché cent dollars dans une paire de bas blancs, il retrouva les bas, mais sans le billet de banque. Rien n'avait été épargné, tout avait été fouillé, et la fille de la veille dont il ne se rappelait plus du nom et encore moins du visage, lui avait tout dérobé. Elle qui s'était défendue de ne pas être une prostituée! En furie d'avoir été aussi naïf, il se demandait que faire. Appeler Ross qui l'avait foutu à la porte? Jamais! Il avait certes assez d'essence pour un bout de route et comme sa chambre était payée, il ne lui restait plus qu'à plier bagages et tenter de se rendre le plus loin possible, quitte, par la suite, à attendrir un bon Samaritain avec sa triste histoire. Dédé venait de fermer sa valise lorsque le commis de la réception sonna à sa chambre pour lui dire dans un mauvais français: «*Sorry,* le temps a fini. Va falloir payer une autre nuit.» Dédé, hors de lui, lui cria: «Quoi? Comment ça? J'pars! J'm'en vais! J'sors d'ici dans cinq minutes, j'suis pas pour payer une autre nuit!» Le commis lui expliqua qu'il avait dépassé l'heure de quitter la chambre et que, de ce fait, il devait payer pour une autre journée. Dédé comprit ce qu'il voulait dire, d'autant plus que le type venait de lui annoncer qu'il était deux heures. Il se défendit donc en ajoutant qu'on lui avait volé son argent et que l'hôtel lui semblait malhonnête. Le type avait raccroché et, croyant s'en être tiré à bon compte, Dédé boutonna sa chemise, noua sa cravate, enfila son veston et emprunta la cage de l'ascenseur avec ses bagages. Rendu en bas, face à la réception, deux policiers l'attendaient. Nerveux, il tenta de leur expliquer ce qui lui était arrivé, qu'il avait été volé, mais dans le piètre état dans lequel il se trouvait, les vêtements froissés, les yeux gonflés, le teint blafard, ils ne crurent pas à son histoire et le sommèrent de payer ce qu'il devait. Constatant qu'il n'avait rien, ne comprenant pas ce qu'il leur «mâchait» dans son anglais, ils le firent monter dans l'auto-patrouille pour l'emmener jusqu'au poste tout en laissant au commis les clefs de la voiture en garantie de paiement. Dédé gesticulait, exhibait ses cartes d'identité, mais l'un des deux hommes lui lança: «*Shut up and wait!*» Dédé comprit qu'il valait mieux se taire.

Introduit dans une petite salle, un policier en civil entra et, regardant Dédé, lui demanda:

– André Gaudrin, c'est bien ton nom?

– Vous parlez français? Enfin! Je vais pouvoir m'expliquer!

Dédé raconta à l'enquêteur sa mésaventure et, ce dernier, compatissant, accepta de le croire. Il avait senti dès les premières minutes que le jeune homme n'était pas un voyou. Par contre, il lui fit vider son sac et Dédé n'eut d'autre choix que de lui avouer qu'il avait fugué, qu'il était parti sans le consentement de son père. Il lui expliqua qu'il était revenu pour ravoir son emploi, mais que son patron, qui le lui avait pourtant promis, le lui avait ensuite refusé. Sans pour autant ajouter quoi que ce soit sur l'étrange liaison entre Ross Welles et lui. Constatant qu'il n'avait plus un sou, il avisa Dédé qu'il ne pouvait ouvrir un dossier et retracer sa voleuse. D'autant plus que c'était lui qui l'avait invitée à sa chambre. Comme tant d'autres, il avait été victime d'une prostituée qui préférait prendre son «dû» et plus encore, sans rien donner. Malheureusement, cette aventure allait lui servir de leçon et comme il était mineur, le policier l'assura qu'il n'aurait pas à payer une autre nuit à l'hôtel qui le réclamait et que sa voiture lui serait rendue l'après-midi même.

— Cependant, je me dois d'appeler ton père, de lui dire où tu es, de l'aviser de ce qui t'arrive.

— Est-ce vraiment nécessaire?

— Oui, tu es en fugue, jeune homme et tu n'as même pas assez d'argent pour te rendre à Montréal avec ta voiture. Et ton père est sûrement inquiet, tu ne penses pas?

Dédé ne répondit pas, hocha la tête tout en la baissant et retint son souffle lorsque l'enquêteur composa le numéro de téléphone de son père. Ti-Guy, surpris, ahuri, écouta le récit du policier et, soulagé de constater que rien de grave n'était arrivé à Dédé, il demanda à lui parler.

— Allô, p'pa? Tu dois m'en vouloir…

— Écoute, Dédé, parlons pas d'ça! J'vais t'réserver une chambre d'hôtel de qualité à partir d'ici avec ma carte pis on va même te remettre de l'argent pour que tu fasses le plein et que tu rentres demain. T'en fais pas, t'auras rien à faire, rien à dire. T'auras juste à t'présenter à l'adresse que le policier va t'donner. D'où tu es, tu pourras même te rendre à pied. Pis là, laisse-moi r'parler à l'enquêteur.

— Heu… oui, mais j'te donne du trouble, tu dois m'haïr…

— Non, j't'haïs pas, Dédé! T'es mon gars, pis j'suis ben content que rien d'grave te soit arrivé. L'argent qu't'as perdu, c'est pas important, t'auras juste à en faire d'autre pis ça va t'servir de leçon. Mais c'que j'veux qu'tu saches, c'est qu'ta grand-mère a failli faire une thrombose dans son énervement.

A rajeunit pas, Dédé, faudra plus jamais lui faire ça, t'as compris? Oublie pas qu'a l'a sacrifié sa vie...

– Oui, je l'sais, pis fais-moi pas m'sentir plus coupable que je l'suis, p'pa. Quand j'vas rentrer, j'aimerais ça qu'ça soit comme avant si c'est possible. Pis, tu m'as pas parlé du char...

– Crains pas, j'te l'ôterai pas. Tu vas l'garder, mais là, va falloir que tu t'branches, mon gars! T'es pas pour passer ta vie à sauter d'une p'tite job à une autre. Tu r'prends tes études ou on va trouver ensemble une façon d'gagner ta vie. Pis là, à partir d'astheure, tu vas avoir à m'rendre des comptes jusqu'à c'que tu sois majeur. J't'ai donné trop d'lousse, le p'tit! Y'est temps que j'te reprenne en main, mais t'as pas à avoir peur, ça va être pour ton bien.

– Ça va, j'ai compris, p'pa... Pis là, j'te r'passe le policier à côté d'moi.

Le lendemain matin, après une nuit dans un chic hôtel, de l'argent en poche, Dédé s'engagea sur le *highway* qui le ramènerait à Montréal. Songeur, encore en furie d'avoir été dépossédé de ses économies, il en voulait aussi à son ex-patron de l'avoir ainsi rabroué. Somme toute, c'était la faute de Ross si son séjour avait mal tourné. Il lui promettait un chien de... Puis, non. S'entêter à l'ennuyer pouvait finir par se tourner contre lui si, accablé, Ross Welles le dénonçait à son père avec leur liaison étalée. Mieux valait que cette histoire soit enterrée et que Ross s'engouffre dans le passé. Avec cette brusque rupture après celle d'avec Céleste, plus rien ne subsistait de cet emploi maudit dans le milieu des... incongruités. Au volant de sa voiture, tout en regardant devant lui, Dédé faisait le bilan de sa vie. À dix-neuf ans! Nadine, Irving, Jacquie, Céleste, Ross... Que de déceptions accrochées à chacun de ces noms! Que de déboires... Des hauts, des bas, des ascensions, des passions, des déclins, des trahisons… Puis, parce qu'il l'avait oublié dans le décompte, il revit le visage de Benny, le cordonnier. Le seul à ne pas l'avoir lésé, le seul sans doute qu'il avait pu… Non, c'était idiot, Dédé n'avait pas aimé Benny. Pas plus qu'il avait aimé Patricia qui l'avait débauché. Mais ces deux noms ne faisaient pas partie de ses désillusions. Parce qu'avec elle comme avec lui, Dédé s'était abandonné… gratuitement! Sans en retirer le moindre profit! Deux expériences qui se justifiaient dans la balance et dont la pesée serait à tout jamais gravée. Morose, inquiet, approchant de Montréal, Dédé se mit à rêver de Saint-Calixte et de la godiche… Rita!

Quelques jours s'étaient écoulés depuis le retour de Dédé qui, silencieux et tranquille, faisait tout en sorte pour que son père ne change pas d'avis au sujet de la voiture. Mémère l'avait accueilli chaleureusement. Elle aurait voulu le serrer sur son cœur mais, Dédé, habilement, s'était délivré des bras de sa grand-mère. Curieusement, elle ne le questionna pas et Dédé en déduisit que son père l'avait avertie de ne pas revenir sur ce qui était fait et qu'il avait réglé. Elle ne lui avait même pas parlé de l'argent qu'il s'était fait voler. Ti-Guy avait sans doute préféré ne pas en parler à sa mère, elle pour qui l'argent gagné à la sueur du front devait être épargné en prévision des mornes saisons. Comme si de rien n'était, mémère continuait de faire ses tourtières, ses pâtés chinois, ses œufs en sauce blanche et ses macaronis aux tomates. Sans argent ou presque, Dédé sortait rarement de la maison, sauf pour aller boire un coke chez Tony ou s'acheter des cigarettes que son père lui payait. Quand mémère traversait chez Dionne pour ses emplettes, il lui arrivait de crier à son «p'tit cœur»: «T'as besoin de rien de l'autre côté d'la rue, Dédé?» Ce dernier, comme s'il était au-dessus de ses affaires, lui répondait: «Oui, achète-moi un du Maurier pis j'vas t'le rembourser quand tu r'viendras.» Sachant fort bien que sa grand-mère lui dirait comme de coutume: «Ça va, mon homme, j'te l'donne!»

Assagi quelque peu, mais se sentant abruti d'être à la merci de son père et de sa grand-mère, Dédé était à quelques pouces près de s'emporter. Ce n'était pas parce qu'il avait commis une erreur qu'il en serait à tout jamais puni. Dépendant, il se sentait comme à treize ans, alors que mémère et son père lui donnaient un peu d'argent et des permissions de sortir de temps en temps. Lui qui avait derrière lui le bagage d'un homme qui avait tout connu ou presque de la vie. Après les habits, les clubs de nuit, les chaînes en or, la Grecque et ses largesses, Irving, Jacquie, Céleste et Ross, il n'allait certes pas recommencer au bas de l'échelle, à se contenter des paquets de cigarettes de sa grand-mère. À deux pas d'exploser, il reçut un appel de son père qui lui demanda de monter pour discuter. Dédé ne se fit pas prier et, devant le paternel, la cigarette allumée, le café sur la table, il l'entendit lui dire:

– C'est à soir qu'on s'parle, mon gars! Si t'es vaillant, si t'as du cran, j'ai une sacrée bonne *business* à t'confier. Pis j'pense qu'à ton âge, tu vas être capable de t'en charger.

– De quoi, p'pa? T'as pensé à quelque chose?

– Oui, Dédé. La butte!

– La butte? À Saint-Calixte? Qu'est-ce que j'pourrais faire là?

– Ben, si tu veux être sérieux, pis si t'as l'sens des affaires, j't'la donne, Dédé! J't'la donne avec tous les chalets pis c'que ça rapporte! Tout est payé, t'as juste à les gérer, à t'en occuper, à les louer, pis à passer l'été là avec ta grand-mère.

Dédé, d'abord ravi de se sentir propriétaire, déchanta quelque peu en pensant qu'il devrait encore subir mémère. Le sourire effacé, il regarda son père et lui répondit:

– C'est… c'est beau c'que tu m'offres là, p'pa! C'est sûr que j'serais capable pis qu'ça m'mettrait en affaires, mais avec mémère, c'est impensable… J'l'aime bien, j'sais c'qu'elle a fait pour moi, je l'oublie pas, mais là, j'suis plus capable de l'avoir dans les jambes. A va m'rendre fou, a m'traite encore comme un p'tit gars… J'suis pas capable de faire un pas, qu'est derrière moi!

– Ben, tu sais, avec c'que j't'offre, j'peux pas garder mémère ici à rien faire. A va dépérir, a va mourir d'ennui…

– Pis moi? Tu penses que j'vas pas mourir d'ennui, là-bas? J'ai connu la ville, j'ai travaillé dans le grand monde, j'ai passé de grands bouts sur la rue Sainte-Catherine… Penses-tu, p'pa, que j'vais pas trouver ça dur de me r'trouver à campagne à longueur d'année? J'suis prêt à l'faire, mais sacre-moi pas mémère dans les pattes! C'est tout c'que j'te d'mande!

– Qui t'a parlé d'être sur la butte à longueur d'année?

– Personne! C'est moi qui y'a pensé dès qu'tu m'en as parlé. Si j'hérite de la butte pis des chalets, j'aimerais qu'ça marche hiver, été. Pis y manque pas grand-chose pour y arriver. Comme j'suis bon avec mes mains pis que j'pourrais m'trouver des manœuvres, j'suis sûr que ça marcherait pis qu'on les louerait même l'hiver. Y'en a qui d'mandent pas mieux que d'fuir la ville pis d'jouir de la beauté d'la campagne en décembre, janvier, février…

– Pas bête, Dédé, pas bête pantoute! Tu vois? T'as déjà la bosse des affaires. Pis, si c'est juste mémère qui dérange tes plans, j'vas trouver une solution. J'sais qu'a restera pas en ville toute seule, j'sais qu'a s'meurt de r'tourner dans son patelin, mais c'qu'elle aime de Saint-Calixte, c'est pas la butte, c'est l'village. Si j'lui propose de la caser avec Gertrude qui vit seule dans sa grande maison, j'suis sûr qu'a dirait pas non. Tu la verrais de temps en temps, mais tu l'auras pas accrochée à tes culottes tout l'temps. Laisse-moi faire, mon gars, j'vas t'arranger ça. Pis, j'oubliais, Dédé, y'est à peu près temps qu'tu rencontres la femme que j'fréquente régulièrement.

– T'as une blonde *steady,* toi? Ben, là… C'est qui, p'pa?

– Elle s'appelle Jovette Biron. On a grandi ensemble à Saint-Calixte, elle a connu ta mère, c'était sa grande amie. On s'est perdus d'vue un certain nombre d'années et là, par hasard, on s'est retrouvés. C'est mémère qui l'a croisée sur la rue Saint-Hubert. De plus, c'est ta marraine, Dédé! C'est déjà presque de la famille comme tu vois…

– Une femme de ton âge? Célibataire?

– Ben, un peu plus vieille que moi, mais de quelques années seulement. Jovette va avoir quarante-quatre ans en juillet. Elle a été mariée, elle a une fille de dix-sept ans pis là, comme moi, 'est divorcée. Ça fait qu'elle pis moi, on s'est tout d'suite accommodés.

– C'est-tu vraiment sérieux, p'pa? Tu sais, toi, c'est jamais ben long…

– Non, pas avec elle, Dédé. Sans qu'elle le sache, j'l'ai toujours aimée. Même jeune! Mais ç'a pris tout c'temps-là pour que j'lui dise.

– Pis elle, a t'aime-tu autant qu'tu l'aimes?

– Au moment où on s'parle, oui! Ç'a pris un peu plus d'temps d'son côté parce que j'avais pas bonne réputation… A m'a vu courailler jeune… Mais tu vas voir, tu vas la rencontrer pis tu vas l'aimer, Dédé! Mémère est folle comme braque que j'sois avec elle, qu'on sorte ensemble.

– Ça veux-tu dire qu'a va venir rester en haut avec toi?

– Non, j'penserais pas… Jovette a sa maison pis sa job. A travaille dans une caisse populaire. Pis, tu sais, a reste pas loin d'ici, sa maison est sur la rue Guizot, deux rues au sud de Crémazie.

– Ben, j'suis content pour toi, p'pa! D'autant plus qu'c'était une amie d'ma mère pis qu'a m'a sans doute vu quand j'étais p'tit…

– Oui, pis a l'a hâte de t'revoir, Dédé! Pis ça, le plus vite possible!

– Pis mon parrain, lui, c'est qui? Son ancien mari?

– Heu… non, c'était Rosaire, un ami d'Carmen qui travaillait à la manufacture de cigares avec nous autres, mais lui, tu risques pas d'le revoir, y'est parti dans' brume. Y'a juste été parrain pour dépanner…

– T'étais mal pris à c'point-là? T'avais pas d'cousin, pas d'parenté?

– Ça, c'est une longue histoire, Dédé, pis un jour, quand tu seras dans les bonnes grâces de Jovette, j'suis sûr qu'a va t'raconter tout c'qui s'est passé dans not' jeunessc. Moi, j'en ai pas l'goût pis j'saurais pas par où commencer… Pis là, l'idée d'être à ton compte, de commencer avant l'été, ça t'plaît, Dédé? Tu changeras pas d'idée?

– Non, j'penserais pas… Depuis l'temps que j'veux sortir d'la ville pis oublier tout c'qui s'est passé ici, c'est la meilleure chose qui pouvait m'arriver, p'pa! Pis j'suis sérieux, j'vas la faire marcher la butte, moi!

– Dans c'cas-là, prépare-toi, demande à mémère de repasser tes chemises blanches, parce qu'on va s'rendre chez l'notaire dans pas grand temps, toi pis moi!

C'est le 22 mai 1970 que, vêtu tel un homme d'affaires dans le bureau d'un notaire, André Gaudrin devint propriétaire de la butte, du lac artificiel et des quatre chalets qu'on louait chaque année. Son père, fier de son allure, lui avait dit en lui remettant les papiers: «C'est à ton tour, mon grand, moi, j'ai fait mon temps à Saint-Calixte, pis j'ai des affaires à brasser ici pour le restant d'ma vie.» Documents en main, Dédé s'était senti comme un jeune «millionnaire» pour cinq ou dix minutes. Tout comme ceux qu'il avait enviés, il était à son tour en affaires, patron, sans avoir encore d'employés. Heureux de l'excellente relation qui s'était établie avec son père grâce à cette transaction, il se mit à le regarder avec admiration. Emma Gaudrin était au septième ciel! Son «p'tit cœur» qu'elle appelait maintenant «mon homme», allait faire briller de nouveau le nom des Gaudrin dans son patelin. Elle avait quelque peu rouspété à l'idée d'en être séparé, mais Ti-Guy lui avait fait comprendre que Dédé devait voler de ses propres ailes et ne plus avoir à dépendre d'elle. Et comme il lui fit miroiter l'idée de s'établir avec Gertrude dans sa grande maison, de ne jamais manquer d'argent, de vivre sur la rue Principale, de soigner son angine et ne plus voir sa pression monter de dix crans chaque jour, Emma accepta avec résignation la douloureuse séparation. Elle qui le couvait depuis qu'il était né, cet enfant-là. Il était évident que son cœur de mère doublé de celui de grand-mère devait s'adapter à cette nouvelle situation, mais laisser Dédé seul… Néanmoins, retrouver Gertrude, commérer avec elle, regarder les mêmes programmes ensemble, aller en ville de temps en temps par autobus, profiter de sa liberté du troisième âge… Car, il fallait en tenir compte, mémère allait avoir soixante-dix ans en août prochain. Et Dédé, livré à lui-même, deviendrait sûrement, selon elle, l'homme d'affaires sûr de lui qu'était Ti-Guy à son âge.

Une semaine plus tard, Dédé rencontrait Jovette qui était venue veiller en haut chez son père. Ti-Guy l'avait invité à monter prendre un café et Dédé avait été ébloui par le sourire et la beauté de cette femme dans la quarantaine. Il fut vite conquis par Jovette qui lui dit en se levant:

– Faudra qu'tu commences par embrasser ta marraine, Dédé.

Le geste posé, elle le regarda et lui avoua avec sincérité:

– Sais-tu qu't'es encore plus beau qu'ton père l'était à ton âge?

Puis, se tournant vers Ti-Guy dont elle caressa la nuque, elle ajouta:

– Pis j'ai pas dit ça pour te dénigrer, mon chéri... C'est juste qu'à son âge, toi, tu devais t'battre avec ton acné pis qu'lui, c'est pas l'cas!

Ils éclatèrent de rire et, Ti-Guy, heureux de sentir que Dédé n'avait d'yeux que pour Jovette, répondit:

– C'est vrai, t'as raison... Tu t'rappelles? J'faisais venir des onguents de Montréal pis l'docteur me disait d'couper les *chips* pis l'coke. Pis c'est vrai qu't'es plus beau qu'moi, Dédé! C'est normal, quand on fait un p'tit, c'est pour qu'y soit mieux qu'le père!

Dédé, ravi d'être le centre d'attraction, s'adressa à Jovette:

– Comme ça, vous avez connu Saint-Calixte pis la butte?

– Oui, mais j't'arrête! Tu m'lâches le «vous» pis tu m'appelles Jovette à partir de maintenant. J'suis ta marraine pis la blonde de ton père, Dédé! Pis, va falloir t'y faire, j'pense qu'on va s'revoir souvent toi pis moi. Mon p'tit doigt m'dit...

Ti-Guy l'interrompit pour s'approcher d'elle et lui dire en déposant un baiser sur sa joue:

– Ton p'tit doigt t'a pas encore dit grand-chose, Jovette... Attends que l'mien s'mette à parler!

Ils rirent de bon cœur et Jovette, intéressée, l'interrogea sur ses études, ses emplois antérieurs... Voyant qu'il était mal à l'aise, qu'il détournait les yeux, la tête, elle comprit qu'elle avait mal choisi le moment et que son filleul n'était guère disposé à lui ouvrir les tiroirs de sa vie. Du moins, pas ce soir-là et pas devant son père. Mais elle saisit dans le regard du garçon qu'il avait souffert de certaines situations et, qu'avec le temps, il serait sans doute prêt à se confier. Mais mieux valait ne pas le brusquer et la soirée se termina sur des anecdotes de jeunesse à Saint-Calixte, sans qu'il soit question de Pauline. À un certain moment, le cognac aidant, Dédé lui demanda:

— Vous… Pardon, tu as connu ma mère, t'as même été son amie.

— Oui, je l'ai connue et j'ai été près d'elle jusqu'à la fin, Dédé.

— T'accepterais de m'en parler un jour, Jovette? J'aimerais ça savoir d'où j'viens du côté maternel… J'aimerais qu'tu m'parles d'elle… Tout c'que j'ai vu, c'est une photo d'noces, rien d'autre. Pis comme mémère pis mon père m'en ont pas trop parlé…

Jovette regarda Ti-Guy qui, d'un hochement de tête, acquiesça. Puis, regardant sa tasse pour ensuite relever les yeux sur Dédé, il lui dit:

— Jovette te racontera toute l'histoire, Dédé. Moi, j'suis pas bon pour m'exprimer, tu l'sais… Mais avec elle, t'auras l'heure juste sur tout c'que tu voudras savoir et plus encore. Parce que j'te donne la permission, Jovette, de tout lui dire, de rien lui cacher. Parle-lui d'sa mère comme t'as parlé d'toi à ta fille. T'es la seule capable de l'faire! Moi, j'trouverais pas les mots, pis ma mère avec ses blancs d'mémoire…

Il était entendu que Dédé se rendrait à Saint-Calixte dès les premiers jours de juin, afin de préparer les chalets déjà loués et aménager le sien, celui que mémère et Gertrude occupaient l'an dernier. Mais après avoir revu Jovette une autre fois, après s'être rendu compte que son père en était vraiment amoureux et que mémère semblait la considérer, il décida qu'il était temps qu'ils se rencontrent et qu'ils parlent longuement avant qu'il ne s'isole à la campagne. Il en avait discuté avec son père qui lui avait dit: «Arrange-toi avec elle.» Jovette, informée du désir de Dédé, fit elle-même les premiers pas. Elle lui offrit de venir dîner chez elle, de passer l'après-midi et la soirée s'il le fallait, qu'elle lui accorderait tout son temps. Ce que Dédé accepta d'emblée même si mémère, au courant de la rencontre, avait dit à Ti-Guy: «C'est-tu obligatoire qu'y connaisse toute l'histoire? Ça va lui donner quoi d'savoir la vérité? Surtout avec la mère qu'y a eue!» Ce à quoi Ti-Guy avait répondu: «C'est son droit, la mère! Pis Pauline, c'est elle qui lui a donné la vie! Sans elle, y'aurait plus d'Gaudrin dans la lignée...» Échappant un soupir, mémère marmonna: «J'sais ben... mais c'est-tu nécessaire qu'y sache, qu'à part ça, sa mère était une bonne à... Pis, j'me tais, j'ai peur qu'a vienne me tirer les orteils, celle-là! En autant qu'Jovette lui en dise pas plus que c'qu'y doit savoir... Quand a s'met à parler, elle!»

Dédé arriva chez Jovette, rue Guizot, par un début d'après-midi ensoleillé. Charmée par sa visite, elle lui avait préparé un buffet froid et débouché une bouteille de vin d'Alsace. Très à l'aise dans cette maison, il s'informa à savoir s'ils allaient être dérangés, si quelqu'un n'allait pas arriver...

– T'en fais pas, Dédé, personne va venir. Ton père sait qu'on a un après-midi de confidences, toi pis moi, pis ma fille est chez son père et ne rentrera pas avant demain. On a toute la journée à nous, comme tu vois.

Rassuré, il mangea quelques sandwichs, des œufs farcis, et porta à ses lèvres le verre de vin qu'elle lui avait versé. Assis l'un en face de l'autre dans ce vivoir où le soleil pénétrait d'une fenêtre qui ne les dérangeait pas, ils pouvaient se regarder dans les yeux sans se perdre du regard un seul instant.

– Écoute, Dédé, ça va être long parce que j'vais commencer par le commencement. J'te cacherai rien, j'te l'jure, mais si t'as des questions en cours de route, gêne-toi pas! Pis si t'aimes mieux noter des faits sur lesquels tu veux revenir après, t'as du papier pis un crayon à côté d'ton verre.

Et Jovette, les yeux dans le passé, ressassant les calendriers jusqu'en 1948, lui dit:

– Ta mère est arrivée à Saint-Calixte comme un cheveu sur la soupe. Sa sœur, Raymonde, qui vit à Saint-Lin, l'avait jetée à la porte comme un chien et c'est le curé Talbert qui l'avait recueillie. Servante de métier, c'est sûr qu'y avait rien pour elle dans les parages, mais comme y pouvait pas l'héberger au presbytère, il avait demandé à l'ermite si y pouvait lui offrir le gîte jusqu'à c'qu'y la case ailleurs…

– Qui? T'as dit, l'ermite?

– Oui, c'était un vieux, un homme de soixante ans qui vivait dans un shack sur la butte. Y'était là depuis dix ans avec juste un couple de voisins, Piquet pis la veuve. L'ermite, c'était Samuel Bourque, un bon gars mais pas mal sauvage. C'est pour ça qu'on l'avait baptisé l'ermite, y descendait presque jamais au village. Pis, dans c'temps-là, la butte appartenait à personne, pas même à la municipalité. La veuve, Piquet pis Sam s'en étaient emparés, le lac avec… Pis c'est lui, l'ermite, qui a hébergé ta mère. Elle avait juste vingt ans, elle était dans la misère pis lui, avec le cœur sur la main… Elle devait rester juste quelques jours… Pis, là, j'te sers un autre verre, Dédé, pis j'te raconte toute l'histoire!

Déjà intéressé, plus qu'intrigué par le triste début du récit sur sa mère, Dédé allongea les pieds et promit à Jovette de ne pas l'interrompre. Cette dernière, se mouillant les lèvres, reprit le fil là où elle l'avait déposé. Elle lui raconta la lente idylle entre sa mère et l'ermite. Elle ne lui épargna rien, ses nuits charnelles avec Sam, ses audaces avec Ti-Guy, ses infidélités avec Marande… Elle lui parla de leur première rencontre, de Pauline délaissée par Marcel qui était entré en prison. Elle lui conta aussi la grossesse de Pauline qui ne savait plus qui était le père de l'enfant qu'elle portait tout en choisissant Sam à ce titre. Elle lui narra sa fuite en ville, sa fausse couche, sa petite «Orielle» de son roman qui n'avait pas vu le jour. Elle lui parla de Piquet, de la veuve et des querelles entre elle et sa mère. Mais, par respect pour Pauline, elle lui attribuait toujours le rôle de la femme dans «la misère», pour que le fils, pris de compassion, en vienne à l'aimer profondément. D'ailleurs, elle sentait que, déjà, Dédé était secoué quand elle lui racontait les «tourments» de sa mère. Pour la mémoire, la douce mémoire de Pauline, il ne fallait pas que son «rejeton» la sente, un tantinet soit peu, indigne. Jovette sauta quelques étapes et en arriva au suicide de l'ermite. Il s'était tué par amour pour elle, disait-on, mais elle rassura Dédé en lui disant que Sam avait été plus avide des rondeurs que du cœur de sa mère. Comme elle reprenait son souffle, Dédé lui susurra:

— Elle était grosse, pas mal grosse, ma mère, hein? J'ai vu ça sur les photos…

Gardant son calme, Jovette lui répondit qu'elle était certes bien portante mais pas obèse et que, de toute façon, il était normal qu'elle soit grosse le jour de ses noces, elle était enceinte de lui. Ce qui confirmait les dires de son père lors de la découverte des photos. Jovette ne lui parla pas du retour que voulait effectuer Pauline auprès de Sam, une lettre à la poste, une boîte de chocolats sur les genoux. Elle tenait à lui dire seulement ce qui ne l'affecterait pas. Elle sauta des chapitres et revint avec sa mère au moment où, réconciliée avec Raymonde, elle était revenue à Saint-Lin. Elle lui parla de son emploi chez Bob, de ses retrouvailles avec Ti-Guy, de leurs ébats, de leur liaison et de la responsabilité prise par son père lorsqu'il apprit qu'elle était enceinte. Elle lui parla de leur mariage malgré les objections de Joseph, son grand-père, qui refusait de l'accueillir, elle et son rejeton. Joseph Gaudrin fut le seul que Jovette n'épargna pas de la conversation. Elle voulait que Dédé sache que Joseph avait renié son fils et que, ce dernier, armé de courage, était parti avec Pauline et le bébé dans son ventre pour vaincre tous les périls et donner son nom à son enfant. Bref, elle ne mentait pas, mais elle tenait, par cet aveu quelque peu éloquent, à rapprocher davantage Dédé de son père, même si ce dernier, bien souvent, s'en était tenu éloigné. Elle lui parla ensuite de la mort de Joseph sans qu'il se soit réconcilié avec Ti-Guy, de leur retour au magasin de la rue Principale, de la rupture de ses parents, de l'éloignement de Pauline, et Dédé l'interrompit:

– Pourquoi ma mère m'a abandonné, Jovette? A m'aimait pas?

– Non, c'était pas l'cas… Ta mère était malade, Dédé, incapable de prendre un enfant à sa charge. Pis comme ça marchait plus entre elle pis ton père, elle a préféré t'laisser à lui pour que tu manques de rien. Parce qu'a voulait pas qu'son enfance soit la tienne…

– Quelle enfance?

– Excuse-moi, j'ai sauté l'commencement, mais ça, c'est elle qui me l'a confié, j'l'ai pas connue enfant, Dédé.

Et Jovette de lui répéter ce que Pauline lui avait dit. Le décès de son père alors qu'elle était en bas âge, la mort tragique de son frère sous les roues d'un camion, son enfance malheureuse, celle de Raymonde aussi… La fuite de l'école, les matelots, les débardeurs du port à l'âge de treize ans…

– Pis là, demande-moi pas de détails, Dédé, j'étais pas là!

Elle se leva pour se délier les jambes, se servir un verre et en verser un autre à Dédé puis, reprenant son fauteuil alors qu'il s'allumait une cigarette, elle poursuivit en lui disant que sa grand-mère avait été très bonne pour Ti-Guy, qu'elle l'avait soutenu, qu'elle lui avait donné de l'argent en cachette jadis, qu'elle avait accepté Pauline et qu'elle avait tout fait pour être son alliée. Ce qui était faux, mais Jovette ne tenait pas à ce que Dédé voie sa grand-mère d'un autre œil, après tout ce qu'elle avait fait pour lui. Elle l'assura que son père n'avait pas laissé Pauline sans le sou, qu'il avait toujours vu à ce qu'elle ne manque de rien, et qu'il ne l'avait jamais abandonnée, même quand Betty était entrée dans sa vie.

— Celle-là, j'aime mieux pas en entendre parler, j'l'aimais pas! Est partie pis ça m'a soulagé... Bon débarras!

Jovette ne releva pas la remarque et reprit son récit en lui faisant part des migraines de Pauline, du mal héréditaire dont était morte sa propre mère, de ses pertes de mémoire, de ses traitements à l'hôpital entourée de Berthe, sa sœur, la religieuse qui l'avait assistée jusqu'au dernier moment. Puis, de l'enterrement alors qu'on l'avait mise en terre avec sa mère, son frère...

— Pourquoi pas l'avoir enterrée à Saint-Calixte? risqua-t-il encore une fois. On va tous être là, un jour. Pourquoi pas elle? C'est ma mère...

— Oui, j'sais, Dédé, mais en terre à côté d'son beau-père qui l'avait répudiée, toi avec, c'était pas souhaitable. Pis avant d'porter le nom des Gaudrin pour un bout d'temps, faut pas oublier qu'c'est Pauline Pinchaud qui a vécu tout c'temps-là. J'pense qu'est plus à sa place avec sa famille qui l'aimait, tu penses pas? Sa mère a dû en prendre soin dès qu'est arrivée d'l'autre côté, elles sont mortes des mêmes souffrances, l'une pis l'autre.

– Parce qu'elle a souffert? C'était un cancer du cerveau?

– Heu… non, c'était juste une tumeur, mais elle a pas souffert longtemps… D'ailleurs, on la soulageait dès qu'a l'avait une douleur.

Jovette avait fait une pause. Elle reprenait son souffle, contente d'avoir affranchi Dédé sans lui étaler toutes les bassesses de sa mère. Elle ne lui avait pas parlé du mal qu'elle avait fait à Sam. Encore moins de Réal Crête et Bruno Clouette, les derniers truands de son existence. Elle ne lui avait pas dit que mémère l'avait haïe au point de lui souhaiter l'enfer et que c'était elle, Jovette, qui, bien malgré elle, l'avait fait enfermer à l'asile de peur d'être assaillie. Elle ne lui avait révélé que le strict nécessaire… sur sa pauvre mère. Lui demandant s'il avait pris des notes, s'il avait des questions, il lui répondit:

– Non, j'pense que ça répond à c'que j'voulais savoir, Jovette. Mais c'qui m'surprend, c'est qu'on n'a pas d'souvenirs d'elle. Juste une photo ou deux… A devait ben avoir des effets personnels…

– Ben, a gardait rien ou presque, a s'attachait à rien. Tout c'que j'peux t'dire, c'est qu'elle était folle de Judy Garland, c'était son idole! Mais c'était moi qui avais ses disques, pas elle… Elle aimait aussi Frank Sinatra, pis… pis… attends un peu, Veronica Lake!

– Oui, ça je l'sais, mon père me l'a dit, mais t'as aucun bijou, pas même une p'tite chaîne… Mémère a rien non plus.

– Non, pis c'est vrai qu'ta mère n'était pas une ramasseuse. Tout c'qu'elle a gardé, c'est l'dictionnaire de Sam au temps du shack pis le cadre avec le portrait de *La Joconde*. Ça, elle l'avait pris d'son logement d'la rue Mozart, parce que l'tableau, elle l'avait vu dans l'dictionnaire.

– Ben, ça serait au moins ça! C'est où ces souvenirs-là?

– Ça, faudrait l'demander à ton père, Dédé. C'est sûrement lui qui les a gardés… Pis, j'suis sûre qu'y t'les donnerait avec plaisir pour que tu les apportes au chalet. Mais c'est tout c'qui reste d'elle, rien d'autre.

– Pis toi, Jovette, si tu m'disais un peu d'où tu viens, c'que…

– Voyons, Dédé! Ça t'intéresse? J'suis pas ta mère…

– Pas grave, ça m'intéresse pis j'suis pas pressé d'partir si tu veux m'garder. Tiens! on pourrait commander des mets chinois! Ça t'tente-tu?

Ce qui fut dit fut fait et, après s'être léché les doigts collés par les *spare ribs* et s'être lavé les mains par la suite, Jovette lui dit:

– J'veux bien t'parler d'ma jeunesse, mais c'est rien de drôle, Dédé. Pis, j't'avertis, j'vais couper au plus court, parce que ça m'crève encore le cœur…

– J'veux pas t'chavirer, Jovette, j'demandais ça comme ça…

– Non, non, j'veux qu'tu m'connaisses de fond en comble! Juste au cas où ton père pis moi, tu comprends? J'veux pas avoir de secret pour toi pis j'veux qu'tu saches qui j'suis pis d'où j'viens.

– Ben, dans c'cas-là, j't'écoute, Jovette, j'ai rien à perdre.

Prenant une grande respiration, Jovette remonta jusqu'à sa jeunesse et lui parla des agressions de son père, de ses relations forcées avec les commis voyageurs, du fils qu'elle avait eu à seize ans et que son père avait donné en adoption avant de la séquestrer dans la remise et d'en abuser régulièrement. Sentant que Dédé semblait bouleversé par les aveux, elle s'abstint de lui dire que Ti-Guy l'avait souvent sortie des griffes de son père, en se faufilant dans son lit pour y être… indécent. Elle ne voulait, à aucun moment, accabler celui que son cœur aimait maintenant. Pas plus qu'elle ne parla de l'hôtel où elle se rendait avec Pauline pour faire boire les clients. L'hôtel où sa mère avait rencontré Marcel Marande avec qui elle avait trompé Sam qui l'attendait, le cœur fébrile. Puis, Jovette alla plus loin et lui raconta sa fuite, son arrivée à Montréal, sa «première job» à la manufacture. Elle alla encore plus loin en lui avouant sa liaison avec Carmen, écœurée des hommes, encline à se donner aux femmes. Mais elle ajouta avoir retrouvé son équilibre juste à temps, pour réemprunter un sentier moins rocailleux avec un homme. Philippe Jarre! L'homme qu'elle avait aimé et épousé dans un assez bref délai. Prenant une pause, elle ajouta:

– Faut que j'te l'dise, Dédé, quand j'me suis mariée avec Phil, j'étais déjà enceinte de ma fille. Sa famille le savait, la mienne aussi, mais j'avais demandé que, pour les autres, on soit bouche cousue. J'avais déjà été enceinte hors mariage à seize ans et je ne voulais pas qu'on pense que j'avais fait le coup à Phil pour devenir sa femme. Comme j'étais grande et mince, ça ne paraissait même pas que j'attendais un enfant. À cinq mois de grossesse, j'avais encore le ventre plat ou presque. Mais c'est pas pour ça que j'ai marié Philippe. Je l'aimais, y m'aimait, mais, avec le temps, y'a tellement essayé de m'changer, de faire de moi une autre, que j'ai fini par le détester. Et c'est là qu'y s'est trouvé une jeune maîtresse. Tu sais, quand j'ai eu ma p'tite, ta mère aurait pu s'rendre compte, en r'montant l'calendrier, que j'm'étais mariée obligée, mais quand elle est venue me voir un mois après mon accouchement, elle a même pas calculé, elle avait plus toute sa tête. C'était juste avant qu'on la rentre à l'hôpital. Pis, tout c'que j'te dis là sur moi, ton père le sait, ma fille aussi. J'ai rien caché à l'un comme à l'autre. Pis là, j'me sens bien parce que j'ai plus rien d'pesant sur le cœur… J'suis libérée.

Dédé, le regard fuyant, lui répondit furtivement:

– J'aimerais pouvoir en dire autant.

– Pourquoi tu dis ça? T'as quelque chose qui te fatigue, toi, hein? T'aurais besoin de t'confier, pas vrai?

– Peut-être, Jovette, surtout là, avec l'alcool, dégêné, à l'aise avec toi…

– Alors, pourquoi qu'tu m'dis pas c'qui t'tracasse, Dédé? Si tu savais comme on s'sent bien quand on n'est pas tout seul avec un poids…

– J'ai rien fait d'mal, tu sais… Du moins, j'le pense… Mais moi, c'est pas comme toi, Jovette, j'veux pas m'ouvrir pour que ça se sache. J't'en parlerais bien, mais j'débiterais jamais ça à mon père… On n'a pas une relation à tout casser, lui pis moi. On commence à peine à s'apprivoiser… Toi, tu comprendrais peut-être, mais pas lui.

– Ben, si ça peut t'rassurer, Dédé, confie-toi, libère-toi de c'qui t'achale, pis j'te promets que personne en saura rien, que tout c'que tu vas m'dire va rester entre toi pis moi.

– Ben, dans c'cas-là, j'veux bien, parce que j'ai envie d'savoir qui j'suis… J'ai besoin qu'on m'dise c'qui m'arrive…

Jovette croisa la jambe, se versa un café et voulut en offrir une tasse à Dédé, mais il lui dit: «Donne-moi juste un dernier verre de vin, ça va m'donner du *guts*!» Elle lui servit un autre verre de vin d'Alsace et, mangeant une bouchée de pâté de foie dans un tout petit pain roulé, il lui raconta, moment par moment, tout ce qui s'était passé dans sa vie depuis qu'il avait quitté Saint-Calixte. Il fit abstraction, bien sûr, de ses petites visites chez le père Arthur, car ce dernier, mort et enterré depuis, n'avait été qu'un vieux fouineur de première heure. Dédé lui parla de Nadine, de sa peine d'amour. Puis, il lui parla, avec une certaine hésitation, de Irving, son premier patron, de sa promotion, de ses ambitions et de ce qu'il avait fait pour gravir les échelons. Ensuite, comme pour lui faire oublier quelque peu cette confession, il lui confia sa relation avec la Grecque du restaurant qui le couvrait de largesses et de Patricia qui l'avait initié, s'excusant presque d'avoir sauté ce chapitre. Jovette l'écoutait sans rien dire, sans l'interrompre. Rassuré, Dédé avala deux autres gorgées puis il lui mentionna Céleste Dury, une femme plus vieille que lui, mais il fit un pas en arrière dans son récit, parce qu'il avait omis de lui confier sa relation avec Jacqueline Julien dite Jacquie, le mannequin qui allait lui chercher des caisses de bière par la ruelle. Jacquie qu'il avait lâchement abandonnée malgré l'amour qu'elle lui portait. La seule à l'avoir vraiment aimé, il le reconnaissait. Puis, légèrement intimidé malgré le vin, il lui parla de Benny, le cordonnier chez qui il était allé un certain soir après l'avoir laissé faire avant dans... Embarrassé, Dédé s'arrêta et lui dit:

– Là, ça m'gêne, Jovette, parce que j'avais rien à r'tirer de c't'homme-là. C'est sûr que j'buvais, que j'étais saoul quand j'me... quand c'est arrivé, mais j'ai jamais compris c'qui m'avait poussé...

– Continue, Dédé, rends-toi jusqu'au bout, on discutera de tout ça après.

Laissant échapper un soupir de soulagement, Dédé poursuivit tout en inhalant la première touche d'une autre cigarette:

– Pis là, j'ai trouvé la job chez Forever, l'atelier de fourrures. C'est là que j'suis tombé dans l'domaine de la mode pis que j'me suis mis à prendre un coup solide. Y'avait des cocktails chaque soir ou presque pis l'alcool coulait comme de l'eau, tu comprends. C'est là qu'j'ai rencontré Céleste dont j'te parlais... Celle qui m'a emmerdé jusqu'à la fin. Celle à qui j'ai garroché tous ses cadeaux dans' face! Y'avait aussi le coiffeur Bertrand Clair qui voulait m'donner sa fortune pis, tu vois, j'ai pas mordu, j'pouvais pas l'sentir, celui-là! Tu vois, Jovette?

Y'avait pas rien qu'l'ambition pis l'goût du luxe… Maudit!
J'me comprends pas, j'me suis jamais compris… C'est pas mal
mêlé mon affaire!

— Ça s'arrête-tu là, ton histoire, Dédé?

— Non, y reste la dernière partie, la pire, la plus récente.

Et Dédé, prenant son courage à deux mains, lui relata son
aventure avec Ross Welles, leur liaison bizarre, étrange, sans
suite… Il lui avoua être allé le relancer jusqu'à Toronto et avoir
été rejeté comme le dernier venu. Puis, sa nuit sordide avec la
prostituée qui lui avait dérobé tout son argent. Regardant Jovette,
il lui marmonna:

— Pis là, j't'ai tout dit pis ça m'a fait du bien!

— Ton père a rien su pour ta dernière escapade, j'veux dire
Ross pis toi?

— Non, parce que mon *boss* était marié pis qu'Maggie, sa
femme était là quand j'suis arrivé… Y savait que j'voulais garder ma job, mais pour c'qui s'est passé entre Ross pis moi…
Le père sait rien, Jovette, mémère non plus! Rien de rien de
c'qu'a été ma vie ici à part Nadine, ma première blonde… Si
y fallait… Pis comme tu m'as promis…

— As-tu confiance ou non en moi, Dédé?

— Ben sûr, c'est pour ça que j't'ai tout raconté.

— Alors, arrête de t'méfier! Si j't'ai demandé si ton père
était au courant d'ta dernière escapade, c'est parce que c'est
récent pis qu'la police y a été mêlée. Je l'sais, j'étais avec lui
quand ta grand-mère a téléphoné.

— Bon, ça va, excuse-moi, Jovette, mais j'pensais mourir
un jour avec tout ça fermé à clef dans l'cœur pis là, comme
j'viens d'casser l'cadenas avec toi… D'après toi, j'suis-tu
anormal?

Elle se pencha, lui effleura l'avant-bras de la main et lui dit:

– Non, grand fou, t'es pas anormal, t'es juste un peu *flyé!* Pis, à c'que j'vois, toi, ça marche avec des compliments. On t'fait du charme pis «bang», on t'a! Peut-être plus maintenant, mais avant… Tu t'cherchais, Dédé, fallait qu'tu trouves. T'as tout essayé pis t'as tout pris parce que t'avais un p'tit côté opportuniste aussi.

– Peut-être, mais Benny, le cordonnier…

– Lui? En boisson? Juste du vice, Dédé! Comme avec la Patricia du *snack-bar.* Pis peut-être que tu cherchais d'l'affection… Pis ton Benny, qu'importe si tu l'as un peu aimé, si y t'a fait d'l'effet, c'bonhomme-là, ça m'est arrivé moi aussi d'bifurquer dans' marge pis d'revenir dans' page. Pis à t'entendre, Dédé, on dirait qu't'es comme ton père pis ta mère du même coup…

– Qu'est-ce que tu veux dire par là?

– Ben, ton père, avant, une après l'autre, pis ta mère… Y'a du monde qui vont au bout d'leurs pulsions pis faut pas en faire un drame, Dédé. Pis… pis… pour toi, ça marchait peut-être aussi bien d'un bord comme de l'autre!

– Aïe! Paye-toi pas ma tête, Jovette! J'sens qu'tu sais plus quoi dire…

– J'suis pas psychologue, tu sais, j'écoute, j'dis c'que j'pense, mais t'es pas en face d'un docteur avec des diplômes. Prends mon cas, Dédé, j'ai jamais trop cherché à m'analyser…

– C'était pas nécessaire, t'avais trouvé, toi! Tu savais pourquoi t'avais viré comme ça! Ton père…

– Oui, oui, laisse faire, parles-en pas, Dédé, ça m'remue encore!

– Excuse-moi, j'voulais pas…

– C'est rien, mais pour en revenir à toi, c'est peut-être parce que t'as manqué d'amour, Dédé. T'as perdu ta mère en bas âge, t'as été élevé par ta grand-mère, tu voyais pas souvent ton père… C'est peut-être pour ça qu't'as été attiré des deux bords pis, comme ça t'a pas marqué, t'as juste à oublier l'passé pis r'partir du côté qu'tu voudras, en autant qu'ça soit c'que tu veux, cette fois… Tu sais, tu buvais beaucoup et sous l'influence de l'alcool… Ton père aussi avait cette faiblesse-là. Avec un coup dans l'corps, d'une femme à l'autre, y s'privait pas, y'était pas contentable!

— Oui, mais c'était juste avec des femmes, lui…

— T'as raison, Dédé, mais ton père, ça s'passait à la campagne. Peut-être qu'en ville, à ton âge, si y'en avait eu la chance… J'sais pas, mais saoul, y'était pas r'gardant, y prenait c'qui passait…

— Ben là, on présume, Jovette, pis ça donnera rien. Y'a changé pis moi aussi. Lui, y'a changé depuis qu'y t'fréquente. C'est plus l'même! Mémère en revient pas, moi avec! Y s'est même rapproché d'moi! Pis moi depuis qu'j'ai arrêté d'boire comme un soûlon, depuis que j'bois comme un homme, pas comme une éponge, j'ai changé. Pis depuis que l'père m'a lancé en affaires, j'suis plus l'même…

Il allait se lever, il avait jeté un regard furtif sur sa montre, il était presque sept heures… Épuisés tous les deux par le récit, les aveux, ils se regardaient sans rien dire lorsque la sonnette de la porte retentit.

— Qui ça peut bien être? J'attends personne… dit-elle en se levant.

Jovette se dirigea vers la porte, ouvrit, et il put l'entendre s'écrier:

— Toi? Qu'est-ce que tu fais ici? On est juste samedi…

Il perçut un rire franc et discerna une voix douce et suave qui lui répondit:

— J'en avais assez d'être là, maman. Moi, sa supposée fiancée, je suis incapable de la supporter… Je ne pouvais plus…

Dédé, debout près du fauteuil, mal à l'aise, la sentant se diriger vers lui, se demandait comment réagir. Jovette n'eut pas le temps de l'avertir, que sa fille était au salon, surprise puis souriante, face au bel inconnu. Lui, posant les yeux sur elle, se sentit fondre comme une glace au soleil. Paralysé de stupeur, le verre à la main, les yeux dans les yeux de la jeune demoiselle, Dédé éprouva, droit au cœur, le plus violent coup de foudre de sa vie. D'un seul regard, d'un doux sourire, Laure Jarre venait… de le séduire.

# Chapitre 9

Une semaine s'était écoulée depuis sa visite chez Jovette, et Dédé avait été incapable de s'enlever de la tête le visage d'ange de Laure. Il se souvenait, qu'après être resté bouche bée devant elle, Jovette lui avait dit: «Dédé, je te présente ma fille.» Et à cette dernière: «Laure, voici Dédé, le fils de Ti-Guy.» Laure lui avait tendu la main et Dédé avait remarqué qu'elle avait de jolis doigts longs, effilés, avec des ongles taillés à la perfection. Elle était blonde comme sa mère, mais elle avait les yeux noisette, sans doute comme son père. Ils se regardaient, ils ne savaient quoi se dire et Jovette les avaient sortis de leur mutisme en leur disant: «Parlez-vous! Dites quelque chose, vous avez l'air de deux statues de sel!» Laure avait affiché un autre doux sourire avant de lui répondre: «Je suis surprise, maman, je te croyais seule…» Dédé, mal à l'aise, lui avoua qu'il était sur le point de partir mais, Laure, bien élevée, lui avait dit: «Non, non, prenez un autre café afin qu'on fasse au moins connaissance.» Gêné parce qu'elle parlait très bien, intimidé parce que son cœur battait la chamade, il s'excusa, prétextant un rendez-vous, et elle lui dit: «Alors, ce sera pour une autre fois, si… tu veux bien. Je pense, qu'à notre âge, se dire vous n'est pas d'usage.» Retrouvant la parole, il lui répondit avec son plus charmant sourire: «J'allais justement te l'dire… Si ça t'dérange pas, moi, j'aimerais mieux ça!» Et Laure l'avait trouvé encore plus beau avec ce sourire de «jeune homme bien», lui qui, pourtant, venait de se mettre à nu dans sa confession à Jovette. Voyant qu'il allait partir, Laure lui demanda:

— Dédé… si je ne me trompe pas, c'est pour André?

— Oui, en plein ça! Mais on m'appelle Dédé depuis que j'suis p'tit!

— Si ça ne t'offense pas, moi, je préfère André. J'ai toujours eu horreur des diminutifs.

L'écoutant sans n'avoir osé rien dire, Jovette lui lança:

— J'espère que c'est pas ton père qui déteint sur toi, ma fille!

— Maman! Comment peux-tu dire ça? Tu me connais pourtant! C'est juste que je préfère André à Dédé et que j'aimerais mieux que tu appelles Ti-Guy, Guy. De cette façon…

— Ben là, ma fille, tu t'mets un doigt dans l'œil parce que Ti-Guy, c'est Ti-Guy depuis qu'on est jeunes, depuis qu'on s'est connus dans l'temps à Saint-Calixte, pis c'est pas aujourd'hui qu'ça va changer entre lui pis moi. Ti-Guy, c'était Ti-Guy pour le village au complet! Le curé, Gertrude, Piquet, la veuve, Sam, ma mère, tout l'monde l'appelait Ti-Guy parce que…

— Ça va, maman, j'ai compris, répliqua Laure en riant.

Puis, donnant la main à Dédé, elle lui dit une seconde fois:

— On va sûrement avoir l'occasion de se revoir, André, parce que ton père et ma mère, c'est rendu loin, je pense.

— Oui, j'sais! répliqua Dédé, en jetant un regard complice à Jovette.

Et c'était depuis ce fameux soir et tous les autres qui suivirent, que Dédé ne put s'enlever Laure de la tête. C'était la première fois qu'il subissait un tel coup de foudre pour une fille. Même Nadine, son premier amour, ne lui avait pas fait cet effet-là. Laure Jarre avait été, pour lui, l'apparition divine et salutaire dont son cœur comme son âme avaient besoin en ce moment précis de sa vie. Surtout après s'être offert tel un livre ouvert à Jovette. Il le regrettait presque. S'il avait su que Laure allait le chavirer ainsi, il aurait certes gardé pour lui tout ce qu'il avait confié à sa mère. D'autant plus que, le connaissant maintenant à fond, il se demandait si Jovette allait lui permettre de courtiser sa fille. Et ce, même si madame Biron-Jarre n'avait pas hésité à lui avouer, également, tout ce qu'elle avait vécu de marginal dans sa vie. Et comme ces secrets n'en étaient plus pour Laure, il semblait évident que la jeune fille savait faire preuve de discernement. Si Jovette s'avisait de ne pas tenir parole, il était certain… Mais, soudain, Dédé se trouva bête. Comment pouvait-il douter de celle qui avait presque juré que les aveux ne seraient qu'entre eux? Il s'en voulait de la sous-estimer, elle qui, éprise de son père, serait peut-être un jour de la famille. Voilà qu'il s'emportait! Il présumait, il planifiait! Parce qu'il était amoureux fou de Laure après un seul regard et qu'il espérait qu'il en soit ainsi pour elle, même si elle n'avait pas figé sur place… à sa vue.

Dédé savait qu'il allait bientôt partir pour l'été, et il ne voulait laisser derrière lui celle qui l'avait remué au point d'en rêver la nuit. Prenant son courage à deux mains, il téléphona à Jovette un mardi soir et lui demanda:

— Crois-tu que j'pourrais inviter ta fille à sortir?

— Sais-tu qu't'es vite en affaires, mon p'tit crapaud! Tu l'as vue juste une fois pis à peine dix minutes… T'es-tu tombé sur la tête?

— Non, j'suis tombé en amour! J'arrête pas d'penser à elle pis… Pis, penses-tu que j'suis assez bien pour elle, Jovette?

— T'as vraiment eu l'coup d'foudre, toi, hein? Pour moi, t'es assez bien pour elle, Dédé, mais y'a son père qui la guette pis, avec lui, t'es pas sorti du bois, j'aime mieux t'prévenir. D'autant plus qu'Laure est encore aux études… Pis, avant toute chose, faudrait qu'ça soit elle qui décide si ça l'intéresse ou non, pas moi, Dédé. Tu t'en vas quand, toi?

— Dimanche prochain pis c'est pour ça que j'voulais l'inviter à sortir avant. Jeudi, vendredi ou samedi soir par exemple… Comme ça, après une soirée, on va être plus fixés. Si jamais ça marche pas, si j'suis pas son genre, au moins, j'partirai pas avec le cœur dans les vapeurs. Mais j'ai oublié de l'demander, a sort-tu avec quelqu'un? Est-tu libre?

— Oui, Laure n'a pas d'ami sérieux. Elle étudie et comme elle a juste dix-sept ans, elle n'a pas cherché à sortir sérieusement. C'est pas les gars qui manquent, y'en a toujours un ou deux qui la relancent chaque semaine, mais à r'tourne même pas les appels.

— Ça veut-tu dire qu'a va faire la même chose avec moi, Jovette?

— Je l'sais pas, j'peux rien t'garantir, mais j'vais lui faire ton message. J'vais même lui glisser un mot sur tes intentions pis, si ça l'intéresse, Dédé, a va t'rappeler. Sinon…

— Sinon, j'comprendrai, mais j'espère que ce sera pas l'cas.

Et Dédé avait raccroché le cœur rempli d'espoir. Lui qui, depuis quatre ans, avait eu tout le monde à ses pieds, voilà que c'était à son tour de plier le genou par terre pour une fille qui l'avait assommé… d'un sourire. Il mangea et attendit, les yeux rivés sur le téléphone, disant à mémère:

— Fais pas d'appels à soir, du moins jusqu'à c'que j'reçoive celui qu'j'attends!

Interloquée, elle lui répliqua:

– Tu m'lances ça comme un ordre! T'attends-tu un appel du pape?

Il était environ huit heures lorsque le téléphone sonna chez Emma Gaudrin, et Dédé se précipita pour le prendre, le cœur battant.

– Oui, allô?

– André? C'est Laure à l'appareil. Ça va bien?

– Heu… oui! Pis j'suis content qu'tu m'appelles… Ça va, toi?

– Oui, mais le cours a été prolongé et je suis rentrée plus tard à la maison. C'est ce qui explique le délai…

– Ben, voyons donc, y'est encore de bonne heure! Y'a pas de délai!

– Ma mère m'a parlé quelque peu de ton invitation, mais elle n'a pas précisé… Une invitation à souper?

– Oui, si t'es libre pis si ça t'plaît, ben entendu! J'aurais aimé t'inviter dans un restaurant un de ces soirs, n'importe où, ton choix. Juste pour jaser, pour se connaître un peu plus…

– J'accepte, André, tu n'as pas à tout m'expliquer, le plaisir sera aussi pour moi. Jeudi, ça te conviendrait? Tu n'as qu'à me dire comment nous allons procéder.

– Ben, j'irais te chercher chez ta mère, j'ai une auto. Pis, de là, on ira où tu voudras… J'pourrais passer t'prendre vers les sept heures.

– Ça m'irait, André, ça me donnerait le temps de me changer. Et puis, ça te plairait de manger des crêpes bretonnes? Je connais un excellent restaurant, rue Saint-Hubert…

– Oui, j'aimerais ça! C'est rare que j'mange ça, surtout dans un restaurant, mais ça doit être bon et tu me guideras… On boit du vin avec ça?

– Oui, un peu, mais ça dépend des crêpes… Moi, le vin, j'en bois rarement.

– Une bonne p'tite fille à c'que j'vois! Pis, j'gage que tu fumes pas!

– T'as gagné, je ne fume pas, je n'ai jamais fumé, mon père non plus. Ma mère a cessé il y a plusieurs années, mais je n'ai rien contre les gens qui fument, André. Moi, ma devise, c'est vivre et laisser vivre.

Heureux de la tournure de la conversation, la sentant sans défauts ou presque, assez vieille de caractère, il se disait qu'il avait trouvé en elle la perle rare. Ils causèrent encore un peu et il fut convenu que, le jeudi, il irait la chercher à l'heure précitée. Ayant raccroché, il sentit sur lui le regard de mémère qui, mine de rien, avait tout entendu.

– R'garde-moi pas comme ça, j'sais qu'tu veux savoir qui c'était...

– J't'ai rien demandé, Dédé! Mais si c'est pas un secret...

– Non, j'ai rencontré une fille qui m'a fait tomber à la renverse. Laure Jarre, la fille de Jovette. Tu devrais la voir, mémère, d'la classe...

– Ben, si elle est aussi belle que sa mère, c'est déjà ça d'pris! Pis pour la classe, avec le père qui, paraît-il, se prend pour un évêque... Mais j'serai pas méchante langue, Dédé. C'qui est l'plus drôle dans tout ça, c'est d'voir que Ti-Guy est amoureux d'la mère pis toi d'la fille. On aura tout vu! Mais c'est d'vos affaires, pas les miennes! Pis, t'rends-tu compte, Dédé, qu'c'est not' dernière semaine ensemble? Juste après, tu prends ton chalet pis ta butte pis moi, j'm'en vas chez Gertrude. Ça va m'faire queq'chose, ça fait presque vingt ans que j't'ai sous les yeux...

Pour se montrer aimable, pour ne pas la blesser ce soir-là, Dédé lui répondit:

– À moi aussi, mémère... Parce que pendant tout c'temps-là, t'as été ma mère pis si j't'avais pas eue... J'te dis qu'c'est pas mon père...

– Parle pas en mal de lui, Dédé, y'était si jeune, y savait pas comment faire…

– J'sais ben, mais n'empêche que sans toi, j'aurais pas fait tout ce chemin-là. Pis c'est pas parce qu'on va être séparés l'un de l'autre qu'on va arrêter de s'voir, mémère. Tu vas m'voir r'soudre souvent chez Gertrude, pis toi, tu seras toujours la bienvenue sur la butte.

– Comme le temps a passé vite, mon p'tit… j'veux dire, mon homme, lui rétorqua mémère, en essuyant quelques larmes d'émoi de ses doigts.

Le jeudi soir, c'est vêtu d'un complet beige, d'une chemise verte à col ouvert et chaussé de *loafers* en suédine beige, que Dédé se présenta à la porte dc celle qu'il convoitait. En après-midi, il avait fait laver la voiture, cirer les pneus et accroché un sachet à l'odeur de lavande pour enrayer celle de la cigarette. Il avait été convenu entre cux qu'ils ne s'habilleraient pas comme pour aller «aux noces»! La crêperie où elle l'entraînait, quoique coquette, n'était pas d'une grande élégance avec ses tables rondes en merisier garnies de napperons de coton jaune. C'est Jovette qui vint lui ouvrir et qui le fit passer au salon en lui disant:

– *Chic and swell!* Pareil comme ton père à c'que j'vois! C'est d'famille de sentir bon comme ça? Lui, c'est encore son Eau de Floride…

Dédé avait rougi. Timide face aux compliments, il avait répondu:

– Mon eau de toilette? Rien d'cher, Jovette! C'est le Canoë de Dana.

– Ben, cher ou pas, j'pense que Laure va pas détester cet arôme-là.

À peine avait-elle prononcé ces mots, que la jeune fille fit irruption au salon. Dédé la regarda et, pour la seconde fois, il en fut subjugué. Vêtue d'un tailleur de coton coquille d'œuf avec une blouse de soie orangée, elle portait des souliers à talons aiguilles de la même teinte que sa blouse. Maquillée légèrement mais savamment, elle avait appliqué sur ses lèvres un orangé un tantinet luisant. Les paupières ombrées avec grâce, elle avait remonté ses cheveux pour en faire un chignon et, prenant son sac à main jumelé à ses chaussures, Dédé remarqua les deux jolies grappes de perles à ses lobes d'oreilles. Sourire franc, parfum suave, elle murmura:

— On y va, André? J'ai réservé et tu dois avoir faim…

— Oui, mais j'suis capable de toffer, j'suis pas un ogre.

Elle lui sourit, embrassa sa mère du bout des lèvres et lui dit:

— Ne m'attends pas, j'ai ma clef et si papa appelle…

— Oui, qu'est-ce que j'vais lui dire? Tu devais aller chez lui ce soir…

— Dis-lui que j'étudie chez une amie, qu'on a un examen difficile demain et que je me reprendrai.

— Remarque que t'aurais pu l'appeler, Laure.

— Oui, j'aurais pu, mais il aurait insisté pour remettre à demain… Là, il va être en furie, mais ça ne va pas durer longtemps. Et comme je te connais, s'il gueule un peu trop, tu vas raccrocher.

— Ça dépend si j'suis encore là, Laure, parce que Ti-Guy pis moi, on sort nous autres aussi à soir. Mais on s'en va pas loin, juste aux vues voir le film *Patton* avec George C. Scott. C'est le film qui a remporté l'Oscar cette année. C'est pas mon genre, j'aime mieux les histoires d'amour, mais pour faire plaisir à Ti-Guy…

— Tiens! Ma mère qui fait un compromis! Ça commence à être sérieux, ça! lança Laure, pendant que sa mère se défendait de son mieux.

Et Dédé, qui ne comprenait pas trop ce choix, dit à Jovette:

– Le père a-tu appris l'anglais? Y parlait pas un traître mot encore hier!

Et Jovette de lui répondre avant de les mettre «gracieusement» à la porte:

– Faut croire que c'est pas nécessaire pour un film de guerre!

Dédé se retrouva à la crêperie de la rue Saint-Hubert, attablé gentiment près d'une fenêtre, Laure à sa droite, la bouteille de vin blanc à gauche sur la table. Les crêpes au jambon suivies de celles aux fraises étaient succulentes, mais Dédé, tout en dégustant ses plats, n'avait d'yeux que pour sa compagne dans cet endroit charmant. Ne sachant trop quoi lui dire, il lui demanda:

– Comme ça, tu veux devenir infirmière?

– Oui, j'ai toujours voulu œuvrer auprès des malades. Dans un an, je pourrai commencer un stage plus sérieux que ceux que je fais présentement. Au départ, je voulais être auprès des enfants, mais on a vite senti que j'étais trop sensible, que je serais incapable d'injecter un enfant même pour son bien. Alors, j'ai décidé de me diriger en gérontologie, c'est-à-dire auprès des personnes âgées. Je sens que je pourrai leur apporter tout le réconfort dont elles auront besoin.

– T'as pas eu envie d'être une assistante en chirurgie?

– Non, pas vraiment. Crois-le ou non, André, mais ça m'a pris des mois à m'habituer à la vue du sang. Alors, imagine en chirurgie! Tu sais, être infirmière, ça prend du cran et du sang-froid, ce que je n'avais pas. J'ai dû surmonter un gros handicap pour m'y hasarder quand même. Mais là, ça va mieux, je suis moins vulnérable.

Dédé l'écoutait et sentait peu à peu qu'il n'était pas toujours en mesure de la suivre. Laure était instruite, elle employait des termes qui lui étaient étrangers. Et, heureusement qu'elle avait ajouté que la gérontologie, c'était s'occuper des personnes âgées, car il aurait été vraiment… mal pris! Mais, nonobstant le fait qu'elle soit aux études et qu'elle s'exprime avec justesse, il l'aimait déjà. De tout son être! Sans même lui en vouloir d'être plus instruite que lui. Elle était jeune, belle et d'une exquise fraîcheur. Son sourire, ses dents blanches, sa voix douce et suave lui avaient transpercé le cœur. André «Dédé» Gaudrin n'était plus celui du temps de Jacquie, Céleste et… Ross. Tel un gamin devant une jouvencelle, il la courtisait comme il l'aurait fait à quinze ans, d'une fleur de treize ans. Soudain, face à cette fille quasi immaculée, il sentit ses doigts se crisper. S'il fallait que Laure apprenne, qu'avant d'être en voie de devenir un homme, il avait vécu comme un *bum*… S'il fallait, qu'un jour, Jovette en froid avec Ti-Guy, se venge et lui dévoile… Mais non, ce n'étaient là que des présomptions et Dédé sortit de ce fort mauvais rêve, lorsqu'elle lui demanda:

— Et toi, André? Tu n'as pas eu envie de poursuivre, d'aller plus loin?

— Heu… non, pas vraiment… J'aurais pu l'faire, mais j'avais pas d'choix précis, moi. Pis, avec ma grand-mère derrière moi, ç'aurait été l'enfer que d'étudier pis d'être sous son toit. J'l'aime bien, j'dis pas ça pour la descendre, Laure, mais mémère pis son nez fourré partout… C'est pour ça qu'j'ai commencé à travailler jeune.

— Tu as fait quoi? Tu as travaillé où avant d'en arriver à ce que tu vas être?

— Bah! Des jobs sans importance! Des manufactures, des magasins…

— Et tu n'as jamais eu d'amies? Je veux dire, sérieusement?

— Non, juste une première p'tite amie, Nadine, mais c'était un *kick* d'adolescent. Non, j'ai jamais eu d'blonde sérieuse avant toi.

Se rendant compte de ce qu'il venait de dire, il rougit, baissa la tête, jeta un œil ailleurs et, la regardant, il balbutia:

– Excuse-moi… J'voulais pas… J'pense que j'ai mis la charrue avant les bœufs!

Laure éclata de rire, porta son verre de vin à ses lèvres et, posant affectueusement sa main sur la sienne, elle lui dit sans détourner les yeux:

– Si tu es intéressé, je ne dis pas non, André. Toi aussi, tu me plais.

N'en croyant pas ses oreilles, il respira très fort et lui répliqua:

– Ben, si j'm'attendais à ça! Écoute, Laure, j'suis tombé amoureux dès que j't'ai vue chez ta mère! Tu crois au coup de foudre, toi?

– Oui, ça existe, paraît-il… Dans mon cas, je t'avouerai que je n'ai pas été foudroyée, je ne m'attendais même pas à ce que tu sois là, mais, après ton départ, j'ai senti comme une brise me parcourir l'échine…

– C'est la première fois que j'aime comme j't'aime, Laure!

– Pas trop vite, André, on se connaît à peine. Il faut se découvrir toi et moi. Je veux bien, je suis prête à l'essai, mais donnons-nous la chance…

– J'm'excuse de t'interrompre, mais moi, j'suis sûr de c'que j'ressens. Tu peux pas être une autre que celle que t'es ce soir, ça je l'sais.

– Et toi, peux-tu être un autre? Es-tu toujours celui que j'ai devant moi?

– Tu en doutes, Laure?

– Non, mais je suis plus prudente, plus vigilante… Comme tu le vois, je suis une étudiante, moi. Ce qui veut dire que j'étudie même les hommes.

Il faillit rester perplexe, mais elle éclata de rire et ajouta en lui massant l'avant-bras de ses doigts:

– Bien non, je plaisante, André. Je suis certaine que tu ne peux pas être un autre que celui que tu es ce soir. Pas avec un regard tendre comme le tien.

– Ouf! J'aime mieux ça! Tu m'as fait peur! Mais remarque que t'as pas tout à fait tort parce qu'avant, il y a deux ans, j'étais pas l'même gars. J'avais pas d'ambition, mon père s'occupait pas d'moi…

– Maman m'a dit qu'elle avait connu ta mère… Ça t'a manqué de ne pas avoir de mère, André? Ta grand-mère te parle-t-elle d'elle souvent?

– Non, presque jamais. J'pense que mémère pis ma mère, c'était pas l'accord parfait… Pis, j'sais pas si ça m'a manqué de pas avoir de mère, parce que j'étais p'tit quand j'l'ai perdue, pis qu'mémère l'a vite remplacée. J'ai pas d'souvenirs d'elle… A m'a donné la vie pis' est disparue… C'qui m'a l'plus manqué, Laure, c'est d'pas avoir de père.

– Pourtant, Guy, sa présence…

– Aujourd'hui, ça va, on s'rejoint lui pis moi, mais c'est tout p'tit qu'j'en aurais eu d'besoin pis avec sa deuxième femme, Betty… Pis, oublions ça, veux-tu, j'ai pas envie de t'raconter ma vie. Moi, c'qui m'intéresse, Laure, c'est c'qui commence aujourd'hui. Avec toi, j'me sens déjà plus fort, j'suis plus l'même…

Heureuse et inquiète à la fois de l'effet qu'elle faisait à André et de l'engouement dont elle le sentait habité, elle n'ajouta rien et, comme il se faisait déjà tard, elle lui demanda de la ramener à la maison. À bord de la voiture, pas un mot, que deux mains liées qui se resserraient l'une dans l'autre. La radio allumée, elle entendit les premières notes de la chanson *Emmenez-moi* de Charles Aznavour, puis la fredonnant discrètement, elle dit à André:

– C'est mon chanteur préféré. Il déborde de sentiments.

André avait souri, car la chanson d'Aznavour se voulait presque, selon lui, une «supplique» de Laure de «l'emmener» avec lui. Fier de la savoir romantique et sentimentale, il lui dit:

– Tu sais, moi, j'ai pas d'artistes préférés, mais c'est vrai qu'est belle cette chanson-là. Pis moi, j't'emmènerais bien jusqu'au bout d'la terre…

Elle rit de bon cœur et lui répondit:

– Grand fou! Pour ce soir, juste chez ma mère, ça va suffire.

Ils arrivèrent devant la porte et, constatant que seule la lumière du perron était allumée, ils en déduisirent que le programme de neuf heures du cinéma Rialto n'était pas terminé.

– Tu veux que j'rentre avec toi, Laure? Seule dans la noirceur…

– Non, je suis habituée, ce n'est pas la première fois que maman…

Mais avant qu'elle puisse continuer, il l'avait attirée à lui et, prisonnière de ses bras, elle le laissa approcher sa bouche de la sienne. Les yeux dans les yeux puis, ceux de Laure fermés, ils échangèrent leur tout premier baiser. Un baiser si long, si passionné, qu'on aurait pu croire que le jour allait se lever. Tout doucement, Laure se dégagea de l'emprise de son ardent prétendant et, retrouvant son souffle, elle lui murmura:

– Il faut que je rentre maintenant. Merci pour la soirée, André.

Elle allait ouvrir la portière lorsqu'il la retint par le bras pour lui dire:

– J't'aime, Laure! J't'aime comme un fou! J't'aime à en mourir…

Elle dégagea son bras, ouvrit la portière, descendit et, avant de la refermer, elle se pencha pour lui murmurer:

– Je t'aime aussi, André… Je t'aime de tout mon cœur.

Elle passa devant la voiture et, baissant la vitre, il lui demanda:

– Oui, mais on va s'revoir quand, Laure? J'pars dimanche pour l'été ou presque! Là, j'en ai plus envie, tu sais… J'veux pas m'éloigner d'toi…

– Vas-y, André, c'est ton avenir qui se joue là. J'irai te retrouver les fins de semaine et, dès que viendra le temps des vacances, j'irai peut-être pour quelque temps si ma mère n'y voit pas d'inconvénients.

– Ah! Là, tu m'fais plaisir! Mais ton père, lui? Comment tu vas faire?

– Ça, je ne le sais pas encore. Il va me falloir lui parler de toi, de nous…


Juin avait beau ensoleiller ses journées, c'est avec la mort dans l'âme que Dédé prit ses valises pour en remplir le coffre de sa voiture et se diriger vers Saint-Calixte, où son destin l'attendait. Mémère, selon Ti-Guy, allait suivre le lendemain. Elle s'était départie de tous ses meubles sauf quelques souvenirs et c'était son fils qui allait la véhiculer et la remettre entre les bonnes mains de… Gertrude! Sur la rue Principale! Là où mémère serait à l'aise et non dépaysée. Là où, Ti-Guy, sans trop se l'avouer, en serait… débarrassé! Dédé arriva à Saint-Calixte avec tout ce qu'il possédait, sûr de ne pas revenir en ville et assuré de faire du plus beau de ses chalets une maison quatre saisons. Sur place, il avait vaqué à ses occupations, il avait brassé de la paperasse, attendant les trois autres locataires des chalets, les mêmes que l'an dernier, sauf un jeune couple avec deux enfants qui prenait la relève d'un locataire âgé, décédé au cours de l'hiver. Sans attendre que les vacances arrivent, Dédé contacta son cousin Édouard à Saint-Lin et ce dernier, surpris d'avoir de ses nouvelles après tout ce temps, accepta de venir le rencontrer au chalet de la butte.

Dédé trouva qu'Édouard, à vingt-deux ans, était devenu bel homme. Moins lourdaud, plus bâti, son cousin lui avoua avoir un emploi stable dans une scierie, mais accepta de travailler pour lui les fins de semaine.

– J'peux pas tout lâcher, tu comprends? J'ai besoin d'ma paye chaque semaine, j'me marie au mois d'septembre.

Content pour lui, Dédé lui demanda:

– Ah, oui? Avec qui? Une fille de par ici?

– Oui, une maudite bonne fille, la plus vieille d'une grosse famille de Saint-Lin. A s'appelle Philomène, pis ris pas, j'sais qu'c'est un nom rare, mais c'est l'sien, on n'y peut rien. J'la marie parce qu'on s'aime pis qu'a va rester à' maison avec ma mère pis moi.

– Tu veux dire que toi, ta femme pis ta mère…

– Ben oui, ça va nous coûter presque rien, la maison est claire pis les autres sont tous partis vivre en ville ou ailleurs. Pis y'en a pas un maudit qu'y s'montre la face! La mère les a pas revus, pas même ma sœur! Si a m'avait pas, a serait toute seule, Dédé! C'est moi son bâton d'vieillesse pis là, avec Philomène pour l'aider… En plus, comme j'm'en occupe, la mère a refait ses papiers pis j'vas être son seul héritier. La maison, l'terrain, les meubles…

– Paraît qu'est pas facile, ta mère… T'as pas peur que ta femme, un coup mariés…

– Qui t'a dit ça, toi? Fleur-Ange, j'suppose? À moins qu'ça soit ton père… Ben, faudrait qu't'a rencontres, Dédé, ta tante est une bonne personne. Jamais un mot plus haut qu'l'autre, le cœur à la bonne place…

– Bon, oublie c'que j'ai dit, Édouard, pis ça vient pas d'Fleur-Ange ni d'Bob. Ça vient un peu d'mon père, mais c'était dans l'temps… On était juste des enfants, nous autres… Pis là, écoute c'que j'ai à t'offrir.

Dédé lui fit part de son héritage, des chalets de la butte à transformer hiver-été, des hommes à engager, d'un *foreman* pour surveiller, pour les faire grouiller, en l'occurrence, lui, et il fit miroiter à son cousin un salaire dépassant de beaucoup ce qu'il gagnait à la scierie. Édouard, intéressé quoique méfiant, lui avait répondu:

– Ouais… C'est tentant, mais lâcher ma job pis ma sécurité sans savoir si ça va marcher longtemps, Dédé, c'est risqué. Pis, après, quand les chalets vont être transformés, qu'est-ce qui va m'arriver?

– T'auras toujours d'la job, Édouard! Parce qu'après, on va bâtir en bas sur les terrains du lac que l'père a achetés. On va progresser, on va agrandir sans arrêt pis, si ça peut t'rassurer, j'suis prêt à t'signer un contrat d'emploi d'une bonne durée.

Plus qu'intéressé, d'autant plus que la scierie comptait mettre des hommes à pied dès le bois coupé à l'automne, Édouard demanda à Dédé:

– Me donnes-tu queq' jours pour y penser? J'aimerais en parler avec Philomène. A l'a quand même son mot à dire, c'est d'notre avenir qu'y s'agit.

– Oui, mais si t'en parles à ta mère, c'est sûr qu'a va être contre ça… Elle, tout c'qui s'appelle Gaudrin…

– J'ai pas d'comptes à lui rendre, crains pas, j'suis majeur pis vacciné! Juste à Philomène pis j'te r'viens avec ma réponse lundi.

– D'accord, Édouard, mais pas plus tard, parce que si c'est pas toi l'*foreman,* va falloir que j'en trouve un autre. Pis lundi, ça va faire mon affaire parce que ma blonde s'en vient en fin d'semaine.

— T'as une blonde, toi aussi? C'est sérieux?

— Oui, mais on vient à peine de s'connaître. J't'la présenterai, Édouard, tu vas la trouver fine, tu vas voir. Moi, j'l'adore.

— Ben, disons qu'ç'a valu la peine qu'on s'retrouve, non? Pis, si ça t'tente de v'nir à la maison, la mère serait pas fâchée de t'connaître.

— Non, oublie ça pour le moment... On va rester entre jeunes, si ça t'convient. Tu m'feras connaître Philomène pis moi, j'te présenterai Laure. Ma grand-mère vient d'arriver au village. A va vivre avec l'ancienne maîtresse des Postes pis, comme tu vois, j'te l'impose pas.

— J'pense que t'as raison, Dédé. On va rester entre jeunes pis, la mère, si a s'ennuie, a l'aura juste à faire son jeu d'patience. A passe ses soirées à faire l'horloge avec ses cartes. On dirait qu'a compte les heures pour revoir mes frères pis ma sœur... ajouta-t-il, avant d'éclater d'un rire strident. Pis, comme a va attendre longtemps, est mieux d's'habituer aux écroulements d'ses châteaux d'cartes!

C'est avec vive impatience que Dédé attendait au village, que l'autobus dépose sa douce Laure qui arrivait pour le week-end. Avec la bénédiction de sa mère qui avait confiance en Dédé, et à l'insu de son père. Jovette lui avait dit avant qu'elle appelle son taxi pour se rendre au terminus:

— Oublie pas, t'as juste dix-sept ans, Laure. Je sais qu'y t'aime, Dédé, pis qu'tu l'aimes, mais arrangez-vous pas pour faire c'qu'on a fait dans l'temps, Ti-Guy pis moi, chacun de not' côté.

Insultée, indignée, Laure lui avait répondu:

– Voyons, maman! Pour qui me prends-tu? Je ne m'en vais pas le rejoindre pour me jeter dans son lit, si c'est ce que tu penses!

– Non, pas tout à fait, mais comme j'te donne toutes les permissions sans en parler à ton père, pense à c'qui m'arriverait si y fallait qu'tu t'foules juste une cheville! Alors, imagine pour le reste…

– Oui, je sais, je comprends, mais c'est pas une raison pour manquer de confiance en ta fille, maman.

– C'est pas toi que j'*truste* pas, Laure, c'est…

– Lui? Pourquoi? Si tel est le cas, pourquoi m'as-tu poussée dans ses bras? Tu me disais que c'était un garçon formidable. M'as-tu caché des choses, maman? Pourtant, tu fréquentes son père…

– Arrête, va pas plus loin, j'dis n'importe quoi, Laure, parce que j'suis mal prise. J't'ai presque demandé d'faire attention si ça allait… Tu vois c'que j'veux dire, pis j'ai pas d'raisons d'penser ça d'toi… J'ai essayé d'm'en sortir… Non, j't'ai rien caché, Dédé est un bon gars. C'est ton père qui m'fait dire des folies! Juste à penser à lui!

– Bon, ça va, n'ajoute rien, je sens que tu es encore sous son emprise. Et tu n'as pas tort de le craindre, papa peut être immonde quand il le veut. Même avec moi! Je n'arrête pas de lui mentir, maman! J'en suis là! Parce que si je lui disais que je suis en amour et avec qui, ce serait ma perte et la tienne!

Dédé la vit descendre avec une petite valise beige à la main, une veste sous le bras, une blouse blanche, un pantalon noir, de mignons souliers à talons plats, et sa blonde chevelure épargnée du vent par un bandeau de velours blanc. Aussi fraîche qu'une rose à peine éclose, jolie comme un cœur, les yeux légèrement maquillés, les lèvres au naturel, elle se jeta dans ses bras et ils s'embrassèrent discrètement pour ne pas attirer l'attention. Mais, comme d'habitude, à chaque jour, Gertrude était là pour assister aux arrivées et aux départs. Courant de ses longues jambes, elle arriva essoufflée et dit à Emma:

– Devine qui vient de débarquer? Tu sais pas? La p'tite blonde à Dédé!

– C'est vrai, c'est vendredi! Pis, de quoi a' l'air? J'vas-tu l'aimer?

– À première vue, c'est une belle petite fille, Emma. Distinguée, des belles manières…

– Ouais… ben, j'ai hâte de la connaître. En autant qu'a soit pas trop pincée… Tu sais, son père…

Dédé s'était empressé de quitter le village et de se rendre sur la butte avec sa dulcinée. Descendue de la voiture, les deux pieds dans l'herbe où l'on voyait le lac de haut, elle s'était écriée:

– Comme c'est beau, André! Et ça sent l'air pur! Je pense que je vais me plaire ici. Quelle belle vie! Le premier chalet remonte à quand? C'est lequel?

– Celui qui est à refaire, le premier près de la route. Il appartenait à j'sais pas qui au commencement, mais y'a fini par tomber entre les mains des parents de Betty, la deuxième femme de mon père.

Le temps aidant, sans histoire derrière lui, Dédé ne savait pas que le chalet le plus malmené de la butte avait été celui de Charlotte, dite la veuve, et de son vieil amant, Piquet. Pas plus qu'il ne savait, en tenant Laure par la taille, qu'ils avaient tous deux les pieds dans l'herbe où, jadis, un shack avait été bâti. Celui de l'ermite, Sam Bourque, un autre pionnier dont Dédé venait à peine d'entendre parler par Jovette. Un brave sexagénaire que sa mère, Pauline, avait poussé à se tuer d'amour pour elle. Un bien triste passé dont Dédé n'avait eu écho que du prologue par le biais de Jovette. Un passé mort et enterré avec tous ceux qui, autrefois, se lavaient nus dans le lac, mangeaient de la soupe tiède, des œufs cuits sur une plaque au soleil, et jouissaient, la nuit venue... dans la misère.

Laure passa la fin de semaine au chalet et, tel que convenu entre eux, Dédé la respecta en lui offrant la chambre d'invités. Pour rien au monde, il n'aurait voulu abuser d'elle sans son consentement. Laure revint la fin de semaine suivante puis, à la fin de juin, pour une quinzaine de jours, en disant à son père qu'elle s'en allait dans une auberge avec sa mère. Ce qui arrangeait le paternel qui, durant ce temps, en profita pour visiter la Suisse avec sa jeune maîtresse. Laure avait fait la connaissance de mémère et, cette dernière s'était vite entichée de cette jeune fille bien élevée et désarmante de simplicité. D'autant plus qu'elle était la fille de Jovette qui avait fait de son Ti-Guy un homme sain, heureux, fidèle, sérieux. Ti-Guy qui, en amour par-dessus la tête, ne distinguait plus les œillades à son endroit. Ti-Guy qui, charnel, ne faisait l'amour qu'avec Jovette de façon... naturelle! Mémère était aux as et Gertrude, moins joyeuse. Parce qu'elle aurait souhaité qu'Emma se trouve une autre proie à haïr de toute son âme. Ce qui n'était pas le cas. Si bien que, le 6 août 1970, on célébra en grande pompe les soixante-dix ans de madame Emma Gaudrin. Ti-Guy, Jovette, Laure, Dédé, Gertrude, le curé, le maire, tous étaient venus sur la butte où la fête avait lieu. Mémère, émue, montrait à qui voulait les voir, Gertrude incluse, ses initiales en diamants sur une chaîne en or, cadeau de Jovette et Ti-Guy, ainsi que le superbe sac à main en cuir d'Italie que Laure avait choisi pour Dédé, dans une boutique huppée. Le champagne coula à flots, on fit tourner des disques que mémère aimait:

*Amapola, Vous qui passez sans me voir, J'attendrai, Le rêve passe, Le plus beau de tous les tangos du monde, Je te tiens sur mon cœur,* et combien d'autres, chantés par les artistes qui les avaient popularisés. Mémère avait pleuré de joie et de mélancolie une partie de l'après-midi. Et la fête ne se termina que le soir, alors que les vacanciers des autres chalets se faisaient discrets pour laisser toute la place à la grand-mère du patron de la butte et du lac. Tous, sauf Rita, la grassette et niaise fille de la famille du chalet voisin. Rita que Dédé avait maintes fois tâtonnée par le passé et qu'il ignorait totalement cette année. Rita qui, assise sur une roche, boudeuse et envieuse, regardait d'un œil malsain Laure Jarre, qui avait à peu près son âge.

Pour sa part, Jovette avait fêté ses quarante-quatre ans en juillet, en tête-à-tête avec Ti-Guy, dans un restaurant où un chanteur charmait les clients avec des ballades italiennes. Le matin, Laure lui avait téléphoné de Saint-Calixte pour lui offrir ses vœux et lui dire de regarder sous son lit; qu'elle y trouverait un présent. Jovette s'exécuta et découvrit, dans une boîte enrubannée, une jolie figurine de porcelaine et une carte agrémentée de motifs floraux et de souhaits imprimés. Philippe ne s'était pas manifesté, pas même un mot ni une carte postale d'un coin de terre de son voyage. Depuis leur divorce, Jovette n'existait plus pour lui. C'était d'ailleurs pourquoi l'ex-madame Jarre avait affranchi sa fille sur son douloureux passé, sa liaison avec Carmen incluse. Elle avait craint que, à un moment donné, Philippe ne le fasse à sa manière, dans le but d'éloigner leur fille d'elle. Mais là, vivant avec une jeune femme dans la vingtaine, il était mal placé pour dicter quoi que ce soit et encore moins faire la morale à sa fille, quand le moment viendrait. Car Jovette l'avait prévenue en lui disant: «Lorsque ton père va apprendre qui tu fréquentes, tu peux t'attendre à une sainte colère.» Laure avait haussé les épaules, indifférente, ne craignant personne et encore moins son père, depuis qu'elle était éprise d'André Gaudrin.

Le 7 octobre 1970, Laure Jarre fêtait ses dix-huit ans avec sa mère, Ti-Guy et Dédé, dans un chic restaurant où on avait souligné l'anniversaire avec tout le faste qui s'imposait. Dédé aurait préféré un tête-à-tête, mais Jovette lui avait dit: «Pourquoi pas tous ensemble? C'est un soir de semaine! De toute façon, si je ne la fête pas le jour même, c'est son père qui va le faire.» Ils s'étaient beaucoup amusés, ils avaient dansé, c'était aux yeux des gens le quatuor le plus heureux de la terre. Philippe Jarre invita sa fille dans une salle à manger d'hôtel le vendredi et elle accepta à la condition qu'il ne vienne pas avec… elle! Philippe protesta, défendit sa bien-aimée en disant à sa fille qu'elle l'aimait beaucoup, mais Laure, décidée, lui répliqua: «Pas moi, papa! C'est nous deux, juste nous deux ou je ne m'y rends pas!» La soirée se déroula tel que convenu et Philippe Jarre offrit à sa fille une montre en or sertie d'opales, sa pierre de naissance. Laure le remercia tout en souriant dans son for intérieur. C'était la troisième fois en cinq ans que son père lui offrait une montre pour son anniversaire. Un rituel de bijoutier, sans doute! Il voulut lui parler «d'elle», mais Laure l'interrompit:

— Non, papa, je ne veux rien savoir d'elle, c'est une petite opportuniste. Quand tu auras dans ta vie une femme de ta génération, je la verrai d'un autre œil. Prends donc exemple sur maman…

Elle s'arrêta, elle venait de commettre une gaffe. Le père, intrigué, sourcils froncés, lui demanda:

— Ta mère a un homme dans sa vie et tu ne m'en as jamais rien dit?

— Pourquoi l'aurais-je fait? Elle est divorcée, donc libre, non?

— Oui, mais entre père et fille, une douce complicité... Des confidences...

— Alors, voilà, c'est fait, c'est dit, maman a un homme dans sa vie.

— Libre à elle, Laure, c'est son droit... Quelqu'un de bien, j'espère?

— Oui, un homme charmant. Un homme d'affaires qui en prend grand soin. Un type qu'elle a connu autrefois et qui est revenu par hasard. Un homme que tu connais, papa, Guy Gaudrin.

Philippe avait blêmi. La bouche ouverte, il avait déposé sa cuiller et, haletant, l'œil sévère, il avait répliqué fortement:

— Ne me dis pas que ta mère fréquente ce vaurien! Pas Guy Gaudrin, Ti-Guy comme on l'appelait! Pas le coureur de jupons par excellence! Pas celui qui a couché avec toutes les femmes qu'il a croisées et qui s'est marié avec la grosse Pauline, une traînée, une mal engueulée! Je n'en reviens pas, Laure! C'est une disgrâce pour elle comme pour toi!

— Je t'en prie, baisse le ton, papa, ou je quitte l'endroit. Tout le monde te regarde... Et c'est ainsi que tu comptes souligner ma fête...

Philippe, embarrassé, baissa les yeux, le ton, et poursuivit, mielleux:

— Tu vois bien qu'il faut que tu sortes de cette maison, Laure...

— Et pourquoi?

— Parce que cet homme-là est un obsédé sexuel et que...

— Voyons, papa, il la fréquente depuis plusieurs mois et il a toujours été respectueux envers moi. De plus, maman est heureuse avec lui. A-t-elle décidé de ton choix, elle? De quel droit peux-tu accuser les autres, alors que…

— Laure! J'espère que tu ne compares pas ton père à ce dévoyé! Ce serait…

— Papa, excuse-moi, mais à ton âge, avec une concubine qui pourrait être ta fille, ça relève quelque peu des fantasmes. J'étudie pour être infirmière, mais ces cours nous offrent aussi leurs pages de psychologie. Alors, ne juge pas les autres si tu ne veux pas l'être. De plus, maman n'est pas la seule à être amoureuse, je le suis moi aussi.

Désarmé, ayant, pour cause, retrouvé son équilibre, Philippe s'exclama:

— Ah, oui? Je parie que c'est un étudiant en médecine!

— Non, tu es dans l'erreur, papa, et au risque de te faire sauter et exploser, je profite du jour de mes dix-huit ans pour t'annoncer que je fréquente assidûment André Gaudrin, le fils de Guy.

Philippe Jarre faillit tomber à la renverse. S'informant si elle parlait sérieusement et la voyant acquiescer, il fulmina et s'emporta tel un dément.

— Alors, là, non par exemple! Ta mère peut sortir et coucher avec un dégénéré si ça lui plaît, c'est même de son calibre, mais toi, jamais, Laure! André Gaudrin, comme tu l'appelles, c'est Dédé, le fils de la grosse pute qui a passé tous les hommes sur lesquels elle mettait sa grosse main! Une bonne à rien! Une fille qui a fait mourir un p'tit vieux d'amour! Une grosse idiote qui se réfugiait chez nous et à qui ta mère ouvrait la porte! Celle que Gaudrin a mariée par pitié pour ensuite la tromper avec n'importe qui, même des prostituées!

— Tu as fini, papa? Un mot de plus et je pars!

— Non, je n'ai pas fini, Laure, et tu vas rester et m'écouter sans répliquer! Belle famille dans laquelle tu t'apprêtes à tomber, ma fille! Dédé Gaudrin! Le rejeton du diable! Le fils de la traînée qui a fini par crever à force d'avoir… Je m'arrête, je pense que tu as compris! Mais, jamais de mon vivant, je ne te laisserai entrer dans cette famille si tel est ton plan. Je n'ai pas élevé une fille pour qu'elle finisse…

— Je te ferai remarquer que c'est maman qui m'a élevée depuis que tu nous as quittées pour l'autre. Je ne t'en fais pas le reproche parce que j'ai été plus heureuse avec elle. Avec toi…

— Avec moi, tu as appris à bien parler, au moins! Ta mère parle comme elle marche! Elle a fait mine d'évoluer, mais chassez le naturel… Passons, je ne tiens pas à parler d'elle, c'est toi qui m'importes, Laure, pas ta mère. C'est ton avenir qui me préoccupe, pas le sien. Tu es ma seule enfant, tu es de mon sang…

Se levant, le défiant, Laure lui répliqua brutalement:

— Tu n'as qu'à en faire d'autres! Elle en veut sûrement, l'autre! Et puis, si tel était le cas, j'aurais enfin la paix, moi! Parce que je suis désolée d'avoir à te le dire, mais je déteste passer des fins de semaine chez toi, papa. Je l'ai fait toute ma jeunesse, je me suis partagée, mais là, à dix-huit ans, n'y compte plus, je n'irai plus. Nous nous verrons de temps en temps, sans elle.

— Tu es ingrate, Laure, très ingrate, et je ne m'attendais pas à ce qu'un jour, tu oublies tout ce que j'ai fait pour toi. Par amour, ma fille!

— Par orgueil, papa! Par fierté! Tu voulais que je devienne médecin, que je rencontre un avocat, un ingénieur ou je ne sais quoi! Comme si tu étais le fils d'un juge, toi! Tu n'es qu'un bijoutier, papa, avec le même magasin depuis vingt-cinq ans! Un métier honorable que je respecte, mais ne viens pas cracher sur les autres, papa, en te prenant pour un homme de la haute, parce que tu aimes l'opéra! Si j'ai hérité beaucoup plus de ma mère que de toi, Dieu merci, papa! Parce qu'elle est vraie, elle, sincère et de bonne foi. Elle est rangée, elle me comprend, elle m'aime et elle m'appuie.

– Rangée? Connais-tu seulement son passé, Laure? Peut-être est-il temps…

– Non, ne perds pas ton temps papa, maman m'a déjà ouvert le livre de sa vie. En entier, papa, de sa jeunesse malheureuse jusqu'à sa rencontre avec toi. Elle l'a fait sans retenue et avec intégrité, avant que tu t'en charges un jour pour la détruire. Et comme je peux le constater, son intuition ne la trompait pas. Tu es odieux, papa! Tu t'apprêtais à salir ma mère sans merci pour que je me rapproche de toi. Mais je ne suis plus une enfant, tu sais…

Constatant qu'il était en train de perdre sa fille, Philippe Jarre lui intima doucereusement:

– Assieds-toi, Laure, nous avons déjà trop attiré l'attention…

– Ça te gêne? Pas moi! Et je tiens à vider la question, papa! Je fréquente André Gaudrin, un garçon que j'aime et, sans savoir où nous mènera cette relation, je tiens à t'avertir que je ne veux aucun obstacle de ta part!

– Ah! Tu crois cela? Et tu oses me parler sur ce ton du haut de tes dix-huit ans? Tu as du culot, ma petite! Alors, là, sache que tu n'auras jamais ma permission ni mon consentement pour épouser un gars indigne de ton rang. Encore moins un Gaudrin qui doit avoir hérité des penchants de son père et de la folie de sa mère! Parce qu'elle est morte à l'asile, Pauline Pinchaud, le savais-tu? Jamais je ne te laisserai épouser son vaurien de rejeton, tu entends? Pas de mon vivant! Et n'oublie pas que tu es mineure, Laure!

– Si jamais la vie en décide autrement, nous attendrons le temps qu'il faudra, papa. D'ailleurs, notre relation commence à peine…

– Même en âge, jamais je ne te conduirai au pied de l'autel!

– Bien, si c'est le cas, c'est ma mère qui le fera! Et là, papa, avant qu'on nous indique la porte, je m'en vais, je saute dans un taxi et je te laisse avec le vin et le repas. Et puis, ta montre, garde-la! Je ne veux pas de cadeau d'un père qui n'a aucun égard pour moi.

Ce disant, Laure avait lancé la boîte contenant la montre sur la table et, Philippe, gêné, embarrassé, l'avait vue tourner du talon devant tous les convives qui, étonnés, sourcillaient ou souriaient de le voir seul, devant deux assiettes remplies.

De retour chez elle, fulminant encore contre son père, elle raconta à sa mère ce qu'elle venait de vivre et comment son anniversaire s'était mal déroulé.

– Ah! Mon Dieu! Tu lui as parlé de Ti-Guy pis moi pis de Dédé…

– Oui, sans le vouloir au départ, mais tout a suivi et il l'a mal pris.

– J'comprends, y déteste les Gaudrin, surtout Ti-Guy! Quant à Dédé…

– Il a été carrément méchant envers lui; il ne le connaît même pas, maman! Il a traité sa mère de folle, il m'a dit qu'elle était morte à l'asile…

– C'est vrai, Laure, mais on n'a jamais su au juste ce qu'elle avait, c'était héréditaire. Une tumeur au cerveau? Peut-être… De nos jours, on tenterait de la soigner dans un hôpital régulier, mais il y a vingt ans et plus, dès que t'avais un problème de la tête, c'était Saint-Jean-de-Dieu. Dédé a été affranchi, mais pas avec les mêmes mots que ceux de ton père. Avec plus d'élégance et plus de respect envers sa mère. C'est d'ailleurs moi qui lui ai parlé de Pauline. En tant que marraine, j'étais bien placée pour le faire et comme Ti-Guy trouvait pas les mots…

— Papa déteste Guy! Il l'a traité d'obsédé sexuel, de dégénéré... Il a traité la mère d'André de traînée... Il a été abominable!

— Sors pas d'tes gonds encore une fois, Laure, ça va gâcher ta soirée au complet. Ton père a peut-être vu Ti-Guy une
seule fois, j'm'en souviens plus, mais comme le p'tit Gaudrin
a fait partie d'ma jeunesse du temps d'mon père... De toute
façon, dès qu'un homme était plus beau, plus jeune que lui, y
devenait envieux, jaloux. Ti-Guy n'a pas échappé à la règle.

— Il m'a dit que je n'aurais jamais son consentement si
André et moi décidions un jour de nous marier.

— Voyons, Laure, tu n'lui as pas déjà parlé d'ça? *No won-
der* qu'y t'a piqué une crise! Pis, c'est un peu vite, non?

— Peut-être, mais je voulais être fixée si jamais... On ne
sait pas ce qui peut arriver, maman. André et moi, ce n'est pas
qu'une amourette...

— Oui, je l'sais, je l'sens, mais pour l'instant, tu as tes études
à compléter... Pis ça, ça t'empêche pas d'l'aimer, ma fille! Ça
va bien comme c'est là? Continuez donc comme ça pis oublie
c'que ton père a pu t'dire. Dans quelques jours, y va sûrement
rappeler...

— Je ne veux plus le voir ni lui parler, maman. S'il appelle,
dis-lui de se dévouer entièrement à sa petite profiteuse et de
m'oublier!

— Laure! Quand même! C'est ton père...

— Si tu savais tout ce qu'il a dit sur toi, maman! Heureusement que tu as eu l'idée de me conter ta vie... Puis, ce qu'il
a dit de Guy, de son passé... Il a traité André de rejeton de la
grosse... Il a même tenté de me détourner de toi! Si tu l'avais
entendu, maman, je ne crois pas que tu me rappellerais à
l'ordre comme tu viens de le faire. De plus, je lui ai lancé son
cadeau sur la table! Une montre, encore une montre, mais

avec des opales cette fois... Je la lui ai remise parce qu'il a été odieux, maman, pas parce que c'était encore une montre. Et je l'ai laissé seul à la table avec les deux plats devant lui et tous les clients qui se demandaient ce qui se passait... Il m'a mise hors de moi!

– Ah, Seigneur! Imagine tout c'qui va suivre, astheure! J'suis pas sortie du bois avec lui, moi!

Le lendemain, c'est dans les bras de Dédé que Laure fêta le dernier volet de ses dix-huit ans. Ils étaient allés danser, puis manger dans un grand restaurant avant de reprendre la route de Saint-Calixte. Ils s'étaient embrassés, promis mer et monde et, Dédé, généreux à outrance, lui avait offert une torsade en or ornée d'un pendentif avec son signe astrologique, la Balance. Ravie, elle lui avait gentiment murmuré: «Dieu que je t'aime!»

Une semaine plus tard, le 14 octobre, c'était au tour de Ti-Guy de fêter ses... quarante ans! Encore très beau, un ou deux cheveux gris sur les tempes, pas plus, il était aussi séduisant qu'à trente ans sauf que le «chiffre» entrait mal dans la peau de ce bel animal. Orgueilleux, il avait l'impression de vieillir de beaucoup en un seul jour et c'est Jovette qui, riant à gorge déployée, lui avait dit: «Tu vois? On n'y échappe pas! Beau gars ou pas!» Ils vidèrent une bouteille de vin qui le rendit sensuel, amoureux, et c'est dans le lit de Jovette qu'il fit ses premiers pas dans la quarantaine. Avec un peu plus d'audace, cette fois. Avec des petites exigences qui lui valurent: «Non, Ti-Guy, on n'est plus dans la remise... Pis, t'as quarante ans, pas dix-huit, compris?»

# Chapitre 10

Janvier 1971. Un froid intense sévit à travers la province. Ce qui n'empêche pas Laure de venir passer les fins de semaine sur la butte avec celui qu'elle aime. Avec ses vingt ans célébrés en décembre, plus beau, encore blond, plus homme, Dédé fait tourner les têtes, mais ne voit que la main de Laure qui se glisse dans la sienne. Avec Édouard et les employés, il a rénové les chalets qui ont tous été loués pour l'hiver. Seul celui des voisins, les parents de Rita, n'a pas été renouvelé pour la froide saison. «Trop cher», avait dit le père à Dédé. «Trop cher même pour l'été.» Ce qui signifiait qu'ils ne reviendraient plus sur la butte, lui et sa famille. Mais lors des dernières semaines de la saison estivale, Rita avait tenté, en l'absence de la dulcinée, de s'emparer du mâle qui, pas plus tard que l'an dernier, s'offrait à ses penchants. Mais Dédé l'avait repoussée. Outrée, en colère, elle avait attendu que Laure arrive le jour où ils allaient quitter la butte le lendemain, pour lui dire: «Tu sais, ton *chum*, j'l'ai eu ben avant toi!» Face à cette fille plus que quelconque, Laure avait haussé les épaules et détourné la tête. Ce qui lui avait valu juste au moment où elle regagnait le chalet: «Maudite *stuck up!* Tu fais ta fraîche parce que t'es garde-malade, mais ton *chum,* c'est un *bum!* Je l'sais, j'ai passé des nuits dans l'bois avec lui!» Laure ne s'était pas retournée. Le soir, à la fin du repas, elle avait demandé à Dédé:

— As-tu déjà eu des aventures avec Rita, la fille d'à côté?

Surpris, mal à l'aise, mais gardant son calme, il avait répondu:

— Viens pas m'dire qu'elle t'a fait l'coup à toi aussi? Ça fait cinq ans qu'a court après moi pis que j'la fuis. A m'a descendu à ma grand-mère une fois... Écoute, Laure, juste à la voir, tu penses tout d'même pas...

— Non, ne va pas plus loin et excuse-moi, mais elle m'a crié des choses tout en me traitant de *stuck up...*

— Tu vois bien qu'est jalouse de toi... Pis ça s'comprend...

Laure s'approcha de lui, glissa une main dans ses cheveux et le fit taire d'un baiser. Le lendemain matin, Rita et sa famille pliaient bagages à tout jamais. Sans se montrer de peur d'avoir à l'affronter, Dédé avait surveillé leur départ du coin de la fenêtre. Puis, les voyant partir, il laissa échapper un soupir de soulagement. Rita, ses indécences avec elle, ses nuits dans les buissons... Dédé, enfin, respirait d'aise. Laure dormait et Rita n'était plus que dans un nuage de poussière. Il l'avait échappé belle mais, pour la première fois, il avait menti à celle qu'il aimait. Par peur... du moindre doute.

Entre-temps, à Montréal, le film d'une autre histoire se déroulait. Ti-Guy, de plus en plus heureux avec Jovette, lui avait dit un certain soir:

— J'ai envie de vendre la maison, rue Saint-Laurent, et de venir habiter avec toi si t'as envie de moi.

Jovette, ne sachant trop quoi lui répondre, se contenta de lui dire:

– C'est pas qu'j'ai pas envie, j'sais pas trop comment l'expliquer, mais vivre ensemble, Ti-Guy, c'est former un couple.

– Pis, après? J'ai envie d'ça, moi! Pas toi?

– Heu… oui… mais ça va bien comme c'est là… On s'fréquente, on habite chacun d'son côté, on s'retrouve avec plaisir…

Ti-Guy, l'air soudainement grave, lui demanda:

– Es-tu sûre que tu m'aimes, Jovette? C'est-tu juste pour passer l'temps…

– Ti-Guy! Verrat! Si j't'aimais pas, penses-tu qu'tu serais encore là? J'fais rien accroire à personne, moi! Quand j'aime, j'le dis pas à toutes les dix minutes mais j'le prouve! Pis tu l'sais que j't'aime! Autant qu'toi tu m'aimes! Où c'est qu'tu veux en venir avec ces idées-là à soir?

– C'est ben simple, Jovette, j'veux être avec toi, j'veux qu'on vive ensemble… Mieux qu'ça, j'aimerais qu'on s'marie, toi pis moi!

Jovette avait froncé les sourcils. Ne sachant par où commencer, elle se versa un verre de vin blanc et lui dit très calmement:

– Écoute Ti-Guy, j'savais qu'tu finirais par en arriver là, mais j'suis pas sûre qu'ça soit une bonne idée.

– Ben, voyons donc…

– Laisse-moi continuer, laisse-moi te dire c'que j'ressens pis après, j'te laisserai la parole, j'te l'promets.

Ti-Guy, abasourdi, décontenancé, s'alluma une cigarette et, Jovette, voyant qu'il allait se taire et l'écouter, reprit avec prudence:

– Je pense pas que ça soit une bonne idée, Ti-Guy, parce que j'te connais pis qu'ça m'ferait peur d'être liée à toi par le mariage. J'pense que ça m'ferait même peur qu'on vive ensemble, parce que ça va t'tanner, je l'sais, je l'sens. Toi, une femme qui t'appartient, tu peux pas lui être fidèle. Il t'en faut d'autres après…

— Aïe! Syncope! Une minute! Tu r'viens avec Pauline pis elle…

— Non, j'parle de Betty, Ti-Guy. Ta superbe Betty que t'aimais comme un fou jusqu'à c'que tu la maries. T'avais entre les mains la plus belle femme du monde à toi tout seul, pis t'as réussi à la tromper avec d'autres. J'parlais pas d'Pauline comme tu vois, mais de celle que t'appelais «bébé» pis qui ressemblait à Lana Turner. Y'a pas un homme qui aurait pas voulu être à ses pieds pis toi, t'as trouvé l'moyen d'la cocufier jusqu'à c'qu'elle s'en aperçoive. Alors, viens pas m'dire…

— Jovette, syncope! J'étais jeune, j'étais pas mûr…

— Pousse pas trop, t'avais à peine cinq ans de moins, t'étais en pleine trentaine… Pis là, avec tes quarante ans, le démon du midi va venir… Pis moi, plus vieille que toi… Pas laide, mais loin d'être Betty pis d'être jeune comme elle l'était…

— Je l'aimais pas vraiment, elle, j'étais attiré physiquement, rien de plus… Avec toi, c'est autre chose, Jovette. Le cœur est là…

— J'veux ben t'croire, Ti-Guy, pis j'pense réellement que l'cœur est là, mais pour combien de temps? T'es encore un beau mâle pis tu l'sais! Y'a pas une fille qui t'refuserait à soir dans un bar. Pis des filles ben plus jeunes que moi! J'sais qu'tu vas m'répéter qu't'as changé, qu't'es plus l'même, mais j'aime mieux rester sur mes gardes parce que moi, contrairement aux autres, je l'prendrais pas d'être trompée par un homme que j'aime. Philippe l'a fait, lui, mais ça m'a arrangée, j'cherchais une raison pour m'en défaire. J'l'aimais plus…. J'l'ai jamais franchement aimé… Pis, laisse faire, c'est d'nous deux qu'on parle à soir. Toi, Ti-Guy, j't'aime, j't'aime vraiment pis c'est pour ça que j'veux qu'on s'protège toi pis moi. Comme c'est là, ça m'va, ça m'convient, j'suis bien... Mais j'veux pas être égoïste, pis si toi ça t'convient pas, j'aime mieux t'perdre tout d'suite que plus tard quand ça va faire plus mal...

— Jovette! J'comprends pas! T'as pas confiance en aucun homme?

— C'est... c'est peut-être vrai, mais j'ai pas assez d'raisons, selon toi? Écoute, j'suis encore fragile, j'serai jamais une femme forte... Tu vas avoir à *dealer* avec ça aussi longtemps qu'tu vas sortir avec moi. J'marche encore sur des séquelles...

— Pourtant, tu conseilles tout l'monde, mon fils avec... Tu lui as presque tout dit d'sa mère pis moi, pis t'as tout raconté d'ta vie à ta fille... Des fois, j'comprends pas...

— Avec Laure, j'me suis protégée, Ti-Guy, j'lui ai tout dévoilé avant qu'son salaud d'père m'noircisse à ses yeux. Pour Dédé, j'ai juste été une confidente. J'l'ai écouté, y'en avait long à m'dire...

— Comme quoi?

— Tu vois? T'as jamais cherché à savoir c'qu'y vivait c'te p'tit gars-là. Ton propre fils, Ti-Guy! T'étais occupé à faire des conquêtes, à coucher à gauche pis à droite... Là, tu t'ramasses, tu changes, tu fais des efforts pis j'le sens, mais si t'as pas su vaincre tes pulsions pour ton p'tit, comment veux-tu qu'une femme pense que tu vas l'faire pour elle?

— D'après c'que j'vois, avec toi, ma réputation est faite! Pis pas à mon avantage! Moi qui pensais qu'après tout c'temps ensemble...

— Fais-moi pas m'sentir coupable, Ti-Guy! J'te parle de façon directe parce que j't'aime! Si c'était pas l'cas, j'serais pas capable de faire semblant. J't'aime beaucoup, j't'aime énormément, mais j'voudrais qu'ça continue d'la même manière.

— J'comprends, Jovette, mais comme c'est là, t'entretiens une maison qu'tu pourrais vendre pis moi avec. En plus, j'ai trente-six immeubles à m'occuper! Tu penses que j'ai l'temps d'courailler avec ça? Mais là, parlons-en plus, mais laisse-moi au moins t'offrir une autre issue, une dernière tentative…

– Parle, j't'écoute, mais si on m'avait dit qu'à soir…

– C'que j'veux t'dire, Jovette, après tout c'que tu m'as dit pis que j'respecte même si ça m'blesse un peu, c'est qu'y aurait peut-être une dernière solution pour nous deux.

– Laquelle?

– Comme tu veux pas qu'on s'marie pis qu'tu veux pas que j'vienne vivre ici, pourquoi on vendrait pas nos deux immeubles pour ensuite acheter un bungalow à deux? De cette façon, la maison sera autant à toi qu'à moi…

– J'en r'viens pas! T'as rien compris! C'que tu proposes, ça veut encore dire qu'on vivrait ensemble, non?

– Oui, Jovette, parce que j't'aime pis qu'tu m'aimes! Oui, on vivrait ensemble, mais dans quelque chose de neuf! On r'partirait à zéro toi pis moi! Pis, comme on serait juste un couple de concubins comme on dit, y'aurait pas d'offense ni pour l'un ni pour l'autre si ça marchait pas… Pis, comme on s'aime, pourquoi pas s'donner au moins une chance? J'sais qu't'es fragile, pis j'ai pas l'intention de t'fendre le cœur en deux, mais moi aussi, j'suis pas fort, pis j'ai besoin d'soutien. Moi aussi j'ai besoin d'toi, Jovette. Pis, comme on s'ressemble…

Il avait presque les larmes aux yeux et, Jovette, secouée par le plaidoyer, s'approcha de lui et l'encercla de ses longs bras pour lui murmurer, en guise d'accord:

– Toi, j'pense que tu pourrais faire succomber une sœur cloîtrée, Ti-Guy Gaudrin! T'as l'tour comme ça s'peut pas! Pis avec tes beaux yeux pers qui tournent au gris quand t'es triste… Ça va, ça marche, j'accepte! On vend, on achète quelque part pis on s'installe ensemble! Mais j'te préviens…

Voyant qu'elle allait encore le menacer si jamais... il la fit taire d'un baiser si sensuel qu'elle sentit ses jambes flancher. Puis, d'un pas calculé, précis, il la guida tout doucement vers la chambre et, sournoisement, la renversa... sur le lit!

Le lendemain, après une journée à la caisse populaire, à peine rentrée chez elle, Jovette eut la désagréable surprise, en répondant au téléphone, de reconnaître la voix de son ex-mari.

— J'ai mis du temps à t'appeler, Jovette, je tenais à ce que les choses se tassent, mais comme je n'ai plus de nouvelles de Laure, je tiens à t'avertir que, si jamais tu l'encourages à poursuivre sa relation avec ce crétin de Gaudrin, tu n'as pas fini...

— Aïe! Minute, là! Des menaces astheure? Pour qui qu'tu t'prends, Philippe Jarre? Pis à qui qu'tu penses que tu parles? Ta fille sortira avec qui elle voudra pis, un jour, elle épousera qui elle voudra! Comme tu l'as fait, toi!

— Justement! J'aimerais que mon expérience lui serve...

— Expérience, mon œil! C'est moi qui a été échaudée dans cette union, Phil, pas toi! Pis j'veux pas revenir en arrière, on est divorcés, on n'a plus d'comptes à s'rendre!

— Bel exemple pour ta fille! Ti-Guy Gaudrin! Un pourri! Un gars de ton espèce, Jovette! Bel exemple...

— Pis toi? Tu penses que c'est un bel exemple que de t'afficher devant ta fille avec une p'tite pute qui a juste un peu plus qu'son âge? Tu trouves ça honorable, toi? Guy Gaudrin est au moins de mon âge...

— Et de ta classe, Jovette! Qui se ressemble, s'assemble! Mais je n'en ai rien à foutre de ton Gaudrin! Couche avec, marie-le si tu veux, je m'en fous, mais si j'apprends que Laure et son rejeton...

— Ta gueule, Phil! Dédé n'est pas un rejeton mais un fils légitime comme bien d'autres! Un gars bien élevé qui a eu le malheur de perdre sa mère étant jeune…

— Le malheur? Tu veux rire, non? Cette grosse salope-là?

— Dis donc, ton vocabulaire descend de plusieurs crans à c'que j'vois! C'est-tu ta jeune poulette qui t'apprend ces mots-là?

— Laisse la femme de ma vie hors de cette discussion, Jovette!

— La femme de ta vie! Laisse-moi rire! Pis a doit aimer les bijoux en maudit pour partager ton lit! Pour c'que tu vaux…

— Tu les aimes sans doute plus truands, plus cochons, plus mal élevés, comme celui que tu as dompté dans le temps…

— Bon, c'est assez, j't'ai assez entendu, j'raccroche!

— Juste une minute de plus, Jovette, juste un moment… Dis à Laure que si je n'ai pas de ses nouvelles d'ici la fin du printemps, je la raye de mon testament! Pire, je la renie…

— Laure aura pas besoin de ton argent! J'en ai, Ti-Guy aussi! Pis, pour le reniement, perds pas ton temps, ça va la soulager en…

Jovette n'eut pas le temps d'émettre un juron que Philippe avait raccroché. Et, c'est délivrée de lui, encore hors d'elle, qu'elle comprit qu'elle n'avait rien à perdre, en se «garrochant» dans les bras de Ti-Guy.

Laure poursuivait assidûment ses études et consacrait ses fins de semaine à André qu'elle allait rejoindre au chalet de la butte. Elle avait fait la connaissance d'Édouard et Philomène avec lesquels ils allaient parfois souper au restaurant. Laure trouvait Édouard très agréable, mais sa fiancée, passablement moins. Timide, peu causante, sans instruction, Philomène avait consacré sa jeunesse à élever la marmaille de sa mère. Aînée d'une famille nombreuse, dévouée aux siens, il était évident que Laure la considérait, mais de là à s'en faire une amie... Philomène n'était jamais sortie de son patelin. Fille de fermier, bonne nature, elle n'aimait ni la musique ni le cinéma. Mais elle aimait la lecture, ce qui rassura Laure, jusqu'à ce qu'elle apprenne, qu'à ce jour, Philomène n'avait lu que *La faute de l'abbé Mouret* d'Émile Zola, un roman qu'une voisine lui avait prêté, rien d'autre. Mais Philomène parlait mariage et entrevoyait déjà de donner à son Édouard de cinq à six enfants. Sa mère lui brodait déjà son voile de mariée et elle anticipait avec joie le jour où elle serait sous le toit de son mari, avec sa belle-mère, dont elle serait la dévouée. Laure n'avait vraiment rien à échanger avec ladite Philomène, dont les propos s'évaporaient au rythme de l'eau chaude d'une bouilloire.

De passage à Montréal chez son père, Dédé apprit de ce dernier qu'il venait d'acheter avec Jovette, un superbe bungalow sur la rue Meilleur, quelques rues à l'ouest d'où il habitait présentement. Ti-Guy expliqua à son fils l'entente survenue entre Jovette et lui, et Dédé s'en montra fort aise. Laure, au courant du dénouement, avait demandé à sa mère: «Et moi dans tout cela? Je fais partie de la nouvelle acquisition?» Ce à quoi sa mère avait répondu: «Ta chambre t'attend, la maison est aussi la tienne, ma fille. Et ce, jusqu'à ce que tu quittes le nid quand le jour viendra.» Laure, heureuse, avait avoué à André qu'elle appréciait le fait qu'un homme soit sous leur toit. De plus, elle affectionnait Guy, elle le trouvait charmant, gentil. Ils allaient emménager dès le début de mai. À son tour, Dédé parla à son père des chalets de la butte, des locations sans peine, hiver comme été, de son idée de construire au niveau de la plage, et son père lui avait répondu: «Fais c'que tu voudras, la butte, le lac pis les environs, c'est à toi.»

Ils partagèrent un léger souper et Dédé, soucieux, demanda à son père au moment du dessert:

— Tu m'as déjà dit que ma mère avait une sœur qui était sœur, pas vrai?

— Oui, Berthe, la plus vieille de la famille. A vit chez les sœurs de la Providence... C'est elle qui a fermé les yeux de ta mère... Tu sais tout ça, Dédé! Pourquoi qu'tu m'reviens avec elle?

— C'est qu'j'en parlais avec Laure, pis a m'a demandé si on pouvait aller la visiter. Après tout, c'est ma tante...

— Oui, d'accord, mais c'est une tante qui est religieuse pis qui n'a pas l'esprit d'famille comme on l'a, nous autres. Tu sais, moi, a m'a jamais considéré comme son beau-frère. Pour elle, j'étais l'ex-mari de Pauline, quasi un étranger, a m'vouvoyait!

— Oui, mais j'suis quand même son neveu... De sang, du moins! A va pas m'traiter comme un étranger, non?

— J'en sais rien, Dédé. Pour la bonne sœur, la parenté, c'est le bon Dieu, les saints du ciel pis les autres sœurs! C'est sûr qu'est aimable, mais attends-toi pas à c'qu'a t'prenne dans ses bras! Tu tiens vraiment à la connaître?

— Oui, Laure aussi... J'connais personne du côté d'ma mère... Pis, la tante Raymonde, la mère d'Édouard...

— Elle, tu peux la barrer d'ta liste, Dédé! A l'a été méchante avec ta mère, est même jamais allée sur sa tombe... Elle, c'est pas d'la parenté! A l'a même mis ta mère dans' rue!

— Oui, j'sais, pis j'veux pas la voir même si Édouard voudrait que j'la rencontre... Tu sais, c'est pas sa faute à lui...

— Non, c'est vrai, mais t'as pas à serrer sa mère dans tes bras pour autant. Si ta mère te voit faire ça du haut du ciel, a te l'pardonnera pas, Dédé. La Raymonde, c'est un serpent, un cobra, pis ça, tu fuis ça comme la peste! Pour l'autre, la sœur Berthe, j'peux vous accompagner si ça vous tente. Comme a m'a déjà vu, ça va ouvrir une porte pis vous allez être plus à l'aise.

– Tu ferais ça, p'pa? Ben là, c'est Laure qui va être contente!

– Ben sûr, j'te l'ai déjà proposé! Pis, dis à Laure que j'vas organiser une rencontre pis qu'vous allez la voir en personne, la bonne sœur. Plus dévouée qu'elle… Pis là, faut que j'parte, Dédé, Jovette pis moi, c'est à soir qu'on signe les papiers.

– J'te laisse, j'repars, j'étais juste venu m'changer les idées…

– Tu sors avec Laure à soir?

– Non, est dans les études par-dessus la tête. J'repars pour Saint-Calixte. Demain, j'ai une grosse journée. J'dois négocier avec le maire.

– Le p'tit pourceau? Tu t'entends bien avec lui?

– Ben, y m'semble correct pis y m'respecte… Savais-tu qu'y s'était remarié avec la modiste?

– Quoi? Remarié? Sa femme est-tu morte?

– Ben non, tu l'savais pas? Pourtant avec Gertrude… Y'ont divorcé, ça fait six ou sept mois, c'est elle qui l'a sacré là! Pis la Marie-Marthe est retournée sur la terre de son père. Personne te l'avait dit?

– Pantoute! Faut dire que j'm'informe de rien de c'qui s'passe là-bas à part c'que tu fais sur la butte, pis qu'on s'rend pas là souvent, Jovette pis moi… Même la mère m'en a rien dit… Toi non plus, Dédé, tu viens d'me l'apprendre.

– Ben, moi, j'étais sûr que tu l'savais… T'as pourtant vu mémère souvent pis, elle, les ragots… Mais faut dire qu'a commence à en perdre des bouttes, p'pa! Sa mémoire y joue des tours… Soit qu'a s'en rappelle plus ou qu'est certaine qu'a te l'a dit.

– Pis là, l'pourceau vit-tu encore dans la maison que j'y ai vendue?

– Non, y s'en est défait juste après l'divorce. Y l'a laissée pour pas cher à un vieux couple qu'y a d'la misère à la payer. Pis là, comme sa nouvelle femme, la modiste, a sa propre maison, y'habite avec elle pis ça lui coûte pas une cenne! Depuis son divorce, y restait chez sa sœur. Su'l'bras, ben entendu! Paraît qu'y est *cheap* à mort!

– Pis son ex-femme, Marie-Marthe que j'trouvais épaisse, sais-tu pourquoi a l'a quitté, l'pourceau?

– Ben, pas si épaisse que tu penses! Pas instruite, mais propre, bien rangée. A l'a sacré là parce qu'y puait, qu'y s'lavait pas pis qu'a voulait plus l'avoir dans son lit. Y porte bien son nom; un pourceau, c'est pas c'qu'y a d'plus propre, si j'saisis pourquoi qu'tu l'appelles comme ça. Pis, comme y'était porté sur la chose d'après la langue ben pendue de Gertrude, ça devait pas être ragoûtant pour Marie-Marthe jusqu'à c'qu'a s'écœure... M'écoutes-tu, p'pa? T'es-tu encore là?

Ti-Guy, la tête ailleurs pour un moment, s'imaginait Madeleine au temps où elle était la femme de ce petit porc dégoûtant... Et il comprit pourquoi elle ne voulait plus sortir de ses bras lorsqu'il se faufilait dans son lit avec ses dix-huit ans, son Eau de Floride sous les aisselles et sa poitrine imberbe.

– Oui, j'suis là, j'écoutais, j'pensais... Pis, comme ça, y s'en est trouvé une autre! A l'as-tu des problèmes d'odorat, celle-là?

Dédé éclata de rire et lui répondit:

– J'sais pas! Peut-être que d'une transpiration à l'autre... Pis juste pour le fait d'être mairesse.... Tu sais, elle a dix ans de plus que lui, la grosse Evelyne. J'dis grosse, parce qu'est pas maigre, pis a doit ben faire à manger parce que, «monsieur le maire» a engraissé d'vingt livres depuis qu'y est avec elle!

– Syncope! Y doit ben ramper su'l'ventre, lui qui est court sur pattes! Eh ben, chaque torchon… Non, c'est pas charitable c'que j'allais dire, Dédé. Le pourceau a ses bons côtés. Y'est gros, y'a mauvaise haleine, y'est chauve pis là, tu m'dis, qu'en plus, y pue… Mais y'a ses bons côtés quand même!

Une semaine plus tard, Ti-Guy, Laure et Dédé étaient en route pour la maison mère des sœurs de la Providence où sœur Berthe résidait depuis sa dernière mission dans le tiers-monde. Fatiguée, souffrant de surmenage, on n'exigeait plus d'elle qu'elle se rende dans les pays défavorisés ni qu'elle s'occupe des malades mentaux des institutions locales. Ayant été retracée par Guy Gaudrin, elle commença par lui dire qu'elle n'était pas bien, qu'elle était confinée à sa chambre, mais sur insistance de sa part, elle accepta de le recevoir un certain après-midi, afin de faire la connaissance de son neveu. Elle opta pour une visite de courte durée, ce que Guy accepta de bon cœur. Laure avait pris congé, Dédé était descendu de Saint-Calixte et Ti-Guy avait reporté une transaction pour satisfaire à la demande de son fils. Jovette, qui avait rencontré la bonne sœur au temps des derniers jours de Pauline, préféra ne pas se joindre au groupe. Elle voulait que le temps alloué soit consacré à Laure et Dédé. Elle était, d'avance, ravie que sa fille rencontre cette personne de qualité d'une famille si tourmentée. Guy traversa les grilles du couvent, stationna à l'endroit qu'on lui avait indiqué, et se présenta à la porte principale comme le visiteur attendu de sœur Berthe. La jeune religieuse, sans doute une novice, les fit pénétrer dans un petit parloir où l'on distinguait un fauteuil entouré de cinq chaises. Puis, les laissant patienter au milieu des fougères et des toiles pieuses sur les murs, elle s'éloigna sans leur dire que sœur Berthe n'était pas des plus ponctuelles. Quinze minutes s'écoulèrent avant que la porte s'ouvre et que la religieuse, grande, sèche et quelque peu courbée, fasse son entrée. À sa vue, tous se levèrent, mais elle les pria de se rasseoir. Puis, regardant Guy, elle lui dit en lui souriant:

— Vous n'avez pas changé… Le temps vous épargne, Monsieur Gaudrin.

— Vous non plus, ma sœur. On dirait la même que dans l'temps.

— Oh, non! Vous n'avez pas à être galant à ce point. Pas avec une sœur qui a laissé sa santé pour sauver celle des autres et qui approche tout doucement de la soixantaine. Mais le bon Dieu me le rendra dans l'au-delà…

Puis, regardant Laure et Dédé, elle leur sourit et demanda:

— Je présume que c'est là votre fils? Le fils de Pauline dont vous me parliez? Dieu qu'il vous ressemble, Guy! Il a tout de vous, très peu de sa mère… Si… son nez! Puis sa carrure! Savez-vous que vous êtes un beau jeune homme, André?

Il rougit, se tourna les pouces et demanda:

— Comment j'dois vous appeler? Mon père m'a dit qu'on disait pas ma tante à une sœur…

Berthe éclata de rire et Laure remarqua qu'elle avait une dent cariée.

— Tu m'appelles comme tu veux, mon neveu! Ma tante, ma sœur, Berthe Pinchaud, comme tu voudras! Tu sais, te voir est un privilège. Tu es le seul membre de ma famille que je verrai avant de mourir. Je partirai au moins avec un doux visage…

— Raymonde et ses enfants, vous ne les voyez pas? risqua Ti-Guy.

— Non, je n'ai jamais revu Raymonde depuis sa prime jeunesse. Elle n'était pas là à la mort de notre mère, pas plus que Pauline d'ailleurs, et elle n'est pas venue pour la mise en terre de Pauline. Rappelez-vous, Guy… Et je n'ai jamais vu aucun de ses enfants. Mais, vous savez, je ne leur en tiens pas rigueur. Une sœur, ça ne fait pas vraiment partie de la famille. Une religieuse, ça prend le voile et on l'oublie. C'est comme si Dieu la soustrayait aux siens en se l'accaparant. Mais vous revoir, vous et votre fils…

Puis, regardant Laure, Berthe lui sourit et demanda:

– Quelqu'un va-t-il me présenter cette charmante personne?

– Oh! excusez-moi, ma sœur, ma tante… C'est Laure Jarre, ma petite amie, celle qui va devenir ma fiancée bientôt.

Laure avait frémi de tout son être. C'était la première fois qu'André laissait savoir, qu'un jour, elle et lui…

– Vous êtes très charmante, Mademoiselle. Que faites-vous dans la vie?

– J'étudie pour être infirmière… Je me dirige en gérontologie.

– Ah, oui? Quelle belle vocation! Les personnes âgées sont si délaissées. Et comme vous respirez la bonté…

Dédé était au comble du bonheur. Sa tante savait ce qu'était la gérontologie. Il y avait donc du monde instruit dans la famille. Et Dédé souriait, constatant que son père ne savait pas plus que lui ce qu'était cette science avant qu'on ne parle de personnes âgées.

– Vous savez, ma sœur, Laure, c'est la fille de Jovette. Vous vous rappelez de Jovette qui était avec moi lors des derniers moments de Pauline?

– Vaguement, oui. Je me souviens que vous étiez avec une dame, Guy, une amie de Pauline qu'elle ne reconnaissait pas, je crois.

– C'est en plein ça! Et Jovette et moi, on vit ensemble. C'est curieux, le père et le fils avec la mère et la fille! ajouta-t-il en riant.

– N'étiez-vous pas remarié, Guy? Suis-je dans l'erreur?

– Heu… non. J'étais remarié, mais ça n'a pas marché. On n'est plus ensemble depuis longtemps, le divorce a même été prononcé. Heureusement, on n'a pas eu d'enfants, Betty pis moi, ajouta-t-il, très mal à l'aise d'avouer ainsi ses échecs, devant la fille de Jovette.

– Bon, passons, la vie réserve des surprises, conclut la bonne sœur. Et là, il va me falloir vous quitter: sœur Ubalde, la doyenne de la communauté, a besoin de mes soins.

Elle se leva et juste avant qu'elle ne dise quoi que ce soit, Dédé lui demanda:

– Ma mère est enterrée avec votre mère, n'est-ce pas?

– Oui, ainsi qu'avec mon frère Albert, décédé accidentellement en bas âge.

– J't'ai déjà dit tout ça! lança Ti-Guy impatienté.

– Oui, mais c'que j'veux savoir, c'est qui s'occupe de sa pierre tombale, du morceau de terrain, des frais annuels…

– C'est moi, lui répondit la religieuse. C'est moi qui vois à l'entretien du terrain depuis des années. C'est ma famille qui gît là, c'est donc à moi qu'il revient de les voir reposer parmi les fleurs.

– Mais après, quand vous serez plus là…

– J'imagine que vient un temps où tout s'efface, même les cendres. Moi, c'est avec mes consœurs que je serai inhumée. Alors, pour la famille, ce sera laissé au gré du vent… Vous comprenez?

– Oui, mais ma mère est là… murmura Dédé avec tristesse.

– Je sais, mais viendra le jour où je ne serai plus là, André.

Contrarié, vraiment mal à l'aise, Ti-Guy lança à la dérobée:

– Arrête de t'en faire avec ça, Dédé, on va payer, on va s'en occuper! J'vais même prendre le terrain à charge dès aujourd'hui, ma sœur. C'est pas normal que ce soit vous…

– Non, p'pa, ni elle, ni toi, mais moi. C'est moi qui va s'occuper du terrain des Pinchaud. Pour ma mère, pour ma grand-mère, pour tous ceux qui sont là. C'est à moi qu'ça revient, p'pa. C'est ma mère, pas la tienne… Laisse-moi au moins m'occuper d'elle dans son cercueil. J'ai jamais pu l'faire avant, j'l'ai pas connue…

Voyant que Dédé était secoué, ébranlé, Laure le prit par la main et lui dit:

– Viens, partons, nous avons assez pris du temps de ta tante, André. Nous en avons même abusé… Elle a été plus que généreuse de nous recevoir…

Ti-Guy s'était levé, sœur Berthe en fit autant, Dédé fixait déjà la porte et c'est Laure qui brisa le silence.

– Merci de nous avoir reçus, ma sœur. Je pense qu'il était important pour votre neveu de vous connaître. Vous savez, quand on n'a pas connu sa mère…

– Ta mère était une bonne personne, André. Elle avait un bon cœur, elle était dévouée, elle cherchait le bonheur… Elle n'a pas eu de chance dans la vie, mais elle n'a fait de mal à personne. Ne laisse jamais qui que ce soit médire d'elle. Pauline a beaucoup souffert avant de rendre l'âme, mais je la sais en paix. J'ai prié pour elle chaque soir depuis son départ. J'ai tellement prié que j'ai la certitude qu'elle est juste à côté du Seigneur. Et je crois qu'elle est fière de toi, qu'elle te regarde de là-haut…

Berthe ne put terminer, une buée d'émotion s'échappait de ses yeux. Émue, Laure sortit un mouchoir de son sac à main et épongea une larme qui glissait sur sa joue. Ne sachant que dire, que faire, Ti-Guy s'était tenu à l'écart, les yeux baissés, les mains dans les poches. Dédé, encore sous le choc des dernières paroles de sa tante, sentit sa main trembler. Une main que sœur Berthe prit dans la sienne pour la réconforter, pour l'apaiser, pour qu'elle cesse de s'agiter. Et c'est au contact de cette paume chaleureuse que Dédé retrouva son calme et la force de balbutier:

– Merci… merci, ma tante… Je ne vous oublierai pas.

Retirant sa main moite de la main chaude de la religieuse, il encercla la taille de Laure et franchit avec elle le seuil de la porte. Ti-Guy, les yeux rivés sur la bonne sœur, n'osait avancer d'un pas. Figé sur place, il l'entendit lui dire:

– Partez, Guy, et ne revenez pas. C'est trop douloureux pour lui comme pour moi. Ne revenez pas, pensez à moi et je prierai pour vous. Et comme André va veiller sur les morts en terre, je vais dormir en paix jusqu'à mon dernier souffle.

Ti-Guy, chaviré par la fin de la visite, ouvrit la bouche sans savoir quoi lui dire et, sœur Berthe, le pressentant, lui murmura:

– Partez, maintenant. Partez, je suis très fatiguée.

Dans la voiture qui les ramenait, pas un mot ou presque. Que le silence le plus pur, jusqu'à ce que Laure susurre à l'oreille de son bien-aimé: «Je me sens sanctifiée… Cette femme m'a transformée.» Levant les yeux sur elle, Dédé lui répondit: «J't'aime, Laure, j't'aime encore plus fort…» Il allait poursuivre d'un élan lorsque sa douce, conquise, le fit taire en lui appliquant le bout de l'index sur les lèvres.

Dimanche 28 mars 1971, journée printanière et Laure était restée à Montréal à cause d'un stage dans un hôpital du centre-ville. Installée dans la nouvelle maison de Jovette et Guy sur la rue Meilleur, elle coulait des jours heureux et s'entendait à merveille avec l'homme que sa mère aimait, le père de celui dont elle était amoureuse. La relation entre elle et Guy Gaudrin était plus solide, plus intense, que celle entretenue à distance avec son propre père. Et Ti-Guy, peu enclin à la fibre paternelle envers Dédé depuis son enfance, l'avait sentie se développer pour la fille de Jovette. Parce que, Ti-Guy, sage ou pas, avait toujours eu «le don» de parler aux femmes. Or, en ce dimanche où Jovette et lui se promettaient un après-midi à la campagne et un souper dans une auberge, Dédé, déçu de ne pas avoir sa belle à ses côtés, avait emprunté le chemin de la ville pour la retrouver. Les chalets étaient loués jusqu'en septembre, le chantier de construction aux abords du lac allait bon train sous la supervision d'Édouard, il était donc normal qu'il puisse quitter sa butte pour retrouver celle qu'il aimait et la serrer dans ses bras. L'étreinte fut longue et passionnée. Laure et André s'aimaient à n'y plus rien comprendre. Tellement, que Jovette se demandait si, dans l'art de séduire, Dédé n'était pas de deux coches plus haut, que son... irrésistible père!

Seuls dans le coquet bungalow après le départ des maîtres, Laure et André s'embrassèrent à bouche que veux-tu. Puis, grisés par la chaleur de leur étreinte, ils se retrouvèrent sur le divan du salon où, amoureux fous l'un de l'autre, ils échangèrent des caresses charnelles sans toutefois dépasser la limite de la décence. Parce que, Laure, malgré le *peace and love* qui sévissait partout, s'était juré qu'elle se marierait vierge. Laure qui, loin d'être de son temps, se passionnait pour Aznavour, alors que les jeunes de son âge se pâmaient pour Led Zeppelin et Janis Joplin. Contrairement à la mode du temps, Dédé n'avait pas adopté le port des cheveux longs. Encore *clean cut,* bien vêtus tous les deux, ils formaient, à l'instar de ceux et celles qui dédaignaient les modes, un couple plus vieux que leur âge. Un bref petit dîner et Laure, brossant sa longue crinière, lui demanda abruptement:

– Ça te dirait qu'on aille au cinéma cet après-midi?

– Heu… oui… si ça peut t'faire plaisir…

– Pas seulement à moi, André, à toi aussi! Tu as hésité…

– Parce que ça m'a surpris, parce qu'y fait beau, mais si ça t'intéresse…

– André! Je parle de nous deux, pas seulement de moi! Si tu as une meilleure idée… Tiens! tu préférerais une balade, un parc?

– Non, et à bien y penser, ton idée n'est pas bête. Il y aura sans doute moins de monde et moi, collé contre toi…

– Tu risques de te laisser prendre par le film, parce que ce que j'ai à te proposer, c'est *Autant en emporte le vent* qu'on présente au cinéma Alouette. Tu sais, le chef-d'œuvre avec Clark Gable et Vivien Leigh? Tu les connais, au moins? Tu as entendu parler…

– Heu… oui, j'connais Clark Gable, j'suis déjà allé aux vues, tu sais, mais elle, non. Pis l'film dont tu parles, ça m'dit quelque chose…

– Voyons, André! C'est la version française de *Gone with the wind*, un film d'une durée de tout près de quatre heures, un classique qui date de 1939 et qu'on présente sans cesse. Je l'ai vu en anglais l'an dernier…

– Pis tu veux l'revoir encore?

– Oui, parce que c'est émouvant et que j'en ai perdu des bouts en anglais. Je suis bilingue mais, parfois, il y a de ces termes… Ça t'intéresse ou non? Préfères-tu qu'on reste à la maison?

Dédé, qui n'avait pas du tout envie d'aller se payer un film d'une telle durée, mentit pour ne pas la décevoir.

– Ben sûr que ça m'intéresse, Laure! Si tu m'dis qu'c'est bon, ça va sûrement m'plaire. Pis ça va m'changer les idées des travaux du chantier. Arrive, on y va! Pis, j'voulais te l'dire tantôt, maudit qu'tu sens bon! T'en as trouvé un nouveau?

314

– Non, c'est l'un des parfums de ma mère, Shalimar de Guerlain. Elle prétend que ce n'est pas de mon âge, mais ça sent bon et, à son insu, je lui vide lentement son flacon.

Ils éclatèrent de rire, s'embrassèrent longuement, et sortirent en prenant soin de fermer à clef derrière eux.

Quelques semaines plus tard, un peu après Pâques, Dédé discutait de travaux avec Édouard, lorsque ce dernier lui signifia que c'était le temps du *break,* le moment de prendre le café. Assis l'un en face de l'autre dans le chalet du *boss,* Édouard lui confia que les travaux avançaient et que, d'ici trois semaines, on terminerait la construction de deux chalets à quelques pieds du lac. Puis, d'un sujet à l'autre, Dédé en vint à dire à son cousin:

– J't'avais-tu dit qu'on était allés voir la sœur Berthe, la religieuse, la sœur de ta mère pis d'la mienne?

– Non. Quand ça?

– Ben, ça fait un p'tit bout d'temps. J'suis allé la voir avec Laure pis mon père qui l'avait déjà rencontrée. J'voulais connaître au moins un grain d'parenté du côté d'ma mère.

– T'es bon, toi! Tu vas visiter la bonne sœur qui veut rien savoir d'la famille pis tu veux même pas faire la connaissance de ma mère, ta tante, la seule sœur de ta mère qui s'en est occupée!

– Ben, j'regrette, mais j'ai des nouvelles pour toi, l'cousin! Quand ma mère est tombée malade pis qu'on l'a enfermée, c'est Berthe, la bonne sœur qui s'est occupée d'ma mère jusqu'à son dernier souffle, pas ta mère!

– Ben, là…

– Laisse-moi finir. J'en ai appris depuis l'temps, Édouard. La plus vieille, la religieuse, c'est elle qui s'est aussi occupée d'sa mère qui avait la même maladie qu'ma mère.

– Oui, j'sais, y'avait d'la folie dans' famille!

– Peut-être, mais la plus malade, c'est peut-être celle qu'on n'a pas enfermée… Ta mère, Édouard!

Se levant de son siège, le doigt menaçant, Édouard lui cria:

– Aïe! J'te défends d'parler d'ma mère comme tu l'fais! C'est pas parce que t'es mon *boss* que j'vas t'laisser caler ma mère sans rien dire! Pis a l'a tout fait pour ta mère, tu sauras! C'est Pauline, ta mère, qui a mis l'trouble dans l'ménage de mes parents! Ma mère m'a tout dit, mais j'te l'ai jamais répété, parce que ta mère avait pas toute sa tête!

– Ah, oui? C'est c'que tu penses, toi? Ben, j'ai un père aussi, pis une grand-mère pis Jovette qui connaissent toute l'histoire par cœur. Ben, tu sauras, Édouard, que c'est ta mère, la propre sœur de la mienne, qui l'a sacrée dehors tout' nue dans' rue, parce qu'a pouvait pas payer sa pension la première fois. Pis, la deuxième fois, j'viens tout juste de l'apprendre, c'est encore ta mère qui l'a crissée à' porte parce qu'a disait qu'elle pis ton père… Ma mère a peut-être eu ses défauts, mais d'après la sœur, a l'avait du cœur! Pis, d'après c'que j'ai su, j'te dirai pas d'qui, c'est plutôt ton père qu'y'avait les culottes baissées!

– Ta gueule, Dédé! Tu l'as jamais connu! T'inventes!

– J'invente rien pis, si tu veux, on peut aller l'demander à Jovette, la mère de Laure. A connaît l'fond d'l'histoire, elle! Pis, pour revenir à la bonne sœur, a m'a dit qu'ta mère est même pas venue au chevet d'ma mère mourante, pas plus qu'à son enterrement. Ça s'peut-tu? Plus sans-cœur que ça…

– Ben là, j'en ai assez, t'en as trop dit, t'es écœurant d'parler d'la sorte de ma mère qui a élevé cinq enfants! Pis la Jovette, la mère de ta blonde, ça vaut pas cher d'après c'que j'ai su! Y'en a qui l'ont connue à Saint-Lin. Dans l'temps, paraît qu'avec les gars, a marchait en…

Édouard n'eut pas le temps d'ajouter un mot, que Dédé l'avait empoigné par la chemise, pour lui foutre son poing sur la mâchoire.

– Toi, un mot d'plus sur elle, pis t'es mort, calvaire!

Reboutonnant sa chemise, Édouard prit le trousseau de clefs du chantier et le lança à deux pouces de la main de Dédé.

– Tiens! Finie la job! Tu viens de m'perdre, le cousin! Si tu penses que tu vas descendre ma mère pis qu'tu vas m'faire chier parce que t'es l'*boss,* la v'là ma démission! Trouve-toi un autre *foreman* pis un autre cousin parce que toi pis moi, c'est fini! J'veux plus t'voir de ma vie, pis oublie mes noces, j'te veux pas là!

– Ben, si c'est comme ça, tu m'fais une faveur, Édouard! Parce que ta Philomène, on peut s'en passer, Laure pis moi! Pis d'toi aussi! Des *foremen*, y'en a partout, j'vas même en trouver un autre demain! Décampe, décrisse, Édouard! J't'enverrai c'que j'te dois pis tes papiers par la malle! J't'ai assez vu! Pis, prends-moi pas pour un cave, ça fait depuis l'début qu'tu m'envies d'être le *boss* pis d'donner des ordres! Tu t'meurs d'être à ma place!

– Pense c'que tu voudras, mais croise plus jamais ma route avec ta face de rat, Dédé! Pis c'est pas ma mère qui va t'manquer; dans l'fond, a voulait pas t'connaître! C'est moi qui voulais... Pis va au diable! J'pars pis tu m'reverras plus la face de ta vie! Pis... pis... j'vas garder un écœurant souvenir de toi!

Dédé n'ajouta rien et Édouard sortit en fracassant presque la moustiquaire de la porte du chalet. Resté seul, Dédé était encore sous l'effet de la colère. Le *break* commencé par un café avait dégénéré en une prise de bec des plus virulentes. Il avait même frappé son cousin qui, lui, n'avait levé la main que pour l'invectiver du fiel de sa salive. Pour sauver l'honneur de sa mère, Dédé venait de perdre son *foreman* le plus honnête et la considération de son cousin. Pour défendre si bien sa mère qu'il adorait, Édouard, pour sa part, venait de perdre son emploi et de rompre à tout jamais avec le seul cousin qu'il avait. Pour le cœur d'une mère à celui d'une autre. Pour deux sœurs qui, jadis, sans se l'avouer, ne s'étaient jamais aimées. Et pour sauver la réputation de Jovette, la mère de sa bien-aimée, Dédé avait frappé en plein visage le «bébé triste» adoré de Pauline.

Le printemps offrit son soleil et son sourire sous forme de bourgeons de fleurs. Édouard était retourné à la scierie, Philomène avait pleuré, Dédé avait un nouveau *foreman* et Laure, mise au courant de la dispute, en avait été chagrinée. Elle n'avait pas apprécié que Dédé s'emporte au point de mettre sur le pavé son cousin qui allait se marier. Elle en avait été blessée et, en silence, elle en était venue à le blâmer... Sans savoir qu'il avait défendu l'honneur de sa mère, par amour pour elle. Et sans s'imaginer que le «rejeton» aimait de tout son être sa défunte mère. En dépit du fait qu'elle l'avait abandonné... jadis.

Par une belle semaine de mai 1971, Laure avait dit à André lors d'une conversation téléphonique:

— Il nous faudrait aller magasiner, toi et moi. C'est la fête des Mères, dimanche, et j'aimerais offrir un cadeau à maman.

Dédé, heureux de lui plaire, lui avait répondu:

— Bien sûr, Laure, avec plaisir, j'vais descendre en ville vendredi. Pis ça va m'faire une joie que d'choisir quelque chose avec toi pour ta mère. Comme j'ai plus la mienne...

— André! Tu ne parles pas sérieusement? Comment peux-tu dire une telle chose? Et ta grand-mère, elle? Celle qui t'a élevé?

– Heu… ouais… j'oubliais… J'pensais qu'c'était à mon père de l'faire…

– À lui, bien sûr, mais à toi aussi, André! Ta grand-mère a élevé deux enfants, son fils et son petit-fils. Une raison d'être doublement choyée, non?

– Oui, j'l'avoue, j'sais plus où j'ai la tête… Pis, j'la visite pas assez souvent. Je l'sais, a s'en plaint à Gertrude.

– Alors, là, on va réparer tout ça, si tu veux bien. On achè-te des cadeaux, on discute avec ton père, et on invite ta grand-mère et ma mère à souper au restaurant.

– Ouais… mais mémère est à Saint-Calixte… Faudra retourner…

– Oui, il nous faudra retourner la chercher, André, et après? Est-ce si loin? Parfois, toi…

– Non, fâche-toi surtout pas, Laure, j'sais plus c'que j'dis, j'ai d'la misère avec un contrat… Arrange tout ça comme tu voudras, moi, j'suis! Pis j't'embrasse pis j't'aime aussi!

Le dimanche 9 mai se leva sur un beau 72 degrés Fahren-heit et un soleil à déployer le chant des rossignols. C'était, à ce jour, la plus chaude et la plus belle journée du printemps. Tôt le matin, Laure et Dédé avaient quitté la ville pour aller quérir mémère qui se mourait d'impatience d'être l'une des reines de la journée. D'autant plus que c'était son «p'tit cœur» qui lui avait dit au bout du fil: «On va t'chercher pour te gâter, mémère! P'pa aussi va être du *party*!» Par politesse et par délicatesse de la part de Laure, ils avaient aussi apporté quel-ques fleurs pour Gertrude qui en fut ravie. Cette dernière, quoique clouée sur place pour la journée, attendait ses filles qui viendraient la choyer. On mangea un peu avant de re-prendre le chemin de la ville et, c'est folle de joie qu'Emma Gaudrin pénétra, pour la première fois, dans le superbe bungalow de Jovette et Ti-Guy. Elle s'exclama, bien entendu, tout était si «moderne». Voyant la chambre des maîtres avec le grand lit à baldaquin, elle s'écria: «On dirait une page du catalogue d'Eaton!» Elle trouva la chambre de Laure mignonne et bien rangée, et fut rassurée à la vue de la chambre au sous-sol, celle que Dédé occupait lorsqu'il venait chez son père étreindre sa bien-aimée. «Au moins, Jovette a du bon sens! Les jeunes couchent pas ensemble!» pensa-t-elle intérieurement, tout en s'exclamant devant le lustre en cristal de la salle à manger. C'était trop beau pour être vrai, songeait-elle, sans oser le dire. Son Ti-Guy, sérieux, sage, heureux avec Jovette qui en avait fait un homme… rangé! Et Dédé, jovial, souriant, devenu poli envers elle, soudainement. Un changement qu'elle attribua aux bonnes manières de Laure quoique… Elle sentait que son «p'tit cœur» était un peu trop sous l'emprise de sa… blonde! «Pourvu qu'elle ambitionne pas sur le pain bénit», pensa-t-elle, tout en fronçant les sourcils.

Ti-Guy avait réservé une table ronde dans un restaurant français d'Outremont où la cuisine, selon Jovette, était exquise. Le repas s'écoula dans la gaieté et les deux mères avaient reçu un mignon petit bouquet de corsage de la part du patron. À l'arrière-plan, une musique douce, des valses de Strauss, des œuvres de Chopin, le concerto pour flûte et harpe de Mozart et, en plein milieu du repas, la chanson *Maman, la plus belle du monde,* interprétée sur disque par Luis Mariano. Tout pour que les mères les moins vulnérables fondent en larmes. Et c'est ce que firent Jovette et Emma, après s'être longuement retenues. De connivence avec Laure, Ti-Guy avait choisi le cadeau de Jovette. Ce dernier lui noua autour du poignet une torsade en or 14 carats. Et pour s'ajouter à ce présent, Laure lui offrit une breloque en or, représentant un Pinocchio flexible. Avec une jolie carte signée de Laure et André. Puis, pour Emma, de la part de Jovette et Ti-Guy, une magnifique broche au fini antique, ornée d'un camée sculpté en relief. Madame Gaudrin était pâmée, renversée, alors que Jovette attachait le joli bijou sur le collet blanc de sa robe vieux rose. Laissant s'éteindre les exclamations, Dédé offrit à sa grand-mère une enveloppe sur laquelle on pouvait lire de sa main: *Avec amour.* Haletante, curieuse, mémère l'ouvrit de son ongle verni et y découvrit deux billets de train, aller-retour, pour Ottawa, ainsi qu'une nuit entièrement payée dans un bel hôtel près de la gare. La bouche ouverte, les yeux globuleux, elle retrouva son souffle pour lui dire:

— J'en r'viens pas! J'ai jamais voyagé!

Laure, lui spécifiant qu'elle n'aurait rien à débourser, pas même pour les repas, lui suggéra de se trouver une compagne.

— Ben Gertrude, c't'affaire! Qui d'autre? Pis j'te dis qu'a va être contente! Quand j'y pense! On va voir le parlement, on va sortir notre anglais, y vont penser qu'on vient des États-Unis! Pis, a mérite ben ça, Gertrude... A fait mes bords de robe sans rien m'charger, a m'coiffe, a m'prête souvent son fard à joue... J'lui disais que j'lui r'vaudrais ça... Pis là, avec un voyage à Ottawa!

Elle était si heureuse, si joyeuse, que Jovette et Ti-Guy se demandaient si Ottawa ne valait pas mieux que le camée pour lequel ils avaient mis le prix. Les remerciant tous sans négliger de tâter de son pouce sa belle «épinglette», elle se pencha vers les jeunes tourtereaux et, les serrant de ses deux bras, elle leur dit devant tout le monde, sans y penser:

— Merci, ma belle chouette! Pis toi aussi, mon p'tit cœur!

# Chapitre 11

À la fin de juin, alors que les chaleurs étaient torrides, Laure, en vacances à Saint-Calixte, assistait son bien-aimé dans ses corvées comme dans ses papiers. Très forte en calcul, elle en apprenait même au nouveau *foreman* qui payait toujours trop cher les matériaux de construction des chalets. Somme toute, au grand bonheur de Dédé, Laure s'intéressait à ses affaires et faisait plus que sa part, pour que la butte soit profitable. Dédé, aussi ambitieux que son père, avait jeté son dévolu sur la coquette maison de pierres que Ti-Guy avait fait bâtir pour sa jolie… Betty! Vendue et revendue, elle était encore à vendre et Dédé se disait, qu'en habitant au village, il pourrait louer son luxueux chalet, pour un montant fort appréciable. De plus, il lui devenait impérieux de quitter la butte, de ne plus avoir sans cesse «son commerce» sous les yeux. Ayant visité la maison avec Laure qui la trouva fort spacieuse et élégante, il fit part de son intention à son père qui lui lança au bout du fil: «Vas-y, achète-la, Dédé! C'est moi qui l'ai fait construire, c'est du solide, tu peux m'croire! Achète mais marchande, j'ai entendu dire par les gars du garage à qui j'ai parlé, que les propriétaires actuels étaient pressés de s'en défaire. Y sont plus capables de la payer. Tu pourrais l'avoir pour presque rien, mais fais-les baisser quand même. Achète-la pis habite-la! Enfin, quelque chose que j'aurai fait et qui restera dans la famille!»

Jovette et Ti-Guy se rendaient de plus en plus rarement à Saint-Calixte. Une fois par mois, parfois aux deux mois, pour visiter mémère et payer une visite à Dédé sur la butte. Voilà pourquoi ils n'étaient guère au courant des derniers faits. Ti-Guy aurait aimé s'y rendre plus souvent, mais Jovette, meurtrie à tout jamais par sa jeunesse, craignait encore de voir surgir devant elle l'immonde spectre de son père. De plus, aucun bon souvenir ne la rattachait à ce patelin qui avait failli causer sa perte. Aucune nostalgie, aucune mélancolie, elle avait même la sensation que le village puait quand elle y entrait et qu'elle baissait la vitre de la portière. Tout lui faisait mal dans ce qu'elle voyait, et elle n'avait, chaque fois, qu'un seul désir, celui de quitter la rue Principale au plus vite. Elle défendait même à Gertrude de lui «colporter» quoi que ce soit. Ce qui mettait la «commère» en furie qui avait dit à mémère: «A veut rien savoir pis' est née ici! C'est comme renier sa patrie, ça, Emma!» Sur la butte, elle était un peu plus à l'aise, mais quand elle revoyait le lac et qu'elle songeait à Pauline, à Sam, à Charlotte et Piquet, elle avait l'impression d'être à l'orée d'un cimetière. Que des morts dans sa mémoire! Comme si elle était la seule survivante de l'histoire! Pourtant, il y avait Ti-Guy, Emma, Gertrude, le «pourceau» maire et plusieurs autres... Mais Jovette préférait retrouver la grande ville, être là où, selon elle, elle s'était sentie renaître après avoir été mise à mort tant de fois sous le corps de son père.

Depuis l'an dernier, Jovette et Ti-Guy avaient pris l'habitude de se rendre, le dimanche, sur la terrasse du Café Émile sur le boulevard Gouin. À deux pas de l'hôpital où le père de Jovette avait été conduit après avoir paralysé. Là, assis sous des parasols, contemplant la rivière, ils dégustaient, elle un *Singapore Sling,* lui un Courvoisier sur glace, tout en décompressant de la semaine. Le barman les connaissait, la serveuse se montrait empressée, Ti-Guy avait la main généreuse pour les pourboires. Et, curieusement, depuis qu'il était amoureux de Jovette, il s'était départi de sa manie de… l'économie. Très à l'aise, il n'avait plus envie de jouer les pingres et de songer à ses vieux jours. Pas avec une femme comme Jovette à ses côtés… Il aurait tout dépensé d'un trait pour elle! Il la choyait, il la comblait, il ne lui refusait rien qu'elle puisse désirer. Lui qui, jadis, laissait à Pauline et son petit un maigre cinq dollars pour leur survie! Lui qui, malgré la beauté de Betty, son «bébé», comptait tout ce qui entrait dans la caisse pour en sortir le moins possible. Lui qui, près de ses sous comme son père, était devenu, depuis sa liaison avec Jovette, plus dépensier que s'il avait été millionnaire. Lui qui… Il lui fallait vraiment l'aimer!

Un certain dimanche de juillet, alors qu'attablés sous le grand parasol, ils dégustaient des consommations tout en regardant les yachts filer à vive allure sur la rivière, Jovette lui demanda:

— Ça t'tenterait pas qu'on parte en voyage, Ti-Guy?

— Heu… oui, mais quand? Avec les affaires, les offres pis les enchères…

— Oui, j'sais, mais tu travailles sans cesse, t'arrêtes jamais, Ti-Guy! Tu pourrais pas passer juste un mois sans t'embarquer dans d'autres immeubles à vendre ou à acheter? Juste un mois, pas un an…

— Tu voudrais aller où? T'as une idée?

– J'sais pas… J'ai jamais rien vu d'autre que la province de Québec pis un peu du Canada… J'sais pas encore, mais un saut à Paris, à Rome ou à Los Angeles…

– Si loin qu'ça? Tu y vas pas avec le dos d'la cuiller, toi!

– Ben, si c'est trop cher…

– Non, non, c'est pas c'que j'veux dire, mais un mois à Paris ou à Rome, ça m'semble long… Pis j'peux pas prendre un mois, Jovette. Pas pour l'instant. Un voyage de deux semaines, j'dis pas…

– Ben, dans c'cas-là, on pourrait peut-être aller au Mexique ou en Floride. Là où y'a la mer, du sable, du monde… On vient ici chaque dimanche pis on voit à peu près toujours les mêmes visages…

– Ben, si c'est l'sable pis la mer que tu veux voir, on va commencer par Miami, Jovette. C'est pas loin, y'a d'beaux hôtels, des spectacles le soir… Choisis l'moment pis moi, j'arrange tout ça avec une agence.

Elle se leva, l'embrassa, lui tapota le bras et, souriante, lui dit:

– Maudit qu't'es fin, Ti-Guy! Pis beau à part ça! J'ai juste à t'regarder pis j'suis comblée. Y'en aurait pas un autre qui pourrait m'chavirer comme toi…

– Ben, laisse-moi t'dire que t'as encore tout c'qu'y faut pour faire tourner les têtes, toi aussi! Y'a justement un type, pas loin derrière toi, qui t'suit des yeux comme si t'étais Jane Fonda ou j'sais pas qui…

– Où ça? Derrière moi, tu dis?

– Oui, mais r'tourne-toi pas d'un coup, y'est avec sa blonde… Non, plutôt sa femme parce qu'a l'attend un p'tit. C'est la première fois que j'les vois ici. A doit suer dans son état, c'est peut-être pour ça… Y r'garde encore, le maudit! Ça l'dérange même pas que j'sois là! Y'a du *guts*, lui! Pourtant y

326

t'voit juste de dos... Non, tu t'es levée pour m'embrasser, y t'a vue d'face pis comme t'es belle à mort... Mais ça commence à jouer avec mes nerfs... Y sait que j'le vois faire pis y baisse même pas les yeux!

– Ti-Guy! Exagère pas! J'suis plus une jeune poulette! Voyons donc, une femme de quarante-cinq ans... Y'est-tu d'mon âge, au moins?

– Non, plus jeune que moi.. Trente ans, pas plus, pis elle avec.

– Ben, j'vas en avoir le cœur net, faut justement que j'me rende aux toilettes. Y'est habillé comment celui qui t'rend jaloux?

– Aïe! Pas jaloux, Jovette! C'est juste que j'trouve ça fatigant. Pis, j'comprends pas, a l'voit faire, elle, pis on dirait qu'ça la dérange pas! Pis, pour répondre à ta question, y'a les cheveux foncés, une chemise bleue pis un pantalon beige. Pis elle...

– Laisse faire elle pis attends-moi, j'reviens, j'veux au moins lui voir la face... Tout d'un coup qu'c'est un client d'la caisse?

Jovette se leva, ajusta sa robe moulante de coton blanc puis, ses verres fumés dans les cheveux, elle emprunta l'allée tout en posant un regard discret sur l'homme qui la regardait. Elle le vit baisser les yeux, mais sa femme, enceinte d'au moins sept mois, l'examinait des pieds jusqu'à la tête. Au retour, encore une fois, elle sentit le regard du jeune homme la scruter de haut en bas et, cette fois, c'est elle qui détourna la tête. Non, ce n'était pas un client de la caisse et, de nouveau sous le parasol, elle affichait un sourire qui en disait long. Elle avait été flattée d'être la cible d'un si bel homme. Jeune en plus! Et aussi beau que Sami Frey, le séduisant partenaire de Catherine Deneuve dans *Manon 70*. Ti-Guy, la sentant conquise, afficha un air incommodé. Le constatant, elle lui lança:

– Ben, dis-moi pas qu't'es possessif à c'point-là! Tu devrais être fier...

– J'le suis, j'suis fier de toi, j'suis content qu'on t'remarque, mais j'le trouve un peu effronté, celui-là! Devant moi à part ça! Et devant sa femme qui attend un p'tit! Sais-tu qu'c'est pire que tout c'que tu m'reprochais, Jovette? Moi, au moins, j'flirtais pas en présence de ma femme! Tiens! Y s'en vont! J'suppose qu'y t'a assez vue, le p'tit fendant? Pis elle, la main dans la sienne, même si y'avait d'yeux juste pour toi! Des fois, j'les comprends pas, les femmes!

– Sais-tu qu'ça m'fait vraiment plaisir c'que tu m'dis là, Ti-Guy? Ça prouve que tu tiens à moi, qu'tu m'aimes...

– Jovette! Syncope! En doutais-tu? J't'ai toujours aimée, j't'aimerai toujours... Pis, ça parle au diable! Tu sais, ton gars, ton Sami... j'sais pas qui, ben y vient d'embarquer dans son char pis figure-toi donc qu'la grand-mère l'attendait avec un p'tit gars sur ses genoux! Un enfant, un autre en route, pis y s'permet d'faire de l'œil à une femme devant la sienne!

– Exagère pas, Ti-Guy, y m'a juste regardée, y m'a pas fait d'avances... Pis, peut-être qu'y m'a prise pour une autre...

– Bah, au diable! On va pas s'casser la tête avec ça, Jovette. On ferait mieux d'reparler d'Miami. Un autre *drink* avec ça?

Ce que Jovette et Ti-Guy ne savaient pas et qu'ils n'apprendraient sans doute jamais, c'est que le «bel homme» de la table derrière eux, n'était nul autre que Christian, le fils qu'elle avait eu à seize ans. Cet enfant que son père lui avait enlevé pour le donner en adoption à sa naissance. Ce fils qu'elle avait par la suite retrouvé, grâce à sa mère, et qu'elle avait pu apercevoir dans un restaurant, avec le consentement de ses parents adoptifs. Ce jour où, avec Philippe, elle avait versé quelques larmes alors que, Christian, sourire aux lèvres, se gavait d'un *Ice cream soda*. Ce moment mémorable où elle lui avait souri pour ensuite quitter les lieux avant de céder à son désir de l'étreindre dans ses bras. Lui, qui choyé par ses parents adoptifs, ne savait pas qu'il venait des entrailles de la belle dame à qui il avait rendu son sourire. Jovette avait choisi de le laisser à ceux qui l'avaient adopté, bercé, éduqué, aimé, pour en faire un enfant dépareillé. Elle n'avait voulu que le voir et s'imprégner de son doux visage d'enfant… Lui, avec le temps, les ans, son père décédé, avait fini par apprendre de sa mère la vérité. Loin d'être vexé, à deux pas de se marier, il avait choisi de n'avoir qu'une mère, celle qui l'avait élevé et qui en avait fait l'avocat qu'il était devenu. Mais, à l'instar de Jovette, il n'avait manifesté qu'un seul désir, voir sa mère naturelle une seule fois, et s'imprégner d'elle tout comme elle l'avait fait de lui, jadis. Après quelques recherches, on retraça vite celle qui lui avait donné la vie. Dès lors, Christian la fit suivre, épier, afin de se renseigner sur ses habitudes. Il apprit qu'elle était caissière dans une caisse populaire, mais l'endroit lui semblait peu favorable pour vraiment s'imbiber de sa mère. D'autant plus qu'elle aurait pu se rendre compte qu'il n'était pas un client régulier, et qu'on ne l'avait jamais vu dans l'établissement. C'est lorsqu'on l'informa qu'elle se rendait avec son conjoint, toujours le même, au Café Émile chaque dimanche, qu'il opta pour cet endroit afin de poser allègrement les yeux sur elle. Avec son épouse au ventre rond, Maude, et sa mère, près de l'auto, surveillant le petit Benoît qui jouerait dans le sable. Sa mère qui ne voulait pas être vue de Jovette, de peur d'être reconnue, malgré les ans. Et c'est là que, durant trente minutes, Christian put contempler sa mère biologique, la trouver belle, en être fier, soulagé de la sentir heureuse. Tout comme elle, autrefois, il ne voulait rien déranger, rien perturber. Il ne désirait que la voir, la regarder, percevoir dans son visage des traits en commun avec les siens ou ceux de… son enfant. Un merveilleux retour des choses. La monnaie de la pièce. Avec un identique respect l'un pour l'autre. Et ce, même si le bel homme qui accompagnait sa mère, semblait s'être aperçu d'une certaine insistance. Un homme que sa mère adoptive n'avait pas identifié comme étant celui du restaurant, jadis. Elle avait dit à son fils: «Elle a changé de mari. L'autre était plus grand, moins beau, plus vieux… à l'époque.» De son côté, Jovette, rêvant de Miami, riant avec Ti-Guy, avait en un instant oublié le «Sami Frey» de son après-midi. Jovette Biron qui, presque trente ans plus tard, ignorait, qu'en se levant, elle avait posé les yeux dans ceux de son enfant. Enfin, Jovette qui, pompette, ragaillardie par le soleil et les *drinks,* ne savait pas qu'elle n'allait jamais revoir Christian ni serrer sur son cœur… ses deux petits-enfants.

Samedi 28 août 1971 et il pleuvait à torrents à Montréal comme à Saint-Calixte. C'étaient les séquelles de l'ouragan Doria, en provenance des États-Unis, qui se déversaient sur la province. Rue Principale, Laure et Dédé étaient affairés à poser, avec l'aide d'un expert, le moelleux tapis du salon de leur nouvelle maison. Dédé s'entêtait à dire «leur maison», même si Laure insistait pour que ce ne soit que «la sienne», la résidence d'André Gaudrin, le bungalow qu'elle partageait avec lui seulement le temps d'un été. Parce que Dédé, à la suite des judicieux conseils de son père, avait acheté la jolie maison de pierres, la plus belle du village, à un prix plus que raisonnable, sans toutefois mettre le vieux couple dans l'embarras. Installés depuis peu, Laure et lui avaient beaucoup à faire pour la rendre accueillante, car Dédé refusait que les meubles du chalet entrent dans la maison. Il voulait du neuf, que du neuf, et c'est avec Laure et son bon goût qu'il avait meublé le bungalow du sous-sol jusqu'au salon. Et c'est dans ce vaste salon, juste au-dessus du foyer, que Laure avait accroché le portrait de noces agrandi de Pauline et Ti-Guy. La seule photo que Dédé possédait de sa mère. Ti-Guy en avait été contrarié, mais Jovette lui avait fait comprendre que pour son fils, sa mère était... sa mère! Grosse, souriante, le tailleur rayé à l'horizontal, le chapeau à voilette, elle semblait heureuse, la mariée, lors de sa sortie de l'église. Sans doute heureuse de «le porter»... selon Dédé. Puis, dans un petit boudoir à lecture décoré avec soin par le savoir-faire de Laure, on retrouvait une bibliothèque avec, à peine, quelques livres pour l'instant. Mais, sur le mur, juste à côté de la fenêtre, la jeune fille avait accroché la reproduction de *La Joconde* que mémère avait laissé traîner dans son *locker* et qu'elle avait dépoussiérée. Un tableau qui avait été cher à feu la mère d'André. Puis, sur la petite table, déposé sur un napperon de dentelle beige, le dictionnaire de Sam que Ti-Guy leur avait remis et qu'elle avait nettoyé et plastifié, sans en cacher la couverture d'un rouge fade et la tranche des pages jaunies. Parce que, encore une fois, c'était là un objet qui avait été plus que précieux pour la regrettée Pauline Pinchaud-Gaudrin. Ce respect pour sa mère eut l'heur de plaire à Dédé qui avait dit à Laure: «J'suis sûr qu'a t'aurait aimée, toi! Autant que j't'aime! Pis, tu sais, a voit tout c'que tu fais d'là-haut...» Laure, émue, souriante, s'était approchée de son amoureux pour lui caresser la nuque et lui répondre: «Oui, j'imagine, mais je me demande ce qu'elle pouvait bien faire d'un dictionnaire. Ce n'est pourtant pas un livre de chevet. Et puis, c'est si lourd... Elle aurait pu se divertir avec de bons romans... Selon ma mère, elle en avait un ou deux...» Tout comme elle, Dédé s'interrogeait. Car ni l'un ni l'autre ne savait que Pauline avait lu tous les petits romans d'amour de Clarisse, «la défunte» de Sam Bourque. Tout ce que Jovette avait appris à Laure en parlant de la fausse couche de Pauline, c'est qu'elle aurait fait baptiser sa petite fille «Orielle» si elle ne l'avait pas perdue, si elle avait vécu. Un prénom qu'elle avait pigé, elle ne savait plus où... Sans doute dans le dictionnaire... Non, plutôt dans un roman... Lequel?

Or, pendant que Laure et Dédé décoraient amoureusement leur maison de la rue Principale, ça tournait moins rond, à Montréal, dans le couple que formaient Jovette Biron et Guy Gaudrin. Depuis quelque temps, ce dernier s'était mis martel en tête que Jovette ne l'aimait pas autant que lui pouvait l'aimer. Elle lui paraissait distante, il se sentait tenu pour acquis... Il avait beau s'asperger de son Eau de Floride, qu'elle ne levait pas les yeux de son magazine. Ils avaient certes des nuits d'amour, mais des nuits si peu élaborées, que Ti-Guy avait la sensation d'être un très... vieux marié! Se pouvait-il que Jovette, encore aux prises avec ses démons du passé, ne soit pas tout à fait guérie de son dégoût des hommes? Se pouvait-il qu'elle l'aime comme on aime un ami à qui, parfois, marginalement, l'on se donne... le vin aidant? Ti-Guy, plus séduisant qu'à trente ans, ne comprenait pas que Jovette soit devenue avare de compliments. Jamais un mot... sensuel! Même lorsqu'il sortait de la douche, enroulé dans une serviette, le torse bombé, les cheveux mouillés, en érection ou presque. Jamais un mot, juste un regard... Le même regard qu'on jette à quiconque surgit devant soi, vêtu ou pas. Comme si Ti-Guy était... n'importe qui! Lui qui, depuis deux décennies, avait fait tomber plus d'une femme dans son lit. Lui qui... Non, il ne pouvait en être ainsi. Il n'allait pas vieillir, grisonner, épaissir, aux côtés d'une femme supposément aimante, mais désintéressée. Il fallait qu'ils se parlent, qu'ils s'expliquent! Elle l'avait pourtant mis en garde contre le fait de vivre ensemble… Mais il aimait trop Jovette pour la voir, peu à peu, le délaisser. Il la complimentait du matin jusqu'au soir, il s'émerveillait devant ses bas noirs, sa gaine, son soutien-gorge excitant… Comment pouvait-elle ne pas se jeter sur lui de façon animale? Comme tant d'autres, quoi! Comment pouvait-elle s'endormir le soir sans même se retourner, alors qu'un bras musclé autour de son cou et un genou ferme sur une fesse lui indiquaient… Ti-Guy Gaudrin, de retour dans ses fantasmes les plus brûlants, n'eut d'autre choix que de lui demander un certain soir:

– M'aimes-tu encore, Jovette?

Délaissant son séchoir, sa brosse et son miroir, elle se retourna pour lui répondre:

– Tiens! Une rechute? Encore sous le choc de l'insécurité, toi? Ti-Guy! Maudit! Bien sûr que j't'aime! J'suis là, j'sors pas, je n'vis que pour toi! Qu'est-ce qui t'prend? Un *down*?

– Non, mais j'te trouve distante… C'est assez rare que tu fasses les premiers pas. C'est presque toujours moi et, souvent, c'est vite bâclé avec toi. C'est-tu parce que j't'attire plus, Jovette?

– Bon, ça commence! J'savais qu'y finirait par arriver c'jour-là! Tu y vas par la bande pour éviter d'être direct! Toi, t'as envie de m'tromper pis tu cherches un prétexte pour le faire!

– Jovette! Syncope! C'est pas ça! Pis arrange-toi pas pour que ça s'vire contre moi! J'ai pas envie d'personne d'autre, j't'aime, j'suis bien avec toi, mais des fois… J'pense, j'ai…

– La couchette! Juste la maudite couchette, Ti-Guy! Avec toi, si ça marche pas à ton goût dans l'lit, c'est parce qu'on t'aime plus! As-tu déjà pensé que l'amour, ça pouvait être plus qu'une… Tu vois? J'allais parler mal! Dans l'amour, y'a l'cœur aussi, pas juste le c… le corps! Tu vois pourquoi j't'ai pas marié, Ti-Guy Gaudrin? Parce que si j'l'avais fait, tu serais déjà en train de t'envoyer en l'air avec une autre! T'as ça dans l'sang, toi! Imagine! J'suis juste ta concubine pis ça t'effleure l'esprit!

— C'est pas vrai! C'est toi qu'j'aime, juste toi, mais j'te veux entière…

— Ça veut dire quoi, ça?

— Ça veut dire… ça veut dire que j'suis pas un morceau d'bois pis qu'j'aimerais ça, des fois, qu'nos rapports sexuels durent plus que dix minutes! Comprends-tu? Moi, quand j'sens juste le devoir conjugal…

— Veux-tu dire que j'suis froide, Ti-Guy? Tiens! frigide, peut-être?

— Charrie pas, Jovette, pis pousse-moi pas au pied du mur… J't'aime pis, des fois, j'aimerais ça qu'on fasse l'amour comme des amants, pas juste comme un vieux couple…

— Un vieux couple! T'en es là! J'avais raison, non? J'savais que sous l'même toit… Arrange-toi pas…

— Non, non, j'me suis mal exprimé, j'ai pas choisi l'bon terme, j'ai pas voulu dire ça… C'que j'voulais dire, c'est qu'j'aimerais ça qu'ça dure plus longtemps, qu'ça s'prolonge avec des surprises… J'aimerais ça qu'ça soit comme dans l'temps…

— Dans l'temps? Quand tu venais dans la remise pour que mon écœurant d'père… J'peux pas croire que c'est c'qui t'plaisait dans l'amour, Ti-Guy Gaudrin! Pis, si c'est ça, ben, t'as pas changé, t'es encore aussi cochon pis moi, Dieu ait son âme, j'suis pas Pauline! Pis ni Betty si a faisait comme l'autre! Moi, c'est moi, Ti-Guy! Avec ma sensualité, ma sexualité, mes bornes pis ma franchise! Pis si ça t'suffit pas…

— Aïe! Arrête ça! On va pas s'pogner aux cheveux pour ça! J't'aime, Jovette, j'veux passer le reste de ma vie avec toi!

– Ben, moi aussi, ça s'adonne! Pis j't'aime comme j'ai jamais aimé personne, Ti-Guy! Pis j'pensais pas avoir à te l'prouver chaque fois qu'on défait l'lit…

– Non, non, Jovette, va pas plus loin pis habille-toi, maquille-toi, on va aller noyer tout ça avec une bonne bouteille de Mouton-Cadet pis un bon *roast beef* à ton *spot* préféré, sur la rue Saint-Laurent au coin de Sauvé.

Le restaurant était bondé, les apéros, le vin, les digestifs coulaient de tous côtés et, dans un coin, à une petite table pour deux, Jovette et Ti-Guy mangeaient tout en débouchant la seconde bouteille de leur vin préféré. Fort en beauté dans une robe blanche à décolleté plongeant, Jovette arborait avec grâce la coupe de cheveux de Mireille Mathieu. Lui, vêtu d'un complet beige, d'une chemise de soie noire et d'une cravate beige, était si élégant, qu'une jeune fille d'environ vingt ans, assise bien droite sur sa chaise, le reluquait, tout en faisant mine d'ajuster son ceinturon. Avec un sourire, bien sûr, pour que Ti-Guy, la regardant, ne puisse se dérober à sa ferme poitrine en… évidence! Se croyant à l'abri du regard de Jovette, il avait osé lui rendre son sourire… engageant. Mais l'échange n'avait pas échappé à l'œil averti de sa compagne et ce léger flirt l'inquiéta. Buvant son vin, plongeant dans le Courvoisier, Jovette rentra à la maison au bras de son Ti-Guy, quelque peu chancelante. Se déshabillant lentement, elle déboutonna par la suite la chemise de son amant. Lui, fort surpris, se demandait si elle ne se payait pas sa tête. Mais, comme pour lui dire qu'elle l'aimait de tout son être, Jovette le délivra de tout ce qu'il avait sur le corps et, sauvagement, l'attira sur le matelas du grand lit défait. Puis, sans dire un mot, sans même lui permettre de lui murmurer un «je t'aime», elle s'acharna sur lui jusqu'à ce qu'il accuse un cri, un jet, et qu'il affiche le rictus de la jouissance. Et Jovette, sans plus attendre, le laissa retomber d'apaisement, comblé, sur son oreiller blanc. Comme «dans l'temps»!

La saison chaude s'achevait, Laure allait bientôt rentrer en ville afin de reprendre ses études. Dédé, triste, mélancolique, se demandait comment il allait faire pour vivre seul dans sa maison de pierres, ayant été habitué à la présence de sa douce tant de fois au cours de l'été. Dans un ultime désarroi, il dit à Laure un certain soir:

— Tu sais, si tu voulais, tu pourrais laisser tomber les études. Avec moi ici, avec c'que j'bâtis, t'aurais pas besoin d'être infirmière.

— André! Voyons! C'est de ma carrière, de ma vocation dont il s'agit, pas seulement d'un «besoin» comme tu le penses! Crois-tu que je pourrais tout laisser tomber pour m'occuper que de la comptabilité de ton entreprise? J'ai presque deux ans de fait, le pire est derrière moi… Je tiens à mon diplôme, je veux œuvrer dans les hôpitaux, me dévouer pour les personnes âgées…

— Ben, c'est pas c'qui manque ici, des p'tits vieux! Tu pourrais les soigner sans diplôme, c'est pas l'docteur qui s'en plaindrait!

Contrariée, fâchée même, elle répliqua:

— Je regrette, mais ce que tu dis n'a pas de sens! De plus, tu es égoïste de penser de la sorte! Il te faudra apprendre qu'il n'y a pas que toi sur terre, André, que d'autres existent et qu'ils ont des buts différents des tiens. Je ne sais pas si c'est le lot des fils uniques de penser comme tu le fais, mais là, même si je l'aime beaucoup, tu parles comme ton père. Lui aussi a été fils unique et ça se voit.

— Toi aussi, Laure, tu es une fille unique…

– Oui, mais je n'ai pas ce côté possessif que toi et ton père avez et que vous affichez sans vous en rendre compte. C'est peut-être propre aux hommes…

Elle regarda Dédé et fut surprise de discerner une larme sur sa joue. Avant qu'elle ne puisse dire quoi que ce soit, il murmura:

– C'est que moi, en plus d'être fils unique… j'ai pas eu d'mère.

Émue, bouleversée, le sentant aussi fragile qu'un enfant, elle s'approcha de lui, le serra dans ses bras et lui dit:

– Pardonne-moi, j'ai été injuste, j'ai parlé trop vite. Je sais que tu m'aimes et que c'est mon départ qui te peine, mais, moi aussi, ça me fait mal, André. Je suis bien, ici, dans tes bras, sur ton cœur… Si tu savais comme ça me déchire d'avoir à partir, mais il faut que la vie continue… Il faut se rendre jusqu'au bout lorsqu'on relève un défi. Ne me rends pas plus malheureuse que je le suis. Comprends, André.

Il lui caressa la nuque, le menton, le front et, se penchant, il l'embrassa ardemment en lui disant, lorsqu'il abandonna ses lèvres:

– J'pensais jamais être en amour, comme j'le suis, Laure. J'pensais jamais aimer comme ça. Pis j'pensais jamais changer à cause d'une fille. J'suis plus l'même depuis qu't'es dans ma vie. J'suis devenu un bon gars, j'ai plus d'méchanceté en moi, j'profite plus des autres, j'me reconnais plus, j'manque même mémère…

– Allons, tu as toujours été celui que tu es…

– Non, Laure, pas avant toi. J'étais un autre, j'étais mesquin…

– Peut-être, mais tu étais si jeune, si vulnérable.

– Non, c'est pire que ça, tu m'connais pas vraiment, Laure, tu sais rien d'moi. Du moins, pas du gars qu'j'étais avant toi.

— Bien, si ça te fatigue à ce point, dis-moi qui tu étais, ouvre ton cœur… Je ne demande pas mieux que de tout savoir de toi, moi.

— J'vas l'faire, Laure, mais pas tout d'suite. Avant, j'aimerais qu'tu m'répondes oui à c'que j'vais t'proposer.

— André! Comment peut-on répondre par l'affirmative à quelque chose dont on ne sait rien encore? Voyons, réfléchis…

— J'aimerais qu'on se fiance à Noël, toi pis moi, si tu m'aimes assez pour ça.

Sidérée, n'en croyant pas ses oreilles, elle balbutia:

— Se… se fiancer? Pourquoi? J'ai mes études…

— J'savais! Pis tu dis qu'tu m'aimes? J'savais qu'tu voudrais pas!

— Oui, je t'aime et ce n'est pas que je ne veux pas, André, mais pourquoi si vite? Tu sais, les fiançailles, c'est une promesse…

— Oui, j'sais, pis moi j'veux bien t'promettre de t'marier si toi tu veux en faire autant.

— Heu… bien sûr, mais je n'ai pas encore dix-neuf ans… Laisse-moi mûrir, laisse-moi terminer mon cours… On aura tout le temps…

— Non, Laure, j'veux qu'on soit liés au plus sacrant! J't'aime pis y'a juste ça qui m'garde dans l'droit chemin. Penses-tu qu'c'est d'mon âge d'être sur une butte à l'année longue?

— C'est toi qui l'as voulu, qui l'as accepté… Je ne sais pas ce qui se passe avec toi, mais on dirait que tu traverses…

— J'traverse rien, j'réalise! Pis j'me rends compte que j'peux vivre ici toute ma vie à condition qu'tu sois avec moi.

Constatant qu'il était perturbé, elle posa sa main sur la sienne et, le regardant dans les yeux, elle lui dit:

— Et si j'étais ta fiancée, ça te donnerait le courage nécessaire?

– Oui, Laure! Pis si t'acceptes, moi, j'suis prêt à t'attendre trois ans s'il le faut avant de t'marier. Le seul fait d'savoir que t'as la bague au doigt... J'te l'jure, crois-moi ou pas, mais j'défriche le bois tout seul jusqu'à c'qu'on s'marie!

– Bien, si le fait de se fiancer risque de te remettre sur le bon pied, j'accepte, André. Je vais en parler à ma mère et à ton père et, s'ils sont aussi ouverts à l'idée qu'on peut l'être, nous deux, on fera ça ici, André, à Saint-Calixte, avec un *party* dans notre maison de pierres.

Dédé avait retrouvé le sourire. L'accord de Laure lui donnait une autre raison de vivre. La sachant à lui ou presque, il se promettait de progresser en affaires de jour en jour pour que, le moment venu, elle ne manque de rien. Mais là, face à elle, il jubilait et, agité comme un enfant, il la fit tournoyer dans ses bras tout en déposant un baiser sur ses lèvres. D'autant plus que, pour la première fois, elle avait dit, «notre» maison de pierres. L'ayant déposée par terre tout en la tenant dans ses bras, elle le vit devenir soucieux. S'enquérant de son trouble soudain, il lui répondit:

– Pis ton père, lui? Si jamais y s'oppose, si y t'fait une crise...

– Ne t'en fais pas André, on va se fiancer quand même. On n'a pas besoin de la bénédiction de mon père pour se promettre l'un à l'autre. De toute façon, je le vois si peu... N'y pense même pas.

Le lendemain, alors que sa bien-aimée était allée au salon de coiffure du village, Dédé en profita pour joindre Jovette au bout du fil et lui demander:

– T'es seule? Mon père n'est pas dans les parages?

– Non, y'est allé faire des courses pis s'acheter des cigarettes.

— Pourrais-tu m'rendre un grand service, Jovette?

— Ben si j'le peux, ce sera avec plaisir.

— J'aimerais qu'tu dévoiles mon passé à Laure. J'aimerais qu'tu lui dises tout c'que j't'ai raconté sur moi. Ça m'délivrerait d'un fardeau! J'suis plus capable de continuer à l'aimer avec le sang nouveau qu'j'ai dans les veines, sans qu'a sache quel pas bon j'étais avant d'la connaître. C'est pas honnête!

— Écoute, Dédé, moi, à ta place, j'laisserais ça mort. C'qu'on sait pas, ça fait pas mal! Pis, ton passé, y'est quand même pas si noir que ça, t'as pas fait d'vols de banque…

— Jovette, j't'en supplie, fais-le! Toi, t'avais jugé bon d't'ouvrir à elle sur ton passé? Y'en va de même pour moi! Si jamais on s'achemine pour vivre ensemble, s'marier, j'voudrais pas avoir ça sur la conscience. Tu devrais m'comprendre, Jovette, t'es ma marraine pis tu m'as bien accueilli avec mes confidences… Tu m'as même raconté ta vie. J'voudrais qu'tu dises tout à Laure, mais pas devant l'père. Lui, j'lui dirais jamais tout c'que j'ai fait, y l'prendrait pas! Surtout les passages… Tu sais c'que j'veux dire, non? Le père est ben *straight* pis ces affaires-là, saoul ou pas…

— Oui, j'te comprends pour Ti-Guy, d'autant plus qu'y'est borné de c'temps-là. Mais pour Laure, compte pas sur moi, Dédé.

— Pourquoi? Tu refuses de m'aider? Tu m'laisses tomber?

— Oui, mon gars, parce que ta confession, si tu y tiens tant qu'ça, c'est toi qui dois la faire. Connaissant ma fille comme j'la connais, a prendrait mal que les aveux viennent de moi. A pourrait t'voir comme un lâche pis a l'aurait pas tout à fait tort. Donc, si tu veux vraiment t'vider l'cœur pis t'mettre à nu, fais-le toi-même, Dédé! T'es un homme, plus un p'tit gars! Pis si tu veux être *clean* à c'point-là avec elle, c'est sûrement parce que tu l'aimes. Pis comme a t'aime, j'le sais, a va mieux accepter qu'les révélations viennent de toi. J'dis encore que c'est pas nécessaire, que t'étais jeune, que c'était avant d'la connaître, mais si tu tiens à r'partir blanc comme neige dans ton bonheur, c'est d'tes affaires pis c'est peut-être c'que t'as d'mieux à faire. Mais vas-y doucement, brusque-la pas, sois délicat…

– Oui, c'est sûr, pis t'as raison, j'vas l'faire… Mais j'suis pas d'accord quand tu m'dis qu'c'est pas nécessaire. Toi aussi, ça faisait longtemps ton histoire, Laure était même pas née. Pis viens pas m'dire, Jovette, que ça t'a pas soulagée d'avoir plus rien à lui cacher.

– Oui, c'est vrai. J'ai commencé à mieux dormir ce jour-là. Oui, vas-y Dédé, confie-toi, délivre-toi… Plus j't'écoute, plus j'pense que c'est lourd c'que t'as dans l'cœur pis dans' gorge.


Battre le fer pendant qu'il était chaud! Voilà ce que Dédé avait dans la tête en attendant le retour de Laure. Sa conversation avec Jovette l'avait stimulé. Il tournait en rond, il regardait par la fenêtre afin de l'apercevoir, mais pas de petite blonde en vue, elle était sûrement entre les mains habiles de celle qui lui faisait des têtes à la Faye Dunaway de *Bonnie and Clyde* qu'elle arborait avec un béret, ou de Sylvie Vartan, cheveux au vent. Anxieux, nerveux, il se déboucha une bière qu'il avala rapidement puis, une autre, qu'il but plus lentement. À son retour, Laure fut très surprise de voir deux bouteilles vides sur le buffet et, André, calé dans un fauteuil, un mollet sur le bras de velours, la cravate dénouée, le sourire quelque peu… empâté.

– André! Qu'est-ce qui se passe? Tu as bu?

– Deux p'tites bières, Laure, pas plus. Ça paraît?

– Heu… non, quoique… Mais pourquoi? Tu n'aimes même pas la bière, tu en achètes pour la visite seulement.

– Oui, c'est vrai, mais j'en ai bu deux pour me donner du courage. C'que j'ai à faire, c'est pas facile…

– De quoi parles-tu? Le courage de quoi?

– De t'ouvrir le livre de ma vie, de dérouler le tapis, Laure. J'veux pas m'engager dans des fiançailles, une promesse, sans qu'tu saches tout d'moi. J'peux pas garder ça enfermé dans l'cœur toute ma vie, j'ai besoin de m'dévoiler, de t'dire tout c'que j'ai fait avant de t'connaître. Des choses que mon père sait même pas, mémère non plus! Pis, t'en fais pas, j'ai pas eu d'troubles avec la justice. C'est juste ma conscience qui m'démange.

Laure se versa une limonade, Dédé s'alluma une cigarette et, dans le salon, l'un en face de l'autre, elle lui dit:

– Bon, vas-y, défoule-toi, André. Depuis le temps que tu en as envie…

– J'espère juste que tu vas m'comprendre pis pas m'juger, Laure. Pis, si après t'avoir tout dit, tu m'sacres là, ça va m'faire mal, mais j't'en voudrai pas… Déjà qu'j'aurais dû m'ouvrir avant…

– Arrête d'être mal à l'aise et laisse-toi aller. Je vais t'écouter jusqu'à la fin sans t'interrompre et, après, on pourra en discuter. Allez, livre-la moi ta vie! Comme si on pouvait avoir vécu à seize ou dix-sept ans…

– C'est encore surprenant… Y'a des jeunes qui ont jamais été des enfants… Mais j'vais pas r'monter si loin, mémère a fait d'son mieux, le père, j'aime mieux pas en parler… J'vais plutôt commencer au moment où j'ai lâché l'école… Après Nadine, ma première blonde…

Dédé, le verre à moitié plein, les yeux embués par la bière et l'angoisse, sortit de son bagage depuis longtemps sous clef, tout ce que, selon lui, Laure était en droit d'apprendre. Il lui parla de Jacquie, le mannequin, de la Grecque d'âge mûr qui avait du rouge à lèvres sur les dents, et de Céleste, une femme plus vieille que lui dont il avait été l'amant. Curieusement, il avait sauté ses aventures avec la robuste Patricia, celle qui l'avait habilement débauché. Il sautait des étapes, allait d'une année à l'autre, inversait des faits. Il lui parla même longuement de Jacquie qu'il avait, toujours selon lui, rencontrée avant Irving Stein, son premier patron. Trop honteux de lui avouer que ses premières expériences sexuelles s'étaient déroulées... au masculin. Ce, pourquoi, il n'était pas remonté jusqu'à ses «réels débuts», à quelques pas de sa maison actuelle, dans la cave du père Arthur. Pas plus qu'il n'avait osé lui parler des frères Dubé et de «leurs» étranges ébats... de la gare. Laure écoutait tout, mais elle ne parvenait pas à mettre bout à bout, la trame plus que remplie de sa turbulente jeunesse. Jacquie et Céleste qui revenaient sans cesse dans ses aveux et Irving qui, lui, ne revenait plus. Puis, encore Céleste et ses présents pour ensuite glisser furtivement le nom de... Ross. Si furtivement, que Laure n'eut pas le temps de sursauter, qu'il lui parlait encore de Jacquie qu'il avait lâchement abandonnée. Mais Laure avait quand même saisi que son futur fiancé avait offert son corps aussi bien à «Vénus» qu'à «Ulysse». Et ce, même si, délibérément, Dédé ne lui parla pas de Benny, le cordonnier. Parce qu'il craignait que Laure se décourage et s'interroge sur son orientation. Et surtout, parce que sa liaison avec Benny l'avait profondément troublé. C'était sans doute, de ses histoires, la plus ardente, la plus sincère, l'inoubliable, quoi! Un passage de sa vie qu'il ne divulgua pas à Laure, de peur qu'elle le surprenne, d'un émoi de trop, en flagrant délit... de bien-être. Et de là, après Céleste, Ross, sa promotion ratée, sa sublime rencontre avec elle, Laure, la divine, la déesse. D'un bond, à ses genoux, il lui avoua:

– Tu sais, si j't'avais pas rencontrée, j'sais pas c'que j'serais devenu! J'étais mal parti, Laure, j'avais l'diable à mes trousses pis l'bon Dieu m'a donné un ange. Dès que j't'ai vue, j'ai commencé à vivre et mon passé s'est écroulé…

– Sans pour autant l'oublier, André. Tu l'as encore ancré en toi, tu as tout débité d'un trait, les images se succédaient, tu m'as étourdie en allant de gauche à droite, en sautant d'un lit à l'autre…

Dédé eut peur. Terriblement peur que ces aveux lui fasse perdre la femme qu'il adorait. Penaud, la mine triste, il demanda:

– Tu m'en veux, hein? T'aurais pas voulu apprendre tout ça…

– Non, c'est mieux ainsi, crois-moi. Décidément, j'ai pour destin d'écoper de tous les maux de ceux que j'aime. Après ma mère, toi!

Le ton avait été un peu plus sec, plus direct, et Dédé n'osait bouger. Laure, debout, les yeux dans la fenêtre, lui demanda sans retenue:

– Ça t'a plu avec les hommes, André? Te sentais-tu attiré…

– Laure! *Shit!* J'étais saoul quand c'est arrivé! J'étais saoul comme une botte! J'étais passif, j'me rendais même pas compte… J'ai pas eu assez d'femmes jusqu'à date, pour que tu m'questionnes sur des *one night stand* avec un homme, saoul, endormi…

– Pas un, André, deux! Tu oublies ton premier patron…

– Pis toi, t'oublies Jacquie, Céleste, la Grecque, Nadine…

– À part Jacquie, rien qui vaille, que de l'opportunisme, des femmes plus vieilles que toi pour te prouver et une gamine avec laquelle il ne s'est rien passé. Quant à Jacquie, t'être sauvé comme tu l'as fait n'est guère la preuve d'un amour ardent…

– C'était pas un amour ardent, c'était juste physique, j'te l'ai dit! T'es la première fille qui m'a fait chavirer l'cœur, Laure! Pis là, j'commence à regretter d't'avoir conté ma vie, tu m'regardes comme si j'avais commis des crimes...

– Non, je te regarde avec stupéfaction, rien de plus. Avoue que ça surprend un tel cheminement. Décidément, on ne pourra pas dire que tu te maries vierge, toi! Mais ne t'en fais pas, je ne claquerai pas la porte, André. J'admire ta franchise et ton courage et j'ai un grand respect pour l'homme intègre que tu es. Tu n'avais pas à confesser tes frasques antérieures et tu l'as fait. Et comme je t'aime, il serait indécent de te juger. De plus, avec ton enfance, avec ce climat dans lequel tu as grandi, je ferme la porte sur ce qu'a été ta vie, pour en ouvrir une autre sur la nôtre. Est-ce là ce que tu voulais entendre, mon bel amour?

Ce disant, Laure se glissa sur les genoux d'André et le baiser fut si long, si intense, qu'on aurait pu entendre une mouche voler. Dédé était au septième ciel. Après de tels aveux, après sa confession la plus troublante, elle l'avait appelé «mon bel amour». Pour la première fois. Malgré Nadine, Jacquie, Céleste et les «ils» dont il n'osait prononcer les noms dans sa tête. Puis, ce baiser dont il se souviendrait toujours. Ardent, intense, muet, langue contre langue... En dépit de ce qu'il n'avait osé lui avouer et que son cœur traînait encore, Benny!

Le temps était plus frais en ce 12 septembre, et la pluie dansait avec le vent lorsque Laure, pimpante, sortit de la douche pour prendre un appel d'André qui s'ennuyait à mourir à Saint-Calixte.

– Oui, je sais, il pleut et tu me manques aussi. Mais sois patient, je n'aurai pas un autre stage avant deux mois et, dès vendredi, je serai auprès de toi. Quoi? Oui, maman va bien, ton père aussi.

Sur une dernière question de son bien-aimé, Laure lui répondit:

– Oui, j'attends son retour d'appel, maman lui a laissé la nouvelle sur son répondeur. Il va sûrement être en furie, mais ne t'en fais pas, ça ne me fait pas peur. S'il croit que, parce que ça se gâte de plus en plus avec sa maîtresse, sa fille va lui revenir... Bon, je te laisse, je suis trempée, je suis enroulée dans une serviette, j'ai les cheveux mouillés...

Laure raccrocha, retourna dans la salle de bain pour terminer sa toilette et se réfugier ensuite dans sa chambre, avant que Ti-Guy, à peine levé, ne la surprenne malgré lui, à peine vêtue.

De retour à Montréal, après les aveux de Dédé sur lesquels elle avait tourné la page, Laure s'empressa d'annoncer à sa mère et à Guy les fiançailles que son «bel amour» planifiait pour Noël. Jovette fut quelque peu surprise, elle les trouvait bien jeunes, mais Ti-Guy lui fit comprendre que l'amour ne comptait ni les ans ni les jours. Il ajouta même: «Tu vois? Y'en a qui ont pas peur de s'engager!» Une pointe directe à Jovette qui serra les dents sans relever la remarque. Malgré son refus de s'unir à Ti-Guy, leur relation avait pris de l'ampleur. Ils étaient devenus «amants» dans l'entité du mot. Du moins, tel que Ti-Guy concevait ce titre et les verbes qui s'y... conformaient! Jovette, heureuse pour sa fille, se demandait si Dédé s'était dérobé de son intention de se «livrer» à sa bien-aimée. Pas un mot de la part de Laure, pas le moindre indice. Et ce n'est qu'au bout du fil qu'elle obtint de Dédé: «Oui, j'lui ai tout dit, j'lui ai rien caché pis a l'a ben pris! D'la même façon qu'a' pris tes confidences, Jovette.» Ce qui rassura grandement la maman qui n'aurait pas souhaité que sa fille ne sache rien de l'homme qu'elle aimait. Soulagée, elle sentait que, dès lors, les tourtereaux n'auraient jamais de secrets l'un pour l'autre.

Mais la nouvelle était trop heureuse pour être accueillie chaudement par tout un chacun. Du moins, pas par Philippe qui, apprenant que sa fille unique allait se fiancer avec le fils de Pauline, faillit tomber à la renverse. Déversant sa rage sur Jovette, il fut brusquement interrompu par celle-ci qui lui cria:

– Aïe! Les nerfs! J'suis plus ta femme pis j'permettrai pas qu'tu m'parles sur ce ton au bout du fil! Du calme ou j'raccroche!

– Jovette! Penses-y! Notre petite fille chérie avec ce vaurien, le fils de Gaudrin, le rejeton de Pauline, de la mauvaise graine...

– As-tu fini? En as-tu d'autres comme ça, Philippe Jarre? De toute façon, Laure l'aime, il l'aime, pis c'est pas toi qui vas faire obstacle à leurs fiançailles. Ta fille va avoir dix-neuf ans dans trois semaines! Pis des fiançailles...

– Ça engage, Jovette! Ça précède le mariage, tu devrais le savoir! Avec un gars qui n'a pas d'avenir, pas de profession!

– T'aurais aimé mieux la voir avec un bijoutier? Toute une profession que d'vendre des bagues pis des colliers! Pis tu sauras que, Ti-Guy, juste avec ses immeubles, y peut t'acheter pis te r'vendre à crédit, Phil! Sans instruction! Pis Dédé, son fiston, y'a hérité d'la butte, y possède huit chalets, un lac pis la plus belle maison d'la rue Principale. As-tu tout ça, toi? Pis ça empêchera pas ta fille d'être infirmière. D'ici un an, a va être diplômée pis ben placée. Qu'est-ce que tu veux d'plus? Contente-toi donc de ta p'tite bougresse, ta p'tite pute qui mange tes profits, pis laisse ta fille tranquille!

Un long silence, un soupir et Philippe lui avoua:

– Je ne l'ai plus la «p'tite» comme tu dis, elle m'a quitté, elle est partie avec ses valises. Tout est fini entre nous.

– Tiens, donc! Pis là, parce que t'es dépité, parce que la p'tite t'a laissé tomber, tu voudrais t'rapprocher d'ta fille? Ben, y'est trop tard, Phil, parce que ça fait longtemps que Laure s'est détachée de toi. T'auras toujours son respect, mais compte pas sur sa présence pis encore moins sur ses bons sentiments.

– Je suis encore son père, elle est mineure, j'ai des droits… Et, aussi bien te le dire, j'ai l'intention de la reprendre avec moi.

Jovette éclata d'un rire sadique et lui cria:

– Ah, oui? Ben, essaye-toi! Si tu penses que ta fille a encore quatorze ans, réveille! Pis, j'te laisse même l'occasion d'lui demander toi-même! Rappelle un d'ces jours, là, j'ai plus l'temps de t'parler, j'm'en vas souper avec Ti-Guy à Chomedey pis, après, on s'en va boire pis danser chez Maxime. Comme tu peux voir, j'suis pas toute seule, moi!

Laure eut le temps de fêter ses dix-neuf ans en octobre avant que son père, courroucé, l'espérant seule à la maison, se manifeste au téléphone. Jovette et Ti-Guy, profitant de ce soir de pluie, avaient opté pour un cinéma du quartier où l'on présentait *Théorème* avec Terence Stamp et Silvana Mangano. Un film que Jovette apprécia mais que, Ti-Guy, outre les scènes de séduction, trouva fort prétentieux. Restée seule, délivrée des études en vue d'un stage, Laure s'était calée dans le gros fauteuil du salon avec, en sourdine, le microsillon d'André Previn interprétant les œuvres de Manuel de Falla et, entre les mains, le récit *Les grands-pères,* de Victor-Lévy Beaulieu. Elle entamait la seizième page lorsque la sonnerie du téléphone la tira brusquement de sa rêverie et de son évasion. Sans se précipiter, après quatre coups, elle répondit d'une voix nonchalante:

– Oui, allô?

– Laure? C'est papa! Tu es seule, je crois…

– Comment le sais-tu? As-tu fait le tour du quartier avec ta voiture?

– Ne sois pas sarcastique, ce n'est pas le moment! Et comme j'ai à te parler, je te prierais d'être tout ouïe.

– Si c'est pour me dire de ne pas me fiancer avec André Gaudrin, tu perds ton temps, papa! Je l'aime, je le fréquente sérieusement et, un jour, je serai sa femme.

– Tu oses me dire cela sans broncher, sans même t'en excuser? Tu es irréfléchie, ma fille, tu me déçois grandement. Jamais je n'aurais cru que ton amourette irait jusqu'à accepter une bague...

– Écoute, papa, je n'ai plus quinze ans et ce qu'André et moi vivons, ce n'est pas une amourette comme tu dis. Nous sommes deux adultes, nous savons ce que nous avons à faire et nous décidons de notre avenir comme tu as décidé du tien.

– Je n'ai rien décidé avec ta mère, moi, c'est le destin qui m'a joué un tour...

– Qu'importe, le temps a fait son œuvre et si «le tour», comme tu dis, était si lamentable, je me demande pourquoi tu t'intéresses tant au résultat, en l'occurrence, moi, papa!

– Toi, tu es une Jarre, pas une Biron, Laure! Tu as de la classe, tu as mon sang, tu es de notre famille, de notre rang...

– Papa, je t'en prie, ne sois pas ridicule! À t'entendre, on dirait que tu descends du duc d'Orléans! Reviens sur terre, voyons! Les Jarre sont au même niveau que les Biron...

– Comment oses-tu? Ton grand-père paternel n'a jamais abusé...

– Arrête ou je raccroche! C'est clair? Je connais l'histoire et maman a eu bien du courage pour survivre à une telle épreuve! De plus, si tu m'appelles pour me parler d'elle, pour déblatérer sur son compte...

— Non, Laure, je me suis égaré dans la conversation. Ta mère m'importe peu, c'est ton bonheur que je surveille. Et là, comme je vis seul…

— Oui, je sais, l'autre, la petite, t'a plaqué, et je déplore que ce soit elle qui l'ait fait. Il a fallu qu'elle te quitte pour que tu comprennes qu'elle se jouait de toi. Et voilà que toi, délaissé, trahi, tu oses tenter de me conseiller. Non, papa, je n'irai pas vivre avec toi si c'est là ce que tu espères. Maman m'a prévenue, elle m'a laissé le choix, et je resterai avec elle jusqu'à ce que, un jour, je me marie. Est-ce assez clair, papa? Remarque que je ne t'en veux pas, que je te respecte et que tu seras toujours mon père, mais je suis une femme à présent et je ne veux plus que tu t'immisces dans ma vie.

— Et tu appelles cela respecter ton père, toi? Assez ingrate, non?

— Pas du tout, papa. Je me souviens de tout ce que tu as fait pour moi. Je te dois mes études, mes bonnes manières, mais je ne te dois pas ma vie pour autant. Et pour te prouver ma bonne foi, je t'invite même à nos fiançailles à Noël. André serait ravi de rencontrer mon père.

— Quoi? Tu oses m'inviter dans cette famille? Tu crois vraiment que je vais me plier et m'abaisser à rencontrer ces truands? Jamais, Laure! Fiance-toi, fais ce que tu voudras avec le fils maudit de cette damnée lignée, mais ne compte pas sur moi pour te bénir, ma fille. Et tu n'auras jamais mon consentement, ça, je te le jure! Si tu veux marier cet imbécile, si tu veux perdre ta vie avec ce malappris, ce rejeton d'une mère démente, ce fils d'un père dépravé, tu ne le feras pas avant d'être majeure. Ce qui veut dire que, d'ici deux ans…

Il allait continuer, mais Laure, exaspérée, avait raccroché. Elle n'avait pu supporter plus longtemps les injures qui fusaient de tous côtés, face aux parents d'André. Reprenant son livre, elle entendit le téléphone sonner de nouveau. Elle savait que c'était lui qui, en furie, lui reprocherait d'avoir été impolie, mal élevée, en ayant raccroché. Le nez dans son livre, le téléphone sonnait encore et, ne voulant plus l'entendre, elle étira le bras pour augmenter le volume de *La Molinera* de Manuel de Falla.

Vendredi 24 décembre 1971. Dédé a vingt et un ans révolus, Laure, dix-neuf, et ils ont revêtu leurs plus beaux atours pour le jour tant attendu de leur dive promesse. Jovette et Guy sont arrivés à Saint-Calixte en milieu d'après-midi avec, pour les fiancés de la nuit à venir, les bras chargés de présents. Un service de vaisselle de porcelaine orné de roses et de feuillage, une coutellerie de prix, des anneaux d'or baroque pour Laure, des boutons de manchettes et une pince à cravate pour Dédé, sans compter les victuailles, le gâteau frais du jour de la pâtisserie Saint-André et les bouteilles de champagne que Ti-Guy avait réservées à «la Régie des alcools». Jovette, coiffure haute, maquillée avec soin, habillée d'une robe verte piquée de rondelles de cristal, portait des escarpins noirs en pout-de-soie et à talons aiguilles. Ti-Guy, habillé du dernier cri, avait l'allure d'un acteur avec ses cheveux bien placés, son sourire enjôleur et la montre de poche dont la chaîne pendait sur la petite veste du complet gris perle. Laure, sobre et digne, portait une jolie robe beige rehaussée de perles à la taille et aux manches. Cheveux blonds coiffés genre Grace Kelly, elle arborait les anneaux de gitane qu'on venait de lui offrir et attendait, avec impatience, le moment de sentir glisser à son doigt la bague qu'elle avait choisie. Dédé n'était certes pas en reste. Complet noir, chemise blanche, cheveux blonds, yeux rieurs, il était «quasiment» aussi beau que son père, selon les dires de Jovette qui adorait taquiner son filleul. Mémère attendait au

village que Ti-Guy la prenne en passant pour l'escorter jusqu'à l'église où son «p'tit cœur»... Gertrude serait aussi de la
cérémonie et du banquet qui allait durer toute la nuit. Des
employés de Dédé étaient venus, accompagnés, et des cama-
rades de Laure s'étaient déplacées pour venir réveillonner
avec les fiancés. Personne d'autre des familles des deux côtés.
Édouard et Philomène, mariés, bientôt parents, n'étaient plus
du portrait. Chez les Jarre, de la grand-mère jusqu'à la plus
jeune belle-sœur, personne ne fut invité et Laure en fut soulagée. Son père, il allait de soi, ne serait pas de cette joie. N'ayant
jamais rappelé Laure depuis le soir où elle avait raccroché,
elle ne s'attendait certes à rien de sa part. Ni sa présence ni
son présent. Et elle en fut fort aise.

L'église était bondée, le curé fit son sermon, on déposa le
Jésus de cire dans la crèche et Dédé, les larmes aux yeux, glissa
la bague en or sertie de diamants dans l'annulaire de sa fiancée. Émue, conquise, Laure tressaillait de bonheur. Elle regardait sa bague qui scintillait de mille feux, puis ses yeux se
posèrent dans ceux de son merveilleux promis.

La maison de pierres de la rue Principale était fort animée.
Les gens mangeaient, buvaient, dansaient, félicitaient les fiancés et s'enquéraient déjà du jour où l'anneau suivrait. Laure
riait, s'amusait, embrassait son fiancé, sa mère, son futur beau-
père, sans songer un seul instant à celui qui, resté à Montréal,
fulminait de la savoir promise à ce... roturier! Le «pourceau»
maire était venu avec Evelyne, sa femme bien portante, et
Gertrude s'extasiait devant les cadeaux pendant que l'une de
ses filles, la plus vieille, légèrement pompette, faisait de l'œil
à Ti-Guy, à l'insu de Jovette. Le champagne coulait à flots, le
vin se versait dans les verres, le gâteau fut tranché, le curé

vint bénir la bague de Laure et, faisant d'une pierre deux coups, il bénit tous les convives, sobres ou ivres. Emma Gaudrin se pavanait dans une robe de dentelle que Gertrude lui avait ajustée. Elle avait sorti son camée de son écrin, ses boucles d'oreilles en forme d'étoiles, et elle s'était rendue à l'église emmitouflée dans son manteau de mouton de Perse avec, au cou, le superbe foulard d'une boutique exclusive, cadeau de Jovette et Ti-Guy pour Noël. La nuit tirait à sa fin, le jour allait bientôt se lever et les invités, les plus jeunes, amochés, décoiffés, songèrent à regagner la ville ou leur patelin. Une heure plus tard, il ne restait plus d'invités, sauf mémère et Gertrude qui voulaient à tout prix ranger, nettoyer, mettre de l'ordre. Laure, folle de joie, sans cesse au bras de son «André», regagna sa chambre où il vint la rejoindre. Et sans lui permettre de lui ravir sa virginité, elle se laissa davantage caresser par celui qu'elle aimait. Jovette et Ti-Guy, dans la chambre d'invités, ne se gênaient guère pour laisser savoir à Gertrude et mémère, que le champagne et le vin ne les avaient pas... assommés!

Puis, le jour se leva, les nuages se dispersèrent et les enfants de Saint-Calixte jouaient déjà dehors, mitaines aux mains, capuchons sur la tête. Dans la cuisine et le salon, Emma et Gertrude s'affairaient encore, mais de leur chambre, Laure et Dédé pouvaient entendre mémère tousser. Un rhume, une grippe, peut-être? Sauf que Laure, plus à l'écoute que son fiancé, entendit Gertrude dire à mémère: «Va falloir consulter, Emma! C'est pas normal une toux comme ça! Tu vas chercher ça creux pis ça dure depuis deux mois!»

# Chapitre 12

Février s'annonçait comme le mois des tempêtes et les gens de la ville comme de la campagne n'en furent pas épargnés. Ti-Guy, ayant retrouvé la bosse des affaires, fit l'acquisition de trois triplex, tout en se départissant avec profit d'un immeuble commercial de la rue Iberville. Déterminé à entreprendre l'année du bon pied, il avait dit à Jovette un certain matin:

— Pourquoi t'arrêtes pas d'travailler? J'aimerais ça, t'faire vivre.

— Non, pas question, j'vais m'ennuyer à mourir à la maison.

— Tu pourrais t'occuper d'mes livres, travailler pour moi...

— Non, Ti-Guy. La meilleure façon pour un couple de se dissoudre, c'est d'être ensemble vingt-quatre heures sur vingt-quatre.

Voyant qu'il ne réussissait guère dans ses approches, il répliqua:

— Bon, j'comprends, pis t'aimes ça la caisse populaire, mais une fois d'plus, pourquoi qu'on s'marie pas?

— J'aime mieux pas, Ti-Guy... C'est pas que j't'aime pas, tu l'sais, mais j'ai pas l'goût d'm'embarquer une deuxième fois. Ça va bien comme c'est là? Pourquoi changer c'qui marche?

Pis toi, t'as été marié deux fois! C'est pas assez, la corde au cou?

— C'était pas pareil, Jovette. Avec toi, c'est pour la vie, tu l'sais…

— Ben, moi aussi, mais c'est pas nécessaire d'avoir un contrat d'mariage pour ça. On a juste à faire des testaments l'un envers l'autre.

— C'est pas pour l'argent, qu'est-ce que tu vas chercher là? Moi, j'veux qu'tu sois ma femme parce que j'trouve ça plus normal que de t'présenter comme ma blonde ou ma compagne… Pis là, comme on veut arrêter de dire concubins, y'en a qui commencent à dire conjoints! C'est pas l'diable mieux, ça fait pas plus catholique pis moi, c'qui est pas en règle… Tu m'connais? J'ai même marié Pauline pour que le p'tit se fasse pas traiter d'bâtard. J'ai l'sens des valeurs…

— Bon, écoute, c'est pas qu'ça m'tente pis c'est pas parce que j't'aime pas qu'ça m'tente pas, mais comme ça semble important pour toi, comme ç'a l'air d'une question d'vie ou d'mort, laisse-moi y penser.

— C'est tout c'que j'te demande, Jovette! lui répondit Ti-Guy, rempli d'espoir.

Le soir même, ils avaient projeté une sortie au cinéma. Elle voulait voir *Love Story* au cinéma Crémazie et lui, pour en avoir entendu parler, voulait voir le film *Trash* avec Joe Dallesandro au Séville. Un film d'amour versus un film étrangement… sexuel! Malgré l'amour qu'il vouait à Jovette, c'est elle qui plia pour le suivre voir son… navet! Et, de retour, après quelques consommations dans un bar, excité par le film, il honora Jovette d'une drôle de manière. Avec des gestes qu'elle avait vus à l'écran, avec des mots… Décidément, tout en songeant à sa proposition, c'était encore Jovette qui faisait toutes les concessions. Et c'est un peu ce qui la «bloquait» dans sa décision. Ti-Guy, malgré ses nombreuses qualités, avait encore le vice au corps. Un vrai satyre! N'avait-il pas souvent oublié de «manger» pour «coucher» lors de ses frasques d'antan? Mais ce qui le sauvait du rejet de Jovette, c'est qu'elle l'aimait. Profondément! Même lorsqu'il lui disait, après l'amour, avec des yeux d'enfant, qu'il n'était pas... rassasié!

En ce début d'année 1972, Philippe Jarre avait été plus que déçu d'apprendre que l'âge de la majorité légale chez les jeunes était passé de vingt et un ans à dix-huit ans. «Une loi stupide! clamait-il à son entourage. Ils veulent juste avoir les votes des jeunes! Comme si des adolescents savaient ce qui est bon pour le pays ou la province! Ils ne connaissent rien à la politique!» Mais ce qui minait davantage le bijoutier, c'était que Laure, sa fille de dix-neuf ans, n'aurait plus besoin de son consentement pour... se marier! Elle était libre! Libre comme une femme, alors qu'il la considérait comme une enfant. Dédé, ravi de ce changement, murmura à sa fiancée un certain soir:

– Tu sais, si tu voulais, on pourrait s'marier plus vite que prévu...

– Oui, je sais, j'y ai pensé... Mais je n'ai pas terminé mon cours, j'en ai encore jusqu'à la mi-juin avant d'être diplômée.

– Donc, c'est rien qu'ça qui t'fatigue. Ça veut-tu dire que ça t'tenterait d'être ma femme le plus vite possible?

– Oui, je l'avoue. J'en ai assez de vivre avec ma mère et Guy et de passer mes fins de semaine ici à te regarder dormir...

– Ben, pour ça, blâme-moi pas, j'me suis souvent essayé... C'est toi qui veux s'marier vierge, Laure, pas...

– Tu peux le dire! Pas moi! Parce que toi, ça fait longtemps... Et puis, voilà qu'on s'éloigne du sujet. Oui, j'ai hâte de vivre ici, de travailler dans les parages, d'être à toi, de te sentir à moi…

— Tu vas trouver ça drôle, mais j'ai regardé le calendrier dès qu'j'ai su qu't'étais maintenant majeure. Dis-moi si ç'a du bon sens, mais comme tu veux obtenir ton diplôme, décompresser un bout d'temps pis t'placer quelque part dans les parages, qu'est-ce que tu dirais si on s'mariait le 9 décembre, deux jours après ma fête? De cette façon, t'auras vingt ans sonnés pis moi, vingt-deux ans révolus. Pis ça gâcherait pas l'temps des Fêtes, ça nous permettrait même de faire un voyage de noces dans l'sud pis d'voir Noël sous les palmiers, pour une fois.

Laure prit le calendrier entre ses mains, tourna les pages, calcula de tous côtés et en vint à la conclusion que la date choisie n'était pas bête. Souriante, elle regarda Dédé et lui dit avec tendresse:

— Sais-tu que tu as du bon sens quand tu le veux?

— Aïe! J'espère que tu m'prenais pas pour un épais, toi! Pis j'espère que tu pensais pas qu'j'avais l'cerveau d'la grosseur d'un pois vert!

Elle éclata de rire, se jeta dans ses bras et lui dit, en glissant une main dans l'ouverture d'un bouton défait de sa chemise:

— Non, grand fou, je n'ai jamais pensé ça de toi. Je t'aime…

— Moi aussi, Laure, de plus en plus… Pis, comme on a déjà not' maison… Dis-moi, t'aimerais-tu mieux t'marier en ville ou au village, ici?

— Ici, ce sera plus romantique… Dans ta petite église… Oui, ici, André, là où tu as grandi.

Laure revint en ville et, prenant sa mère à part, lui dit, sans que Ti-Guy, affairé dans son bureau, entende:

– Maman, je ne sais pas si ça va te plaire ou non, mais André et moi avons décidé de nous marier en décembre de cette année.

Jovette, une tasse de café dans une main, se dirigeant vers un fauteuil, s'arrêta net et lui répondit:

– Cette année? Tu trouves pas qu'c'est un peu vite, ma fille?

– Allons, prends le temps de t'asseoir et écoute-moi. André a raison, tu sais. Pourquoi attendre plus longtemps? Nous nous aimons, nous sommes maintenant majeurs tous les deux, j'aurai terminé mon cours, je serai infirmière diplômée et je me sens assez sérieuse face à l'engagement, à ma carrière, à une vie à deux, à des enfants à venir…

– Oui, toi, Laure, mais lui? Dédé n'est pas aussi réfléchi… J'veux dire, André, pour te faire plaisir. J'le sens pas aussi mûr que toi, j'le sens pas prêt… C'est pas qu'c'est pas un bon gars, mais…

– Mais quoi, maman?

– Ben si tu veux mon opinion ben franche, Laure, j'pense qu'y va traîner du pêle-mêle dans sa tête pas mal longtemps.

– Je ne te comprends pas, maman, sois plus claire.

– J'veux dire des bibites… Maudit que j'm'exprime mal! Pourtant, j'sais c'que j'veux dire, j'en traîne moi, j'en ai traîné toute ma vie…

– Si je comprends bien, tu réfères à ton passé, à ta jeunesse, à ton père, à tout ce qui t'a perturbée et qui te suit encore.

– T'as tout compris, ma fille! Pis c'est pour ça que j'ai peur de m'engager sérieusement avec Ti-Guy. J'voudrais pas lui faire mal…

– Dans ton cas, je comprends, mais qu'est-ce que mon fiancé peut traîner de si grave pour que tu le compares à toi, maman?

– Ben, son enfance, le manque de mère, l'absence de son père, le contrôle de la grand-mère pis tout c'qui a suivi d'tout croche…

– Ce qui veut dire?

Constatant qu'elle était allée trop loin dans le but de protéger sa fille, Jovette ne savait plus où regarder et quoi répondre. Laure, la sentant coincée, en profita pour y aller d'une intuition.

– Dis-moi franchement, maman, André t'a-t-il parlé de son passé, de ses années juste avant de me connaître?

– Heu… Pourquoi une telle question? répondit Jovette en rougissant.

– Parce qu'il m'a tout confié, maman, et qu'à voir ton regard fuyant, je suis certaine qu'il s'est ouvert à toi avant.

– Chut! Baisse le ton, Ti-Guy n'est pas loin pis y sait rien, lui. Oui, aussi ben te l'dire, Dédé m'a vidé son sac, mais c'était avant de t'connaître. Pis, pour être plus exacte, c'est au moment où tu l'as vu la première fois à la maison. Y'avait besoin d'ouvrir son cœur, de s'délivrer de c'qui l'torturait, pis c'est moi qu'y'avait choisie pour le faire. J'pense que les mal-aimés, les pognés, les blessés par la vie, ç'a l'don de s'renifler! On a échangé longuement lui et moi. Oublie pas qu'j'suis sa marraine, Laure, pis qu'à part moi, y'avait personne pour le comprendre. Pis si son père avait appris… Ti-Guy, c'est un bon père astheure qu'son fils est grand, mais avant, du temps d'sa deuxième femme, y l'avait loin son rejeton! J'devrais pas l'appeler comme ça, on dirait que j'parle d'un orphelin… Mais avec la mère qu'y a eue… J'veux pas dire que Pauline l'a magané, loin d'là, mais a se l'est laissé voler par la grand-mère. Elle aussi a bien souffert… Mais, là, pour revenir à c'que j'disais, oui, j'sais tout d'lui pis vice versa, mais à c'moment-là, y m'avait fait presque jurer de jamais l'dire.

– D'après ce que je vois, tu as tenu parole. Et s'il ne m'avait rien avoué, tu l'aurais laissé m'épouser sans rien dire?

– Non, Laure, j'aurais brisé ma promesse, j't'aurais pas laissée entrer dans sa vie sans t'affranchir, sans tout t'dire, mais comme y'a eu la bonne idée de s'confier lui-même... Pis, j'sais plus c'que j'dis, parce que j'lui ai même conseillé d'laisser ça mort! Pis ensuite de rien t'cacher! Tu vois comment j'peux être mélangée? Parce que moi, j'savais tout d'lui, j'jugeais pas qu'c'était important qu'y t'vide son sac. Pis son cas, c'était pas l'mien, c'était d'la p'tite bière à côté... Mais n'empêche que quand on est *fucké*... Oh! excuse-moi, quel mot, quel vocabulaire! Tu vois? J'en suis rendue à répéter c'que j'entends d'la part des jeunes en difficulté...

– Pas d'offense, maman, mais pour en revenir à André, tu venais juste d'apprendre tout ce qu'il t'avait confié et tu n'as pas hésité à me pousser dans ses bras... Je ne comprends pas...

– C'est parce que j'ai senti que tu l'aimais, pis j'étais sûre que tu pourrais l'remettre dans l'bon chemin... Quand je l'ai vu flancher pour toi, j'ai pensé à son salut avant d'penser à c'que j't'imposais. C'est comme si j'voulais l'sauver, lui, sans songer à toi dans l'portrait... C'est comme ça quand on a été une victime de la vie soi-même... On pense à protéger, sauver, aider les faibles, pis on oublie ceux qu'on livre en pâture... C'est comme Ti-Guy pis moi... Mais, lui, au moins, c'est d'plein gré qu'y s'est garroché dans mes bras... Y savait tout d'moi, y'a rien qu'j'aurais pu lui cacher...

– Moi aussi, c'est de plein gré que je veux épouser celui que j'aime, maman. Et si tu y vois un empêchement, je me demande pourquoi tu ne l'as pas émis avant nos fiançailles... Tu semblais si heureuse pour nous deux...

– Et j'le suis encore, Laure, j'l'adore c'garçon-là, j'en vois pas d'autres... Pis, avant tes fiançailles, aussi bien te l'dire maintenant qu'on s'cache plus rien, j'savais qu'y t'avait tout raconté... Pis des fiançailles, c'est pas le mariage... Moi, j'voyais ça dans deux ou trois ans, pas si vite, c'est peut-être c'qui m'surprend...

– De quelle façon? Qu'est-ce que ça peut donc changer que ce soit plus tôt que plus tard?

– Rien, Laure, absolument rien… Mais j'veux juste que tu saches à quoi t'attendre avec lui. Dédé, c'est un bon gars, y va t'gâter, y va t'porter sur la main, mais tu vas avoir à *dealer* avec c'qu'y a d'mêlé dans' tête. Parce que, lui pis moi, c'qu'on a, ça s'guérit pas. Si t'es capable de l'comprendre pis de l'prendre comme il est, Laure, marie-le, attends pas. Mais, j't'avertis, tu vas vivre avec lui c'que t'as vécu avec moi. Des hauts pis des bas! Pis ça, j'le souhaitais pas, ma fille. J'espère que ton cours d'infirmière va t'servir, pis qu'tu vas savoir comment soigner les reins d'en haut comme ceux d'en bas! Ben là, astheure qu'on s'est tout dit, t'es libre de faire c'que tu voudras, pis si tu veux t'marier en décembre, c'est pas moi qui va t'mettre des bâtons dans les roues. Pis Ti-Guy, non plus, j'en suis sûre. Y'a juste ton père…

– Lui? C'est le dernier de mes soucis, maintenant. Je suis en âge et s'il refuse de me servir de père, on en trouvera un autre, maman. Mais, avant que je l'oublie, c'est drôle qu'André ne m'ait rien dit du fait qu'il s'était confié à toi avant moi…

– Y'a sans doute préféré s'vider l'cœur d'une autre façon avec toi pis, oublie pas, Laure, c'était notre secret.

– Bien, que ça le demeure, maman. Je ne veux pas qu'André sache que je suis au courant de vos confidences. Ce serait te trahir… Laissons les choses comme elles sont. Je l'aime, je l'aimerai toujours quoi qu'il arrive, n'en parlons plus. Si tu savais comme j'ai hâte d'être sa femme!

– Ton bonheur sera aussi le mien, Laure. Pis t'as fait un bon choix! Y'est aussi bon qu'y'est beau, ton Dédé!

Le printemps s'éveillait à peine en ce 22 mars 1972, lorsque Jovette, au lit avec Ti-Guy qui lui avait fait l'amour comme un dieu, lui murmura à l'oreille:

– Tu sais, le mariage, j'veux, Ti-Guy, j'ai envie d'être ta femme.

Ti-Guy, nu comme un ver, se leva d'un bond et leva le bras en criant «hourra!» pour ensuite se rejeter sur elle et l'inonder de baisers.

– Aïe! Viens pas fou! C'est pas une faveur que j'te fais, c'est plutôt toi qu'y'as du cran d't'embarquer avec une femme comme moi.

– Laisse faire ça! Une femme que j'connais depuis plus d'vingt ans pis qu'j'aime d'la tête aux pieds! Ben là, tu m'fais plaisir pis ça valait la peine d'attendre! En plus, ça va formaliser notre union, ça va tout r'mettre en ordre dans nos testaments pis l'reste… En portant mon nom, si j'crève du jour au lendemain, pas d'problèmes!

– Oui, j'sais qu'c'est une formalité qui va régler bien des choses d'un côté comme de l'autre, mais j'le ferais pas si j't'aimais pas, Ti-Guy. Y'a aussi l'cœur qui rentre en cause…

– Ben oui, pis pour moi aussi, mais on fait ça quand? Imagine comment y vont être contents, les enfants!

– Justement, j'veux pas qu'ils le sachent, Ti-Guy. J'veux pas qu'not' mariage vienne un peu ternir c'qui s'prépare pour eux autres en décembre. J'aimerais qu'on fasse ça juste avec deux témoins, pas d'*party,* pas d'portrait. Comme un contrat qu'on signe, pas plus. Comme ça, Laure pis Dédé vont l'savoir juste après, pis ça va pas empiéter sur c'qu'y s'prépare en grand pour décembre.

– Juste nous deux pis des témoins? Pas d'invités, pas même ma mère, personne?

– Ti-Guy! T'en es à ton troisième mariage pis moi, à mon deuxième. On a-tu vraiment besoin d'en faire état? On s'marie, on va souper tous les deux, pis on loue une chambre à l'hôtel si tu veux une nuit d'noces! Comme si on n'en avait pas ici... Y'a pas un soir...

– Ben, ça fera au moins ça, l'interrompit-il, mais j'veux qu'on prenne une ou deux photos. Ça va être un grand jour, c'est la première fois que j'vais m'marier par amour, penses-y!

– J'suis pas sûre... Ta Betty, tu l'haïssais pas...

– C'était physique, Jovette, j'étais plus jeune, j'étais pas fou d'elle... Moi, les Anglaises, c'était pas mon fort... C'était pas l'cœur... Pis, r'commence pas, j't'ai tout dit ça!

– Bon, si tu l'répètes, mais arrange-toi avec la mairie, fais comme tu voudras, choisis le jour pis l'heure, trouve des témoins parmi tes clients pis moi, j'vais m'trouver une robe neuve pis c'qu'y faut pour aller avec.

– C'est le plus beau jour de ma vie, Jovette! J'ai d'la misère à y croire! Y va sûrement tomber d'la marde!

Le lendemain, le printemps cédait encore sa place à l'hiver. Durant la nuit, il n'était pas tombé ce que Ti-Guy avait «prédit», mais plutôt une assez forte neige. Une giboulée! De la neige, du vent et encore de la neige qui se changeait en glace. Mais dans le cœur de Guy Gaudrin, c'était, malgré tout, un jour «ensoleillé». Parce que Jovette, sa belle Jovette aux cheveux blonds, aux longues jambes et à la taille fine, allait devenir sa femme.

Avec un peu d'influence, avec l'appui d'amis, Ti-Guy avait réussi à obtenir le samedi 15 avril pour s'unir à Jovette. Et c'est avec deux collègues d'affaires qu'il se présenta à la mairie par un temps de chien, la pluie se devant d'être à l'agenda pour deux jours. Il avait même neigé la veille; c'était la dernière bataille des deux saisons. Peu importait, Jovette avait le cœur en fête, lui, le bonheur dans la tête. Laure, à Saint-Calixte depuis la veille, ne s'était doutée de rien. Elle n'avait même pas vu le tailleur magenta et la blouse de soie beige que sa mère avait camouflés dans un placard du sous-sol. Et c'est ainsi vêtue, une rose à la main, une coiffure à la Mireille Mathieu, qu'elle devint la femme de Guy Gaudrin. Lui, habillé de son complet noir, ne s'était acheté qu'une cravate de soie bourgogne, pour être le plus élégant marié de cet endroit public. Un mariage civil vite «bâclé», une poignée de main aux témoins et les nouveaux mariés, abrités sous un parapluie, se dirigèrent prestement chez un photographe pour un souvenir romantique, avant que la rose ne se fane. De là, trois heures plus tard, ils étaient en tête-à-tête au restaurant de l'hôtel Windsor où, après le champagne, le vin et le repas, ils montèrent à une suite qui leur était réservée. Belle, peu ravagée par le temps au mitan de la quarantaine, Jovette offrit son corps à son mari dans des draps de satin, face à un vaste miroir. Lui, mâle dans toute sa force à quarante et un ans, avait encore, torse nu, sourire vainqueur, tout pour attirer sa femme qui, cette fois, n'attendit pas qu'il fasse les premiers pas. Tout cela, sans même un voyage de noces! Lui qui détestait s'éloigner et, elle qui attendait encore, en vain, le sable chaud de Miami, qu'un certain jour... il lui avait promis.

De retour au bercail, le dimanche soir, Laure fut surprise de trouver sa mère et Ti-Guy enlacés sur le divan, amoureux comme des enfants.

– Qu'est-ce qui se passe? C'est la première fois que je vous vois...

Mais la jeune fille s'était arrêtée net. Sa mère venait de lui exhiber sa main gauche où brillait un gros diamant secondé par un jonc ciselé.

— Tu… tu…. vous êtes… Est-ce que je rêve, maman? Vous êtes…

— Mariés! Depuis hier, Laure! Je suis maintenant madame Guy Gaudrin.

Laure faillit s'évanouir. Se laissant choir dans un fauteuil, elle regarda Guy et lui dit:

— Vous n'avez pas fait ça tous les deux? Et sans nous en parler?

— Oui, ma belle, répondit Ti-Guy d'un ton joyeux. Ta mère ne voulait pas…

— Non, laisse-moi lui expliquer, Ti-Guy, tu trouveras pas les mots, toi.

Et Jovette de révéler à sa fille la stratégie, afin que son prochain mariage à elle soit le seul événement de l'année. Laure écouta attentivement et, sans être offensée, répliqua:

— C'est aimable à toi, maman, mais nous aurions pu être là, André et moi. Aussi intime était le mariage, ça nous aurait fait plaisir…

— Non, Laure, t'aurais senti, malgré toi, qu'on vous devançait. De toute façon, comme tu peux l'voir, c'est juste une formalité pour Ti-Guy et moi. On a signé l'contrat comme on l'fait quand on achète un char neuf, pis on est rentrés après un bon souper en ville.

— Plus simple que ça… Je ne te comprends pas, maman. Tu te maries, tu deviens sa femme et tu rentres à la maison comme si de rien n'était…

— Ben, pas tout à fait, j'm'étais quand même acheté un costume pis des souliers neufs. Mais tu sais, Laure, c'est la troisième fois pour Ti-Guy, la deuxième pour moi. Faut pas en faire un chiard! Mais c'est sûr qu'on s'aime, on s'marie pas sans s'plaire.

– Bien, ça, alors… Si on m'avait dit que ma mère… Chose certaine, il faut l'annoncer à André sans perdre de temps. Ça risque de l'insulter autrement…

– Appelle-le, Laure, y'est sûrement pas encore couché.

Laure s'empressa de joindre André alors qu'il s'apprêtait à se mettre au lit et, au courant de la nouvelle, il lui dit:

– Ça m'fait plaisir d'apprendre ça, Laure. J'suis content qu'ta mère devienne ma belle-mère… Pis, à bien y penser, a va l'être deux fois, mon père aussi pour toi! Ben, dis-leur que j'leur souhaite d'être heureux pis demande à mon père de prendre grand soin d'ta mère. Y'a choisi la bonne personne, c'te fois-là!

– Tu n'aimerais pas mieux lui dire tout ça toi-même?

– Non, j'suis brûlé, j'me couche, pis tu parles tellement mieux qu'moi. J'les rappellerai demain si ça t'fait rien, j'suis crevé, j' bâille, j'tiens plus d'bout…

Après un petit mot d'amour, un «bisou» au bout du fil, il raccrocha. Laure n'en revenait pas. André avait pris la nouvelle comme si elle lui avait annoncé qu'ils avaient acheté… un mobilier! Ce qui la fit prendre «l'événement» d'un autre œil. Son fiancé n'en était pas vexé, il considérait même leur union comme un fait divers. Et comme sa mère parlait de «formalité», d'un lien à nouer, pas davantage, Laure se coucha heureuse pour eux et, au fond de son cœur, ravie à l'idée qu'elle serait la seule véritable mariée de l'année.

Quelques jours plus tard, ayant appris le mariage de Jovette et Ti-Guy, mémère s'emporta comme un ouragan déchaîné:

– T'aurais pu nous inviter, Ti-Guy! T'aurais pu au moins nous l'dire! Qu'est-ce que j'ai l'air devant l'village? J'suis ta mère, tu t'maries pis j'en sais rien! Pis elle, pas plus fine, a l'a même pas pensé qu'ça pourrait m'blesser! J'te dis, des fois, la Jovette…

— On a agi comme ça pour que Dédé pis Laure pensent pas…

— Oui, j'sais, Dédé me l'a dit, mais j'm'en sacre, Ti-Guy! Moi, j'suis ta mère, pas ton fils, pis j'aurais eu ma place là avec Gertrude. On n'en aurait pas parlé… Ça s'peut-tu, s'marier à l'insu d'sa propre mère!

— Pas marié, la mère, remarié, pis pour la troisième fois à part ça!

— Pas grave, quand on aime, c'est toujours la première fois! Pis là, faut que j'te laisse, ma pression a monté jusqu'au bout du thermomètre, j'la sens, faut que j'prenne une pilule… Mais j'ai ça su'l'cœur! Quand j'y pense…

Mais comme mémère s'était mise à tousser, Ti-Guy lui suggéra de prendre plutôt du sirop et peut-être une pilule pour son anxiété. Et comme il lui reprochait de s'agiter, elle préféra mettre un terme à leurs propos en lui disant, en guise de dernier mot:

— J'espère qu'a va t'rendre heureux, celle-là!

Puis, deux autres jours s'écoulèrent et, cette fois, c'est Philippe qui, ayant appris le mariage de son ex-femme avec Ti-Guy par l'un de ses clients qui travaillait à la caisse populaire, se fit une joie malsaine de lui téléphoner pour lui dire sans détour:

— Comme ça, tu as épousé ton dégénéré, Jovette Biron?

Surprise, courroucée par le ton, sans même lui demander comment il l'avait appris, elle répliqua vivement:

— Oui, mon beau dégénéré qui peut faire jouir une femme, lui!

— Insolente! Mal élevée! On m'a toujours dit, dans la famille, que tu étais de la rapace! De plus, belle garce!

— Aïe! Si tu m'as appelée pour m'écœurer, toi, tu perds ton temps pis l'mien! J'suis remariée, j'porte son nom, pis j'te dis qu'c'est un soulagement que d'être débarrassée du tien!

— Mon nom est plus honorable...

— J't'arrête! Si honorable, Phil, que même ta p'tite pute n'a pas voulu l'porter! J'connais l'fond d'l'histoire, tu sais! A s'est ouvert la gueule, ç'a pas pris d'temps! A t'a sacré là parce qu'a en avait assez de s'contenter de colliers en vitre pis d'bracelets en plastique! Pis, j'ai su qu'a s'était tannée vite d'un p'tit vieux qui valait rien en d'sous des couvertes!

— Toujours la même à c'que j'vois! Non, pire que jamais! T'entends-tu parler, Jovette? C'est Gaudrin qui déteint sur toi? Une vraie fille de la plèbe!

— En plein ça! Une fille que t'as rencontrée dans l'quartier où t'as ton p'tit commerce depuis vingt-cinq ans! Un bijoutier qui vit d'l'argent d'la «potée» pour employer un terme qui t'plaît! Un p'tit bijoutier d'cul qui joue au *big shot* parce qu'y vend des bagues à diamant de vingt-cinq points à crédit à des couples sans argent. Des pauvres jeunes qui t'payent des intérêts à tour de bras! Riche, mon œil, Philippe Jarre! C'est tout juste si t'as pu payer les études de ta fille!

— Tu parles comme ça parce que tu viens d'en épouser un autre pour son argent, Jovette? Penses-tu que je ne le sais pas?

— Disons qu'ça gâche rien que Ti-Guy roule dans l'*cash,* mais à part l'argent, nos immeubles, nos maisons, y'a du cœur pis y m'aime, lui! Y m'aime comme j'suis! Y cherche pas...

— Qui se ressemble, s'assemble, Jovette! Vous venez du même coin, vous avez la même langue, vous avez même couché ensemble au temps où il allait encore à l'école. Opportuniste, va! Profiteuse! Et ne viens pas me dire que tu l'aimes, tu n'as jamais été capable d'aimer un homme après…

— Espèce de salaud! Et tu profites de l'absence de mon mari…

— Pas du tout, je n'en ai que faire, mais ne viens jamais lever le nez sur mon avoir, Jovette, parce que tu en as profité pas mal longtemps, si je ne m'abuse! Et comme ta fille est aussi la mienne, je la défendrai contre toi jusqu'à ma mort. Il n'est pas encore dit que, parce que tu as épousé le père, elle va épouser le fils. J'ai des droits…

— Aucun, Philippe, aucun! Elle est majeure, elle n'a rien à te demander!

— Une autre ingrate? Après lui avoir payé ses études et le faire encore?

— Veux-tu un remboursement, Phil? Pis, veux-tu qu'ça s'arrête là, le p'tit montant qu'tu lui donnes chaque mois? Ti-Guy peut prendre la relève, tu sais!

— Tu es ignoble, immonde, Jovette! Un jour, la vie va te faire payer…

— Non, Phil! Parce que j'ai payé tout c'que j'avais à payer étant jeune, moi! Là, j'récolte! Comme tu vois, le bon Dieu est juste! Pis là, à bien y penser, j'ai plus rien à t'dire!

Et Jovette raccrocha pour s'empresser de repasser une jupe qu'elle porterait le lendemain pour aller travailler. Car, si Guy Gaudrin avait fini par la convaincre de l'épouser, il n'avait pas réussi, aussi riche pouvait-il être, à la faire déroger de son engagement pour… la caisse populaire!

Le printemps s'écoula, l'été offrait ses premières chaleurs et, Laure, heureuse, comblée, était devenue infirmière diplômée. Dédé, soulagé, appréhendait pourtant le moment où, ensemble à tout jamais, elle allait se dévouer auprès des personnes âgées et lui, s'occuper de la butte et des chalets. Quelques mois plus tôt, il s'était enfin départi de sa Chevy Nova décapotable, sur les instances de Laure qui lui avait dit: «Cette voiture a fait son temps, tu ne trouves pas? Tu pourrais t'en offrir une plus à notre image…» Et Dédé avait opté pour une Plymouth de l'année, ordinaire, au toit rigide, de couleur beige. Une voiture «familiale» en vertu du jour où elle et lui… Mais avec un certain regret, car il s'était pris d'affection pour sa «convertible» qui lui rappelait tant de souvenirs. Les bons comme les moins bons… Le cauchemar de son voyage à Toronto, tout comme les belles randonnées à toit ouvert avec sa douce à ses côtés. Mais il avait fini par s'incliner et se défaire, au grand soulagement de son père, de la voiture de son «turbulent passé». Puis, par une belle journée de la fin juin, alors que, seul dans sa maison de pierres de la rue Principale, il révisait ses états de comptes, il entendit frapper violemment à la porte. S'y rendant sans perdre un instant, il distingua, par l'un des carreaux vitrés de la porte, le visage affolé de Gertrude. Lui ouvrant, elle lui cria:

– Vite, Dédé! Viens vite! Ta grand-mère est malade, très malade!

– Qu'est-ce qu'elle a? J'l'ai vue pas plus tard qu'hier…

– J'sais pas, mais ça s'aggrave! A tousse, a manque de souffle, a tient plus sur ses jambes pis a l'a d'la misère à m'parler! Appelle ton père, Dédé! Dis-lui qu'sa mère en mène pas large! Fais ça vite pis viens m'rejoindre! J'ai pas envie qu'a m'crève dans les bras, moi!

# Chapitre 13

La maison de pierres n'étant pas très loin de celle où habitait sa grand-mère, on pouvait presque s'y rendre en quelques enjambées. Inquiet, secoué par le visage crispé de Gertrude, Dédé s'était quand même empressé de se rendre au chevet de sa grand-mère et, cette dernière, la main dans la crinière de son petit-fils, lui avait dit:

– J'ai juste eu une faiblesse, mon p'tit cœur... j'veux dire, mon homme. Gertrude s'énerve pour rien. J'suis pas mourante, j'manque de souffle pis j'ai moins d'énergie, mais j'rajeunis pas, j'm'en vais sur mes soixante-douze ans.

– T'as quand même pas bonne mine, mémère, pis tu trembles...

– Ça, c'est mon diabète, j'ai pas assez mangé, ça va s'replacer.

– Emma! Pour l'amour du ciel! Arrête de lui mentir, t'as d'la misère à t'tenir sur tes jambes pis tu perds connaissance!

– C'est vrai, mémère? Pourquoi tu joues les femmes fortes si t'es mal en point? Le docteur vient-tu t'voir de temps en temps?

Gertrude «s'empara du plancher» avant qu'Emma puisse répondre.

— Oui, y vient la voir! Pis souvent à part ça! Y veut la rentrer à l'hôpital, mais a veut rien savoir! C'est pour ça qu'a t'ment, Dédé! Ça m'fait d'la peine de t'démentir, Emma, mais c'est pour ton bien que j'le fais. J'voudrais pas qu'on m'accuse de t'avoir négligée si jamais y t'arrive quelque chose.

— Toi, t'as la langue trop pendante! Comme d'habitude, Gertrude! Pis y m'arrivera rien, j'suis forte comme un bœuf…

— Tête de cochon! J'te l'dis, Dédé, a va m'rendre plus malade qu'elle si ça continue! Quand sa pression baisse, c'est la mienne qui monte!

— Écoute, mémère, veux-tu que j'appelle p'pa? J'l'ai pas encore fait, mais y viendrait vite…

— Non, non, dérange-le pas c'te pauvre yable! Y'en a assez sur les bras comme c'est là! Mais j'suis contente de l'savoir marié avec Jovette même si y m'a pas invitée… Ça va y faire une bonne femme, a l'a pas les deux pieds dans' même bottine, elle! C'est pas comme sa Betty!

— Ben là, à parler comme ça, on dirait qu'tu r'prends du poil de la bête! Écoute, j'vas t'laisser faire à ta tête, mais pas pour longtemps. Laure s'en vient pour l'été pis comme' est diplômée, c'est elle qui va être ton infirmière. A va s'occuper de ton diabète, de ta pression pis de ton angine. Tu vas l'avoir juste pour toi, parce qu'a travaillera pas avant l'année prochaine. On va commencer par se marier pis s'installer.

Gertrude, qui avait tout entendu, lui demanda timidement:

— Pis moi, Dédé? J'vas-tu être invitée aux noces?

— Ben sûr! Avec mémère! Tu fais partie d'la famille, Gertrude!

— Ben, ça c'est *swell!* Pis c'est moi qui vas coudre nos robes, Emma!

Et Dédé partit tout doucement alors que les deux femmes s'obstinaient déjà sur des tissus et des couleurs et que mémère, malgré la faiblesse qu'elle venait à peine de surmonter, criait déjà à son amie:

— Ben, voyons donc, Gertrude! Tu peux pas t'habiller en blanc! C'est juste la mariée qui est en blanc le jour de ses noces! Pis pense pas au bleu royal, c'est à moi qu'ça convient, c'est moi qui a d'la graisse à camoufler, pas toi!

— D'la graisse? Où ça? Avant, Emma, plus astheure! On commence même à t'compter les côtes! Ma grand' foi, on dirait qu't'es pas consciente que tu dépéris!

— Laisse faire, j'me vois, j'ai encore un ou deux bourre-lets… Pis pourquoi qu'tu choisis pas du rouge, toi? Avec tes cheveux noirs et gris…

— Ben, penses-y pas, Emma! Le rouge, c'est trop *flashé*, pis ç'a pas l'air distingué! Dans les vues, les filles de joie sont toujours habillées en rouge… Viviane Romance dans… J'sais plus quoi… Pis à mon âge… Toi, des fois!

— Ça va, monte pas sur tes grands chevaux pis habille-toi comme tu voudras, mais le taffetas bleu royal, c'est pour moi. Tiens! pourquoi pas une belle robe brune pour toi, pas brune foncée, mais plutôt drabe, plus claire?

— Jamais d'la vie! Ça va m'vieillir pis j'ai pas l'teint pour ça, voyons! Non, Emma, j'vas t'faire une de ces surprises, t'en reviendras pas!

— Ben, pousse pas trop pis arrange-toi pas pour être plus chic que moi, toi! C'est moi la grand-mère! C'est moi qui vas être à la table d'honneur! Pis, là…

Dédé, déjà trop loin, n'entendit pas la suite des arguments, mais, quelque peu rassuré, il laissa échapper un soupir de sou-lagement. Mémère, malgré son piètre état, n'avait rien perdu de sa verve et de son… entêtement!

Laure avait préparé ses bagages pour l'été et une partie de l'automne. Sa mère l'avait aidée à tout y enfouir, car plusieurs choses ne reviendraient pas puisqu'elle allait se marier en décembre et habiter à Saint-Calixte. Dédé devait venir la chercher, mais son père lui avait dit: «Laisse faire, j'vas la monter, ça va m'permettre d'aller voir la mère. J'vas lui faire une surprise pis, comme Jovette travaille vendredi soir, ben, j'vas avoir tout mon temps pour souper avec elle pis Gertrude. Tiens! J'vas peut-être les inviter au restaurant!» Ce à quoi Dédé avait répondu: «Ça m'surprendrait qu'ça aille jusque-là, p'pa. Ça paraît qu'ça fait un p'tit bout d'temps qu'tu l'as pas vue, mémère, toi.»

La luxueuse Volvo que Ti-Guy venait d'acquérir était remplie de boîtes, le coffre comme la banquette arrière, lorsqu'il partit avec Laure pour la conduire sur la rue Principale. En cours de route, heureuse d'être en vacances et d'avoir terminé ses études, ses stages et tout ce qu'impliquait ce certificat qu'elle avait tant désiré, elle était fraîche et disposc à discuter avec Guy qu'elle trouvait si fin, si gentil avec sa mère, et charmant avec elle. Après lui avoir parlé de Dédé, de sa hâte de devenir sa femme, elle regarda son beau-père et lui demanda:

— J'ai une ou deux questions à te poser, Guy. Tu permets?

— Ben sûr! Si j'peux t'répondre, ça va m'faire plaisir.

— C'est au sujet de ta première femme, la mère d'André.

— Pauline? Qu'est-ce que tu veux savoir que ta mère t'a pas déjà dit?

— Tu sais, le dictionnaire qu'on garde en souvenir d'elle, le fameux dictionnaire défraîchi... Est-ce qu'elle y fouillait, parfois? Que cherchait-elle?

— C'était devenu son livre le plus précieux, Laure. C'était l'dictionnaire de Sam, l'ermite, son premier amant, un homme de soixante ans.

— Oui, je sais, ma mère m'a déjà parlé de lui, André aussi… Du moins ce qu'il en savait… Mais le dictionnaire…

— C'est ben simple, Pauline savait à peine lire et Sam l'instruisait avec son dictionnaire. Pas pour la grammaire, mais pour l'Histoire. C'est avec Sam que Pauline a appris qui était Napoléon… Pis, tiens, j'me rappelle, tu regarderas à la page de Jules Massenet, y'a une tache brune sur son portrait. C'est Sam qui avait écrasé une coquerelle dans' face du musicien.

— Guy! Quelle façon de dire les choses…

— Ben, j'dis une coquerelle, mais c'était peut-être une araignée ou une chenille, j'sais pas moi, j'présume, parce que moi, les bestioles… Pis comme c'te p'tit bout d'histoire vient d'Pauline… Mais, j'suis porté à la croire, parce que la veuve l'avait répété à ma mère.

— La veuve, c'était l'autre, celle que Sam aimait avant Pauline?

— Un ben grand mot… Mais j'aime mieux pas parler, y'a des choses qui s'disent pas à une fille distinguée. Mais Charlotte, la veuve, elle était d'son âge, elle était même plus vieille que lui. Tout ça pour te dire que l'dictionnaire, y'a fait du chemin avant de m'tomber entre les mains. La veuve voulait l'garder pour elle, Pauline voulait l'ravoir… Pis là, c'est Dédé qui tient à l'garder. Faut dire qu'y'a pas beaucoup d'souvenirs d'elle, le dictionnaire, le cadre… C'est à peu près tout…

— Pis votre portrait de noces, on l'a accroché juste à côté du foyer.

— Ouais, j'sais… pis c'était pas nécessaire. Mais si Dédé y tient…

— Dis-moi une chose, Guy, et excuse mon indiscrétion, mais l'as-tu aimée, Pauline?

— Heu… un peu, pas beaucoup, pas comme l'ermite l'a aimée pis jamais comme j'aime ta mère. Elle, j'l'ai toujours aimée…

— Oui, ça se sent et de sa part aussi, Guy, répondit Laure, en ne poussant pas davantage sur le volet, à peine ouvert, de la vie privée de son beau-père.

Le 6 août 1972, Emma Gaudrin fêtait, dans l'isolement de sa chambre, ses soixante-douze ans. Rivée à son petit écran, regardant un vieux film en noir et blanc avec Hedy Lamarr et Charles Boyer, elle n'entendit pas Gertrude accueillir les visiteurs. Émue, surprise, elle vit entrer Ti-Guy, Jovette, Dédé et Laure. La larme à l'œil, elle accepta le joli bouquet de roses blanches que Jovette lui tendait, accompagné d'un pendentif en vieil argent orné de perles roses, un bijou choisi par Ti-Guy. «Voyons donc, c'est ben trop beau! J'sors plus ou presque...» gémit-elle. Laure, qui s'occupait d'elle depuis six ou sept semaines, lui offrit en son nom et celui de Dédé un très joli châle crocheté par une artisane du village, dans les tons de rose et blanc. Un châle en plein été, parce que, le soleil tombé, mémère était toujours gelée dans sa chaise berçante. Et ce, malgré le Bovril chaud que Gertrude lui servait pour lui redonner des forces. Heureuse du présent, elle embrassa Laure et Dédé et leur dit: «Pourquoi tant de dépenses? Ça coûte si cher un mariage! Juste une carte avec des vœux imprimés...» Et c'est Dédé qui l'avait fait taire d'un baiser sur la joue en lui disant: «On peut fermer la télévision, mémère? On s'entend pas parler...» Elle sourit, acquiesça et c'est Ti-Guy qui ferma l'appareil en lui demandant: «Pourquoi qu'tu regardes pas des films en couleurs? Es-tu dans tes souvenirs, la mère?» Emma, plus faible qu'avant leur arrivée à cause des émotions, lui répondit: «Parce que ça m'fatigue moins les yeux pis, à part ça, les vues d'aujourd'hui pis les nouveaux acteurs, pour c'que ça vaut... Dans l'fond, moi j'aimais mieux la radio. On pouvait écouter nos programmes pis faire d'autre chose en même temps. Tiens! j'm'en rappelle, quand ton père hachait sa viande le midi, moi j'écoutais le roman-savon *Jeunesse Dorée* en renipant mon comptoir de fantaisies. Pis l'soir, quand j'écoutais chanter Jean Sablon ou Lucienne Boyer, ça m'empêchait pas d'rouler ma pâte à tarte. Là, avec la télévision, faut toujours être écrasée devant pis pas se lever si on veut pas en perdre des bouttes. J'écoute encore la radio de temps en temps, mais Gertrude me branche sur la télévision…» À ces mots, sa vieille amie s'écria: «Non, Emma! J'te force pas! C'est toi qui voulais voir le film avec Hedy Lamarr! Tu m'disais qu'ton Joseph se pâmait devant elle!» Embarrassée, gênée de cette indiscrétion devant les visiteurs, elle répliqua faiblement alors que Gertrude avait le dos tourné: «A l'exagère, j'ai juste dit qu'ton père la trouvait belle quand y feuilletait un magazine pis qu'y la voyait…» Ce à quoi Ti-Guy répondit sans même y penser: «Ben, au moins, y'avait du goût! Moi qui pensais qu'y r'gardait juste ses quartiers d'bœuf pis son argent! Y…» Mais il s'était arrêté net! Jovette venait de lui faire signe, en sourcillant, de ne pas trop s'étendre… sur le sujet.

Emma avait beaucoup maigri, ce que remarqua Jovette lorsque la grand-mère se leva péniblement pour se rendre aux toilettes. Regardant Gertrude d'un air inquisiteur, elle allait dire quelque chose lorsque l'autre la précéda:

– R'garde-moi pas comme ça, Jovette! A mange pas! Demande à ta fille! A mange comme un p'tit poulet pis à s'bourre de pilules! Pis pas juste celles que l'docteur lui prescrit, d'autres qu'a cache j'sais pas trop où… Des pilules pour son cœur, d'autres pour son foie, son diabète, pis d'autres qui la font dormir. C'est pas avec un traitement pareil qu'on garde sa graisse! A mange rien pis a prend d'la graine de lin pour digérer! Comprends-tu ça, toi?

— Ben, voyons donc, j'te reproche rien, Gertrude. J'interrogeais des yeux...

— Dans c'cas-là, t'as la réponse! Pis, comme c'est Laure, la garde-malade, c'est elle qui pourrait t'parler d'son cas, a consulte le docteur chaque semaine. Pas vrai, ma fille?

Laure acquiesça de la tête et ne répondit rien, car mémère venait de revenir en titubant, pas solide sur ses jambes, s'écraser dans un fauteuil avec trois coussins dans l'dos pour son arthrose.

— Tu penses pas qu'un p'tit séjour à l'hôpital... risqua Ti-Guy.

— Non, pas d'hôpital pis pas d'séjour nulle part! Depuis qu'ça coûte plus rien, paraît qu'on nous traite moins bien. Pis j'ai pas envie d'aller moisir dans une chambre à quatre...

— J'peux t'offrir une chambre privée, la mère.

— Non, Ti-Guy. J'suis bien ici? Pourquoi vouloir m'déménager? Gertrude prend soin d'moi...

— J'parlais d'soins médicaux, d'soins professionnels.

— Ben, avec Laure pis l'docteur du village, j'les ai, Ti-Guy! Y m'donnent c'qu'y faut pour mon angine pis pour tout l'reste. J'suis moins forte parce que j'suis moins corpulente, mais si j'mange trop, j'digère pas pis j'ai des crises de diabète, J'rajeunis pas, mon gars... Pis, c'est pas d'hier que j'traîne d'la patte... J'avais déjà des crampes dans les mollets du temps d'ton père. Oublie pas qu'j'ai passé ma vie sur mes deux jambes avec le magasin pis mon comptoir de fantaisies.

— Comme ça, c'est pas à soir qu'on va t'emmener au restaurant pour ta fête, à c'que j'vois...

— Non, pis demain non plus, Ti-Guy. Le bruit m'fatigue pis comme j'mange pas... Tout à l'heure, quand vous allez être partis, j'vais d'mander à Gertrude de m'faire une *toast* avec des cretons pis, avec ça, j'vas être bonne pour la nuit.

– Voyons, Madame Gaudrin, c'est pas assez… murmura Jovette.

– Oui, c't'assez! Pis, comme on dit: «Qui dort, dîne!»

Laure fit signe à sa mère de ne pas insister. Elle avait compris que mémère était fatiguée et qu'elle attendait qu'ils partent, pour aller s'allonger sur le «sofa mou» du salon. Dédé comprit, les autres aussi, on embrassa mémère et on la laissa avec l'odeur des roses, son châle et ses cartes d'anniversaire.

Six jours plus tard, par un samedi pluvieux, alors qu'elle était au chevet de la grand-mère, Laure téléphona au médecin, le priant de venir rapidement. Mémère venait d'avoir une défaillance. Elle s'était tenue la poitrine, avait remis dans un mouchoir son tout petit dîner, et avait failli perdre connaissance. Gertrude, alarmée, avait dit à Laure:

– Une chance que t'es là avec ton cours de garde-malade, toi, parce que, moi, seule avec elle, j'pense que j'me serais écrasée avant qu'a l'fasse! Si l'docteur peut arriver, ça m'rend folle d'la voir comme ça!

Emma Gaudrin, retrouvant son souffle, marmonna à sa vieille amie:

– Sors, Gertrude, va-t-en, reste pas là… Tu m'guettes pis ça m'énerve… Laisse-moi avec la p'tite pis va faire un tour chez la modiste ou ailleurs…

Le docteur arriva, l'examina, questionna Laure et lui avoua:

– C'est pas bon signe, garde, il faudrait qu'elle soit hospitalisée.

– Non, pas d'ambulance pis pas d'hôpital! clama mémère dans un ultime excès de colère. Si j'ai à mourir, ce sera dans ma chaise! Donnez-moi juste une p'tite pilule pour dormir pis j'vas m'arranger avec le reste! C'est mon angine pis avec d'l'eau chaude pis d'la p'tite vache, ça va passer…

— Non, grand-mère, ça ne fonctionne plus, ces choses-là. Reposez-vous avec un léger sédatif, retrouvez votre calme, ne vous énervez pas…

— J'vas faire attention, Laure, mais si t'étais fine, tu demanderais à Dédé de venir me voir. Dis-lui qu'ça presse… Pis, en attendant, donne-moi au moins un verre de *ginger ale*, y'a juste ça qui m'fait roter.

Averti par Gertrude qui se rendait au *snack-bar* du village, Dédé s'empressa de se rendre chez sa grand-mère où Laure l'attendait avec impatience. Voyant qu'elle affichait une mine inquiète, il lui demanda:

— Qu'est-ce que t'as? Dis-moi pas qu'mémère dépérit encore?

— Hélas, c'est le cas, André, et je me demande si elle va passer à travers la nuit qui vient. Elle a vraiment choisi de mourir ici, tu sais. Elle refuse tout transport à Montréal. Le docteur a décidé de respecter ses volontés; on lui donne des calmants, mais le souffle s'étiole de plus en plus. Avec de l'eau sur les poumons, des malaises cardiaques à répétition, c'est sûr que son cœur va finir par flancher. L'effort est trop grand…

— J'veux pas qu'a parte, Laure! Faut faire quelque chose, l'emmener d'force à l'hôpital! J'veux pas qu'mémère s'en aille, j'la veux pour mes noces, j'la veux tout l'temps… Je l'aime, tu sais, j'me suis attaché…

— Oui, je sais, mais je crois que c'est peine perdue, André, et là, au lieu de me demander de faire des miracles, cours vite à son chevet. Tu es le seul à pouvoir la remonter, à lui donner la force de s'accrocher à la vie…

Dédé entra tout doucement dans la chambre de mémère et, cette dernière, assoupie dans son gros fauteuil, un oreiller pour soutenir sa tête, ouvrit les yeux et marmonna faiblement en voyant son petit-fils:

– C'est toi... Enfin! Viens près d'moi, mon p'tit cœur, viens m'prendre la main, viens m'dire que sans ta mémère...

Dédé s'était approché, ému, les yeux embués à la vue de sa grand-mère qui n'en menait pas large. Elle avait encore maigri, elle avait des cernes sous les yeux, elle respirait faiblement, râlait par moments, et, lui prenant la main, il lui dit affectucusement:

– Tu vas voir, ça va aller mieux, mémère, mais si tu voulais aller à l'hôpital...

– C'est plus la peine, Dédé, j'me meurs, j'me sens aller... Pis dérange pas l'curé, y'a juste à toi que j'veux m'confier...

– Parle pas commc ça... J'veux pas qu'tu partes, j't'aime...

À cet aveu, mémère sentit une larme lui glisser sur la joue. Serrant fort dans la sienne la main de son «p'tit cœur», elle lui demanda:

– Penses-tu être capable de m'pardonner, mon homme?

– Te pardonner quoi?

– Ben, de t'avoir enlevé à ta mère quand t'étais p'tit. C'est d'ma faute si elle est partie, si elle t'a abandonné... Ta mère t'aimait, j'pense... C'est juste que j'te voulais à moi, Dédé. Pis j'la *trustais* pas pour élever un enfant. Mais j'l'ai sur la conscience, tu sais, pis c'est c'qui va être le plus dur à expliquer au bon Dieu...

Dédé l'attira à lui, l'appuya sur son épaule et lui dit:

– T'as pas à t'sentir coupable, mémère. T'as fait c'qu'y fallait faire. Avec c'que j'ai su d'ma mère, même si c'était pas d'sa faute, elle aurait pas pu prendre soin d'moi. Pas avec la maladie qui s'en venait... Pis t'auras pas à t'expliquer avec le bon Dieu parce qu'il le sait, lui, qu't'as fait d'ton mieux pour m'élever... C'est plutôt à moi de t'demander de m'pardonner pour tout c'que j't'ai fait endurer, mémère. J't'ai souvent traitée sans respect, j't'ai envoyée promener, j't'ai tenu tête... Je l'sais qu'j'ai été écœurant avec toi depuis qu'j'suis p'tit!

Emma, voyant que son petit-fils avait des larmes plein les yeux, lui prit la tête entre ses mains tremblantes et ridées, et le serra sur sa poitrine. Tout en lui jouant dans les cheveux, elle lui dit tendrement:

— T'as rien à t'reprocher, mon homme, t'avais tes bons côtés... Pis, dis-le pas à ton père, mais j'pense que j't'ai plus aimé qu'lui... Parce qu'un petit-fils qu'on nous dépose dans les bras encore bébé, ça devient un trésor... Pis un amour de grand-mère, c'est encore plus fort qu'un amour de mère, Dédé.

Sentant qu'elle avait le souffle entrecoupé et que le poids de sa tête sur son cœur pouvait tout doucement l'étouffer, il se releva, lui prit une main qu'il porta à sa joue et lui demanda:

— Veux-tu que j'te laisse dormir, mémère? T'es à bout d'souffle...

— Non, va-t-en pas, reste à côté d'moi, Dédé. Laisse-moi t'regarder parce que c'est avec ton visage dans mon âme que j'veux passer de l'autre côté. Pis, comme j'serai pas à tes noces, fais ça comme un grand, mon homme. Pis, sois bon pour elle. Laure, c'est une perle... J'aurais pas pu rêver de meilleure femme pour toi. Pis, fais-la pas pleurer, fais-la pas damner... C'est l'bon Dieu qui t'donne un ange, Dédé. Je l'sais, je l'ai tellement prié...

Laure avait tout doucement entrouvert la porte et elle avait vu mémère, blottie dans les bras de son petit-fils, tous deux les larmes aux yeux. Il la cajolait, il la berçait sur son cœur...

Puis, sentant que mémère se crispait et serrait les poings, Dédé lui cria dans une ultime prière:

– Pars pas, mémère! Va-t-en pas! Laisse-moi pas! Attends au moins qu'on soit tous là… Laisse-toi pas aller…

Et mémère, les yeux levés vers lui, murmura faiblement:

– J'me meurs, j'm'en vas, j'le sens, Dédé… Aide-moi à partir, r'tiens-moi pas… Ton grand-père m'attend, y m'appelle, j'l'entends…

Puis, râlant son dernier souffle, elle souleva quelque peu la tête et la laissa retomber sur l'épaule de son petit-fils adoré. Dédé, voyant qu'elle ne respirait plus mais qu'elle le regardait encore, lui cria:

– Non, mémère! Pas déjà! Pas comme ça! Tu peux pas, j'suis tout seul avec toi…

Puis, effrayé, il appela:

– Laure, Laure, mémère s'en va… J'pense même qu'est partie…

Derrière lui, sans qu'il l'ait sentie approcher, Laure lui mit une main sur l'épaule et, de l'autre, ferma les yeux de mémère. Puis, l'enlevant à son «p'tit cœur», elle la laissa dans son fauteuil, la tête retombée sur l'oreiller. À genoux, Dédé pleurait à fendre l'âme. L'attirant à elle, Laure le serra dans ses bras et lui murmura:

– Désormais, tu pourras lui demander tout ce que tu voudras, André. Je sens qu'elle va te guider, te conseiller, te protéger… Mais là, viens, ne reste pas ici, tu souffres, elle est partie.

Dédé se leva et, tel un enfant, se laissa conduire par sa fiancée jusque dans la pièce voisine, pour se laisser choir, triste, peiné, chaviré, sur le «sofa mou»… encore chaud. Tout petit comme jadis sur ce divan qui semblait grand, il murmura une dernière fois:

– Pourquoi t'es partie, mémère? Pourquoi t'as pas demandé au bon Dieu de t'laisser au moins voir les enfants que j'aurai? T'avais l'temps, t'étais pas si vieille… C'est-tu moi qui t'a fait mourir avant ton temps? Ou l'père? Ou, c'est-tu nous deux, lui pis moi, mémère?

– André, cesse, tu te fais mal, tu te meurtris… C'est fini… Viens, prends un café, marche, sors un peu, mais ne reste pas là, calé dans ce divan, repentant, le cœur en mille morceaux…

Il se leva, baissa la tête, mit les mains dans ses poches et sortit sur le balcon de la vieille maison lorsque Gertrude, revenant du restaurant, le vit et comprit à ses yeux rougis…

– Non! Dis-moi pas qu'est partie, Dédé! Ça s'peut pas! Pas si vite… Pas sans l'extrême-onction?

Voyant que Dédé acquiesçait de la tête, Gertrude, plus morte que vive, s'agrippa à une colonne et marmonna en pleurant:

– Sainte bénite! Qu'est-ce que j'vais faire, astheure? Y restait plus rien qu'elle dans ma vie… J'les ai tous vus partir ou presque… J'pourrai jamais rester ici toute seule pis là, j'peux pas rentrer, j'ai peur des morts, Dédé!

– Voyons, Gertrude, mémère, ta plus grande amie…

– Oui, oui, je l'sais, mais pas morte, en vie!

Les obsèques eurent lieu quelques jours plus tard. Ti-Guy était peiné certes, mais pas bouleversé comme Dédé pouvait l'être. Lors du service funèbre, il éclata en sanglots lorsqu'une paroissienne, membre de la chorale, entama l'*Ave Maria* de Gounod pour sa grand-mère. Puis, c'est entourée de ceux qu'elle avait aimés, de Gertrude et de plusieurs résidants de Saint-Calixte, qu'Emma Gaudrin alla rejoindre son Joseph en terre. Son nom était depuis longtemps gravé sur la pierre tombale, il ne restait qu'à y inscrire la date. Ti-Guy, chagriné quoique stoïque, jeta un léger coup d'œil sur le nom de son père, l'année de son décès, et de douloureux souvenirs lui firent détourner la tête. Le soir même, le veston sur l'épaule, la cravate dénouée, il reprenait le chemin du retour avec Jovette, alors que Dédé et Laure, ensemble dans leur maison de pierres, offraient à la grand-mère une dernière prière. Pour ensuite s'endormir dans les bras l'un de l'autre, le «p'tit cœur» encore inconsolable par la perte de cet être cher.

Cinq jours plus tard, Gertrude pliait bagages et quittait Saint-Calixte afin d'aller vivre chez l'une de ses filles à Québec. Maison vide, maison à vendre, elle ne pouvait rester un jour de plus dans cc village où, dernière pionnière, elle en était réduite à vivre parmi les spectres du cimetière. Il ne lui restait plus personne de son époque, sauf quelques vieilles dames séniles ou confinées qui, autrefois, venaient au bureau de poste. Il y avait certes, encore, le «pourceau» maire, mais comme Gertrude jalousait les talents de couturière de son épouse, la modiste, il lui était impossible de s'en faire de véritables alliés. Pour ce qui était des autres, la veuve, la vieille servante du curé Talbert, madame Biron, la première maîtresse d'école, la femme du barbier, elles reposaient toutes… dans leurs cercueils de bois. Montant à bord de l'autobus qui la conduirait à tout jamais loin de ses souvenirs, elle avait dit à Laure et Dédé d'un air triste:
– C'qui m'fait d'la peine, c'est d'manquer vos noces, mais sans Emma… Pis j'vous souhaite ben du bonheur!

Septembre, octobre, déboulèrent du calendrier et novembre ouvrait à son tour le bal avec ses feuilles mortes trempées au sol, ses courtes journées, ses longues nuits noires, et les citrouilles tout comme les masques que les enfants du village, sous peu, allaient jeter à la poubelle. Les mois qui s'étaient succédé, avaient ajouté un an de plus sur les épaules de Jovette qui avait eu quarante-six ans, sans épargner Ti-Guy qui, les tempes un peu plus grises, avait accusé quarante-deux ans en s'écriant: «Syncope!» puis en demandant à sa femme: «J'suis-tu encore attirant? J'épaissis-tu, Jovette?» Ce à quoi elle avait répondu: «Non, t'es encore palpable, mais pour moi seulement. Pense plus à plaire, Ti-Guy, est finie ta carrière! J'veux dire celle de don Juan!» Laure n'avait pas échappé au temps et, pour ses vingt ans, Dédé lui avait offert un joli pendentif en or, avec le portrait de *La Dame aux camélias,* parce qu'elle avait adoré l'œuvre d'Alexandre Dumas fils, dont elle venait de terminer la lecture. Un pendentif... parce qu'il tenait à lui garder la main libre, pour l'anneau d'or qu'il lui glisserait à l'annulaire en décembre.

Ti-Guy et Jovette, de plus en plus unis, de plus en plus épris depuis leur mariage, se promettaient, une fois de plus, d'aller passer une partie de l'hiver à Nassau dans les Bahamas. Ti-Guy, toujours aussi narcissique, voulait offrir un corps bronzé aux baigneuses de la mer, sans pour autant tromper sa femme qui, depuis quelque temps, avait délaissé sa coupe à la Mireille Mathieu, pour adopter celle de la très belle Michèle Mercier, la superbe *Angélique, marquise des anges,* des films à succès. Elle avait même troqué le blond contre le roux pour que Ti-Guy, surpris, ébahi, se retrouve au lit avec... une rouquine!

Novembre avait fini par tirer sa révérence après avoir balayé les feuilles des arbres et fait, à maintes reprises, virer à l'envers les parapluies de ces dames. Des vents violents, de la pluie, une accalmie et, de nouveau, de la pluie mêlée à un vent frais. Un mois sans merci dont la naissance de décembre enterra vite le souvenir. Laure avait fait confectionner sa robe de mariée par Evelyne, la modiste et mairesse du village. Une très belle robe de velours blanc à manches longues, ornées de poignets de satin, s'alliant au col roulé de satin blanc. Puis, une cape du même velours avec capuchon de satin. Elle ne tenait pas au voile traditionnel. Elle préférait piquer deux roses de satin dans les boudins qui tomberaient en rafales de son chignon de style médiéval. Et pour bijoux, rien d'autre que deux minuscules perles de culture qui avaient appartenu... à mémère! Pour que, de cet hommage, Emma Gaudrin, du haut du ciel, se sente un peu du mariage. Dédé, moins porté sur les détails, avait loué un smoking noir avec un nœud papillon gris et des gants de même teinte. Sauf que sa chemise brodée et à collet monté lui donnait l'allure d'un marié de la fin du dix-neuvième siècle. Tout allait être prêt pour le 9 décembre, deux jours après les vingt-deux ans révolus dudit «rejeton» de feu Joseph Gaudrin.

Décembre en était à son deuxième jour lorsque Laure, sur les instances de sa mère, téléphona à son père dans le but d'une ultime réconciliation. Le bijoutier, occupé à polir un boîtier de montre, déposa ses outils pour lui dire:

– Écoute, Laure, j'ai déjà parlé avec ta mère... Tu te maries dans quelques jours, tu vis déjà avec lui, qu'ai-je donc à dire?

– Papa, je ne t'appelle pas pour être comprise... Je ne m'attends pas à ta bénédiction, mais comme tu n'as qu'une fille unique, je serais très heureuse si tu acceptais de me conduire à l'autel.

– Laure! Tu n'y penses pas? Je désapprouve ton mariage et tu voudrais que je te donne à un homme que je n'accepte pas? Allons! Tu es en âge d'épouser qui tu veux, mais ne me demande pas de t'offrir mon bras pour te jeter dans ceux de ce...

– Arrête, papa! Ne va pas plus loin! Si telle est encore ton opinion face à celui que j'aime, ne me la rappelle pas! Et garde ce que tu allais ajouter pour toi! Sur ce, je pense que nous n'avons plus rien à nous dire...

— Laure! Écoute-moi! Ne raccroche pas! Je veux que tu saches que je t'aime, ma fille. Envers et contre tout ce qui me contrarie. Je veux aussi te dire que si jamais tu n'étais pas heureuse, je serai toujours là à t'ouvrir mes bras...

— Trêve de discours, papa! Si vraiment tu m'aimes comme tu le dis, commence par m'offrir ton bras jusqu'au pied de l'autel. Si tu ne peux faire ce geste pour ta fille, ne t'imagine pas que, quoi qu'il puisse arriver, je me tournerais vers toi. J'ai aussi une mère et un beau-père. Faute de toi, c'est maman qui me conduira jusqu'à mon mari... Ou n'importe qui, papa! Mais, penses-y, je ne reviendrai pas à la charge et si, le 9 décembre, tu n'es pas à l'arrière de l'église, j'aurai compris. Et je ne te force pas, papa! Libre à toi d'être là ou de t'en abstenir.

— Je ne crois pas...

— Comme tu voudras. Sur ce, je n'ai plus rien à te dire.

Laure avait raccroché, blessée dans son amour-propre, mais consciente que son père avait le droit d'accepter ou non celui que son cœur avait choisi. Son père qui, malheureux d'être seul, froissé d'avoir été délaissé par sa belle, offensé de voir Jovette s'unir à Ti-Guy, déçu d'apprendre que sa fille chérie allait être la femme du fils de la moins que rien... D'autant plus que sa famille lui reprochait sans cesse d'avoir été faible et de s'être laissé prendre dans les filets de Jovette. Sa famille qui, par la suite, le sommait de reprendre sa fille avec lui, de l'éduquer avec plus de rigueur... Sa sœur, sa chère sœur, qui, finalement, lui ferma sa porte lorsqu'elle apprit que Philippe avait une jeune maîtresse qui le déshonorait. Une fille de basse classe qui abusait de ses bontés et de ses avoirs. Une jeune profiteuse qui espérait sans doute être la seconde madame

Jarre et qui faisait frémir de peur et de honte la famille tout entière. Philippe qui, naguère, avec Jovette, avait vécu de belles années qu'il avait lui-même entravées de ses paroles amères. Jovette qui l'avait adulé, aimé puis... quitté. Jovette qui avait fini par le dédaigner. Et voilà que les volets de la maison familiale, ceux de sa sœur inclus, s'étaient rouverts depuis le départ de... l'aventurière. Pour que Philippe, seul, abandonné, démuni, se raccroche à sa famille qui l'avait pourtant bafoué. Philippe Jarre qui, complexé de n'être qu'un bijoutier moins nanti qu'un Ti-Guy peu instruit, se tenait enfin la tête entre les mains. Parce que les échecs de sa vie lui fendaient le crâne et le cœur... de son propre mépris.

«Bonne fête, mon bel amour!» s'exclama Laure tout en apportant au lit le petit déjeuner de son futur mari. Dédé, pas tout à fait réveillé, la regarda, lui sourit et lui fit signe de se glisser auprès de lui.

— Merci, t'es un ange d'avoir pensé à moi, mais ma fête, c'est moins important que c'qui va s'produire dans deux jours.

— Oui, je sais, mais je ne pouvais tout de même pas laisser passer ton anniversaire sans le souligner. Et, vois! J'ai un présent pour toi! Dédé, torse nu, cheveux blonds épars dans la figure, ouvrit le petit cadeau qu'elle lui présentait pour y découvrir un bel étui à cigarettes en argent, gravé de ses initiales.

— C'est beau, c'est gentil... Merci, Laure, c'est bien pensé...

— Là, tu déjeunes, tu te lèves, nous avons des préparatifs de dernière minute comme ce n'est pas possible.

— Non, pas tout de suite, reste, j'ai à te parler.

— Quelque chose ne va pas, André? Pourquoi cet air soucieux?

– Écoute, Laure, écoute-moi une dernière fois avant qu'on soit l'un à l'autre pour la vie. C'que j'ai à te demander, c'est important pour moi.

– Alors, vas-y, je t'écoute… Que puis-je faire?

– Rien, sauf me promettre, Laure, me promettre d'être toujours là à m'appuyer, à me comprendre, si jamais y m'arrivait…

– S'il t'arrivait quoi?

– De rechuter, de retomber dans la déchéance, de m'sentir à deux pouces de redevenir celui qu'j'étais avant de t'connaître… Tu sais, j't'aime comme un fou, mais y m'arrive encore d'avoir des démangeaisons au niveau du cuir chevelu… On appelle ça des bibites, Laure, pis ça, j'ai peur que ça m'suive toute ma vie.

– Bien sûr que ça va te suivre toute ta vie… Comme ma mère…

– Non, pire que ta mère, parce que moi, c'est héréditaire. Des fois, j'ai peur d'avoir hérité des mauvais côtés d'ma mère… J'suis pas tout à fait normal, comprends-tu? J'suis né comme ça…

– Écoute, André, tu ne devrais pas te meurtrir ainsi, te laisser envahir par ces peurs…

– C'est pas juste des peurs, Laure, c'est pire, c'est d'la frayeur! J'ai l'impression d'avoir en moi une fourche du diable… J'me contrôle, j'ai changé, mais laisse-moi jamais boire, Laure. Du moins, pas plus qu'un verre ou deux. Je sais que j'suis vulnérable pis qu'en boisson, j'peux m'retrouver j'sais pas où, avec j'sais pas qui… Pis j'voudrais jamais faire ça d'ma vie! Protège-moi, aide-moi à chasser ce mal de moi… J't'en demande beaucoup, je l'sais, mais j'voudrais tellement pas t'désappointer… J'voudrais pas qu'un jour, t'aies des choses à m'reprocher. J't'aime… j't'aime comme j'ai jamais aimé.

Les larmes aux yeux, Laure s'essuya d'un bout de taie d'oreiller sans trop savoir quoi lui dire.

Ce qu'elle ignorait, c'était que, deux jours plus tôt, alors qu'elle s'était rendue en ville pour régler des détails de dernière minute, Dédé, anxieux, angoissé, avait vidé quelques bières et une bouteille de vin à lui seul. Puis, ivre, dans les vapeurs et isolé avec sa conscience entre ces murs de lourd silence, il se mit à ressentir des pulsions qu'il croyait avoir enterrées... Il avait envie de revivre, ne serait-ce qu'une nuit, les indécences de la robuste Patricia. Et, de là, le sentier depuis longtemps fermé se rouvrit et il eut envie de Jacquie, de sa caisse de bière, de ses seins d'une rondeur parfaite dans son soutien-gorge noir, de son corps de déesse dans le *back store* du magasin, de ses cheveux blonds auxquels il s'agrippait lorsqu'elle... Puis, chassant ces idées folles de sa tête, il eut encore plus peur lorsqu'il revit la main de Ross Welles se glisser sous sa chemise, les yeux bleus du bel Anglais dans les siens, son jeune corps entre ses mains sur le *back seat* de sa voiture, son souffle dans son cou dans les motels de luxe, la suite du chic hôtel... Peur et pris d'une telle envie... Et le comble de cet état d'ébriété fut de se revoir grimpant un escalier de la rue Sainte-Catherine et de vouloir, sur-le-champ, s'y retrouver... Sauter dans sa voiture, filer à vive allure et peser sur la sonnette au «piton» rouge du minable réduit de... Benny! Parce que saoul, Dédé devenait plus animal qu'un chat de gouttière. De plus, enclin à tout ce qu'il y avait de plus immonde et de plus bas en ce... bas monde! Benny qui, l'encerclant de ses bras musclés... Il s'était mis à pleurer, à se frapper la tête contre le mur; il s'était même retenu à deux mains au cadre de la porte de crainte d'avoir envie de partir, d'aller jusqu'au bout et, pour la première fois, il s'était écrié: «Aide-moi, maman!» Il revoyait Céleste avec son grand chapeau, ses ongles vernis... agenouillée devant lui, la Grecque et ses gestes impudiques… Il tentait de retrouver la raison en songeant à ce qu'il entrevoyait devant lui, à l'horizon, mais, le vin aidant, le sang bouillant, il repensait à Benny, à sa main baladeuse et l'envie le reprit… Couché, gémissant, se tournant maintes fois dans son lit, il finit par s'endormir et se réveiller au petit jour, las, affaibli, avec une terrible peur… de lui! Et c'est pourquoi il s'était accroché à Laure comme on le fait d'une bouée. Pour que plus jamais de tels démons sortent de lui… Pour que plus… Il frémissait de tout son être, il sentait, il savait que, pour lui, il ne fallait jamais dire… jamais!

Laure, le regardant, se blottit contre lui tout en lui murmurant:

— Il serait temps de te lever, mon bel amour. Je te remercie de ta confiance, crois-moi, et je serai toujours là, quoi qu'il advienne. N'ai-je pas étudié pour être soignante? Tu seras toujours le premier dans mon agenda quotidien… Oublie le passé, André, et ne songe pas à l'avenir. Ne pense qu'au présent et au bonheur que nous vivons actuellement, et je suis sûre que, de l'au-delà, ta mère qui t'a donné la vie tout comme ta grand-mère qui t'a élevé, vont tout faire pour que tu sois heureux. Sans trébucher, André! Sans la tête et le cœur en miettes! Et je le sens, c'est ta mère qui me le chuchote à l'oreille, sans… hérédité!

Le 9 décembre 1972, en matinée, par un temps clément, le village de Saint-Calixte était en liesse. Il y avait belle lurette qu'on avait célébré un somptueux mariage dans l'église où, naguère, Dédé avait fait sa première communion, jadis, son père, la sienne. Un mariage fastueux, parce que la mariée avait l'air d'une princesse d'un conte de fées, mais un mariage modeste, intime, sans le décorum que Jovette aurait peut-être souhaité pour sa fille. Les invités étaient peu nombreux. Réunis dans leurs plus beaux atours, il y avait les locataires des chalets de la butte, enfants inclus. Ti-Guy avait invité quelques bons clients ainsi qu'un ou deux amis et Jovette, une compagne de la caisse populaire venue avec son mari. Personne du village sauf le maire et sa femme. Le «pourceau» d'antan qui regardait encore, parfois, Ti-Guy… de travers! Mais personne de Saint-Lin, ni Édouard avec Philomène, ni Bob avec Fleur-Ange qui, pourtant, avaient été pour Ti-Guy d'un réel soutien… Personne, parce que Guy Gaudrin, le père du marié, ne voulait pas ressasser les cendres de son passé. Et personne du côté de Jovette: elle n'avait jamais revu ses frères. De plus, Laure s'était fermement abstenue d'inviter qui que ce soit du côté des Jarre. Eux qui avaient tant méprisé sa mère. Gertrude, dernière survivante des cris de corneilles sur la butte, tel que prédit, brillait par son absence. Mais le temps était doux, le vent tiède et la brise légère, lorsque Laure gravit une à une, avec sa mère, les marches de granit de la petite église. Guy, déjà à l'intérieur avec son fils qui ne tenait pas en place, attendait que la belle, revêtue de sa cape immaculée, franchisse le seuil de ce lieu saint, où l'attendait son merveilleux destin. Et, quelle ne fut pas la surprise de la fille comme de la mère, de voir surgir d'un coin, caché de tous, Philippe, le sourire aux lèvres, les yeux humides, s'avancer pour offrir son bras à sa fille. Confuse, émue, versant une larme ou deux qu'elle essuya d'un mouchoir de dentelle, Laure sentit monter en elle une chaleur exceptionnelle. Son père, vêtu tel un prince, avait retiré un gant pour presser dans les siens les doigts de sa fille. Jovette, heureuse, bouleversée, s'était retirée et Dédé, surpris, vit s'avancer dans l'allée, aux sons de la *Marche nuptiale*, sa fiancée au bras d'un homme qu'il ne connaissait pas. À quelques pas de lui, sans regarder Ti-Guy,

Philippe Jarre céda tout doucement sa fille à celui qui allait devenir son mari. Et ce, en regardant Dédé droit dans les yeux, pour ensuite lui offrir un sourire de... père. Le mariage fut célébré dans la piété, dans la dignité, dans l'absolu de l'amour l'un pour l'autre. Et c'est avec des palpitations que Laure put entrevoir André lui glisser l'anneau d'or au doigt. Beaux tous les deux, admirés de tous, ils descendirent enfin l'allée qui les mena jusqu'au «parvis des confettis». Le bras sous celui de son mari, son bouquet de roses pêche dans l'autre main, madame André Gaudrin souriait de bonheur, aux sons des tintements des cloches. Il faisait doux, on s'embrassa, on se parla, on se souhaita mille vœux avant de se rendre à l'hôtel où les attendait le banquet. Laure chercha son père des yeux, le trouva, s'élança vers lui avec André et lui demanda:

— Tu vas être de la fête, papa?

— Non, ma chérie, je repars à l'instant. Je suis venu parce que je ne voulais pas que tu te rendes jusqu'à l'autel sans ton père. J'en aurais eu des remords toute ma vie... Mais là, ne m'en demande pas plus et respecte mon choix, Laure. Je suis venu, je repars...

— C'est là ton droit et je le respecte, papa. Merci d'être venu, d'avoir été là... Je t'aime, papa.

Philippe Jarre remit ses gants, son manteau, et regagna sa voiture non sans avoir dit à son gendre:

— Une seule promesse, André. Rends-la heureuse, ne la déçois jamais, aime-la comme nous l'aimons, sa mère et moi.

Dédé n'eut pas le temps de répondre que Philippe Jarre avait refermé sa portière, pour ensuite reprendre la route du village et disparaître dans le tournant. Sans avoir regardé Jovette et Ti-Guy, sans leur avoir dit le moindre mot. Philippe Jarre, hautain, condescendant, mais père aimant, n'était venu que pour sa fille. Devoir accompli, il retournait dans le cœur de sa léthargie, espérant que, parfois, Laure Jarre, digne fille de son père, viendrait lui faire la bise… sans son mari.

La petite salle de l'hôtel était comble, les convives joyeux, et Laure, dégagée de sa cape, robe de velours intacte, roses de satin dans les boudins, ouvrit la danse dans les bras d'André sur la plus émouvante des chansons… *Fascination*. Lèvres contre lèvres, ils affichaient la beauté et le bonheur de leurs vingt ans aux yeux des musiciens de l'orchestre, lorsque Jovette et Ti-Guy se joignirent aux mariés, suivis de plusieurs autres, avant que la plus belle des valses… ne s'achève.

# Épilogue

C'est le dimanche, 14 octobre 1973, le jour où Ti-Guy fêtait ses quarante-trois ans, que sa joie fut décuplée par la naissance de sa petite-fille, dont Laure accoucha presque sans cris, sans déchirements, dans le calme de sa demeure, avec le médecin du village à ses côtés et Dédé qui, lui tenant la main, avait pleuré d'émotion en apercevant la tête de l'enfant. Laure, fermant les yeux, avait laissé s'échapper un plus que long soupir de soulagement. Un adorable poupon au visage rond, au teint rougeâtre, avec des cheveux bruns et des yeux pers, que le papa tenait maintenant dans ses bras avec une fierté indescriptible. Se penchant vers Laure qui lui souriait, il lui avait dit: «Merci, mon amour, c'est un ange de beauté que tu viens de m'donner. Regarde-la! On dirait qu'a descend tout droit du ciel!» Laure pressa sa main dans la sienne, reprit sa fille dans ses bras et, la regardant de plus près, elle murmura: «Et vois, elle a un tout petit nez retroussé.» Ce qui allait faire dire à Jovette un peu plus tard: «C'est drôle, mais elle ressemble à Pauline! Elle a son nez, Dédé, ses cheveux, ses mains potelées.» Laure, très fière de sa petite, avait demandé à son jeune époux:

— Tu es certain que tu vas être un bon père pour elle, mon bel amour?

Il avait souri, embrassé sa femme, pour ensuite lui murmurer à l'oreille:

— Ça va m'faire deux femmes à aimer! Pis, j'suis content qu'ce soit une fille! C'est la première Gaudrin de la famille. Pis tu vois comme j'suis rendu loin avec toi, Laure? T'as même réussi à faire un père avec moi! ajouta-t-il en riant nerveusement.

Il avait été convenu que Ti-Guy et Jovette seraient parrain et marraine de l'enfant et, sur les fonts baptismaux, la petite hérita des prénoms Marie, Jovette, Sophie. Parce que Laure, qui avait lu tous les contes de la comtesse de Ségur, s'était entichée dès son enfance de ce prénom. Philippe Jarre, ravi d'apprendre qu'il était grand-père, quelque peu contrarié de voir Ti-Guy dans les honneurs, se contenta d'exprimer ses vœux accompagnés d'une petite médaille en or gravée d'un ange, au bout d'une chaînette. Un bijou 18 carats, bien entendu. Pour tenter d'en mettre plein la vue à Ti-Guy qui, pourtant, offrit à sa petite-fille tout le mobilier dont un bébé avait besoin, accompagné d'un énorme bouquet de roses pour sa bru.

Trois semaines plus tard, remise de sa grossesse et de son accouchement, Laure déjeunait avec André tout en berçant «sa poupée», comme elle l'avait surnommée et, la regardant, le jeune père lui dit:

— Sais-tu que t'es plus belle qu'avant depuis qu't'as eu la p'tite?

— Tu crois? Il faut dire qu'un enfant, ça éblouit le regard d'une mère.

— Sûrement! Dis-moi, si on parle d'avenir, tu penses à quoi?

— Qu'est-ce que tu veux dire, André?

— Ben… On va-tu passer notre vie ici? J'vas-tu m'morfondre pour la butte jusqu'à la fin d'mes jours? Pis toi, avec ton diplôme…

– Pour l'instant, ça va, je suis heureuse ici. Le docteur m'a même invitée à le seconder auprès de ses malades dans mes temps libres. Tu sais, ce ne sont pas les personnes âgées qui manquent dans les campagnes, et comme le docteur va de village en village…

– Oui, j'sais, mais mon père pis ta mère vivent à Montréal… La grande ville, c'est quand même l'avenir, Laure. J'pense à Sophie, plus tard…

– André! Elle vient à peine d'arriver! Laisse-la au moins s'épanouir au grand air! Mais je ne suis pas contre l'idée de tout vendre, de partir un jour, de faire notre vie ailleurs… D'autant plus que tu sembles y tenir, toi qui es né ici. Tu sais, moi, je suis une fille de la ville, je n'ai pas la passion des patelins au point…

– Écoute, fixe une limite, dis-moi combien d'temps tu veux vivre ici, Laure. J'ai besoin d'savoir pour me défaire p'tit à p'tit d'mes chalets, d'mes possessions, de tout c'qui nous appartient.

– Que dirais-tu de cinq ans ici et, ensuite, le retour en ville? Juste au cas où un autre enfant s'ajouterait à la famille…

– Oui, c'est bien calculé, ça m'donnerait l'temps de préparer not' départ. Mais pourquoi un autre enfant, Laure? Sophie t'suffit pas?

– Heu… pour l'instant, oui, mais comme j'ai été enfant unique et toi aussi, j'ai pensé qu'elle pourrait contrer cet état de fait…

– Pourquoi? As-tu vraiment souffert d'avoir été seule, Laure?

– Non, pas vraiment, mais ce qu'on n'a pas…

– Moi non plus, j'en ai pas souffert… Mon père était également fils unique… Regarde ta mère, Laure, elle a deux frères, pis y sont partis dans' brume…

– Je comprends ce que tu veux dire, mais je constate aussi que tu n'as pas la fibre paternelle aussi forte que je le croyais.

– T'en fais pas, elle manquera de rien not' Sophie. A va même se faire instruire comme toi pis, plus tard, j'vas tout lui donner c'que j'ai…

Dédé discourait encore et Laure, les yeux baissés, venait de comprendre, sans en être pour autant contrariée, que Sophie Gaudrin allait être la dernière à porter le nom de ses ancêtres.

Le soir même, alors qu'elle était seule avec sa petite et qu'elle la promenait d'une pièce à l'autre, en lui chantant *Ferme tes jolis yeux,* elle croisa du regard le portrait de noces de Pauline et Ti-Guy. S'arrêtant, regardant Pauline, sentant qu'elle voyait tout du ciel, elle souleva son enfant et, les yeux dans ceux de Pauline, elle lui dit: «Regardez, belle-maman, regardez! Sans vous, elle ne serait pas là… Et, entre nous, n'est-ce pas un peu votre petite Orielle, ce bel ange-là? Si vous saviez comme j'aurais aimé vous la déposer dans les bras. En retour du merveilleux fils que vous avez jeté dans les miens. Dieu que j'aurais aimé vous connaître, vous aider, vous consoler, vous aimer… J'ai l'impression que nous aurions pu vous rendre heureuse, André et moi. Et là, avec une petite-fille à chérir… Je ne sais rien de vous sauf ce qu'on a bien voulu me dire, mais je sais que vous avez souffert de ne pas trouver le bonheur, votre sœur Berthe me l'a gentiment murmuré. Votre vie n'a pas été facile, belle-maman, je le sais, mais je prie pour que ciel vous rende à tout jamais heureuse. Bientôt, quand les fleurs reviendront, nous irons avec la petite en déposer sur votre tombe au cimetière. Et vous sentirez, Pauline… Vous permettez que je vous appelle Pauline? Vous étiez si jeune… Vous sentirez que tout l'amour que vous cherchiez, c'est Sophie qui vous l'offrira de sa petite main de velours, lorsqu'elle jettera une rose sur le granit… André parle si souvent de vous, qu'on pourrait croire qu'il vous a

connue. Si vous saviez comme il vous aime… J'aurais voulu…»
Au même moment, la porte s'ouvrit et Dédé entra en lui demandant:

– Parlais-tu à quelqu'un? J'aurais pu jurer qu't'étais au téléphone.

– Oui, un interurbain avec l'au-delà, avec une âme qui voulait entendre parler de Sophie.

Constatant que Laure était devant le portrait de sa mère, Dédé n'ajouta rien. Le regardant alors qu'il retirait ses gants et qu'il enlevait son imperméable, elle ajouta:

– Et tu es arrivé juste au moment où j'allais la présenter à mémère. Comme elle doit être fière de toi, André. Imagine! Une arrière-petite-fille, une poupée, elle qui n'a bercé que des garçons.

Lundi, 5 novembre 1973. Un jour passablement automnal, un vent frisquet, les chats couchés dans les trous de terre chaude sous les galeries, et Dédé, sa femme et leur petite Sophie se rendaient sur la butte pour fermer un chalet qui n'avait pas été retenu pour l'hiver. Dédé s'affairait, barricadait, alors que, dans la voiture, la vitre à peine baissée, Laure serrait sur son cœur sa belle «poupée» emmitouflée. Après avoir discuté avec d'autres locataires déjà installés pour la saison froide, Dédé revint vers l'auto et dit à sa femme: «Sors avec la p'tite, y fait pas si froid. Fais-lui respirer l'air frais de la butte quelques minutes. Laisse-la voir où j'ai grandi…» Laure, heureuse de plaire à André, ravie d'imprégner sa fille de la nostalgie de son mari, sortit et fit quelques pas jusqu'au bord du chemin qui menait au lac. Un chemin que Pauline avait descendu tant de fois suivie de Sam, jadis, alors que, de sa fenêtre, la veuve les épiait. Un chemin que Ti-Guy et Jovette avaient monté pour fêter les vingt et un ans de Pauline avec des chocolats, un foulard du magasin d'Emma, un coussin avec un chien courant après sa balle de la part de la veuve, et le cœur en argent que Sam lui avait offert avec tout son amour. Sam qui, heureux de la voir sourire ce soir-là, ne s'était pas rendu compte que Pauline avait, à son insu, reluqué Ti-Guy toute la soirée. Ti-Guy, jeune et beau dans sa salopette, son chandail blanc, ses dix-neuf ans... Mais Laure, tout comme Dédé, ne savaient rien de cet étrange soir lointain. Aujourd'hui, l'eau était calme, agitée par moments par le souffle du vent, et Laure revoyait tous les enfants qui s'en étaient donné à cœur joie au cours de l'été. Dédé la tenait contre lui, une main autour de ses épaules et elle, blottie, châle sur le dos, réchauffait de cette longue écharpe de laine sa petite Sophie pourtant bien à l'abri, dans sa pèlerine de feutre rose.

André «Dédé» Gaudrin, Laure et leur petite Sophie, bonheur au cœur, avaient les yeux rivés sur le lac, la butte, le firmament... L'enfant semblait déjà distinguer les nuages, selon Laure et son instinct de mère. Elle aurait pu jurer que la petite avait suivi des yeux un oiseau dans son envol. «Que de souvenirs j'ai d'ici... Tu peux pas savoir, Laure...», lui murmura Dédé en regardant la grosse roche de la plage qui n'avait pas bougé d'un pouce. Laure et André, unis, les yeux fixés sur la berge, la chute d'eau, le chemin rocailleux qu'aucun signe de vie animait, soupiraient. Le regard sur le présent, sur l'avenir, sans songer un instant que, sur cette berge, cette roche, une fille dodue et pleine d'entrain s'était séchée au soleil par un merveilleux jour de juillet 1948. Sans savoir que, jadis, à l'endroit même où ils avaient les pieds, Sam Bourque fendait du bois pour réchauffer son shack, l'hiver venu. Et sans penser, parce qu'ils n'en savaient rien, que c'était dans ce lac que, Pauline, la main de Sam sur un sein, l'autre sur une cuisse, avait appris à nager. Qu'il était loin le temps où la «grosse fille», comme l'appelait Piquet, avait vécu avec l'ermite sa plus grande histoire de chair et de cœur! Que d'images, que de souvenirs dans ce ciel qui s'assombrissait et qui incita Laure et Dédé à regagner la banquette de la voiture avec l'enfant.

Tout doucement, redescendant la côte qui les ramènerait au village, ils contemplaient le site de gauche à droite, et Dédé, reculant pour ne pas le perdre de vue, indiqua à Laure, derrière eux, un gros arbre en lui disant: «D'après mon père, y'a déjà eu une balançoire d'accrochée là.» Puis, assis l'un contre l'autre, ils se regardèrent tendrement et Dédé murmura en lui serrant les doigts: «J't'aime, Laure, j't'aime à en crever... J't'aimerai toujours...»

Sans même se souvenir, le savaient-ils seulement, que c'était par un jour comme celui-ci, un 5 novembre de tant d'automnes passés, que Pauline, à peine délivrée du ventre de sa mère, avait poussé son premier cri... Était-ce ce que Sophie tentait de leur révéler en suivant un nuage de ses yeux embués?